王蒙谈红说事

北京出版集团公司
北京十月文艺出版社

图书在版编目(CIP)数据

王蒙谈红说事/王蒙著. —北京:北京十月文艺出版社,2011.8
ISBN 978 – 7 – 5302 – 1141 – 0

Ⅰ.①王…　Ⅱ.①王…　Ⅲ.①《红楼梦》研究　Ⅳ.①I207.411

中国版本图书馆 CIP 数据核字(2011)第 132959 号

王蒙谈红说事
WANGMENG TANHONGSHUOSHI
王　蒙　著
*
北 京 出 版 集 团 公 司
北京十月文艺出版社　　出 版
(北京北三环中路 6 号)
邮政编码:100120
网址:www.bph.com.cn
新 经 典 文 化 有 限 公 司 发 行
新 华 书 店 经 销
北 京 谊 兴 印 刷 有 限 公 司 印 刷
*
770×990　16 开本　23 印张　372 千字
2011 年 9 月第 1 版　　2011 年 9 月第 1 次印刷
ISBN 978 – 7 – 5302 – 1141 – 0
定价:28.00 元
质量监督电话: 010 – 58572393

目　录

一、关于书名

《红楼梦》原名《石头记》，书里第一回就说了，实际版本也是如此，脂评本、戚本、列（宁格勒）藏本都叫《石头记》。

本书第一回里还提到另外的书名：《情僧录》和《金陵十二钗》。虽有此名，却未见这样的版本。

用得最广泛的还是《红楼梦》的书名，所有外文译本都是用这个名称，最多翻译时加个介词，使之类似"梦在红楼"或"红楼之梦"。

还有一个名字被坊间采用过：《金玉缘》。我上小学时就读过名为《金玉缘》的《红楼梦》。

我拙于考据，拎不清几个名称出现的缘起始末，只想从文学性、书名学的意义上说一说。

"金玉缘"云云，向通俗小说方面发展，它突出了薛宝钗的地位，不准确，因为全书一直贯穿着究竟是"金玉良缘"还是"木石前盟"的悖论，困扰、撕裂灵魂的悲剧性矛盾。

"金陵十二钗"取名不错，既金陵又一家伙十二个女性，有气势也有魅力，或者说有"卖点"，不知为什么未被书界接受。可能是只提出十二个女性，嫌单纯了些。我倒是见过以此命名的画图。澳门濠景酒店就出售一种茶托，图画是"金陵十二钗"。

"情僧录"是十二钗的另一面，与十二钗互为对象，从情僧（即贾宝玉）眼里看出去，是"十二钗"；从十二钗眼里看出去，只有一个贾宝玉。"情"与"十"两个名称都有人物但缺少构成小说的一个特质：故事。有道是艺术性强的小说应以人物为重心，有理，但叙事诗、报告文学、散文速写也都可以写人为主。还有不论你默认也好，气急败坏地骂娘也好，多数读者读小说，首先是由于受到了故事的吸引。

情僧云云，多少有主题先行、装腔作势、与常识较劲直至洒狗血的嫌疑。

最好的书名当然是《石头记》，这方面我曾与宗璞讨论过，我们两个的意见一致。石头云云，最质朴，最本初，最平静，最终极也最哲学，同时又最令人欷歔不已。多少滋味，尽在不言中。

石头亦大矣，直击宇宙，直通宝玉，登高望远，却又具体而微，与全书的核心道具即宝玉脖子上挂着的那块通灵玉息息相关。这样的名称只能天赐，非人力所能也。

我建议，今后出版社再印此书（指供大众阅读的长篇小说，不是指专门的什么什么版本），干脆用《石头记》书名，值得试一把。

《红楼梦》则比较中庸，红者女性也，闺阁也，女红、红颜、红妆、红粉……不无吸引力。楼者大家也，豪宅也，望族也，也是长篇小说的擅长题材。梦者罗曼司也，沧桑也，爱情幻灭也，依依不舍而又人去楼空也。多少西洋爱情小说名著，从《茵梦湖》到《安娜·卡列尼娜》都是靠这种写法征服读者。

与《石头记》相比，《红楼梦》还是露了一点，俗了一点。这又是悖论。我们不希望把小说写俗了，但是在我国，与诗词、散文、政论相比，小说与戏曲从来都是俗文学。

还有一条，过分地偏激地咋咋唬唬痛斥世俗通俗，本身也可能是一种矫情做作，也是俗的一个变种罢了。

二、通灵宝玉

在《红楼梦》中，贾宝玉生而衔之的那块玉是一个关键性的部件。第一、它是贾宝玉此人的另一个"我"，它是宝玉的物格化，也就是说贾宝玉公子是这块玉的人格化，它们互为主体。第二、它是贾宝玉也是全书的一个符号。第三、它是全书的主线：由女娲补天未用之石变成通灵之玉，幻化为人，经历种种，复变成一块石头，回到大荒山无稽崖青埂峰，符合中国哲学的对于圆形的崇拜、循环观念与周而复始的观念。第四、它是作者的哲学：发生学、未来学与终极关怀，是作者理智上想讲实际上未必做得到的一种人生观，虚无主义又现实主义。虚无而不彻底，因为虚无会变成现实，一块石头会变成一个贾宝玉其人；现实而不现实，因为贾公子的一切是石头变的，最后还得变成石头。第五、它还组织了一些情节，使得现在的"现实主义"的小说带上了象征主义直至魔幻主义的色彩。

石头的说法使《红楼梦》阔大终极。玉的变幻使《红楼梦》显得灵动。绝非爬行的现实主义。

以庚辰本回目为例，第一回、第八回、第二十五回、九十四回、一百十六回，回目中都有"通灵"字样。无此字样但仍然写到乃至是围绕此玉写的章节更多，如见到林黛玉时的摔玉情景，张道士看玉给麒麟等情。总括来说，贾宝玉的平安祸福都反映到了那块玉上面。

还有一僧一道，丢玉啊，送玉啊，弄得极其闹热。

这一类情节本来很容易鄙俗化、狗血化，所以高鹗写到后来丢玉时，还出现了各种假冒伪劣之玉。这其实很值得深思。有真就一定有假，有高明就一定可能变成拙劣。幸亏这里有一个重要交代，这样，通灵玉的情节不致走火入魔，往野蛮愚昧丑恶邪祟上走。

这个关键性的交代就是石头，玉的本质、来源、归宿都是石头，只这么一想，你就开阔了、平静了、惆怅了、悲哀了也升华了。不简单。

如此这般，你仍然觉得意犹未尽，对这种前无先例、后无承接的写法仍然觉得不清不明，觉得仍然没有说到穴位上。实是留下了太多的遗憾。

这里还有一个问题，就是胡适博士对于衔玉而生的写法颇不以为然，他在给高阳的信中就明说了这一点。这实在是很奇怪，与胡博士的水平、地位、影响不相称，我只能说他是以产科学的观点来评价这块通灵玉的出场的。

三、宝玉摔玉

《红楼梦》第三回描写宝玉第一次与黛玉见面：

　　宝玉……又问黛玉："可也有玉没有？"众人不解其语，黛玉便忖度着因他有玉，故问我有也无，因答道："我没有那个。想来那玉是一件罕物，岂能人人有的。"宝玉听了，登时发作起痴狂病来，摘下那玉，就狠命摔去，骂道："什么罕物，连人之高低不择，还说'通灵'不'通灵'呢！我也不要这劳什子了！"吓的众人一拥争去拾玉。贾母急的搂了宝玉道："孽障！你生气，要打骂人容易，何苦摔那命根子！"宝玉满面泪痕泣道："家里姐姐妹妹都没有，单我有，我说没趣。如今来了这么一个神仙似的妹妹也没有，可知这不是个好东西。"贾母忙哄他道："你这妹妹原有这个来的，因你姑妈去世时，舍不得你妹妹，无法处，遂将他的玉带了去了：一则全殉葬之礼，尽你妹妹之孝心；二则你姑妈之灵，亦可权作见了女儿之意。因此他只说没有这个，不便自己夸张之意。你如今怎比得他？还不好生慎重带上，仔细你娘知道了。"说着，便向丫鬟手中接来，亲与他带上。宝玉听如此说，想一想大有情理，也就不生别论了。

　　这一段写得超常。一个少年见了另一个少年，发现对方有一种什么好东西，而自己没有，因而哭闹，这可以理解，因为人有私有占有的欲望。但因为自己有而对方没有便"无私"地闹了起来，这不可理解。

　　超常，所以绝妙；妙却难解，难解，就更妙。如果是那种单薄的情节处理，受了委屈哭，得了甜头笑，还有什么捉摸头呢？

　　此章作了铺垫，先说是宝玉"有时似傻如狂"，"行为偏僻性乖张"，还说他是

"登时发作起痴狂病来"，如此这般。

但我们看一看，宝玉并非见人就问人家有玉无玉，更从未在人前摔过玉。摔玉的情分与痴狂并不是每一个接触过宝玉的少女都能得到的。这么一想，你就为之感动，为之泪下了。

是的，这是宿命，这是前世的神瑛侍者与绛珠仙子的还泪之情所注定的，它无法解释也不必解释。宝玉爱黛玉，这是不能讨论的。爱情如电如雷霆，如疯狂如冤孽如病痛，它的强度甚至超过了生与死。宝玉见了黛玉，他能不闹吗？他能踏实吗？他能正常吗？

见到自己的所爱就如同见到了自己的前生、现世与未来，如同见到了自己的灵魂、形影与存在……他能不要求对方与自己保持完全的一致吗？

如果依弗洛伊德的说法，小女孩见到男孩的身体，会误以为自己缺少了什么，那么男孩见到女孩觉得自己多余了点什么也就不足为奇了。在这个问题上，曹雪芹的文学比弗洛伊德的科学更多了一些对于女性的体贴，比弗洛伊德的科学多了点人文，是不是呢？

这仍然不能完全解开摔玉的故事，我们还将继续分析下去琢磨下去。这里要说的是，从青年修养的角度上看，我们应该告诉下一代人对爱情也可以采取更加务实的态度。而某个人，如果他或她经历过类似宝玉与黛玉式的迷狂的痛苦的爱情，他或她尝到了哭玉摔玉式的滋味，我们有理由为之感叹：既然上苍给予了我们男女的分别，给予了人类以感情和灵性，那么他或她有福了，他或她算是货真价实地活过了也爱过了。

顺便说一下，贾母临时编撰的黛玉的莫须有的以玉殉母的故事确实大近情理。贾母这样好的虚构能力，比后世那些毫无想象力，只会写自身的一点室内剧肥皂剧式经历的作家要更适合搞创作。有一位也不甚年轻的朋友一听到"搞创作"云云便痛不欲生（可能以为这样说亵渎了文学吧），如果他又要痛苦，只得请便了。

四、从许由到宝玉

许多专家都高度评价《红楼梦》的反封建意识。例如宝玉最讨厌仕途经济、读书上进、功名利禄、修齐治平那一套，并以对此说"不"作为择友的标准，深深赞扬黛玉从不说那一套"混账话"。

有些专家研究了曹雪芹时代中国资本主义萌芽的出现，个性解放之类的新思想的出现，判定《红楼梦》的思想之所以出新，是新的生产方式、社会制度、社会发展阶段的前兆。这些论述都是很重要、很令人佩服的，对于我们理解《红》书的时代背景肯定有益，对于我们理解五种生产方式、历史唯物主义也肯定大有裨益。

同时也有另一种思路，中国的封建社会和任何一个地区的一种社会一样，它的意识形态并不是单一的、铁板一块的，而是充满着悖论与冲突，有正题就有反题，有向着灯的就有向着火的，有牢牢占据统治地位的思想，就有被统治的、不服统治的、歪着拧着也要出笼的其他思想。

相传公元前二千多年，唐尧向许由探讨向他禅位的可能性的时候许由坚辞不受，逃往箕山。尧再派人劝他担任九州长官，他很不高兴，而且以颍水洗耳表示劝仕的话污染了他清洁的耳朵。至今河南许昌一带还有许由洞、洗耳河、许由洞村等景点。这可以说是宝玉的第一个精神祖先、精神资源。

老庄也讨厌儒家那一套。老子说："故失道而后德，失德而后仁，失仁而后义，失义而后礼……"用我的话说，失去了自然本真才讲价值规范，失去了价值规范才讲爱心教育，失去了爱心才讲信用友谊，失去了信用友谊才讲秩序自律。这与宝玉的批评"文死谏、武死战"大意差不多。

到了魏晋南北朝，厌弃仕途经济的名士就更多了。著名的嵇康《与山巨源绝交书》便表达了这种清高，竹林七贤中的其他人（包括山巨源即山涛）也都有这方面的惊世骇俗的言行可考。

晚明的李卓吾更是特立独行，软硬不吃，宝玉应引为同道。

时到新中国，有钱锺书式的高士。他最后还是担任了社科院副院长，副部级，惹得至今有人还在煞有介事地讨论他是怎么住进了部长楼，甚至说是某某个人一句话使他进入新居，编造神话，再徒劳地研究评析批判一番。

海峡对岸有李敖，专门批之谤之，他已经担任了立法委员。时代不同了，不合作者们的选择大大拓宽了。

当代还有一些高士其实是被迫断了仕途经济的念头的，之后崇拜者们大喊"伟大的孤独"什么的。

当然，宝玉与这些个人不同，他同样无意标榜自己的高雅、清洁或文才、天才或平民意识，只是沉醉于青春与女性。这与其说是出于某种观念，不如说是青春期的自由与放诞。他不像许由爱农重农，守护大地与庶民身份；老庄高明，棋高一着，道高一丈，理深三尺三；嵇康珍惜清洁，仇视媚俗；他们都有自己的一套价值观——意识形态。

中国是厉害，有两个源远流长，一个是仕途经济乃至官迷们源远流长，一个是性灵第一视功名如粪土乃至作秀也是源远流长。

五、贾宝玉喜欢女孩子

《红楼梦》的主人公贾宝玉喜欢女孩子，他的名言"女儿是水作的骨肉，男人是泥作的骨肉"，匪夷所思，很有表达力、想象力。

或谓这也是反封建。可能，至少客观上是对封建社会重女轻男思想势力的反拨。

离现代的女性女权主义则尚远。现代意识强调的是人众的平等，不能搞男尊女卑，也不能相反。

贾府里的男性则确实不如女性，我以为这是由他们的寄生生活所致。他们的腐烂比女子更胜十倍，他们比女子更少礼教约束，应归于蠢猪癫狗之属。他们又不怎么管家务家政，历来是男主外女主内嘛。特权制度使他们只须养尊处优，不须运筹谋划，一个个全成了废物。

贾府的男子中有一个正派一点的就是贾政，贾政读了些圣贤书，就更脱离实际、脱离生活、脱离人众。历史悠久的中国经典本来就是理想化、审美化的教训，对人有启发，但可操作性甚差，这样的书必然造成书读得愈多愈蠢，远不如文盲半文盲的凤姐。凤姐正因为不读书，只能经验主义地处理事务实务，虽然缺少远见与自律，毕竟没有她就更乱成一团。

宝玉的为女子说话只限于为未婚少女说点感想与抒情的话，他屡屡感叹，好端端一个女孩，长大出嫁以后就换成另外一个人，变得粗俗荼毒丑恶可厌。这实在不像是在争女权，而是像青春期的弗洛伊德心理。毋庸讳言，我在宝玉那般年纪的时候就每每惊异于女孩子的热情、聪明、活泼、美丽，不论头发还是服装，唱歌还是跳舞，一切女胜于男，从而感叹男孩的平庸、邋遢、不如女孩清洁，例如我那时的男孩个个一身汗臭。

宝玉看人有点唯美主义。他喜欢北静王，除了北静王的地位与对贾家的恩庇以外，是因为北静王"面如美玉，目似明星，真好秀丽人物"。宝玉也喜欢秦钟，见到秦的外表自惭形秽地无地自容。说起来，这方面宝玉还有点兼容的同性恋倾向。

真正"女儿"们有难的时候，宝玉其实是一个屁也不敢放的。金钏之死宝玉有大责，他只能在金死后去偷偷烧个香。晴雯生病是由于为他补裘，被逐是王夫人为了他的健康成长而采取的措施，他去探望了一次似乎多么惊天动地，然后写一篇诔，似乎也已经恩重于山了。

宝玉的反抗性有限，大多以孩子淘气、刁钻、撒娇的形式出现，似不能评价太高了。

六、黛玉开始很乖

一般认为黛玉也是富有叛逆性格的，故而与宝玉结为知己，黛玉的小性、挑剔、使气、悲观、与俗鲜谐都给读者留下了深刻印象。

其实林小姐一上来并非如此。第三回写她初到贾府看见贾家奴仆"穿吃用度已是不凡，何况今至其家。多要步步留心，时时在意，不要多说一句话，不可多行一步路，恐被人耻笑了去"。她这时是谦虚谨慎戒骄戒躁的，她的心态更像是个小媳妇、小公务员。

有实例为证，早先黛玉由于体弱，饭后要过片时方吃茶，不伤脾胃。（王按，这在今天看来仍是合乎科学道理的，以免冲淡胃液，影响消化。）但第一顿饭她就发现贾家与她家不同，吃完饭就上茶："今黛玉见了这里许多规矩不似家中，亦只得随和着些……"入乡随俗，黛玉绝非不讲人情世故。

黛玉第一次显出脾气来是第七回，送宫花送到她那里，薛姨妈的礼物，她立即问是专送我还是都有，得知并非单送她而到了她这里宫花只剩两枝时，立即表示她就知道别人不挑剩下不会送到她那里去。受了她的刺话的恰恰是有头有脸的凤姐的亲信周瑞家的。黛玉与刚到贾府时判若两人，不调查，不讲理，不区分对象，不厘清目标，不计后果，生事。比她任何一次闹脾气都更无理。

想来想去只能有一个解释，黛玉已经陷入对宝玉的爱情当中，也已经对自己在贾府的地位有了某些自信，行市大涨了。人的处境愈好脾气就愈大，这是人性的弱点之一。以她的年龄，她的处境，当时的环境叫做"语境"的，她陷入情感波澜后的唯一可能、唯一出路就是从此喜怒无常，悲从中来，饱受精神的煎熬。

林黛玉是个极重感情又聪明绝顶的女孩子，除了重感情，重宝玉，她还能重什么呢？她不像宝玉还能泛爱博爱一番，她一爱上宝玉就只能纠缠如毒蛇，执着如怨鬼了。

我在某次讲座中与听众交流的时候说过一句话："林黛玉的情感是超常的，能让林黛玉爱上一回，即使最后被她折磨得跳了井，也是值得的啊。"

七、宝钗的药方

第七回说到宝钗有一种病，是胎里带来的热毒，吃各种药都无效，后由一秃头和尚开了"海上方"（仙方、秘方），名之为"冷香丸"。其处方如下：

> 要春天开的白牡丹花蕊十二两，夏天开的白荷花蕊十二两，秋天的白芙蓉蕊十二两，冬天的白梅花蕊十二两。将这四样花蕊，于次年春分这日晒干，（王按，此前花瓣不晒干怎样保存呢？不会霉坏吗？存疑。）……又要雨水这日的天落水十二钱……还要白露这日的露水十二钱，霜降这日的霜十二钱，小雪这日的雪十二钱。把这四样水调匀，和了龙眼大的丸子，盛在旧磁坛内，埋在花根底下……

谁读到这里都会忍俊不禁：多么荒唐，多么美丽，多么可爱，多么讲究，多么奢侈，多么莫名其妙！

阔小姐真能折腾呀，看一看一个人的生病求医用药情况，就知道此人的阶级阶层地位特别是消费层次了。

这不像药方，倒像童话、神话、诗、酒令、谜语。与其说它是功能（治病）性文本，不如说是文字性、语言性、文学性、诗性、审美性、哲学性、玄学性、神秘性、巫祝性、巫术性却也是游戏性的文本。

读完这个药方你的第一个反应很可能是："亏他想得出！"它似是出自出色的想象力而不是临床医术。

它很直观，白者花者水者，洁无瑕也，冷如冰也，美如花也，高贵典雅天姿国色者也。

它天人合一，以天医人救人：春夏秋冬，四时节令，雨露霜雪，植物花卉，无不中的，无不暗含玄机，无不契合天意天数。

它包含文字崇拜特别是数字崇拜，读之赏心悦目，而十二与四，当然不是普通数字，甚至西洋也青睐十二（一打）一数，阳历阴历一年都是十二个月。这些数字里也有天机，有东方神秘主义。中国崇拜的数字更多，如一（元）、二（阴阳）、三（星）、五（行）、六（顺）、七（巧）、八（卦）、九（九归一）等，各有深意，各有积淀。中国称命称数，或称气数，这极有味，数字对于国人是具有神学意味的。太可爱了。

它是女性的。它符合薛宝钗的身份性格，甚至也符合林黛玉的身份性格。即使仅仅看药方，也可以看出作者曹雪芹对于宝钗这个人物的非以等闲视之。

试想，除了宝钗，湘云能吃这种药吗？她那么活泼无挂碍，吃这个不是捣乱吗？别人就更不须考虑。只有黛玉是完全配吃这个冷香丸的，或者可以说黛玉不吃已经冷而香了。这么一说，这个药方太巧太要巧涉嫌矫饰，反而不够自然而略显做作了。这正是无药而自冷自香的黛玉高出一筹的地方。

被认为荒谬绝伦的俞平伯的"钗黛合一论"，这里又得到了一证。按，以现实主义理论人物分析方法来看，钗黛合一说是胡说八道，是的，但是以文化符号学的观点来看，合一说并非完全的无稽之谈。至少，读《红楼》，事事时时处处要把这两位女性联系起来理解，钗不能离黛，黛不能离钗，否则就读不懂《红楼梦》。

它不像出自"现实主义"的《红楼梦》，倒像出自带有当时世俗化宗教化印迹的道家著作《淮南子》，或者类似的药方出现于金庸的小说《天龙八部》《神雕侠侣》《倚天屠龙记》应该更加自然。这说明，中国的现实主义是灵动的现实主义，开放的现实主义，神思八极、心有旁骛的超现实主义，而不是画地为牢的现实主义。

这还说明中国传统文化的人文性、直观性、整体性、审美性、想当然性与诗性，与西方的逻辑推理与实证主义、科学主义传统大异其趣。

如无大病，倒是可以吃点这一类药，想来有益无损；吃花，现代医学也是肯定的吧。真得了大病还是要化验透视扫描打针吃药手术，不论平素你怎样地做出轻视科学技术的人文派头。

八、你的脖子上挂着什么

宝玉的脖子上挂着的有：项圈，寄名锁，护身符，落生时衔着的那块玉。此外，他头戴束发嵌宝紫金冠，额上勒着二龙抢珠金抹额，身上系着五彩丝攒花结长穗宫绦。

很阔绰。更是为求吉祥。

人们生下来时都是"无产阶级"，叫做一无所有，叫做赤条条来去无牵挂。不知道是不是人为自己的赤条条身世身份而寂寞孤单惭愧，总是用许多玩艺点缀、丰满、保佑自身。

人们还倾向于寻求某个物件的神性、主宰性及其与自身的对应性。西人脖子上要挂十字架、护身符，佛家要挂念珠，同样有护身符。各民族都有这方面的习俗。

宝玉的玉先天带来，自是神异。玉的正面用篆体写着"莫失莫忘，仙寿恒昌"，背面写着"一除邪祟，二疗冤疾，三知祸福"。这个背面写得太低俗直露了，应属败笔。但它反映了，人们不但追求物件的对应性、神性、主宰性，而且追求语言文字的同样的神学功能。篆字比较繁复美观，似带神性，乃成为首选。

物件与文字，宝玉拥有的很足实。姓贾的这位公子有福了。

宝钗差一点，没有生而有之的物件，却有得自癞头和尚的文字"不离不弃，芳龄永继"，又制作了珠宝晶莹黄金灿烂的缨络，以之装饰金灿灿的项圈、金锁。有此一物，有此八个字，也够宝钗受用不尽的了。

口中衔之，当然是宿命。和尚给拟稿，也是命，另一个稍浅层次的命。命与命也是可能相悖的，不但人与人冲突，命运与命运也冲突，谁能活得踏实平安？

黛玉最伟大，她脖子上什么都没有。她为之伤心、疑惑、悲哀，她不懂以无胜有的道理，她时时感到的是一无所有在一应俱全面前的弱势。

你我大致也是林黛玉，你我的脖子上也是什么都没有。女性买个项链，也远没有这些名堂。我们生下来，没有玉，没有金，没有篆字灵符，只有一双手，一颗心，一种未必能够实现的愿望，一腔眼泪。然后，噙着泪，焦着心，忙碌与慨叹着自己的一生。我们胜过林黛玉的地方当然多多，我们未欠泪债，所以，我们还会常常含着微笑，至少可以自嘲这个一无所有。

九、如果你的老板是宝二爷

《红楼梦》里写到的那种没有公平竞技——费厄泼赖的社会，主子完全不必有什么高明，高贵者常常很蠢很赖很痞——中国的贵族可没有中世纪欧洲贵族的那点举止风度，声言自己出自贵族门槛的中国作家千万别忘了这点国情，不要原想抹润面乳的结果变成了抹驴粪蛋。偷鸡摸狗的贾琏，浑不讲理的薛蟠，无耻下流的贾珍贾蓉父子，百无一用的贾政，霉朽恶臭的贾赦，都俨然是老少爷们儿，那么宝玉虽然（作为一个大家族的接班人）不称职，还算好的。

一般地说侍候这位爷算是容易的，他待人也还过得去，除吃瘪一日怒火中踢过开门迟缓的袭人一脚，没见他虐待过男仆。

很多人不喜欢善于处世的袭人，为宝玉的这一脚喝彩。

但是他的任性而为也出了难题。跟着他的年龄稍长的听差是李贵。第九回程甲本中叫"训劣子李贵承申饬……"，贾政嫌儿子不读书成器，便在仇恨洋溢地齿冷地讥诮宝玉之后训斥起李贵来，扬言："等我闲一闲，先揭了你的皮，再和那不长进的算账！"

吓得李贵叩头，并禀报说二爷正在读"攸攸鹿鸣，荷叶浮萍"（"呦呦鹿鸣，食野之苹"之误），把贾政逗笑了。

这说明，贾政人性未泯，幽默感尚存，应属有救。他虽然扬言"揭皮"，毕竟是雷声大雨点小，空话胜于毒辣。用恶言震慑取得管理的成效，应属统制一法。他居然能为一个下人的误读而粲然，这是《红》书中贾政少有的可爱表现。第二，说明李贵的傻人傻福，大愚若智，或大智若愚。（如真是大智可就了不得啦！）以一个小小的洋相暂时化解了冲突，也算解构。第三，此时政老与乃子的矛盾尚未激化到不可调和的地步。等到宝玉挨打之时，你再愚再智恐怕也都只能是陪着挨揍。

下一步是李贵以极得体的、符合自己身份的语言做二爷的工作，劝解宝玉今后要听点（老爷的）话。面对不成器的老板，仆役还得负起代表主子的根本利益，体察主子的基本态度，引导具体主子走正路的任务。但话又不能说过了头，必须寓劝告引导于哀求告饶之中，必须用下等人的眼光和词句，必须是小人罪该万死，必须是忠于具体的主子，而不能太郑重了。这叫低调进谏法，比沽名钓誉的死谏硬谏抬棺谏办好了护照联系好了使馆再谏还难。

而宝玉等顽童们在书房里大打出手的时候，李贵还须扮演小主子们的宪兵、维持秩序的警察角色，他喝止了茗烟和小主子们的小小动乱，避免了书房中无政府状态的出现。

想来想去，如果你是李贵，你能做得更好更周到更不辜负重托吗？反正我是做不到的，李贵的表现已经接近完美了。

真不知道是怎么训练出来的。自古我国并没有奴才培训学校啊。

或人道，李贵应该克服奴才意识，打倒封建特权，推行自由民主直到人民革命，争取在贾府里直至朝廷里掌权，实行启蒙新政……那就不是《红楼梦》，甚至也不是《水浒传》的题中之义，而是或人另写一部著作另辟一个时代一个世界的历史使命啦。

一〇、为什么说读《诗（经）》是掩耳盗铃

在第九回里，贾政听了下人李贵关于宝玉读书情况的汇报，得知宝玉正在读《诗经》第三本"呦呦鹿鸣……"，训斥道：

> 那怕再念三十本《诗经》，也都是掩耳盗铃，哄人而已。……就说我说了，什么《诗经》古文，一概不用虚应故事，只是先把"四书"一气讲明背熟，是最要紧的。

此话值得研究。《诗经》是孔圣人编辑的，还有各种关于《诗经》伟大意旨的说法，如"不学诗，无以言"，"诗，可以兴，可以观，可以群，可以怨……"，还有"乐而不淫"、"怨而不怒"、"哀而不伤"的诗教论，与"一言以蔽之，曰：'思无邪。'"的意识形态结论。

贾政怎么敢与孔圣人唱对台戏，说宝玉读《诗经》是"掩耳盗铃"、"虚应故事"！

这就得说到封建专制主义的非文学论，说到封建社会对于文学的异己性的估量与对文学的防范。《诗经》虽然经过孔老夫子亲自删削编辑，作了清洁无害处理，毕竟还要表达人性、性灵，还有"国风"之类的民歌体，还反映点男女之情什么的。而这对于思想已经僵硬到不可救药的贾政来说，自然是危险的。其次，文学性的诗歌保留着立体性与多义性，它的解读并非定于一尊，它要求与培养思考

能力，这也是危险的。所以必须干脆只读"四书"——《论语》《孟子》《大学》《中庸》，必须读什么都只接受结论，接受命题，接受全称判断，死灌硬输，死记硬背。再者，既是诗，就必须有创造性，必须曲为立言，标新立异，这又与封建专制的只允许重复循环陈陈相因，无一字无来历，无一句无出处互不相容。如此这般，本来还相当合情合理的孔子学说，到了明清时期，就变得与一切带活气的东西包括孔子本人审定的《诗经》不共戴天了。至于《红》书后文写到宝钗劝诫黛玉不要读元曲，以免移了性情云云，就更尖锐地表现了源远流长、事出有因的非文学论与反文学论灭文学论了。

这从反面证明了，幸亏还有个文学，为中国僵硬的封建社会保持了一点活气儿。

一一、闹得痛快

《红楼梦》往往看得憋气，哥哥呀姐姐呀妹妹呀，哭啊气啊语带玄机斗嘴呀，争风吃醋打嘴巴生病开药方死人呀，坏人得势好人无着呀，眼睁睁一个大家族衰败灭亡，谁也无力回天呀，真够闷人的。怪不得冰心对我说过，她最不喜读的书就是《红》。

但是也有少有的趣味横生、淋漓尽致的情节，例如闹书房一节。虽然是一拨"斗鸡走狗"的贾家屁孩子为极其低级下流的原因争吵，而后动了手，场面仍极生动热闹，污言秽语，煽风点火，挑拨离间，仗势欺人，聚众闹事，误打误撞，唯恐天下不乱，所有的人性男性弱点全出来了。

只几句声口就极活泼："好囚攮的们，这不都动了手了么！""小妇养的，动了兵器了！"砚瓦、磁砚水壶、书箧子、毛竹大板、马鞭子、门闩，各种道具都用来动武，打成一团。

闹书房的主角是宝玉的下人茗烟，茗烟受了阴损的贾蔷的挑拨，在武斗中起了带头作用，他的几句村话与"一把揪住"对手金荣的做派，起到了打破一切规则

15

的解禁作用。看来还是下人更少禁忌，更能使个性解放。通过这么一闹，身为小奴才的茗烟也获得一个机会释放一下自己的个性与游戏本能。

闹书房一节有人分三六九等的不平，有小少爷们的肮脏烂乱的暴露，更有为艺术而艺术的游戏心态、玩耍心态，用于光远的名言就是"人之初，性本玩"。

只因为老师贾代儒一时不在，压制稍稍松动了一下，孩子们就反了天。而恰恰在这种恶劣的人性表演之中，你看到了一点真性情，你会哈哈大笑。

呜呼，人性竟是这样不堪吗？还是越压制人的素质就越低下呢？

《红楼梦》中另一些快乐的群体场面有芦雪庵联诗、宝玉生日群芳夜宴等。但前者太雅，有精英化才女（子）化当然也白领化的封闭性装模作样性；后者众星捧月般地讨好宝玉，没有广泛性人民性与代表性，弄一帮女儿侍候少爷，以民主意识大众意识观之，应该搅局造反才是。这些写得再好，终没有闹书房一节那样道发自然，浑然天成，绘声绘形，活力四射。

又，王按，由于有女性参加或以女性为主体，某些热闹就文雅了。看来，女性聚会比男人聚会文一点，宝玉参加女性为主的聚会时也比他与清一色男性在一起时高雅得多。无女不文明，这是真理。性羞涩性禁忌性规范在某种意义上确是文明的萌发点。封建社会如此重男轻女，但在女性面前至少要净化一下言语。但是禁忌太多就成了封建礼教对人性的戕害，放一放又会走上书房闹事的低级下流混乱无序。一管就死，一放就乱。放任乎？禁忌乎？解放乎？规范乎？杯水主义乎？从一而终乎？这也像哈姆雷特的"活着还是不活"一样，是一个永远的大问题。

一二、璜大奶奶与鲁迅的爱姑

那个叫金荣的大孩子在学房里受了秦钟——宝玉——茗烟的气，回家告诉母亲。母亲胡氏晓以利害，说明自己是求人的一方，攀附沾光的一方，教导他"老老实实的顽回子"睡觉去。

但胡氏把此事告诉了小姑子璜大奶奶，璜大奶奶一听大怒，提出"秦钟小子是贾门的亲戚，难道荣儿不是贾门的亲戚"的身份认定的要害问题，暗含着是贾门亲戚便人人平等的准启蒙准人权意识，争尊严争合理性的诉求，到宁府里意图与秦氏理论一番，讨个说法为寡嫂出气。

及至见到了尤氏，叫做"未敢气高，殷殷勤勤叙过了寒温"，才提了一声秦钟的姐姐"蓉大奶奶"，尤氏乃半有心半无意地敲打了几句，大意是秦钟向姐姐说了学房打架的事，蓉大奶奶"听见有人欺负了他兄弟，又是恼，又是气"。

底下呢，叫做"金氏听了这一番话，把方才在他嫂子家的那一团要向秦氏理论的盛气，早吓的丢在爪哇国去了"。

这里尤氏并没有说什么，金氏也没有说什么，尤氏是不战而屈人之兵，金氏则是不战而溃。

尊卑上下，是弥漫在所有的存在中的，是植入了基因里的。没有进入语境，你可以自以为与老板平等，与大人物平等，至少可以与阔亲戚理论讨论辩论，争个明白究竟；及至一见大人物，一进入大人物的语境，你自然自动撒了气瘪了胎，根本不是对手。

例如鲁迅的短篇小说《离婚》，都说是描写了一个敢于斗争的农女爱姑的形象。爱姑的丈夫"小畜生"姘上了一个寡妇，乃虐待爱姑，而爱姑的公公"老畜生"偏袒儿子，爱姑准备与"小、老畜生"拼命，要拼个家败人亡。在村里经慰老爷调停，达不成协议，乃到一个大一点的地方听"七大人"说话。

以下是爱姑的溃败行状：

> 他们（王注：爱姑与她的父亲）跨进黑油大门时，便被邀进门房去；大门后已经坐满着两桌船夫和长年。爱姑不敢看他们，只是溜了一眼……
>
> 当工人搬出年糕汤来时，爱姑不由得越加局促不安起来了，连自己也不明白为什么。"难道和知县大老爷换帖，就不说人话么？"她想。"知书识理的人是讲公道话的。我要细细地对七大人说一说，从十五岁嫁过去做媳妇的时候起……。"
>
> 她喝完年糕汤；知道时机将到。果然，不一会，她已经跟着一个长年，和她父亲经过大厅，又一弯，跨进客厅的门槛去了。

客厅里有许多东西，她不及细看；还有许多客，只见红青缎子马褂发闪。在这些中间第一眼就看见一个人，这一定是七大人了。虽然也是团头团脑，却比慰老爷们魁梧得多；大的圆脸上长着两条细眼和漆黑的细胡须；头顶是秃的，可是那脑壳和脸都很红润，油光光地发亮。爱姑很觉得稀奇，但也立刻自己解释明白了：那一定是擦着猪油的。

她说了点敢于斗争的话，这时一直玩弄着自古墓里找出来的屁塞的七大人怪模怪样地喊了一声"来兮"，于是：

> 她这时才又知道七大人实在威严，先前都是自己的误解，所以太放肆，太粗卤了。她非常后悔，不由的自己说：
> "我本来是专听七大人吩咐……"

鲁迅对于爱姑的略战即溃的描写比较细致。黑油大门、邀进门房、两桌奴仆、红青缎子马褂发闪的客人、客厅门槛、团头团脑红润油光的七大人，再加屁塞道具和"来兮"的怪调，难怪敢斗如爱姑也是不堪一击。

这时，七大人抹了鼻烟，一个喷嚏，然后爱姑彻底缴械投降，叫做没了脾气。呜呼哀哉！

金氏、爱姑，互为参照佐证可也。

一三、秦可卿的病

对于秦可卿的病论者多矣，所论多在于她与公公贾珍的不正当关系，到底病情如何，难以从书中和评论中看出个子丑寅卯。只见贾珍与尤氏都对她的病十分关切，可从侧面看出秦氏的人缘与分量。

疾病，本来是生理现象，人吃五谷杂粮，谁能无恙永远？佛家也讲生老病死，将病列为人生一大摆脱不了的苦恼。但具体什么病，又在相当程度上可能成为患者的隐私，尤其对于政治领袖、社会名流来说，涉嫌与两性关系有关的病症，许多人是讳莫如深。

例如以开放标榜的西方国家，美国总统里根是在卸任以后，才敢于早早宣布自己已经患上了老年痴呆症；而在任的法国总统密特朗也只是在卸任后声称自己早已得了绝症，并选择了自己的死期。这已经够唯物够坦率够理性的了。而巴勒斯坦解放组织主席阿拉法特的病况，至今仍有疑义而未向公众公布。

这么说，秦可卿的病情扑朔迷离，不足为奇。

同样有趣的是作者藉书中人物之口谈了些对于医疗问题的看法，尤氏说：

> 现今咱们家走的这群大夫，那里要得。一个个都是听着人的口气儿，人怎么说，他也添几句文话儿说一遍。可倒殷勤的狠，……大家商量着立个方儿，吃了也不见效……

这是说一批庸医互相依靠推诿，无人负责，用几句"文话"搪塞唬人。尤氏的批语应属准确如实。

而请来的张太医与这些人不同，第一，他把完脉就讲病情，讲得贴切，乃获信任——这是把医术变成猜谜的无医学常识的陋见，至今国人仍有不向医生诉病情，看医生猜不猜得准，以测验医生者，透露了我国农民文化中愚昧与狡黠——愚而诈的一面。

第二，是谈到预后，张太医说要看"医缘"，真是高明极了。有术还不行，还要看缘。这也对，同样的病同样的药，同样的治疗，有的有效，有的无效，以缘释之，也就是以无因释因，谁还能有什么脾气？

第三，太医走后，贾珍分析说，人家本不是"混饭吃的久惯行医的人"。这很奇怪，就是说以行医为职业的人，医道是不灵的，顺手看看病的人才是医学大师。重业余而轻职业，重 part time 而轻 professional，这与外国的思路大异其趣。我想这是缘于中国特有的整体主义与本质主义信念。中国人倾向于认为，大道是相通的，治国、齐家、用兵、用药、三才、五行……搏击功夫与床上功夫，靠的都是一个道。用老子的说法就是：

> 昔之得一者，天得一以清，地得一以宁，神得一以灵，谷得一以
> 盈，万物得一以生，侯王得一以为天下贞。

得了这个一，就一通百通，无敌于天下。那么，决定得不得一，主要是看道德，看素质（悟性），看学问，而不看经验不看技术不看专业知识。贾珍对张太医的评论透露了中国文化中特有的重概念、重本质、重通识、重联系，同时轻专业、轻分工、轻经验、轻知识技术的悠久传统。恐怕这样的传统至今犹存，例如以抽象的什么什么精神去否定具体的专科的知识技术。

此外，小说叙事从金寡妇要找秦氏理论，一下子过渡到秦氏的病的交代，很自然。《红》书前二三十回没有什么大的戏剧性冲突、主线性的冲突，结构起来很费劲，这样自然过渡不失为一个好办法。

再者，贾珍一听庸医看病害得秦氏屡屡脱换衣服，便发狠地说：

> 任凭什么好衣裳，又值什么呢？孩子的身体要紧，就是一天穿一套
> 新的，也不值什么。

这令人想起后来秦氏殁了，谈到后事，贾珍发狠说："不过尽我所有罢了。"一提出秦氏就发狠，这是一。一狠就要花钱，以为钱多是自己的优势，恨不得用钱买回秦氏的健康，可惜钱的用处有限，这是二。

幸亏钱救不了所有的命，使有钱人也有着急发狠一筹莫展的时候，要不然穷人就更不平啦。

一四、宿命的悲哀

凤姐睡了，梦见了秦可卿。秦氏是临死了来托梦，讲的是"月满则亏，水满则溢"的普遍规律，是登高必跌重、树倒猢狲散的可怕前景。

类似的思想在书中不断出现，这是《红》书的一个主题。这个主题再发展一步就是色即是空，空即是色的虚无主义。《红》是一部交响乐，有快乐的青春快板，有缠绵的二重奏，有叮叮当当的民间舞曲，有如诗如画的行板，有苍凉的从大荒山到寺庙神佛的打击乐，尤其是不断地有这个则亏则溢，树倒人跌，最后白茫茫大地真干净的主题出现。

封建社会的一个王朝又一个王朝，一个家族又一个家族，一个人物又一个人物，盛而衰，兴而亡，否极泰来，周而复始的实例太多了，只能被解释为宿命。宿命是无法解释更无法避免的，人能做的只有未雨绸缪，早做预应方案，留有余地，勿为已甚，略略减轻一点命运的打击而已。

这样的思想中国古已有之，但也有另外的思路。既然人无百日好，花无十日红，那么"有权（利、力、机会……）不用，过期作废"，于是一旦得势便更加疯狂放肆，直如亡命徒一般。

问题是这么伟大的主题思想为什么要假秦氏之口说出？《红》书对于秦氏着墨并不算多，但是一再造势，又是模样如何性格如何，又是上下没有人不喜欢她，宝玉又是在她房里神游太虚境，而且警幻仙子之妹名为可卿。整个对秦可卿的描写如妖如仙如神如幻，如自天降，如归太虚，来无影去无踪，令人狐疑困惑不已。

在众多真实可信、如闻其声如见其人的人物中，出现个把不知就里、摸不着头脑的人物，不仅不觉突兀，反而令人感到了灵动的神秘。能解释出这个人物的来历固然好，如刘心武认为她是一个有特殊政治背景的大人物；解释不出来也许更好，世上不但有朦胧诗也有朦胧人物也。

一五、宝玉举荐凤姐

读《红楼梦》常有感叹：原来今天的许多事情、名词、时尚……《红》已有之。

比如，智力输出或智力引进，这是一个现代概念，但《红》里早就有了，例子就是凤姐被贾珍请去"协理宁国府"。其实协理云云也是很时髦的说法，或曰襄理、襄助，更文雅些。

最难解的是凤姐之协理宁国府竟是出于宝玉的推荐，宝玉不但管家政还热心于人事，奇了。话说贾珍因尤氏染疾（谁知道是什么疾）发愁，被宝玉发觉，他不但体贴入微地注意到贾珍的情绪状况，弄清了原因，还提出了解决办法，经王夫人批准，凤姐堂而皇之地成了宁府引进的执行总经理了。

在这件事上宝玉的角色像是人事局局级巡视员或无任所局长。

可见，《红》是不作茧自缚的，它虽然规定了宝玉的"无事忙"啦、"富贵闲人"啦之类的飘然不群的雅号，还有如今变成不争之论的"叛逆性格"啦、反封建啦之类的比较伟大的界定，事实上却没有回避宝玉的倾向性、世俗性、人间性、家族政治性。宝玉并非不食人间烟火，他和母亲王夫人、堂嫂兼表姐王熙凤是一条线上的，叫做一头的。也可以看出，宝玉很佩服王熙凤的能力，并以之为荣，他客观上在分享凤姐的威风。做富贵闲人也好，叛逆也好，乃至得了便宜卖乖也好，是以自己的靠山有权有势有钱，自己这边有人不闲也不怎么叛地忙碌着支撑着，自己并无至少是暂无生存忧患为前提的。

活了才能忧，才能叛，才能闲，才能终极关怀，才能心系大荒、心事浩茫、感天动地。离了王的操劳，宝玉活得了吗？他又不可能去自食其力。

智力输出，是王熙凤的威风的顶点。从有余力输出，到后面的"力诎失人心"，怎能不令人叹息！

凤姐到了宁国府就发现了宁府管理上的诸多问题，一是人口混杂，遗失东西；二是事无专管，临期推委；三是需用过费，滥支冒领；四是任无大小，苦乐不均；五是家人豪纵……五个问题其实是一个问题，就是对于人员的管理不当，加上对于财物的管理不当。五大问题中二、四、五是纯粹的人力资源调配问题，其他两个问题则兼有财物管理问题在内。管这个管那个，最难管的是人，最核心的也是管人。凤姐还考虑不到制定制度规则的"法治"问题，倒是后来探春临时与李纨、宝钗搞三套马车的领导时，更强调"例"，就是说原来怎么样处理这类问题的，现在则依旧例同样处置之。例是可以变成律的，是潜在的律，同时也是律的有效补充，探春考虑到了一点章法问题。

一六、管理的潜暴力实质

凤姐到了宁国府，先说上一段：

> 既托了我，我就说不得要讨你们嫌了。我可比不得你们奶奶好性儿，……行错我半点儿，……一例清白处置。

这是凤姐的管理学，丑话说在头里，勿谓言之不预，与其令人爱戴，不如令人敬畏。这段话还说明，管理是令人讨嫌的，无政府主义才舒服。虽然不能说很全面，凤姐的认识是有道理的，至少比贾政那种脱离生活脱离实际的腐儒显得明白。

然后她调配劳力，叫做拨拉得开。这里又有一种说法，叫做管理的任务绝对不是事必躬亲，而是善于用人分配人，合理分工，大家一起去做事或者指挥旁人去做事。

然后她列出时间表，卯正二刻(6:30 AM)点卯，午初二刻(11:30AM)领牌回来(汇报进行情况)，戌初(7:00—8:00PM)由她亲自巡查。凤姐并要求一切按钟点进行，她已有严格的时间观念。时间是一个重要的指标，没有时间限制的安排等于没有安排，没有时间规定的计划等于没有计划。

果然，次日有一个分管迎送亲友的人迟到，凤姐下令打二十板并罚扣一个月的钱粮，从此宁府中人知道了凤姐的厉害，个个兢兢业业，不敢偷安。

凤姐的处罚依今天标准来看也够厉害的。什么叫厉害，什么叫"威重令行"，就看管理中潜暴力的含量。

所以即使并非正式的管理，也要动手出手，绝不含糊。在《红》的第四十四回，凤姐忙于过生日，贾琏趁机与鲍二家的"乱搞"，一个小丫头为贾琏放风，见了凤姐就跑，凤姐反应的第一句话就是"叫两个二门上的小厮来，拿绳子鞭子，把……小蹄子打烂了"，然后起掌神速，左右开弓，把小丫头打得两腮紫胀，并威胁要撕烂了嘴，用红烙铁烫嘴，接着拔下簪子戳嘴，靠肉刑取到了口供。对后面一个花言巧语的丫头，也是一扬手打得她一个趔趄。

至少在彼时的大观园，敢于用暴力，该出手时便出手，是凤姐顶用、有作为的一个标志。反过来说，又是凤姐终于败落的一个根源，她树敌太多了。

一七、秦可卿丧事的消解

秦可卿之死发生在《红楼梦》的很靠前的部分，如同一个噩梦。可卿在王熙凤的梦中讲话，如同凶险的预言者、诅咒者，又像是威严凛冽的警诫者与大慈大悲的拯救者。

但是世俗比生死比神秘比预言比警诫更强。

一个是贾敬趁机自命神仙，玩一个清高伟大，实际更令人感到做作与讨嫌。一个是贾珍为办儿媳的丧事胡作非为，尤其是所用棺材板，完全违反了体度规则。一个是凤姐智力输出的精明与威风，她一到宁国府就进入角色，像电脑一样精确运行起来，又像女王一样横扫千钧起来。然后出殡时再到馒头庵弄权、显威风，竟然在一件与她没有利害关系的事情上"为艺术而艺术"地出手，伤天害理。一个是丧事的隆重把人的注意力转移到排场、势力上而不是死者的身前身后、为人行事、恩泽德仪、遗愿遗憾……上。读关于办丧事的描写时你看到了一切，除了死人是谁。丧事压倒了死者，消解了死者，至少是淡化了死者：这个时期，贾府死个什么有身份有地位的人都会这样办丧事的，是不是秦可卿已不要紧。

也差不多没有了死的悲哀，请看宝玉路谒北静王世荣（有版本作"水溶"）一节，宝玉除了受宠若惊、乐得屁颠屁颠以外，哪里还记得这是可卿的丧事。北静王不但地位高而且长得英俊，这一点对于《红》的作者十分重要。仪表、面容、谈吐，几乎可以决定一个人的命运，那个时候谁对谁哪里可能有更深入的考察？

尤其不堪的是秦氏的弟弟秦钟，送殡途中就与宝玉一道打人家纺线的村姑的主意；住下来就"得趣馒头庵"，将小尼姑抱到炕上云雨，而宝玉过来轻薄，将他二人按住只不做声。说实话，这里的宝玉与秦钟只如两只赖皮得无可救药的猴子、流氓、少年犯一般。这个秦钟怎么看也不像是乃姐之弟。

不久，秦钟"夭逝黄泉路"，对于他的死也是以游戏笔墨写之，《红》的作者对他毫无同情与怜惜，与写秦可卿之死时大不相同。莫非可卿与秦钟并非真正的姐弟？死亡击打着生活，摧毁着生活，呼唤着终极关怀与神学情愫，而生活却消解着丧事，遗忘着死亡。生活很俗而终结很肃穆，俗的常常消解肃穆抹掉肃穆，奈何！

一八、人才与权力

从凤姐身上可以看出人才与权力怎样地相得益彰，又是怎样地互成陷阱。

凤姐掌权的第一特色是精明，人、财、物她都门儿清。宁府一个媳妇忘了及时支取香灯，但是凤姐未忘，此人在凤姐下班吃饭时才来找补，便被凤姐取笑一番。第二是心黑手辣，敢于出手，敢于将潜暴力变成现实的暴力惩戒。第三是绝不忘记以权谋私，为一个悔婚退婚的破事，逼死人命，她却到手了三千两银子。而在彼时，她根本不需要也不会看得上这三千两银子。第四是逞强，嘴硬，对丈夫贾琏也要压上一头，显摆自己的威风，例如贾琏的奶妈赵嬷嬷为自己的儿子找工作时，贾琏就被凤姐一通取笑。第五是行云流水，不知不觉之中，道发自然地就用了权，如在分派贾蔷为省亲而南下采购时，顺便就安排了赵嬷嬷的两个儿子，以至于连在场的赵嬷嬷本人也没有听出来，直到凤姐给她办完了事她才恍然大悟。一句话，王熙凤属于那种用权用得得心应手、用出花儿来的人。

反过来说，如果凤姐无权可用，她最多充当贾母的一个小丑，一个猴子——贾母对凤姐爱极了便一口一个"猴儿"，"猴儿"乃是贾母对于凤姐的爱称——她最多能表现出来一点巧言令色的本领，她还有什么光芒？她还有什么戏？她还能成为贾府的一个什么角色？

再反过来说，巧言令色者最容易在那个环境得到重用，"猴儿"的种种搞笑本领是讨好贾母的重要手段。凤姐不管事谁能管事呢？

再再反过来说，凤姐式的精明、毒辣、花样翻新的用法使权力也显现出自己的光辉魅力，自己的五彩缤纷。如果掌权者是李纨式或贾政式人物，那权还有什么好掌，人们还有什么好戏可看？

凤姐加权力，乃开放了恶之花！

权力加凤姐，乃展现了花之恶！

尽管凤姐有一切爱权弄权逞权者的毛病，但是事实证明，没有凤姐这个权会更是用得一塌糊涂，更是腐烂不堪。有宁国府为证，宁国府的权更是用得不成样子，宁国府的府情更是恶劣污秽。还有后文中对于凤姐生病时贾府情况的描绘，充分说明贾府离了凤姐不行。

贾府有了凤姐却也不行，因为权使她腐败、树敌、陷入绝境，她使权变得恐怖、丑恶、肮脏。因了她和权，贾府留下了太多的小辫子，终致破败。

简单的总结就是，有凤姐这样的用权者，贾府早晚要吃亏；没有凤姐这样的用权者，贾府立马就陷入混乱。悲夫！

一九、对额——符号的魅力

本来，园林是主要的观赏对象，悬挂在园林建筑上的匾额与对联不过是导游性、说明书性的符号。但是如同别的事情一样，符号有可能由于它的纯粹、精致、超过实物的弹性而变得重要起来，能够变成画龙之后点的那一下"睛"，能够如同人的头衔、名号、职位、级别那样，显示人的价值。其实这是本末倒置，如同一个人，他的价值本应在他自身，而不在于头衔，但又有几许人能不受名衔的困扰，不受本末倒置的困扰呢？又有几个念书人到了景点不是先看对额，并且如果对额精彩，谁又不是记住对额而忘记实景呢？

基本盖好大观园以后，贾政有言："偌大景致，若干亭榭，无字标题，任是花柳山水，也断不能生色。"信哉斯言！

中国人重视园林建筑景点的文字符号的批点，重视对（联）（匾）额，则因为它们显示了园林建筑的主人的文化品位乃至社会地位以及道德情操志趣心地，它们能提升景致的内涵，点化视觉对象的审美与理念意义，它们的遣词造句用典读音书写（书法）都有自己相对独立的形式美，都有相当的趣味。

贾宝玉被乃父叫去试题对额，实乃受到父亲的重用，却又偏说是宝玉"不喜读书，偏有些歪才"。这里的"书"，指的是道德训诫性的"四书"，而绝对不包括文学性的风花雪月，中国的毫无希望与趣味、毫无活气的正人君子们一向以贬低排斥文艺来证明自己的一身正气，这是中国的文化传统中比较恶劣的方面之一，在宝玉题对额时又表现了一回。一面用着宝玉的才，一面摆出老子的威风，骂着"畜生"，一面向众清客表示谦虚，一面掩饰着自己的干巴无能，连个美好的文词也想不出来。

作者也藉此显摆一回宝玉，固无需众清客们的吹捧。只是有一点，一进园子，有一座起影壁墙作用的翠嶂之山略遮来客们的视线，贾政虽无趣，亦明白如果一进门一览无余，"则有何趣"。山上一面白色镜面石（言其平整），专门用来题匾。门客们有的提出写"叠翠"或"锦嶂"，而宝玉建议写"曲境通幽"。我觉得都不理想，因为这种题写毫无信息量，写了和不写一样。按照书中交代，迎客山后是"白石崚嶒"，"纵横拱立"，"苔藓斑驳"，"藤萝掩映"，"微露羊肠小径"。这样的景象，叠翠、锦嶂固不须题，曲径云云，现成熟语，人们一看，自会浮上口头，叫做秃子头上的虱子，明摆着的。它不须提示，提示适足以杀风景。提示应该是情理所有、直接反应所无的那种更上一层楼的说法。

窃不揣冒昧，以为宁可在这里题上一些与具体影壁山与山后小路拉开距离的虚一点的写景写情写志写感受，写一年四季、日月星辰、山川气象或魂梦波澜的文字，也比什么不写自明的"曲境通幽"好得多。盖对额不可与实景风马牛不相及，也不可贴得太近太死。这个道理如同城市雕塑，如果在草地上雕一只白羊，在海岸上雕一个跳水的孩子，在机场路上雕一只飞机（这一类雕塑都是笔者亲眼见过的）……还不如干脆去看实物呢。

近年来我对书籍插图也有类似体会，插图与文字若即若离，有时候比照文绘图的效果还好。

二○、12 + 12 · 女孩子与小尼（道）姑

　　贾蔷为元妃省亲下姑苏采买女孩子、行头、乐器，带来了文艺工作者与文艺设备，而林之孝家的则"采访聘买"了十二个小尼姑、小道姑。这实在很绝。为元妃省亲，要修建别墅，要采买各种物质设备用具，还要买人。买什么人呢？文艺与宗教人员。

　　女孩子是买的，她们是奴隶。教习是聘的，算雇佣劳动者。小尼（道）姑作宾语的谓语动词则是含糊的"采访聘买"，这大概是只有汉字玩得出来的花活，既聘又买，既礼遇地聘请，又商品地购买，这是故意搞的模糊数学。又加上莫名其妙的"采访"二字，说明尼（道）姑这种商品不像学戏唱戏的女孩那样属于大路货，宗教人员对于林之孝家的这种办事者来说，属于稀缺商品，属于准精品，所以要"采"即挑选抉择，要"访"即货比三家东寻西转。在"买"上加一"聘"字，比单单是买显得尊重一些，即以聘请的心情态度去自欺欺人地购买。正如旧社会每到年三十都有"送财神爷"的，而花钱购买者是不可以说买的，只能说"请"。如果你的房间里已经悬挂上了财神像，而又有"送"者在门口大呼小叫地推销，你只能说"请过了"，绝对不能说"买过了"。

　　这里有一种注意态度注意用词却不注意实质的行事方略。

　　像贾府这种贵族、大户人家、寄生虫，除了物质的肉体的穷奢极欲、巧取豪夺、百无聊赖之外，也还有一些精神上的要求。一类如贾敬，要学道炼丹成仙，表面上有些超拔，实际上主要为了长生不老，仍然是本能层次的东西。贾敬为什么走这条路，书里一直避而不谈，但又说什么"箕裘颓堕皆从敬"，即贾府的败落贾敬是第一责任人。这里留下了相当大的空白。

　　其他人尤其是以贾母为代表的主子则要求文艺，为了解闷。芳官等十二个女奴，不但是奴隶，甚至比奴隶还名声不好，被称作"粉头"，而其职能则被规定为"取乐"，这真是实话实说，不怕说出真相。这值得今天的文艺工作者忆苦思甜，

为之深思。

第二则要求宗教，要拜拜佛呀什么的，一方面是满足行善积德之类的愿望，好自命善人；一方面也是由于生老病死，人人所惧，只好依靠一下神佛。国人能够让宗教为己所用，搞世俗主体、实用主义的宗教活动，这也是人类宗教一绝：灶王爷管锅灶，门神爷管保卫，花娘娘、药王菩萨等管传染病，财神爷管进财，妈祖管航海平安……至于采访聘买了小尼（道）姑，又礼貌地邀请了妙玉来后，则可以拜佛，可以谈禅，可以积德烧香，还有寺庵在山水园林中也是一个景点，修建成功的寺庙至今仍可为旅游创收作出贡献。

至于十二这个数字也极重要，洋人重视十二，称之为一打。阳历阴历，都是十二个月。国人更以十二为地支之数，由此而生出十二生肖。数字的精确性抽象性概括性与可计算可伸延可扩张性使国人崇拜许多数字，如一、二、三、四、五、六、七、八、九、十、十二、十六、十八、三十六、一百零八等，这些留等另外的机会再谈。

二一、威风与泪水

曹雪芹是见过大世面的，一般红学家认为，曹是根据其父祖辈人在江宁接待皇帝南巡的经验写了元妃省亲。

看那气氛，看那场面，看那规矩，看那威严：打扫街道，撵逐闲人。……至十五日五鼓，贾母等有爵者，按品大妆。……鼎焚百合之香，瓶插长春之蕊，静悄悄无一人咳嗽。……十来个太监喘吁吁跑来拍手，示意"来了"……请读者自看去吧，如闻其静，如感其肃穆礼仪，这样的威风也是人生体验的极致喽。

曹公写到这里，色空空色、大荒山无稽崖青埂峰全忘了。谁能免俗，谁是神仙，谁能不摆阔摆谱、洋洋自得、其乐无穷？哪怕其后败落，回忆起来仍然是："老子当年，阔多了！"

不求天长地久，只愿曾经拥有。笔者在农村劳动时就常常听到农民的这种评论，"文革"中说起报载某某大人物被"揪"，农民往往反应："那人家也值了，那人家也享受过了，威风过了。比咱们强一万倍呀！"

从礼仪的威风往里走一步，便是为省亲而大兴土木的辉煌成果，以致元妃也要说"太奢华过费了"。这也是没有法子的事，不大兴土木怎么能显得出来对于皇室的尊敬忠诚感恩图报？而太过费了以后，谁来堵这个大窟窿？太过费了终将麻烦，不过费的话，则是立马麻烦。

再往里写一步是家人的相见，同样的礼仪忠诚之中是贾妃的多次泪水。第一次是至贾母正室，贾妃欲行家礼，当然是贾妃给祖母行礼，贾母急止之，于是贾妃垂泪；然后她挽着母亲与祖母"呜咽对泣"，再往后贾妃说话，"不禁又哽咽起来"。最后宝玉来见姐姐，姐姐抚着弟弟的头颈，"一话未终，泪如雨下"。

每读至此，我亦落泪。

还有一处我特别感动，尽管贾政决不给人好印象，但是他见到元妃，行君臣之礼，直挺挺跪在女儿面前，说了一套感恩戴德、肝脑涂地，忠君爱朝廷的话，尤其是说到：

> 贵妃切勿以政夫妇残年为念，……惟勤慎肃恭以待上……

这里他越是说"勿以为念"，越是让人觉得他念念不忘，自觉残年孤单，可怜得不行。封建的忠劲上来了，也还让人真是感动！谬乎？悲乎？应予彻底批判乎？笔者的心太软乎？我每次读到这里都要泪水外溢，想克服居然克服不了。

太惭愧了。

二二、林黛玉的应景文学

元妃省亲，见到美丽的大观园和众姐妹及宝玉，"凤"心大悦，乃命诸妹各题一匾一诗，命宝玉为潇湘馆、蘅芜苑、怡红院、浣葛山庄各题一首五言绝句。

于是黛玉搞起了歌功颂德的遵命文学。她题的一匾是"世外仙源"，还有一点特立独行、自命清高的意味。诗则完全是迎合恭顺，一副大大的良民状。她的诗是：

> 宸游增悦豫，仙境别红尘。
> 借得山川秀，添来气象新。
> 香融金谷酒，花媚玉堂人。
> 何幸邀恩宠，宫车过往频。

这里虽然也有一句"仙境别红尘"，但这说的是宸游（帝王巡游）所至景点的美丽。然后是山川秀，气象新，金谷酒，玉堂人（还有花之媚），最后直言是邀恩宠，是赞宫车队，哪里有什么叛逆、傲世？看得出的倒是为出了元妃这个阔亲戚而与有荣焉的光荣感。

而她代宝玉写的描写浣葛山庄的一首《杏帘在望》，其倾向性更是有过而无不及：

> 杏帘招客饮，在望有山庄。
> 菱荇鹅儿水，桑榆燕子梁。
> 一畦春韭绿，十里稻花香。
> 盛世无饥馁，何须耕织忙。

此诗写得自然流畅，元妃赞之有理。但结尾两句未免太歌功颂德，以至变成了套话，显得俗鄙，又不合事实。难道那时已经全民皆舒服到不须忙碌耕织的程度了？恐怕黛玉自己也不相信。无他，黛玉也是恭顺良民，伟大贵妃的亲眷，大大的好人罢了。

黛玉个性强，重感情，轻功名，在婚姻问题上深感痛苦，对环境与自己的运气总是唉声叹气，她如有反抗，也是个人性个案性的。但在大节上，在政治问题上，她并非另类，后人评之，恐不宜太拔高。

还让人感到兴趣的是，写元妃令众女儿与宝玉做诗一节，亦不厌其烦地将宝钗与黛玉捆绑起来评说、叙述、夸赞。众姐妹写完诗，元春立即评道："终是薛林二妹之作与众不同，非愚姊妹所及。"而当宝玉略嫌吃力地遵命做诗之时，先是宝钗为之将元妃不喜欢的"绿玉"一词改作"绿蜡"，并为宝玉讲出"绿蜡"的出处，显出其才具在宝玉之上；然后是黛玉作枪手，用扔纸团这一古老作弊方式代宝玉作了《杏帘在望》一首，而恰恰是此首，被贾妃评为"四首之冠"。作者合写钗黛的用心，亦良苦矣。

二三、说不清的贵妃元春

一部《红楼梦》，烈火烹油，鲜花着锦，堪称极致的盛大繁华场面当推元妃省亲。前边不久同样排场的是秦可卿的丧事，但毕竟只是丧事，丧事后边还颇有丑闻，颇有蹊跷，无法与省亲相比。而书的后部，虽有小儿女的联欢——过生日、吃螃蟹、做诗、行酒令……却再无昔日的红火，而只有悲凉之雾的覆盖。

省亲的主角是元春，论级别地位身份，比养生堂（孤儿院）出身的贾蓉媳妇秦可卿不知高出凡几。但两项大活动一丧一喜地紧接着写来，而且作者写她们都用一种仰视的眼光，使得她们显示出比宝钗、黛玉这样出类拔萃的女孩还要高几层的高度，有点"会当临绝顶，一览众山小"的意味，令你觉得作者是欲说还休，言不尽意。

即使书里存在着关于秦氏的"淫"的暗示、春秋笔法，书里也描写了秦氏的风度、人缘、地位，特别是她的死前托梦，显示了她的独特高度。

而元春只在省亲一回出场了一次，此前说到她的生日是正月初一，有点大富大贵的意思，又被皇上册封为贵妃。对她出场后的描写十分得体，她的表现很雍容，龙旌凤翣，雉羽宫扇，冠袍带履，香烟缭绕，花影缤纷；曰："今虽富贵，……终无意趣"；曰："国事宜勤，……切勿记念"；曰："不可太奢，此皆过分"；又"亲拂罗笺"，为园子各处题名，所题各名都比原来宝玉等设计的高明。然后她见亲人而落泪，发乎情止乎礼，也做到了乐而不淫，哀而不伤，尤其是怨而不怒。她是一个合格的政治符号、皇家符号、文化符号与地位符号。

近年来国人对于"贵族"云云忽增好感，以致有作家争写自己的上辈是贵族。其实中国的贵族多半是叶广芩写的那种废物、丑角，邓友梅写的那五之流，绝对不是十八九世纪英、法乃至俄罗斯的那种贵族。贾府诸人五人六也很低劣顽皮，唯一像点样子的是元春。

尤其是她的作用、影响，这是书里没有写的。贾家贾家，除了祖上有过功勋以外，如今只是一帮寄生虫，除几个女子外，都是无才无德无功无事（业）。那么他们的地位，很大程度上要靠贾元春的关系了。朝里无人莫做官，有元春在，贾府也算是朝里有人了。

贾元春是贾府的一个重要的政治资源，她的兴衰消长定然会影响贾府的兴衰消长。

那么贾府的被抄、没落极可能与朝里的后台丧失有关，当然，是贾妃病殁。对她的患病与死亡写得相当隐晦，让人摸不着头脑。按常理，即使病殁，如系宠妃，也不至于很快就对其家属动手整肃。印度的惊世建筑泰姬陵，就是国王为悼念爱妃而建。笔者到过西班牙的格拉纳达，那里的一处著名的阿拉伯花园也是当时占统治地位的阿拉伯国王为一个爱妃而建。

还有一层，《红楼梦》中有两三个大人物、关键性人物语焉不详。一个是元春，一个是秦氏，一个是贾敬。元妃是后台，是支柱，是标志；秦氏是转捩，是宣示，是隐性爆炸装置；贾敬是疏离的冷气，是毒瘤，是政治性社会性自戕自毙。他们对贾府的命运影响极大，他们对贾府的影响远远大于书中的其他人，包括贾政凤姐宝玉及众女儿。而对这三个人物写得特别含糊，说不清，说不清，正因为重要才无法说清的啊。

二四、李嬷嬷吃酥酪

李嬷嬷是宝玉的奶妈，用她的话说是："我的血变的奶，（宝玉）吃的长这么大……"她很居功自傲，念念不忘地吃老本。

宝玉给袭人留了酥酪(奶酪),被她看到了拿来便吃,受到小丫头们阻挡,她便甩出来上面的卖老资格的话,其实显出了失落感、失意感。书里是这样描写的:李嬷嬷来了,众小丫头因"李嬷嬷已是告老解事出去了,如今管不着他们,因此只顾顽笑,并不理他"。而她老是看着如今做事的小丫头们不顺眼,说什么:"只从我出去了,……你们越发没了样儿了……"她常常嫉妒小丫头们,则属于忘年妒。正如好友之间有忘年交,李嬷嬷这种人也有忘年妒,其实她妒袭人辈多不合适。

她还显示出一个特点,就是愈来愈天真,返老还童,小孩子气了。那么大一个人如何就对一碗酥酪那么馋起来?本不至于的。自控能力的减弱直至丧失,是一个可悲的事情。笔者如今的年龄其实已大大超过了书中的李嬷嬷,应以李为鉴为戒。

此时恰逢袭人因故回了自己的家。袭人由于对宝玉服务得特别好,渐渐宝玉已离不开袭人,袭人已经可以用"要回家去了"的言辞辖制宝玉、教训宝玉了。良好的无微不至的无可替代的服务可以成为控制辖制的手段,这很惊人,也很深刻。无微不至的服务使被服务者舒服得习惯得再离不开这种服务了,于是服务者变成了控制者。这个道理不俗,不读《红楼梦》里关于袭人的描写,你是悟不出来的。

尽管宝玉很能俯就,甚至亲自到花袭人家里去看望她,(不知道这是由于宝玉有了一点人与人的平等意识的萌芽,还是由于他愿意品尝这种极端等级社会中主子俯就奴才的施恩感,我分析不出来了。)袭人还是中规中矩地以下人身份招待宝玉,"拈了几个松子穰,吹去细皮,用手帕托着送与宝玉"。别说宝玉,连今天的读者读着也觉得舒服。被感恩被侍候的感觉真不错,所以等级意识的克服绝非易事。

但是袭人的地位毕竟不同,她居然能将宝玉脖子上的玉摘下来给花家的人看希罕物儿。无怪李嬷嬷要嫉妒她,不但吃了她的酥酪,而且此后没结没完地找机会发泄自己的忘年妒。她后来骂袭人道:

> 忘了本的小娼妇,……见我也不理一理,一心只想妆狐媚子哄宝玉,哄的宝玉不理我,只听你们的话。

一直说到袭人等最痛心最要害的话，一是别人都是袭人拿下来的，二是要把袭人拉出去配小子。第一句话是挑破袭人与诸同事姐妹的关系，第二句话则牵扯到袭人的前景。奴才打奴才，那才是招招皆毒呢。

不亦丑乎？不亦宜乎？

二五、宝玉黛玉在床上

对于小说家来说，人的本质是个性；而对于商家来说，人的本质可能是消费者、顾客；对于银行家来说，人的本质是财产特别是货币的拥有者；那么对于政治家来说，人的本质是政治选择与敌友的属性了吧。

写过小说的人大概知道：写好人物的性格不易，写好性格的发展更难。《三国》里的刘、关、张、诸葛亮、曹操……一出现什么性格最后还是什么性格，缺少发展过程。相比之下，《水浒》里的林冲、卢俊义、宋江等写得稍好一些，至少，他们几个人在逼上梁山以前与以后的性格表现还是很分明的。

所以我赞美《红楼梦》，它对宝玉黛玉的描写很有进程性。一见面先摔玉，固有感情的冲击，却透着孩子气的任性、顽皮。到了元妃省亲以后，"意绵绵静日玉生香"一回，写得既是耳鬓厮磨、温柔缱绻，又是天真烂漫、两小无猜。声、形、动、气味、床上的环境，何等地迷人动人！此后，不管是封建礼教的钳制，抑或是后现代性解放的纵欲，这样的一男一女，或发展为情人爱人夫妻，上床后不免狂吻做爱倒凤颠鸾；或面对种种压力束缚，说不完的苦处，诉不完的委屈，疑不完的心病，受不完的压抑……谁还能这样地亲亲热热，说说笑笑，碰碰摸摸，一刻千金，人生能有几回情意绵绵、玉体生香的时刻？

说的是宝玉怕黛玉午餐后立即入睡存食，（按，这也合现代保健观念，现代人也认为饭后血液集中于胃部，立即入睡容易引起脑血管心血管疾病。）前去与黛玉混闹。黛玉合着眼推宝玉走，宝玉说："我往那去呢，见了别人就怪腻的。"宝玉说得何等亲密，而合眼而推的行状就更加亲热了。

黛玉听了宝玉的表白，嗤的一声笑了，这个"嗤的一声笑"也透着无间的近乎。然后黛玉让宝玉坐到一边，宝玉却要求歪着。歪着不算，还要与黛玉同枕一个枕头。（歪啊，同床共枕啊，深了去了！）黛玉拿了一个枕头来，宝玉说是不知哪个肮脏老婆子的，不要，黛玉只好把自己的枕头给他。然后黛玉看见再欠身抚之细看宝玉脸上的胭脂痕迹，然后黛玉以自己的手帕为之揩拭。注意，宝玉至此虽有无赖行状，并未动手动脚，倒是黛玉先推后抚再揩再拭，令读者羡慕遐想。

有黛玉动手（无邪意）在先，于是宝玉以闻到了黛玉袖中幽香为由，拉着黛玉的袖口闻个不住，（如是成人，此举就是色情狂了。）黛玉藉此再把宝钗的冷香丸讽刺一番。宝玉听了不依，翻身起来，向手呵了两口，伸向黛玉的胳肢窝，往黛玉的胁下乱挠……然后又是闻黛玉的体香，又是挠黛玉的痒痒，最后宝玉做了一大篇利用谐音"编派"黛玉的脑筋急转弯的故事。

这里的描写，过一分就成了低级下流，减一分就失去了多少情趣尤其是情意。却原来，儿童式的无玷的调笑与游戏，到了一定的年龄就会显得十分性感，变成十足的调情，变成三级片的床上戏。而床上戏淡化纯化一点又变成了多么自由、活泼、生机勃勃、今生难再的欢乐！

有过类似欢乐人生经验的人是多么幸福！

这是一个童年欢乐的高峰，这也是一个宝黛美好亲情向无望的至少是前途多舛的爱情发展的转捩点。果然，从此回以后，宝黛之间再不是天真无邪无忧无虑的尽情欢乐，而是说不完的折磨与无可名状、无可表述的痛苦、怀疑、咫尺天涯之感了。悲夫！

二六、磨牙

读《红》，常常觉得听到了众人物的声口，如临其境，如见其人。

袭人说话，透着一种向主流价值观念的靠拢，应该是低声下气却又原则性十足的，自觉的有目的的发言。她藉着回了一次自家，坚决拒绝了兄嫂赎她出去的思路，以自己要走为由试探与要挟宝玉，并趁机向宝玉进谏，要求宝玉按主流价值规范的要求改邪归正。

可惜她因夜间进言太辛苦，第二天就得了病（似是流行性感冒）。早已对袭人看着不顺眼同时也确实掌握了一些情况的李嬷嬷以病中的袭人躺在床上没有向她问安为由，大骂了袭人一顿。李嬷嬷确实丑恶，但读者到这里却又觉得袭人其人有人骂也并非冤枉，也骂得——尤其是揭得痛快。再者，骂归骂，影响不了袭人的前程。古往今来，有多少人的前程不是以挨骂为代价的？

这时凤姐来了，真真假假，烟雾迷漫，念念有词，架着李嬷嬷脚不沾地地走了，叫做把李"撮"了去了。

凤姐说起话来当是又快又脆，不容分说，一秒钟几千转，旁人根本跟不上的。

宝玉为袭人说话，说是不知谁得罪了李嬷嬷，引起晴雯不快，立即予以驳斥。与袭人说话的显示性目的性不同，晴雯的说话是反应型情绪型的，只求不吃亏，只求不窝囊，无深谋远虑，她的声气带有表面的厉害劲儿、心直口快劲儿。

袭人一病就显出麝月的责任感来了："都顽去了，这屋子交给谁呢？……上头是灯，下头是火……"宝玉也觉得又出了一个袭人。头一个袭人不病，是没有第二个袭人出现的机会的。麝月的言语务实，声音也是老成负责的吧。

然后宝玉给麝月篦（梳）头，引起晴雯嫉妒，晴雯说了些难听的话。不论在《红》中《红》外，大而至于国际争端，小而至于姑嫂妯娌，嫉妒都是人际关系的一个重要元素，岂可不察？

宝玉正在忙于给麝月梳头，乃说晴雯磨牙，并受到晴雯的反击。宝玉有条件博爱泛爱并误以为天下诸女儿都爱自己，哪知诸女儿是互不相容的，宝玉乃显得劳神而无功，只能说是活该。

底下又是要钱贾环讹搅，一股子赖皮声气。赵姨娘的反应是"那里垫了踹窝来了"，全是毒针式语言，如同给贾环注射毒液。可以想象赵姨娘说话的那种蠢而恶、粗而毒、怯而狠的声口。

又让凤姐听见了，凤姐大骂了一顿赵姨娘，骂得是字字见血，专往主奴有别这个要害上捅。再骂贾环："先打了你"，"皮不揭了你的"，"窝心脚把你的肠子窝出来"。百分之百的暴力语言、血腥语言，利刀割体，刺刀见红，不过如此。

我常觉得凤姐本不至于对赵如此痛恨，这里还是有与王夫人即凤姐的姑姑的同仇敌忾在起作用。书中没有明写，看来赵还是得贾政之宠的，书里几次写到赵对于贾政的生活服务却从没有写过王夫人与贾政的共同生活更不要说有什么恩爱了。王夫人能不嫉妒赵吗？王熙凤能不痛恨赵吗？

中国的传统小说只注意情节故事以及道德教训，写日常生活、言谈话语是很少的。但是《红楼梦》不同，各种磨牙也写进去了，有人如胡适对此还有微词。这就看你怎么读这些日常生活、杯水风波以及磨牙斗嘴了。

二七、湘云给宝玉梳头

磨牙的意思是指表面无实际意义的说话，不是命令，不是申请，不是求饶，不是交代问题，不干具体事务，而是说一些类似牢骚话的废话。但说起来，却可能包含着真情、真意、虚情、假意、作秀，多彩多姿，千变万化。

林黛玉之牙专门磨给宝玉听，特别是一有机会她就发宝钗的牢骚。看来她是有预感的。再就是说一些悲观的自暴自弃的话，惹得爱自己的男人痛心疾首，这是女性的本能也是杀手锏。牙磨得让宝玉真急了，她又心疼宝玉，说自己磨牙不是为了让宝玉与宝钗疏远生分而只是为了自己的心。把心祭出来，是女性行事的极致，是不可说不可说的最大言说。而宝玉也说他之所以辩驳，是为了他宝玉的心。读之令人心碎。因为他们都不可能明说自己的心事，谁也不能说 I love you! I love you more! 不能用语言表白的心，是世界上最痛苦的心。宝黛二人动辄说到自己的心，却不能说明自己的心里有什么，想什么，要什么，哑心最痴，哑心最苦！

有趣的是由于宝玉找了湘云给他梳头，"贤袭人"也娇嗔起来，"心"不"心"地闹起来，向宝玉宣示道："你也知道着急么，可知我心里怎么样？"

袭人一直闹到向宝钗表达对宝玉（梳头事件）的不满，说是"姊妹们和气，也有个分寸礼节"，于是宝钗"窥察其言语志量，深可敬爱"。

至少客观上，这是钗袭联盟的开始。

然后袭人向宝玉示威，扬言宝玉这里横竖有人伏侍，她准备回去伏侍老太太；躺在炕上合着眼不理宝玉，使宝玉深为骇异；逼得宝玉学庄子《南华经》，用虚无的凉药医治自己的焦躁火急；并逼得宝玉折簪起誓，表示从此听话。

袭人对于宝玉的规劝从来带有向主流价值靠拢，以使自己立于不败之地，以披大旗而作虎皮的性质，也完全可能是真心希望宝玉"学好"、"走正路"，也就是说袭人当然可能真心接受了主流的价值标准。但此次的柔情娇嗔却发出了女性的真情，比前不久就自己是否回赎的谈话还动气动火，原因就在于梳头请了史湘云。宝玉如何与别的女儿来往，做诗饮酒……至少袭人暂时并不认为受到侵犯，因为她的最高理想不过是被宝玉收到屋里，不可能有垄断宝玉之心，她一时排他还排不到哪儿去。但是梳头、贴身伏侍，这是她的专利专业专权专职专长，这个领域是不容任何人侵犯的，即使是清纯无伤的史湘云也不容许进入袭人的专司领地。对于袭人这种层次的丫头——女奴来说，特别体贴的服务是奉献也是专权，是责任也是她的独立警备区，是全身心的投入，也是戒备森严的不容割舍的权力，这个"眼睛"里绝对不可以揉上一粒沙子。

敢于辖制（要挟）宝玉的有黛玉，第二个就是袭人，第三个才是晴雯——偶尔可能向宝玉说点刺话，摔摔帘子。毕竟宝玉与袭人有初试云雨情的特殊关系，岂能忘怀，岂是小事？而且初试之后不可能没有二试三试常试，只是书上不必每试都写一遍罢了。

二八、宝玉谈禅

宝玉由于泛爱博爱恋爱乱爱，更由于他的价值困惑价值虚无价值歧义而受到各方特别是各可爱女子的压力，遂洋洋洒洒地写了一篇抒发消极情感的"古文"，文风直逼先秦，文体恍如老子《道德经》、庄子《南华经》之结合：

> 故绝圣弃知，大盗乃止；摘玉毁珠，小盗不起；焚符破玺，而民朴
> 鄙；掊斗折衡，而民不争；殚残天下之圣法，而民始可与论议。擢乱六

律，铄绝竽瑟，塞瞽旷之耳，而天下始人含其聪矣；灭文章，散五采，胶离朱之目，而天下始人含其明矣；……焚花散麝，而闺阁始人含其劝矣；戕宝钗之仙姿，灰黛玉之灵窍，丧减情意，而闺阁之美恶始相类矣；彼含其劝，则无参商之虞矣；戕其仙姿，无恋爱之心矣；灰其灵窍，无才思之情矣。彼钗、玉、花、麝者，皆张其罗而穴其隧，所以迷眩缠陷天下者也。

这说明：第一，虚无主义，对于常人来说，有时只是一种悲哀无奈的情绪的产物。它不是为了操作，不是为了说明论理，而很可能是一种呼号，是一种绝望，是一种发泄。但这种论述，确实又是反映了事物的一个方面。

第二，他这里写的是钗、玉、花、麝，这个名单学似乎还只处于初级阶段，小性如黛玉者见到此文，只是笑他无端弄笔，抄袭《南华》，不悔自己，丑语诋人，却并不计较他把钗排在首位。从全书看来，麝月也完全没有那么重要的地位。

第三，黛玉看了，只是取笑一番，并不认真。盖写出文字来之后，情感已经得到释放，而文字本身具有相对独立性、形式性、游戏性、疏离性、非实现非现实性的一面，从而为文有可能使一个要死要活的情绪、观念变成文字游戏，变成一时"顽耍"。

第四，宝玉此后看戏引起与黛玉的口角，更悲哀无奈，便写了一些悟禅机的文字：

> 你证我证，心证意证。
> 是无有证，斯可云证。
> 无可云证，是立足境。

还有一首曲词：

> 无我原非你，从他不解伊。肆行无碍凭来去。茫茫着甚悲愁喜，纷纷说甚亲疏密。从前碌碌却因何，到如今回头试想真无趣！

这些都被黛玉辩倒破除，宝玉解释说"谁又参禅，不过是一时的顽话儿罢了"。这里含义深刻，越是深悟禅机越是不需要谈禅论道。从交谈上看来，黛玉比宝玉悟禅多矣，但黛玉不参禅，并能一语破宝玉之浅尝辄止之禅，这真是大可反省的喽。

第五，不是别人，而是宝玉连续闹什么禅呀悟呀老呀庄呀什么的，这又绝非偶然，绝非仅仅是文字游戏了。对于宝玉来说，也许不仅对于宝玉来说，人生有两面，一面是真实，一面是虚无；一面是充盈，一面是空洞；一面是存在，一面是消亡——死亡；一面是爱怨情仇，难割难舍，一面是镜花水月，了无痕迹。宝玉越是有悟性，对于后者消极的那一面越是看得清楚，哀得伤痛。在一个没落之家，在一个末世，在一个有一千条理由绝望却没有什么理由积极进取的语境中，他得不到任何精神资源来解释自己的悲哀，得不到任何鼓励来振作自己的精神。于是，游戏也罢，当真也罢，这些文字皆成了宝玉的谶语了。

二九、猜谜岂能平等

猜谜不过是雕虫小技，但似乎也包含了猫腻、不平、倾向（偏心）、预兆等等有心人为无心事设计的诸多陷阱，能不令人叹息！

先是贾元春送了一个灯谜来，叫大家猜。这说明：一、元春处境正常，有闲情逸致。二、元妃并未得宠，所以心闲事闲神安气定；真处于宠爱中，只怕没有多少时间与娘家人猜灯谜了。

宝钗见了娘娘的灯谜，一见便猜中了，但是不能说一下猜着，那岂不是对娘娘不敬，便故意说是难猜难猜，故意寻思，耗时间。这就叫会做人，叫做不为天下先，尤其不能为尊者长者先。这有利于秩序，只是不利于竞争和创造。

下边是大家都猜中了娘娘的灯谜，只有二小姐迎春与三爷贾环猜测的不对。也绝了，不论大事小事，迎春，尤其是贾环，总要落在他人的后边。是他们生性鲁钝吗？反正猜错灯谜应不是道德品质问题。天生不如人，呜呼，何老天造人之不公、不平等也！自西学东渐，平等之说大得人心，但是贾环与迎春猜个灯谜也无法与人平等，该怎么办呢？

发奖品纪念品，唯贾环与迎春无有，这已经够恶心的了。然后众人制谜，唯贾环所制"大哥有角只八个，二哥有角只两根。大哥只在床上坐，二哥爱在房上蹲"（谜底是枕头与兽头）被娘娘斥为不通，退稿，行话叫做枪毙了。看看贾环的灯谜，确实不雅，但也并非不能凑合，民间各种谜语不如贾环此谜者亦非少见，今日报刊上的各色谜语不如贾环所制者亦不罕见。那么，第一，是娘娘对贾环亦苛求，或娘娘自来就不喜贾环。好一个姥姥不疼舅舅不爱的环儿！第二，更主要的是曹公不喜欢环儿，处处只出环儿洋相，不见一点可取之处。曹公写任何人都不像赵姨娘母子这样可厌，这样扁平。想必曹雪芹有一个喜嫡厌庶的情结。

于是贾母随着娘娘也大搞灯谜晚会，大家都来了，贾兰不来，叫了才来。贾兰从小低调，谨言慎行，宁为人后，小娃子不简单。猜谜时也有诸多公关考量——我们的传统是什么事都先考虑公关，事情本身反而变成了第二位的东西。

值得一说的是贾政先做猜不出贾母的谜状，被罚掉许多东西，以为老母取乐。接着他给母亲出了一个谜："身自端方，体自坚硬。虽不能言，有言必应。"说完立即把谜底告诉宝玉：砚台。宝玉赶紧告诉贾母，贾母遂一猜便中，于是贾政称颂："到底是老太太！"同时献上贺彩，鼓乐齐鸣，欢声雷动。

这是一个小小猫腻，由贾母贾政宝玉三人做出了到底老太太的高智商与众不同、一猜便中的快乐喜庆。贾母自己完全明晰，但甘愿合作演出自己的假胜利戏，说明到了贾母这个份儿上，不患假而患不胜，不患伪而患不尊，不患自欺欺人而患正视现实（如贾母已老，猜谜不胜任等）。贾母需要自己的高智商自我感觉，更需要被认为高智商的快乐满足；贾政需要令贾母一乐的孝心孝行；宝玉需要猫腻游戏参加者的受宠信的身份；其他诸人正巴不得找到机会为老太太歌颂赞美，献彩叩头，天下太平，你好我好……于是一场小小的其实是恶心的假戏上演了，你不觉得恶心，反而觉得是母慈子孝，几世同堂，幸福美满，其乐何融融也！

三〇、命运的预示

宝玉与他的姐妹们制灯谜，从灯谜中透露了他们的命运、结局。

一般的说，写小说需要吊读者的胃口，是不会过早地向读者透露自己的人物的结局的。但是《红楼梦》不一样，它开宗明义，一上来先预言了全书的悲剧结局，叫做白茫茫大地真干净，叫做色即是空，叫做回归到大荒山无稽崖青埂峰。然后，在神游太虚境的判词与曲子中，又在后来的灯谜制作中，不断地，应该说是不厌其烦地预示人物特别是年轻的人物的命运。

莫非是作者的写作计划太庞大了，他需要提醒读者更需要提醒自己，以免在写作与阅读中迷失方向？莫非是作者要强调人生的宿命感、人自身的无力感？莫非是作者预料到了自己作品的后面三分之一会丢失，他需要给读者一个简略的交代？抑或是由于汉字的灵性神性，由于语言的神学功能，写到年轻人的文字因缘的时候无法不预示他们的未来、他们的命运？

元春的谜底是炮竹，比较简单，但是轰然一声以后的粉身碎骨的结局令人不寒而栗。如果元妃只是因病早逝，似乎以炮竹誉之不甚贴切。是元春的谜不贴切呢，还是我们的阅读诠解不贴切呢？

迎春的谜未免高深：

> 天运人功理不穷，有功无运也难逢。
>
> 为何镇日纷纷乱，只为阴阳数不同。

迎春的命运按判词与曲词以及后四十回的描写是嫁了个"中山狼"。怎么这个谜语如此哲学化玄妙化？迎春不是智商较差吗？功运、理数、阴阳……一研究就深了去啦。此谜给人的启示似乎在于，不仅是迎春，而且还包括所有的人，都难于有一个好的命运，谁能功与运，即主观努力与机遇，理与数，即必然性与偶然性，阴与阳，即一切正题与反题，都占全、都碰巧、都弄合适了呢？命途多乖，运途多蹇，人生长恨水长东，既荒谬又忧患，还说什么呢？

探春的断线风筝的谜语就没有迎春这个那么发人深思了。如果只是一个远嫁，对个人来说虽然有点不幸不巧，却缺少更概括的意义。

林黛玉的谜语则是一首非常完美的诗，她咏更香（按：有版本将此谜置于宝钗名下）道：

> 朝罢谁携两袖烟，琴边衾里两无缘。
>
> ……　……

　　　焦首朝朝还暮暮，煎心日日复年年。
　　　……　……

　　她写得何其动人，尤其是"焦首"两句堪称绝唱。我在打入另册的那个失态的季节，常常吟咏此两句，以为自伤。

　　而更令人感到寒意乃至毛骨悚然的却是宝玉的镜子谜：

　　　南面而坐，北面而朝。
　　　像忧亦忧，像喜亦喜。

　　焦首、煎心，犹有感觉，有悲就可能有喜，至少在理论上是如此；而到了镜子那个份儿上，只跟着像忧喜，太可怕了。

　　宝钗的竹夫人的谜无非是"恩爱夫妻不到冬"，直白平简；但首句所谓"有眼无珠腹内空"句则比较狠重，似有鞭挞讥刺。她或作者讥刺谁呢？只能说是讥刺宝玉或自嘲了。世上有眼者众，有珠者寡；有腹者众，腹内不空者寡。是这个意思吗？

三一、过门与枢纽

　　人们常说，小说情节交代的作用要一石多鸟，每个交代既是此前的故事的延续，又是新元素新契机新故事的预设；是人物性格的展演，也是情致气氛的渲染；是信手拈来的天趣，也是精心谋划的巧妙安排，等等。可以这样说，作用单一的扁平干巴的情节叙述，多半是不值得下笔的。

　　写小说的人的一大悲哀，一大苦活儿，就是免不了作些个纯过门过渡交代性的叙述，味同嚼蜡而又不能不写，连自己写着都提不起精神来，遑论其可读性乎？

　　元春省亲表现了繁华的极致，也表现了挥霍奢糜、膨胀欲破，更表现了世俗的、社会的、皇权的极度荣耀后面作为个体的人的悲哀。此后，元春的戏已演完，此人再没有出场的机会了。

然而余音袅袅，元春并未从此销声匿迹。先是赐谜猜谜，再是编辑巡幸大观园时的题咏，磨石镌字，烫蜡钉朱，人不来了工程还要继续，花销照旧进行；然后具体而微地指示——应该叫做谕示，众姐妹加宝玉可住入——进驻大观园，继续显示娘娘的尊贵与关怀无处不在。大观园表面上是宝玉与众姐妹的天地，实际上显示的是娘娘的恩宠。

这是等级社会、皇权社会的本质，你的存在只是皇权的存在、主子的存在的表现，你的快乐不过是天恩的证明，你的痛苦不过是天威的显示罢了。

这样的交代使宝玉的独与众女儿相处变得可信，也使宝玉的处境成为小说的一个不同凡响引人兴味引人羡慕之处，成为《红楼梦》的一个"读点"——那时候《红》还不能成为商品买卖而具有"卖点"。宝玉搬入大观园前先接受贾政的训诫，这就更无疏失，而贾政训宝玉时对照着写了写贾环的形容委琐之类，趁机再向宝玉不喜也是作者不喜的贾环抹一把黑。而说到袭人时通过对袭人名字的审察，表达贾老爷对于浓词艳诗的排斥，表达非文学(即视文学为异端)论的浩然正气。

其实这次训诫带有过门交代性质，无重大内容、分量、意义，但仍然围绕宝玉受训写出了各人的状态。贾母说是不要让老子唬着了宝玉。金钏趁机打趣宝玉，说些吃不吃胭脂的涉嫌轻佻的话，可见其后金钏冤死也算事出有因，这里插进一笔写金钏，有为后文铺垫之功。彩云推开金钏，显示了彩云的比较懂事乃至厚道。赵姨娘给掀帘子，强调了赵的奴才地位。在贾政比较宝玉与贾环的人材的同时，说到他想起了夭折的贾珠，勾连了一下李纨的命运与处境。李纨毕竟也是住在大观园里的，是大观园里的一个异数，她是以寡妇的身份与众未婚少女生活在一起的，也算是众未婚少女一个比照吧。甚至也可以说是众少女前景之一种的预示。悲夫！

这一段不动声色的交代中还写了贾琏熙凤夫妇如何操纵人事大权，编造理由安排自己的人，二人是有交易的。谈论用人交易的同时，贾琏不忘回顾夫妻性事，与凤姐说点体己话"黄话"，既是自然而然，又是不伦不类。权力动作与亲缘关系乃至做爱关系纠缠在一起，不免不干不净、不清不爽。

以上笔墨，无大场面，无大冲突，无大悬念，甚至所写人物也颇不集中，给人以过门过渡、信笔闲笔的印象。然而，只有对所写人事境皆烂熟于心，才能写到哪儿像哪儿，写到哪儿哪儿丝丝入扣榫，而且写到哪儿都有不止一项功能，不止一方面的内涵。这种闲笔反见功力，于是过门云云反成枢纽、枢机。

三二、为小和尚小道士一叹

中华文化就是具有与众不同的特点，例如它的宗教观念。盘古开天地也好，女娲补天也好，与其说是信仰，不如说是神话传说。易经占卜有一种朦朦胧胧的对于天道的理解，与其说是神学性的不如说是哲学性的乃至于不充分的理性的。玉皇大帝只不过是皇权朝廷的天上克隆，并不对文化脉络、价值观念、哲学体系产生太大的影响。崇拜祖先，供神主牌位，与其说是宗教性的不如说是饮水思源的感情表达。崇拜祖先难以说成是一个什么信仰，没有教义教规，没有神学理念也没有统一标准。

前面说到修建省亲别墅即后来的大观园时与采购小戏子同时还采购小尼姑小道姑，把戏子与尼姑道姑放在一起，这反映了一种别有特色的想象力。这是一种思路，一种启示：文艺与宗教，都为门第、权贵、金钱、皇权及伸延出来的贵族——这王那公之属服务，都是上述垄断了一切精神物质资源的皇权政治所豢养的寄生虫们的消费品。

元妃省完亲，要处理十二个小沙弥和十二个小道士——又是十二个——而且不分僧道，整合在贾府即荣国公府与宁国公府这边。由于贾府的穷亲戚——一心依附贾府的毒蘑无赖贾芹求职，凤姐使计想出一套小和尚小道士不可打发掉的原由，建议送他们到家庙铁槛寺（即前不久凤姐在那里弄权，无缘无故地害人之地），而贾政又是不问俗务之傻子（也可能不傻，而是按老太太之眼色，又考虑到王夫人的亲戚关系），便一概听凤姐的。于是贾府不计成本，把和尚道士养起来，让这些专业宗教工作者——应该叫做神职人员，做到召之即来，挥之即去；趁便安排管理人员，就是贾芹。凤姐要安排贾芹，而贾琏要安排贾芸，为此二人又私相授受做起交易。神职人员的命运竟决定于这两口子的交易，交易时两人还不忘回顾头一晚上的夫妻性事，他们对于宗教，对于神职，是绝无敬畏乃至些微回避自律的。

贾芹先支领三个月的费用，白花花的三百两银子到了手上，立刻闹腾上了：给掌秤的人一块银子，符合雁过拔毛、经手即揩油的陋习；然后自己雇了一头脚驴，再雇些车辆将二十四名僧道送去。贾芹的这些表现，令人似曾相识，一朝有了权有了钱，谁还懂得谨慎二字呢？

《红楼梦》的后四十回专门写到了贾芹在铁槛寺胡作非为，并因此被贴了小字招贴，即后来的大字报的先河。

看不出凤姐有什么原因那么向着贾芹，在这里凤姐办事是为了弄权、显威风，显示自己的万事能万事通，其权炙手可热，耍弄起来过瘾。凤姐的弄权带有游戏心理，有为艺术而艺术的性质。万事顺遂，弄权是拥权者的一大游戏，唯不知游戏完了谁因而遭殃；遇事不顺，欲用权自救亦不可得。有权时顺遂时用权如此随意，当然是对贾府的政治资源直到财务资源的无谓消耗，等到看到了消耗的结果了，也就无可挽救了。

谁见过对待宗教的这种实用主义、世俗化、垄断化、消费主义的态度和方法？也是中华一绝。能不为小和尚小道士一叹乎？

三三、公子女奴好做诗

宝玉住进了住满美貌少女的大观园，其乐无穷，叫做每日只与姐妹丫鬟们一处，弹琴下棋，作画吟诗，描鸾刺凤，斗草簪花，低吟悄唱，拆字猜枚……这样的好日子至今令青年男性读者眼馋心热。

于是宝玉写了春夏秋冬之夜的"即事"诗，诗也是踌躇意满，舒适消闲，其乐陶然。"枕上轻寒窗外雨，眼前春色梦中人"，"盈盈烛泪因谁泣，点点花愁为我嗔"，"倦绣佳人幽梦长"，"玻璃槛纳柳风凉"，"抱衾婢至舒金凤，倚槛人归落翠花"，"女奴翠袖诗怀冷，公子金貂酒力轻"……等句能给人留下些印象。但整个诗意扁平，寄寓贫乏，除了字面上的舒服得意富贵闲散之外少有言外之意、词外之旨。宝玉的诗供给小男小女们一吟则可，作为诗作来说，则分量太轻，信息量太小。

例如仅仅四首七律，就有两次重复提到"烹茶"和"试茗"。"春夜"里说到"小鬟"，"秋夜"里则有"婢至"，"冬夜"里干脆说出"女奴"。"春"中有"霞绡云幄"，有"拥衾"，"秋"中有"抱衾"，"冬"中有"锦罽鹔衾"，没完没了地写床具卧具，还有百写不厌的豪华摆设："金笼鹦鹉"、"宫镜"、"御香"、"琥珀杯"、"金凤"……还有园中院中景致，包括"隔巷蛙声"、"荷露"、"柳风"、"绛云轩"、"石纹"、"桐露"、"梅魂"、"竹梦"、"松影"、"梨花"、"鹤"与"莺"等，已经捉襟见肘，互相靠拢，而且与此后的诗作靠色了。

怪事，居然有人说什么读了《红》上的诗，觉得比唐诗还好。文学文学，果然是胡说不上税的好话题。

自然，《红》里的诗不是一般的诗，而是一部大小说里的诗，它有特点，就是与小说的人物、情景、氛围、阶段、进展贴得很紧，对小说故事的推进起了点染作用、描画作用、丰富作用。有没有这些人物诗，颇有关于《红楼梦》的描写性、文学性、艺术性，《红》毕竟与全靠巧合悬念误会结构戏剧性故事的小说有很大不同。

这还与中国文学的重诗文轻小说的传统有关，古人大概是把诗文放在"严肃文学"，而把小说放入"通俗文学"的范畴里。曹雪芹当然是能诗的，他不厌其烦地在《红》中写诗，有为自己正名的较劲动机。

如果只讲生理欲望，宝玉表现出来的与薛蟠并无什么不同；但宝玉与薛兄的文采大不一样，这些文文雅雅的诗使公子女奴这种充满阶级划分的丑恶内容的生活经验似乎变得润滑干净而且诗意盎然了。这是诗的力量，诗的美丽，也是诗的罪孽，诗的自欺欺人。

果然，心满意足地写了这些诗而且被传抄并在一定的圈子里流行以后，宝玉又不自在起来了，他的青春期心理反应开始了，这也不好，那也不好，只是闷闷的了。

三四、偷偷摸摸读文学

宝玉进入了青春苦闷期，茗烟便寻找坊间的飞燕、合德、杨贵妃、武则天的外传等小说与传奇角本(现称脚本即演出剧本)来给宝玉解闷。茗烟真好助手好奴才也，不但懂得宝玉的物质需求，甚至也懂得宝玉的精神需要。但文学何其该死，封建社会本来是严禁谈性谈男女之情，是谈性色变谈情该活活打死的，偏偏文学念念不忘这男女之性之情，因为从文学的观点来看这是至性至情，是文学的聚焦点之一，正像从政治的观点看，权力的归属是最重要的，而从商业的观点来看，利润、效益才重要；不让文学注意男女情性，有点像不让政治家染指权力，不让商人染指金钱一样矫情，也徒劳。

宝玉看到《会真记》里的"落红成阵"句，恰逢一阵风吹落树上桃花。这是巧合，也是文学的本质的经验化，文学是生活的发现，生活是文学的见证。受了文学的多情与审美的影响，于是宝玉产生爱花护花之心，怕花瓣受到践踏，乃兜了花瓣来到池边，抖在池内，花瓣浮在水面，飘飘荡荡，流出了沁芳闸。

这一段写得很美丽，甚至比黛玉的掘花冢葬花还漂亮。赏落花，收落花，抖落花，再眼看着落花浮在水上漂走，时间的流逝，空间的离开，浑然一体，珍惜、留恋、无奈与悲伤浑然一体，东风的无情与流水的无情与人的有情浑然一体；而且这不像黛玉的葬花那么费劲费词。

然后是宝玉与林妹妹共尝禁果，宝玉的戏曲角(脚)本给了林妹妹看。林妹妹更是爱看，更感同身受。林更赏《牡丹亭》里的伤春诗句："原来姹紫嫣红开遍，似这般都付与断井颓垣"，"良辰美景奈何天"，"如花美眷，似水流年"……千古丽句，谁能不为之动心？

但是不可以公然地说，宝玉引用书上一句话开个玩笑，就被林妹妹指责为"混账话"，"欺负人"。他们俩对男女之情是又怕又羞又爱又惊又喜，他们对写这样的感情的作品是又发烧又躲避又贪恋又感动又充满罪恶感，封建重压下的爱情萌芽算是写活了。

以致我突发奇想：爱情全无压制，永远尽情表现，尽情满足，正大光明，淋漓尽致，见到所喜男女便可大方提出咱们俩上床怎么样，然后就是云雨酣畅……何如？一定是好事吗？文化总是给男女之事一点包装，一点限制，一点过程，一点责任，一点犹豫，使男女之情之性事审美化文明化……乃有爱情，乃有情诗情歌，乃有爱情小说，乃有人的相爱的种种悲欢喜怨。否则爱情会不会配种站化、兽医化了呢？

三五、弄不清的香菱

《红楼梦》中的人物皆极生动，包括不那么重要显眼的人物如李嬷嬷、王善保家的、贾芸、倪二、刘姥姥乃至板儿，都栩栩如生，掩卷难忘。惟独香菱，我读《红》少说着也有十几遍了，始终没找到对于香菱的感觉。

而香菱这个人物并非不重要。她的父亲是甄士隐，是《红》里也是《红》外的人物，他早早地受到了命运的无情打击，从而早早地跳出三界外，不在五行中，看破红尘，四大皆空，成为其他人物的观察者超度者，成为扰扰攘攘的其他人物的参照系统。

当然书中还有一僧一道，但是那两"人"（？）如神如妖如影如幻，与其他人和事隔着一大层，与其说是人物不如说是概念理念信念的符号。而甄士隐有个女儿却是香菱，香菱是书里故事里的人物，是薛蟠强抢来的通房丫头，是黛玉的诗徒，是夏金桂的眼中钉。尤其在后四十回中，与薛、夏、宝蟾等有一番乌烟瘴气的纠葛。

香菱之悲惨遭遇使我屡屡怀疑甄士隐的选择的正确性，一任自己的女儿遭受涂炭蹂躏，这样的高士、正果、超拔令人不忍，不认，难以苟同，思之毛骨悚然。这是不是反映了作者的自相矛盾呢？色即是空，色何尝空？谁能无情？谁能无咎？谁无尘缘？谁能无痛！

　　而且在太虚幻境中香菱占有重要位置，她的排名在晴雯与袭人之前，前二人居于又副册，而她居于副册之首。判词曰：

　　　　根并荷花一茎香，平生遭际实堪伤。
　　　　自从两地生孤木，致使香魂返故乡。

　　评价很高，哪儿都香，接近完美或已经完美。明言其堪伤，亦是正面评价的表示。两地生孤木好办，二土一木的桂也，被夏金桂所害；魂返故乡则只能是死的别称了。

　　是不是作者太同情和喜欢这个人物了，反看不出人物轮廓了呢？如此悲惨而无悲情，如此孤单而不感孤单，如此学诗有成心有灵犀乃至可以与黛玉对话至少能与黛玉作伴而一直被称为傻、呆，能为宝玉情解石榴裙（按，情解石榴裙的含义是绝无含糊的，就是把身体给了宝玉之意）而又天真无瑕，被称为美香菱而不涉风月，这可能吗？其高度甚至超过了宝钗了。宝钗还是教育出来的，她对黛玉讲过她读闲书而受责罚的事迹；而香菱从小被人贩子拍去，哪有受教育的可能？幸而她的命太不好了，命运对她太苛刻了，作者又一再强调其呆傻，否则她会不会也被怀疑是深具城府权谋韬光养晦呢？

　　袭人的"正确"令人起疑，宝钗的"正确"令人半信半疑，香菱的"正确"令人不疑。让我们反过来思索一下，有没有可能就是有人接受了当时的主流价值观，以观化真性，由真性出发而感悟到了主流价值带来的本分、快乐、和平、安宁、秩序、希望，就基本真实地正确起来了呢？要知道那个时候并没有多少人将那种主流价值视为吃人的洪水猛兽哇。一种价值观念能主宰一个大国那么长时间，难道只是靠虚伪和荒谬吗？

三六、青春、风月、文学

人们把男女之情叫做风月，开阔，自然，优美，无影无踪，无可稽考，真妙。查查《辞源》，将男女之情称为风月，还是从《红楼梦》开始的。

为什么"风"字会组成不少与男女之情特别是女性之情有关的词？如风月、风韵、风情、风姿直到含义宽泛一些的风流，都有暗指爱情与性事的意思。不知道这是不是与《诗经》里将这一类诗名之为"风"有关，辞典上对此居然没有什么解释。

风也罢月也罢本来是自然对象，用自然对象表现生命现象，也算天人合一。生命躁动了，青春颤抖了，便临风长吁，望月悲叹，迎风落泪，对月迷茫，而且不仅是风与月，雨、露、寒、暑、晨、昏、花、木、山、石……哪个不令孤独的青春寂寞，哪个不令人依偎，哪个不令人遐想，哪个不令人风魔？古字，风通"疯"，这个用法大概与中医的说法有关，神经痉挛是因为受了风吧。如果风令人疯，月自然令人迷，花令人醉，草令人心碎，而雨令人怅惘无着，欣然油然而又终有所失……

在中国，风花雪月云云又代表文学。文学里充满了风花雪月，充满了人化的自然，人对于自然的感应，也是男女化了的自然，情深的自然，性感的自然，日与月，春与秋，山前与山后，万物都被划分了阴阳。外国人没有那么多关于阴阳的说法，却在一些语法里分别了词的阴性阳性。

于是你弄不清那青春的悸动，来自荷尔蒙？你感觉不到。来自风与月？大自然无时不在挑逗你、折磨你、鼓励你而且迷幻你。天何言哉！于是有言的文学成了罪魁祸首，谁让文学说出了"四书五经"上不说、正人君子不说的这一切美妙与羞耻、怨恨与狂喜？

所以诲淫诲盗一直是许多文学作品的罪名，也确有这样低级下流的作品。但是，如果没有风花雪月的文学作品，人们尤其是女孩子们就永远不懂风月吗？

没有文学，可能不讲什么风月了，干脆剩下的只有猪狗，只有薛蟠的粗鄙，只有强奸犯的暴力了。阿Q追吴妈——小孤孀，便只会说"我和你困觉"，而不会引用任何《西厢记》或《牡丹亭》上的美文，这是阿Q先生爱情失败的一个重要原因。从这个意义上说，风花雪月其实给了某些难以出口的事情以文学的包装和提升，以疏导和文明。

林黛玉自然是愿意与宝玉分享风花雪月或者是干脆分享风月情致的，与宝玉共风月乃是黛玉最根本的理想、最美丽可心的梦。她之所以在宝玉说了什么"我就是个'多愁多病的身'，你就是那'倾国倾城的貌'"后变色回身，红着眼圈说什么自己被欺负了，那是撒娇，也是考察。一个女子，面对男子的追求的时候不能不更加提防，更加谨慎，多所试探考验，严防死守，谨防上当。同样是两性关系，女子比男子的处境危险多了，她们随时会落入陷阱，一落入陷阱就是永世不得翻身。尤三姐的遭遇便是证明。

三七、闲笔与伏笔

在宝玉与黛玉思春，并且从文学作品中找到寄托之时，忽然出现了这样一段文字：

> 话说林黛玉正自情思萦逗、缠绵固结之时，忽有人从背后击了一掌，说道："你作什么一个人在这里？"林黛玉倒唬了一跳，回头看时，不是别人，却是香菱。林黛玉道："你这个傻丫头，唬我这么一跳好的。你这会子打那里来？"香菱嘻嘻的笑道："我来寻我们的姑娘的，找他总找不着。你们紫鹃也找你呢，说琏二奶奶送了什么茶叶来给你的。走罢，回家去坐着。"一面说着，一面拉着黛玉的手回潇湘馆来了。果然凤姐儿送了两小瓶上用新茶来。林黛玉和香菱坐了。况他们有甚正事谈讲，不过说些这一个绣的好，那一个刺的精，又下一回棋，看两句书，

香菱便走了。不在话下。

这一段写得好没意思，连口气也是懒洋洋的，读之确有"不在话下"之感。如果是当今出版社处理《红》稿，责任编辑不给他删掉才怪。一部大的长篇小说，总会有一些闲笔乃至废笔，至少可以舒缓一下节奏，而且更显真实，真实生活里哪儿有那么多情节主线和戏剧冲突。生活中就有过门儿，有休止，有打岔，有许多有头无尾或有尾无头——只知结果不知原委——的事情。尤其是写到黛玉"情思萦逗、缠绵固结"之时，不宜再一个劲地往下发展，流于煽情或者挑逗，流于清朝的"豪门宝贝"，流于如今的"卖点"写作。也算是乐而不淫吧。

但又像伏笔。黛玉并非等闲之辈，并非公关爱好者擅长者，书中又没有交待什么前因，不知为何与香菱要好，别的丫头谁敢背后给黛玉一击，把黛玉吓上一跳？而从黛玉的称香菱为傻丫头上，也可以看出黛玉与她挺亲近，无距离感更无主奴之辨。这也许与后来的香菱向黛玉学诗有关？但仅仅如此，这一段仍属可有可无之文字。莫非另有高妙乎？

紧接着又是一大段"不在话下"，宝玉被老太太叫去"过那边请大老爷的安"，这个时间段显然各方关系尚属和睦，并未彼此乌眼鸡似的。宝玉在鸳鸯处要吃胭脂，鬼混了一回，这些景象像是宝玉只是个小屁孩子，大丫头们对他全不认真。金钏与宝玉调侃，也是如此性质。至少是鸳鸯、金钏、彩云等将他当作小屁孩子对待，其实他早已与袭人领略过"警幻所训"之事了。然后看望贾赦，而贾赦不过是"偶感些风寒"，轻轻一笔带过，探病云云，全如废话。然后邢夫人与宝玉友好一番，还留宝玉说："你且坐着，我还和你说话呢。"最后却是"那（哪）里有什么话"的解构，真是比白开水还淡了。

《红楼梦》第二十四回前面很大一部分，是这样的边写边宣布作废的奇特处理，本回正经写到了的原是贾芸与小红。

至少有一点是对的，小说不能写得淡而无味，也不能写得浓得化不开，一味折腾，要死要活，撒泼打滚，洒狗血，装神闹鬼。或者这里也来个欲擒先纵，要写邢夫人"左性子"、"尴尬人"（都是书中语），先写她对于宝玉的正常一面。尴尬左性也有一个发展过程。

当然，最后也还有一个可能，伟大的曹雪芹这一段写得不怎么样。

三八、马道婆的启示

马道婆应赵姨娘之请（之雇用）实行妖术，整治宝玉凤姐一节，本不算精彩：

> 马道婆……又向裤腰里掏了半晌，掏出十个纸铰的青面白发的鬼来，并两个纸人，递与赵姨娘，又悄悄的教他道："把他两个的年庚八字写在这两个纸人身上，一并五个鬼都掖在他们各人的床上就完了。我只在家里作法，自有效验……"

这是一种类似巫术的迷信，话剧《原野》里的婆婆就是用此类法子来暗害其儿媳金子的。据说许多民族都有此类迷信，以为可以用一种什么神秘方法能暗中除掉自己心目中的仇敌。"文革"中红卫兵们动辄高呼要"砸烂×××的狗头"，或者给自己(?)要打倒的人名上划一个大叉，也属这种遗风流韵。

这种方法当然不会对仇敌起什么作用，但仍然使人感到不安，感到震动。因为它表达的仇恨心情太强烈了，被人恨成这样，自然会有恐怖感。生辰八字云云，纸人与五鬼，也给人以神秘符号的怵惕。仇恨只是一种情绪，但是情绪有可能产生实在的后果，如毛泽东氏所言，物质和精神有可能互相转化，互相嬗变。

果然，出事了：

> 宝玉忽然"嗳哟"了一声，说："好头疼！"林黛玉道："该，阿弥陀佛！"只见宝玉大叫一声："我要死！"将身一纵，离地跳有三四尺高，口内乱嚷乱叫，……宝玉益发拿刀弄杖，寻死觅活的，闹得天翻地覆。贾母、王夫人见了，唬的抖衣而颤，且"儿"一声"肉"一声放声恸哭。于是惊动诸人，……登时园内乱麻一般。正没个主见，只见凤姐手持一把明晃晃钢刀砍进园来，见鸡杀鸡，见狗杀狗，见人就要杀人。众人越发慌

了，周瑞媳妇忙带着几个有力量的胆壮的婆娘上去抱住，夺下刀来，抬
回房去。平儿、丰儿等哭的泪天泪地……

居然有这等效果！这不像是写实，只像因果报应的三流小说情节，故而后四
十回赵姨娘的下场亦是类似地不堪。如果设想曹雪芹果然有此种见闻或经验呢，
那么就是说宝玉凤姐都得过癔症，宝玉多半是青春期癔症，凤姐则是用心机过度
造成的后果。

便来了一僧一道，解此危难。也是召之即来，文学性上未敢恭维。有一个好
处，与本书的开头多多呼应，让读者别忘了宝玉的来历与书的主旨：幻灭虚无。
和尚看到作为活人的宝玉与脖子上挂着的宝玉，叹曰：

> 天不拘兮地不羁，心头无喜亦无悲。
> 却因锻炼通灵后，便向人间觅是非。

前两句描绘的是一种无生命至少是无灵性状态，是虚无与死亡。后两句令人
嗟叹，通灵便有是非，便有麻烦。人生长如乱麻，人生不如意事常八九，叫人说
什么好呢？

和尚又赞道：

> 粉渍脂痕污宝光，绮栊昼夜困鸳鸯。
> 沉酣一梦终须醒，冤孽偿清好散场！

这四句则是极廉价的禁欲主义了。

底下值得注意的是薛宝钗的反应：

> （僧道走后，宝玉与凤姐）吃了米汤，省了人事，别人未开口，林黛
> 玉先就念了一声"阿弥陀佛"。薛宝钗便回头看了他半日，嗤的一声笑。
> 众人都不会意，贾惜春道："宝姐姐，好好的笑什么？"宝钗笑道："我笑
> 如来佛比人还忙，又要讲经说法，又要普渡众生。这如今宝玉、凤姐姐
> 病了，又烧香还愿，赐福消灾。今才好些，又管林姑娘的姻缘了。你说

忙的可笑不可笑?"

厉害，此回的结尾处由宝钗来了个解构。原来《红楼梦》作者也不当真相信从道婆到僧道这一套，曹氏透露出调侃——戏笔的味道来了。《红楼梦》是真挚的，《红楼梦》是严肃的，《红楼梦》是悲怆的，《红楼梦》是泣血之作，《红楼梦》中仍然有戏笔存在，有游戏存焉。为什么读起来要那样偏执、那样化解不开呢?

三九、不在话下

《红楼梦》中常常会出现"不在话下"四个字。以二十四、二十五、二十六这三回为例，共出现"不在话下"十一次:

一、林黛玉和香菱坐了。况他们有甚正事谈讲，不过说些这一个绣的好，那一个刺的精，又下一回棋，看两句书，香菱便走了。不在话下。

这一段描写像是废话，但多少表现了香菱由于血统高贵，与黛玉能说得来。

二、母女姊妹们吃毕了饭。宝玉去辞贾赦，同姊妹们一同回家，见过贾母、王夫人等，各自回房安息。不在话下。

一般性交代，不必细说，故说"不在话下"。但又要尊重中国读者阅读小说的有头有尾习惯，不得不交代一下。

三、倪二笑道:"这不是话。天气黑了，也不让茶让酒，我还到那边有点事情去，你竟请回去。我还求你带个信儿与舍下，叫他们早些关门睡罢，我不回家去了。倘或有要紧事儿，叫我们女儿明儿一早到马贩子王短腿家来找我。"一面说，一面趔趄着脚儿去了，不在话下。

这里冒出了一个人物倪二，短期内没有他的戏，此人物并不贯穿，到这里也无重要性可言，只能"不在话下"，即不必细表之意。

四、贾芸先找了倪二，将前银按数还他。那倪二见贾芸有了银子，他便按数收回，不在话下。

不在话下，亦可作毋须赘述。

五、这里贾芸又拿了五十两，出西门找到花儿匠方椿家里去买树，不在话下。

不在话下，即理所当然的后续情节，亦是没有什么重要性。无关后事的情节。

六、宝玉便趿了鞋晃出了房门，只装着看花儿，这里瞧瞧，那里望望，一抬头，只见西南角上游廊底下栏杆上似有一个人倚在那里，却恨面前有一株海棠花遮着，看不真切。只得又转了一步，仔细一看，可不是昨儿那个丫头在那里出神。待要迎上去，又不好去的。正想着，忽见碧痕来催他洗脸，只得进去了。不在话下。

无结果，无后续，没法说，宝玉在既定秩序下想多看小红一下亦属不可能，也是不在话下。

七、马道婆……道："……我只在家里作法，自有效验。千万小心，不要害怕！"正才说着，只见王夫人的丫鬟进来找道："奶奶可在这里，太太等你呢。"二人方散了，不在话下。

这是说马道婆与赵姨娘合谋暗害凤姐与宝玉的事，这里的"不在话下"似有"不必明说"的含义。

八、宝玉……亦且连脸上疮痕平服，仍回大观园内去。这也不在话下。

此事过去了，PASS掉了之意。

九、那红玉只装着和坠儿说话，也把眼去一溜贾芸。四目恰相对时，红玉不觉脸红了，一扭身往蘅芜苑去了。不在话下。

这里的"不在话下"却是另有深意存焉。

十、坠儿满口里答应了，接了手帕子，送出贾芸，回来找红玉，不在话下。

不在话下吗？猫腻就是这样做成的。小说家言的各种奸淫污秽贪赃枉法，都是此类的不在话下。为什么不在话下呢？多少包含了"非礼勿言"的因素。

十一、宝钗摇头笑道："昨儿哥哥倒特特的请我吃，我不吃，叫他留着请人送人罢。我知道我的命小福薄，不配吃那个。"说着，丫鬟倒了茶来，吃茶说闲话儿，不在话下。

这里的"不在话下"有一种低调、低姿态直至淡出的意味。宝钗谦恭克己，并不企图给人留下印象，而是不在话下的。或谓，这正是宝钗的厉害之处，谁知道呢？宝钗是阴谋家吗？不甚像，倒更像是诚于中而形于外，自然高雅，反遭俗人猜忌。

还要总结一句，《红楼梦》与我国传统小说相比，突出特点是它的生活化而不是戏剧化、教化化。一生活化就千头万绪，就难以一一交割清晰，不在话下的事也就太多太多了。

四〇、小红与黛玉

《红楼梦》中林黛玉超凡拔俗，特立独行，没有人可以与她比拟。偏生出来一个原名叫红玉，后改称红儿或小红的不入流的丫头，令人浮想联翩，而且居然想到了黛玉身上。

当小红病病歪歪时，她与一个表面关心她的小丫头佳蕙谈话：

> 佳蕙道："我想起来了，林姑娘生的弱，时常他吃药，你就和他要些来吃，也是一样。"红玉（有版本作小红，下同）道："胡说！药也是混吃的？"佳蕙道："你这也不是个长法儿，又懒吃懒喝的，终久怎么样？"红玉道："怕什么，还不如早些儿死了倒干净！"

此话说得甚奇，有黛玉之风。底下小红的名言更是富有哲理性，她说：

> 俗语说的好："千里搭长棚，没有个不散的筵席。"谁守谁一辈子呢？不过三年五载，各人干各人的去了。那时谁还管谁呢？

她哪儿来的这样的深度呢？这与她此前与此后的力争上游、努力表现、力求脱颖而出的记录怎么能合得拢呢？

而且她姓林，有一种《红》的版本中称她为"林姑娘"，这仅仅是巧合吗？

她还叫玉，在《红》中叫玉并非易事，只有宝玉黛玉妙玉蒋玉菡等有数的几个人才有名玉的殊荣。

而后面的描写小红全无虚无主义倾向，一是与贾芸暗中勾搭，不仅是男女之间的问题，二人在一心钻营上堪称战略伙伴。

《红楼梦》又通过宝钗声口形容红玉道：

奸淫狗盗的人，心机都不错。……况才说话的语音，大似宝玉房里的红儿的言语。他素昔眼空心大，是个头等刁钻古怪东西。

着重点是王蒙加的。眼空心大云云，用正面的话来说就是胸有大志。终于，机会到了，小红居然有幸被凤姐派了一次活，显示了其语言尤其是头脑清晰的才能，请看：

红玉道："平姐姐说：我们奶奶问这里奶奶好。原是我们二爷不在家，虽然迟了两天，只管请奶奶放心。等五奶奶好些，我们奶奶还会了五奶奶来瞧奶奶呢。五奶奶前儿打发了人来说，舅奶奶带了信来了，问奶奶好，还要和这里的姑奶奶寻两丸延年神验万全丹。若有了，奶奶打发人来，只管送在我们奶奶这里。明儿有人去，就顺路给那边舅奶奶带去的。"

这种绕口令式的语言，亏了小红才能掰扯得清。她立即得到了凤姐的赞赏。

小红也是才女，这一点可与黛玉媲美。当然二人的处境不一样，小红没有张扬个性、孤独清高、吟诗弹琴的本钱，只能走不择手段蝇营狗苟的路子。文学历来是同情失败者的，所以历代读者同情晴雯，没有人喜欢小红。

对此，我们可以作出的解释有以下数种：

一，才女是可爱的，但并非完美无缺，她们发展的可能性也是多样的，即也有负面发展的可能。小红如此，黛玉又何尝不是如此？

二，小红本身就具备着两面性，在入世失败的时候，她是虚无的；在求上进有了门路(受到凤姐赏识，意图认她做干女儿)的时候，她表现出了积极进取的另一面。(不要以为只有读书人才懂得儒道互补！)

三，环境、处境决定着人，有头脑、有思想的小红，在她那个地位，反而更像"奸淫狗盗"之徒。

四，小红名玉姓林，善于说话，有一定头脑，不过偶然，说明哪个人群里都是藏龙卧虎。至于与林黛玉，八竿子打不着。

五，其他，略。

《红楼梦》里的人物太多、太活，作者下笔的时候又常常欲言又止，多有含蓄，如海明威所说，八分之七的冰山埋在水里。小红此人可能很坏，后四十回对她的描写可能基本正确，但是她的言谈举止不俗，值得阅后掩卷思谋忖度。

四一、青春的苦闷

中国传统小说中对于"怀春"、"相思"的描写虽不在少数，但往往比较简单粗略，而且往往与什么一见钟情、订约幽会、巫山云雨紧紧相连，缺少对于青春期苦闷的泛描绘。

比较起来，《红》的第二十六回就写得相当集中和真切。这一章不但写到宝玉、黛玉的思春情景，而且写到下人小红的悲观疏懒烦闷。这一回充满着青春的百无聊赖，顾影自怜，欲说还休。

小说写的是状态，写的是表面的沉闷与内里的激情，是压抑着的生命的律动，郁积着萌发着的地火。请读这一段文字：

> 如今且说宝玉打发了贾芸去后，意思懒懒的歪在床上，似有朦胧之态。袭人便走上来，坐在床沿上推他，说道："怎么又要睡觉？闷的很，你出去逛逛不是？"宝玉见说，便拉他的手笑道："我要去，只是舍不得你。"袭人笑道："快起来罢！"一面说，一面拉了宝玉起来。宝玉道："可往那去呢？怪腻腻烦烦的。"袭人道："你出去了就好了。只管这么葳蕤，越发心里烦腻。"宝玉无精打采的，只得依他。晃出了房门，在回廊上调弄了一回雀儿，出至院外，顺着沁芳溪看了一回金鱼。

这一段写得相当传神。"意思懒懒的"，妙极，不是肉体上四肢上的懒惰，而是内在的不知如何是好。然后弄鸟观鱼，一副公子哥儿的做派令读者既叹又羡，何况他还有一个袭人可以说话撒赖。小红和林黛玉可没有这样的机会。接下来在潇湘馆：

（黛玉）长叹了一声道：" '每日家情思睡昏昏。'"宝玉听了，不觉心内痒将起来，再看时，只见黛玉在床上伸懒腰。……宝玉见他星眼微饧，香腮带赤，不觉神魂早荡……

"情思睡昏昏"云云，作为戏词好唱，当小说来写并不容易。于是下面有宝玉的调笑，有黛玉的嗔怒。更有趣的是插上薛蟠的插科打诨，谎称"老爷"（贾政）叫宝玉，才把宝玉从黛玉身边拉开。这是极好的相反相成，否则一直情思昏昏，青春苦闷，"春困发幽情"下去，读者岂不也要被催眠了吗？雅俗相搅局，雅俗相搭配，乃有小说可写可读。

除了薛蟠的不无畅快的俗鄙，这里还写了宝钗的清明与谦恭，写她的克己复礼，不吃薛蟠得到的稀罕物品。她是没有春困也没有幽情的，她是没有苦闷也没有"意思"的，令人不知道是赞好还是叹好。在太多的抒情乐段当中，这样的清醒超凡的声响也是必要的。

本回结尾处是黛玉晚访宝玉被小丫鬟所拒，哭了起来：

颦儿才貌世应希，独抱幽芳出绣闺。
呜咽一声犹未了，落花满地鸟惊飞。

疑惑的第一乐章（小红），诡诈的第二乐章（贾芸），散乱而又天真的第三乐章（宝玉），谐谑的第四乐章（薛蟠）与悲哀深情的第五乐章（黛玉），多么细密的音乐式的结构啊。

四二、伤春与葬花

中国诗词中咏春伤春惜春的文字之多，令人印象深刻。"花落水流红，闲愁万种"，"流水落花春去也"，"帘外雨潺潺，春意阑珊"，"春宵一刻值千金"，

"更能消几番风雨，匆匆春又归去"等，都是脍炙人口。

春天太美，春天太短，严冬太长，人们等待春来等得太久，春的含意里又包含了太多的爱情、性。自古以来，文人们对于春都有一种特殊的美感和情思。

而把这一切写得淋漓尽致的是曹雪芹为林黛玉拟稿的《葬花辞》：

花谢花飞花满天，红消香断有谁怜？

平实如话，浑然天成。

游丝软系飘春榭，落絮轻沾扑绣帘。

太柔软了呢。

……　……

柳丝榆荚自芳菲，不管桃飘与李飞。
桃李明年能再发，明年闺中知有谁？

顺口则顺口矣，嫌浅白乃至直露。"自芳菲"云云对"柳丝榆荚"有怨意，显得心胸狭隘。万物有常，万物有时，（英谚：每一条狗都有自己的时间段。）该荣则荣，该谢则谢。春来化雪，春暮落花，夏至昼长，秋来落叶，冬到封冻，叹万物之不羁，固是人之常情。自己凋落了抱怨人家还在枝头，实在无聊。当然，这只是诗，不是意见书或小报告。诗中有情也有秀，所以还要抱怨燕子：

三月香巢已垒成，梁间燕子太无情！
……　……
一年三百六十日，风刀霜剑严相逼。

新中国以来，人们相当称许"风刀霜剑"这两句，主要是从反封建的角度看的。从本文很难看出这两句的反封建倾向，倒是看得出林姑娘对于自己的身世的过度反应，和她的个性的难于合群。当然，这是小说，她的过分悲观正预告着她的悲剧性格与悲剧命运。

……　……

独倚花锄泪暗洒，洒上空枝见血痕。

这是艺术语言，而艺术难免有刻意渲染的意味。整个葬花活动更带有行为艺术的特点，其实还不如前文中的宝玉将落花收起放入沁芳闸处流水中。或说，流入水中或会遭遇污染，这种研究未免太工艺化了，——埋入土中也可能碰到秽物——有点想不开，有点找别扭。

杜鹃无语正黄昏，荷锄归去掩重门。
青灯照壁人初睡，冷雨敲窗被未温。
怪奴底事倍伤神，半为怜春半恼春。
怜春忽至恼忽去，至又无言去不闻。
昨宵庭外悲歌发，知是花魂与鸟魂？

伤春之情澎湃如潮，诗句流淌奔放。可惜的是只有一条直线，只有一个意思，说来说去，诚然信然果然，没有立体感也没有空间感。即使是全部写悲伤，也仍然应该有舒有解，有自慰也有故作旷达之语。舒解自慰旷达过了，仍不得解，才更有分量也。

……　……

质本洁来还洁去，强于污淖陷渠沟。

这话也受到过激赏，但黛玉洁的观念的内涵还待考证，是反孔学的经世致用、仕途经济吗？还是禁欲主义与贞操主义呢？她所强调的身子干净更像后者而不是人生观世界观问题。

……　……

侬今葬花人笑痴，他年葬侬知是谁？

…… ……

一朝春尽红颜老，花落人亡两不知！

这几句写得自然，令人感动，不仅是宝玉听了会感动，读者读了也会鼻酸。光阴无情，人生易老，固是给人一种悲剧情怀的。这种悲人皆有之，连毛泽东这种人物也有"人生易老天难老"和"别梦依稀咒逝川"之叹。

《葬花辞》有一种功效，伤春题材至此写完了写足了写透了写过了，写得堪称铺张得可以了，不必再写了吧。

四三、宝玉的通俗爱情表白

《红楼梦》的宝黛爱情描写堪称惊天动地，除了一对小男女相处（此岸）中的生死相许，恩怨情痴，纠缠如毒蛇，执着似厉鬼以外，还有另一个世界（彼岸）中的绛珠仙子还神瑛侍者之泪的奇绝故事，以及太虚幻境中悲剧宿命的规定与嗟叹，令读者一代代唏嘘不已。

但每每使我读之泪下的却是宝玉最俗最俗的一段表白。在葬花后，宝玉欲与黛玉交谈，黛玉不理他：

宝玉在身后面叹道："既有今日，何必当初！"林黛玉听见这话，由不得站住，回头道："当初怎么样？今日怎么样？"宝玉叹道："当初姑娘来了，那不是我陪着顽笑？凭我心爱的，姑娘要，就拿去；我爱吃的，听见姑娘也爱吃，连忙干干净净收着等姑娘吃。一桌子吃饭，一床上睡觉。丫头们想不到的，我怕姑娘生气，我替丫头们想到了。我心里想着，姊妹们从小儿长大，亲也罢，热也罢，和气到了儿，才见得比人好。如今谁承望姑娘人大心大，不把我放在眼睛里，倒把外四路的什么宝姐姐凤姐姐的放在心坎儿上，倒把我三日不理四日不见的。我又没个亲兄弟亲姊妹。虽然有两个，你难道不知道是和我隔母的？我也和你似的独出，只怕同我的心一样。谁知我是白操了这个心，弄的有冤无处诉！"说着不觉滴下眼泪来。

在所有的宝玉与黛玉的谈话当中，这一段是最俗最俗的，什么陪着顽笑啊，好吃的干干净净留下来呀，亲不亲谁谁是外路呀，完全是低水平语言：无诗情画意，无浪漫情怀，无激情浪花，无火焰喷射。不像宝玉说的。

盖此一对小男女是艺术型、青春型、性情中人物，二人都聪慧敏锐，博闻强记，善于为诗，二人的相处中有许多清纯高洁与俗鲜谐处。请看黛玉题在宝玉所赠帕子上的诗吧：

> 眼空蓄泪泪空垂，暗洒闲抛却为谁？
> 尺幅鲛绡劳解赠，叫人焉得不伤悲！

诗是多么含蓄，多么雅致，又多么令人颤抖啊。

那么，此次为什么说到动情处，反倒只剩下了街道妇女式的大白话大实话？

呜呼，爱情使人超凡脱俗，使人如入仙界，飘飘然，飒飒然，云里雾里，乘扶摇而上九天，逐星月而迷五色；但爱情也使人变得现实，变得想过好日子，想过董永的而不是七仙女的生活，一句话，爱情使人如此地热爱生活，平凡的生活。爱情不但重视诗画抒情歌曲，而且重视相陪着顽耍，一起吃好吃的，和和美美，不冷淡，不吵嘴打架，爱情要求彼岸的感受、激情、梦幻、神奇，更要求此岸的快乐、踏实，叫做白头到老……而二人愈是认真，愈是互相在意留意注意，愈是容易有疑猜，有失望，有无穷的遗憾和怨嗔，于是常常过不好二人共处的世俗的日子。离开了世俗的和美，离彼岸的灵魂享受也就愈远。只有那些半吊子"文学人"才专门夸耀性灵与世俗间的矛盾：一个是多么灵魂多么高雅，另一个是多么庸俗多么实际；一个是愈爱你愈要躲开你，一个是追着要和你同吃同住同劳动；一个到了山里注意的是枫叶，另一个注意的是排队买带鱼……这种拒绝凡俗生活的、并非柏拉图式而至多是自诩小资白领式的爱情，真是天大的误会——灾难呀！

这就是宝玉的此段通俗抒情给我们的启示。

四四、宿命与意旨

贾宝玉与蒋玉菡在吃花酒的时候相识，蒋行酒令的时候说出了"花气袭人知昼暖"的诗句。然后蒋建议与宝玉互换汗巾，宝玉把原属于袭人的松花汗巾给了蒋，蒋则赠宝玉一条红色汗巾。袭人发现宝玉将自己的汗巾送了人，极不快，并拒绝了宝玉转赠给她的红汗巾，最后此物被宝玉夜间趁袭人入睡时为她系到了腰上。三个人，两个汗巾，不无肉麻感。而袭人，在经过了一番沧桑巨变之后，嫁给了蒋玉菡。

这样的情节安排给人一种恐怖感，冥冥中自有定数，一饮一啄，莫非前定。于是所有的痛苦，所有的挣扎，所有的拼搏，所有的祝愿与躲避、计谋与勇武、坚忍与牺牲……都是徒劳，都是空忙，都是南辕北辙、缘木求鱼。

其恐怖还在于，表面上看纯属偶然经历、细小事物，却预兆着天大的未来结局。而这一切难以破解，只是在命运到来，到了袭人与蒋玉菡成婚，袭人欲为宝玉守节忠烈未克成功（为此至今多少腐朽冬烘痛骂袭人不止）的时候，她与蒋才明白了早有预兆的天意。没有谁能从原因看到结果，天机不可泄露。而人类掌握自己命运的渴望、从原因推算结果的渴望并不稍减。于是，人们改为在一切都发生了，不可更易了以后，再逆向寻找征兆，自欺欺人地为这征兆的找到而激动不已、敬畏不已、匍伏不已。

就是说，至少是在写作《红楼梦》的时代，人类智力不足以预言未来、英明洞悉，却足以寻找迹象，使自身震服，接受上苍的安排。袭人接受了，而黛玉就不接受。不接受怎么样呢？只有死路一条。

如果说花与蒋婚事的前兆，酒令也好，汗巾也好，表面上看像是撞上的，那么，端午节贵妃元春赏赐礼物唯独宝玉与宝钗的规格相同就是以意为之了，而且这个意出自高高在上的、不介入园内府内事务的贾元春，令人惶惑莫名。她当然通过这表示了些什么，却又没有说破。这是非常中国式的略带谋略的做人乃至为政之道，有所表示，无所痕迹，若有若无，若无实有，杀人则不见血，得罪人则不出面，全靠你去体会去理解去执行，执行好了，上心大悦；执行不好，则是你理解错了。

人们骂王熙凤破坏了宝黛的爱情，会追究到贾母的决策作用，却常常忽略了最早的一项举措、一项意旨、一个信号：贾元春的赠礼。这是自上而下的一个不可以讨论不可以质疑的信号。

而此时的宝玉和黛玉不失天真。宝玉犹自纳闷，心想应该是林妹妹与我得的礼物一样才合适，怎么却换成了宝姐姐？宝玉天真地把自己所得礼物转赠给黛玉，被黛玉拒绝。而黛玉已经预感到大事不妙，却又没有多少话可说。黛玉说自己无金无玉，只是草木人儿。至今，平头百姓口中仍有草木人儿的说法，这是黛玉在《红》中唯一一次与平民认同。说了草木人儿又怎么样呢？白说，说了也处处被动，更加被动，注定未说已然失败。多么厉害的元春赠礼！她怎么会扮演这样一个角色，或者是曹雪芹为什么要她扮演这样一个角色呢？要把宝黛的爱情故事与朝廷联系起来？

四五、无赖青春

我受的教育是无条件地把青春歌颂。前几年听到米兰·昆德拉批判青春时大吃一惊也颇受启发。米先生大概是说青春易于"过热"，易于走向害人害己的偏执和非理性，青春往往会成为胡作非为乃至邪恶势力的助手吧。其实确实到了该全面地认识青春的时候了，一个红卫兵运动已经够人们喝一壶的喽。

而《红楼梦》对于青春的描写也是相当生动的。《红楼梦》的属性之一种应该是"青春小说"。与女儿们比较，贾宝玉的青春已经够满足够幸运乃至于够"自由"的了——在当时条件下。正是在这种条件下，宝玉更显出他的青春的无赖的一面。他先是对黛玉说了不合分寸、涉嫌轻薄的话，他说如果黛玉死了他就做和尚去，使得黛玉沉下脸来教训他，教训得二人哭泣不止。尤其是黛玉一边数落宝玉一边

"摔了帕子"帮他拭泪一节写得很生动。后来电影《董存瑞》中亦有一节写到董被指导员教训得落泪,指导员扔给他手帕,受到电影评论家钟惦棐的激赏,其实这样的细节最早见于《红楼梦》。

接着,宝玉更加无礼地当面将宝钗比作杨贵妃,宝钗立即作出了反击:

> 宝钗听说,不由的大怒,待要怎样,又不好怎样。回思了一回,脸红起来,便冷笑了两声,说道:"我倒像杨妃,只是没一个好哥哥好兄弟可以作得杨国忠的!"二人正说着,可巧小丫头靛儿因不见了扇子,和宝钗笑道:"必是宝姑娘藏了我的。好姑娘,赏我罢。"宝钗指他道:"你要仔细!我和你顽过,你再疑我。和你素日嘻皮笑脸的那些姑娘们跟前,你该问他们去。"

接着,宝钗又借谈戏名的机会讽刺了一回(宝玉对黛玉的)"负荆请罪"。宝钗是人不犯我我不犯人,人若犯我我必犯人,使宝玉黛玉俱受到了应得的教训。

宝玉受挫后来到王夫人那里,与金钏死皮赖脸。结果金钏一句玩笑触动了王夫人关心宝玉不受污染的神经,掀起轩然大波,金钏被王夫人骂作:

> 下作小娼妇,好好的爷们,都叫你教坏了。

这时的宝玉呢,"见王夫人起来,早一溜烟去了",一副无赖行状。接着呢:

> 王夫人便叫玉钏儿:"把你妈叫来,带出你姐姐去。"金钏儿听说,忙跪下哭道:"我再不敢了。太太要打骂,只管发落,别叫我出去就是天恩了。我跟了太太十来年,这会子撵出去,我还见人不见人呢!"王夫人固然是个宽仁慈厚的人,从来不曾打过丫头们一下,今忽见金钏儿行此无耻之事,此乃平生最恨者,故气忿不过,打了一下,骂了几句。虽金钏儿苦求,亦不肯收留,到底唤了金钏儿之母白老媳妇来领了下去。

结果是害了金钏一条性命,宝玉难辞其咎。

严重后果,宝玉全不放在心上,他去看龄官画蔷去了,他又在抒发他的怜香惜玉之多情公子的亲爱温柔。幸亏龄官有个贾蔷在惦记，她不接受宝玉的关爱，否则被宝玉关爱上，只怕是凶多吉少。宝玉关爱谁个女孩子谁个女孩子就会倒霉，这已经成为《红楼梦》的故事规则、结构规则了。

为关爱龄官，宝玉淋了雨，赶紧回怡红院，又因丫头开门晚了踹得袭人吐血。一事错，百事错，成了多米诺骨牌。宝玉的无赖行状，不用说贾政，连笔者也觉得该打他一顿了。

四六、袭人到底有多么讨厌

对于《红楼梦》中的人物，林黛玉也好薛宝钗也好，历来多有争议。但对袭人，则似乎无例外地都觉得讨厌。甚至有人提出，她是贾母、王夫人等安排在宝玉身边的一名特务，根据是她接受王夫人的特殊补贴，向王夫人汇报贾宝玉周边的情况，不点名地进谗，毁了晴雯，等等。

袭人确似不怎么可爱。首先作者强调她长得不美。王夫人更以除美务尽的心情向晴雯等进行讨伐：

> 素日这些丫鬟皆知王夫人最嫌趫妆艳饰语薄言轻者，……王夫人一见他……有春睡捧心之遗风，而且形容面貌恰是上月的那人，不觉勾起方才的火来。……便冷笑道："好个美人！真像个病西施了。你天天作这轻狂样儿给谁看？……"晴雯一听如此说，心内大异，便知有人暗算了他。

谁暗算了她？当然是袭人。
接着：

> 王夫人……忙说："阿弥陀佛！你不近宝玉是我的造化，竟不劳你

费心……"因向王善保家的道："你们进去，好生防他几日，不许他在宝玉房里睡觉。等我回过老太太，再处治他。"喝声："去！站在这里，我看不上这浪样儿！谁许你这样花红柳绿的妆扮！"

而宝玉是以貌取人的，一般的人性是喜欢长得顺眼的人而不是专门喜欢丑陋者的。

晴雯的相对自由洒脱的性格与她的美丽有关，美丽增加了人的自信自尊，有利于女孩子张扬个性。而丑人缺少这方面的天生的本钱，不能不谦虚谨慎，更多多地利用、依靠人为的东西：规则、秩序、价值观念、权威。当然这里不仅是美与丑的问题，宝钗很美，但也认同当时的主流文化规范。只是袭人如不争取外力、争取主子方面的信赖与器重，她就在众丫鬟的竞争中处于劣势地位。

问题在于爱美唯美的宝玉离不开袭人。由于袭人服务得好？是一个原因，但袭人的服务是可以由一个服务班子代替的，袭人这个人却是任何班子代替不了的。由于袭人早已与宝玉领略了"警幻所训"之事？也是重要原因，这也是历代读者评者最瞧不起她的。但是这个责任更多地应该由宝玉负，更应该由当时的制度负。袭人的地位已经规定，只是由于年龄太小，才尚未被宝玉正式收入房内。"袭人素知贾母已将自己与了宝玉的，今便如此，亦不为越礼，遂和宝玉偷试一番，幸得无人撞见。自此宝玉视袭人更比别个不同，袭人待宝玉更为尽心。暂且别无话说"。书上是这样说的，这种说法中有掩耳盗铃的曲笔，也有真实的事体情理在焉。

也是在此"初试云雨情"一章，说到宝玉"说至警幻所授云雨之情，羞的袭人掩面伏身而笑。宝玉亦素喜袭人柔媚娇俏，遂强袭人同领警幻所训云雨之事"。看来袭人不仅有显得笨手笨脚的一面，还有柔媚娇俏的另一面与掩面伏身而笑的似拒还招引的功夫。看来不仅大智若愚，大美还需若丑，丑中之柔媚娇俏、掩面伏身而笑等，都是极具魅力的哟！

四七、袭人算不算特务或变节分子

袭人接受王夫人的特殊津贴并向王夫人汇报情况，加上她那种时时事事站在主子这边、维护主子这边的利益的"正统"奴才姿态，确属可厌无疑；但说她涉嫌特务身份，则尚可本着新时代的重证据、讲究量刑的准确性与适度的"无罪推定"原则予以讨论。

特务的一个重要特点是他或她的活动的隐蔽性，他或她的表现的两面性，他或她在有关人员面前的面貌的极端虚假性。如果一个人哪怕是极可厌的人内外如一，大体诚信，不隐瞒自己的观点任务，很明显，他或她就不能算特务。

袭人是认同封建社会的主流意识形态与价值规范的，这一点她从未隐瞒。不但不隐瞒而且以此做贾宝玉的工作，乃至要挟宝玉，要宝玉改他的那些毛病。顺便说一下，封建的主流规范虽乏善可陈，宝玉吃胭脂之类的行为直到毁僧谤道否定一切的言论到底有多么可取也还是一个疑问。而如袭人真的是特务，她应该如芳官那样情人般地满足贾宝玉胡作非为的精神需求，应该更加极端地往另类上走，再掌握"敌情"，掌握更多具有情报价值的材料以邀功请赏。

说袭人是特务，这与我们经历过的那个以阶级斗争为纲的年代的思路有关，其实与说胡风或"胡风分子"是特务一样，把异己的向敌方汇报过情况或具有一些特殊身份的人一律定成特务，不一定准确的。

当然，这里的"特务说"也许只是文学修辞上的比喻、联想。我们过往年代的某些悲剧的发生，恰恰是由于分不清文学语言与政治定性——法律语言的界限。把政治斗争搞得太文学化，有麻烦。

那么袭人算不算变节叛徒贰臣呢？书上是这样写她和蒋玉菡的婚事的：

> 到了第二天开箱，这姑爷看见一条猩红汗巾，方知是宝玉的丫头。原来当初只知是贾母的侍儿，益想不到是袭人。此时蒋玉菡念着宝玉待

他的旧情，倒觉满心惶愧，更加周旋，又故意将宝玉所换那条松花绿的汗巾拿出来。袭人看了，方知这姓蒋的原来就是蒋玉菡，始信姻缘前定。袭人才将心事说出，蒋玉菡也深为叹息敬服，不敢勉强，并越发温柔体贴，弄得个袭人真无死所了。看官听说：虽然事有前定，无可奈何。但孽子孤臣，义夫节妇，这"不得已"三字也不是一概推委得的。此袭人所以在又副册也。正是前人过那桃花庙的诗上说道：

千古艰难惟一死，伤心岂独息夫人！

以再嫁蒋玉菡为由贬低袭人，应是高鹗以及曹氏的观点，叫做好女不嫁二夫，这种说法很腐朽，我辈无需学舌。张志民有一首名诗，题曰《死不着》。是的，袭人是死不着的，所有贾府的女孩子都丝毫没有"殉主"的义务，凭什么要殉呢？鸳鸯更死不着！"鸳鸯女殉主登太虚"是极悲惨的事，说明封建社会不但控制了这些女孩子的身体，更控制了她们的心。人家是"不自由，毋宁死"，而贾府的丫鬟是"不奴隶，毋宁死"，"离彼主（子），毋宁死"，太悲惨、太荒谬了呀。

四八、你喜欢哪个女孩子

《红楼梦》中的女儿们写得栩栩如生，所以你爱这个，他烦那个，你扬这个，他贬那个，历代读者争个不休。至今，当我们看到著名学者周汝昌爱史湘云爱得情不自禁，乃至不惜猛贬黛玉的时候，当我们看到著名学者王朝闻用一分为二的阶级观点将《红》中的女儿们分成两大阵营，对贾母、凤姐、探春深揭猛批的时候，我们都会为之感动，为之叹息：何读书之执着投入、一片童心、洁白如镜也！

俞平伯的"钗黛合一论"是早被当作资产阶级思想批评过的。钗黛虽然难以合一，宝玉爱的确实是黛而不是钗，这也不假。但是《红》中只要写到黛就会链接到钗，写黛忘不了钗，写钗忘不了黛，写黛中有写钗，写钗中有写黛。黛玉对宝玉道："你也不用说誓，我很知道你心里有'妹妹'，但只是见了'姐姐'，就把'妹妹'忘了。"钗与黛在小说众女儿中据有鳌头的特殊地位（还无需引用二人判词的合二而一 ——"玉带林中挂，金簪雪里埋"），而且，宝玉对此二人也有特殊的爱慕尊敬态度。以第二十八回为例，前几回写宝玉与黛玉的爱恋、疑猜、误解、表白，不能说破，不能不说明，哭哭笑笑，怨怨恨恨，风风火火，难解难分，正在热乎劲中，突然插上一段宝钗对于宝玉的女性的吸引：

> ……忽见宝玉笑问道："宝姐姐，我瞧瞧你的红麝串子。"可巧宝钗左腕上笼着一串，见宝玉问他，少不得褪了下来。宝钗生的肌肤丰泽，容易褪不下来。宝玉在旁看着雪白一段酥臂，不觉动了羡慕之心，暗暗想道："这个膀子要长在林妹妹身上，或者还得摸一摸，偏生长在他身上。"正是恨没福得摸，忽然想起"金玉"一事来，再看看宝钗形容，只见脸若银盆，眼似水杏，唇不点而红，眉不画而翠，比林黛玉另具一种妩媚风流，不觉就呆了。宝钗褪了串子来递与他也忘了接。宝钗见他怔了，自己倒不好意思的，丢下串子，回身才要走，只见林黛玉蹬着门槛子，嘴里咬着手帕子笑呢。

这是唯独《红楼梦》才有的神来之笔，很自然，很天真，很矛盾，很麻烦。这里有赤裸裸的欲望，有对于性心理的审美与净化，有欲望的自私性与贪得无厌性，有爱情的专一与普泛之间的冲突，有情与肉、灵与肉之间的冲突，等等。

当然宝玉还有一些胡作非为，与袭人，与秦钟，乃至与秦可卿等，但那些纯粹是肉体的了，与这种对极高贵极纯净的"女儿"们的恋情不大一样。

这里有一个区别，一个是读者对众女儿的评价与情感反应，另一个是贾宝玉对众女儿的反应与情感态度。确如《误读红楼》一书中闫红所言，宝玉对湘云并无此种爱慕，而是以一个大哥哥的身份略加关爱。由于贾宝玉是《红》的主角，贾的感情取向极大地影响着读者，这就是湘云最佳论难以被广泛认同的原因。

话又说回来了，一个未被宝玉爱上盯上的女儿湘云，却被当代学者周汝昌先生热烈地爱上了。湘云有知，不为憾矣；雪芹有知，当欣慰矣。

如果你问王蒙，他喜欢哪个女孩呢？我会告诉你：我喜欢芳官。

四九、众女儿的合与分

其实，一部长篇小说的众人物，既是分别的一个个的个体，又是统一的作者的感受、理念、人格与特有的审美眼光的外化。说起《红楼梦》中的众多人物，他们既是纷纭多样的，又毕竟都是曹雪芹的笔下所出现的，是曹的经验、感受、回忆、留恋、叹息、悲哀与顿足切齿的产物，又多半是书的主角贾宝玉的眼光的产物。

屠格涅夫有"屠格涅夫的女性"一说，这些女性高雅，热情，敢于承担，敢为天下先，无限地迷人、鼓舞人。契诃夫的女性则是另一类，她们怀疑着，努力着，失望着与等待着，她们也是一种契机，一种呼唤，一种渴望，对于新生活，对于梦想，对于激情与献身，对于一切在沙皇时代没有的东西。

而曹雪芹的众女儿们呢？美丽、聪明、充满魅力和不幸、不能主宰自己的身体与感情、任凭命运的吞噬是她们的共同特点。在这一点上，不仅黛玉和宝钗并无差别，晴雯、芳官、妙玉、小红与元、迎、探、惜（原应叹息）四个春之间也并无区别，尽管她们的命运在俗人看来有天壤之别。

她们当然都是封建制度与思想的祭品，她们的身体、思想、灵魂直到一举一动都处于无孔不入的封建控制之下。

她们又都是贾宝玉及曹雪芹对于青春美貌的女儿们的理想化的主体精神的产物。你读《红》一读到成年女子就觉得可厌，李嬷嬷、赵姨娘、王夫人、邢夫人、王善保家的，她们都是青春的对立面，都是青春的屠杀者至少是荼毒者。其中的例外是贾母，由于《红》书的自况性，书中对于贾母、王夫人还是笔下留情的，贾母有通情达理、知道"凑趣"、不失生活气息的一面，但关键问题上也有凶恶蛮横的一面，例如搜检大观园前她老人家对于园中的管理形势的凶险估价。

《红》中的男人也乏善可陈。贾敬、贾赦、贾珍、贾琏、贾蓉……往好里说也是废物、寄生虫、腐烂透顶、病毒、癌细胞之属。自古以来多数评《红》者认为薛蟠为人还不错，不算下流。其实薛蟠够恶够坏的了，打死冯公子，霸占香菱，调戏柳湘莲，满嘴生蛆；但是与上述贾姓老少爷们相比，他反而成了好人，只能说明其他人更坏而不是薛大爷有什么好。

但是还有寄托，还有曙光，还有一些让人们觉得尚可为之勉强活一回的东西，就是众女儿。

尤其是宝钗与黛玉，她们是人性——女性的两种类型，性灵型与文化型、任性型与淑女型、自然型与社会型、情感型与自制（深沉）型的完美代表。没有证据证明宝钗是阴谋家是一步步打击黛玉夺取二奶奶的宝位。我宁愿意相信宝钗是入了化境，举止言谈既保护了自己又没有伤害旁人。

实际生活中，两种类型不可能提纯到钗与黛这种程度。我在前文中已经说到黛初到贾府的时候她其实也很讲人情世故，不妨解读为曹雪芹也感叹于人性女性的不能两全，审美与实用的不能两全，性灵与文化规范的不能两全。他写黛而不忘钗，写钗则尤念念于黛，当然倾向是在黛方面。如果小说再不倾心于悲哀的失败的极度个性化的黛玉，人间还有什么东西能抵挡一阵子（哪怕是假装抵挡一阵子）世俗实用主义和统一规范呢？

五○、贾宝玉的兼容性

用电脑的语言表述，宝玉的兼容性能比较好。他可以规规矩矩地去谒见北静王；他可以乖乖地作贾母的好孙子王夫人的好儿子；他可以与花袭人或不止是花袭人"初试云雨情"同时乖乖地听袭人的符合主流意识形态的教训，像对待自己的姐姐；他可以与黛玉互为知己，心心相印并张扬另类叛逆情愫；他可以与秦钟一见如故，发展准同性恋的关系；他可以与晴雯共同任性而为，胡闹一番；他可以与茗烟一起大闹书房；他可以与众姐妹一起结社吟诗；他也可以与薛蟠、冯紫英、伶人蒋玉菡和妓女云儿等为伍去吃酒鬼混，与蒋玉菡交换贴身汗巾，与他们一起唱艳曲。

当然，宝玉唱得雅一些：

> 滴不尽相思血泪抛红豆，开不完春柳春花满画楼，睡不稳纱窗风雨黄昏后，忘不了新愁与旧愁，咽不下玉粒金莼噎满喉，照不见菱花镜里形容瘦。展不开的眉头，捱不明的更漏。呀！恰便似遮不住的青山隐隐，流不断的绿水悠悠。

是富贵闲人之曲，也是悲哀惆怅之音，却又变成了佐酒的轻薄小曲。曲词越是精致，越是具有炫技性、形式性、玩深沉玩悲愁玩情感性。

云儿唱得在当时就相当出格儿了，果然是妓女腔调：

> 荳蔻开花三月三，一个虫儿往里钻。钻了半日不得进去，爬到花儿上打秋千。肉儿小心肝，我不开了你怎么钻？

冯紫英唱得很有点眼下的流行歌曲味道：

> 你是个可人，你是个多情，你是个刁钻古怪鬼灵精，你是个神仙也不灵。我说的话儿你全不信，只叫你去背地里细打听，才知道我疼你不疼！

这首曲的词使人想起信天游里的句子：

> 说下日子你不来，
> 崖畔上跑烂我十双鞋……

还有旧时代的所谓靡靡之音：

> 我这心里一大块，
> 左推右推推不开……

或者是邓丽君的歌：

> 三百六十五个日子不好过……
> 把我的爱情还给我……

把"爱情"调情化，把疼爱轻飘化、开心化，把倾诉表演化，把真心娱乐化，是这一类曲子的特点。

至于到了薛蟠那里，则近于混闹、搅局、大荤大素耍流氓了。这也是《红楼梦》的一个特点，不惧雅，不惧俗，不避文，不避野，能写高层次的贵妃省亲，也能写低级下流的贾琏偷腥与薛蟠搅局。

蒋玉菡的曲词是：

> 可喜你天生成百媚娇，恰便似活神仙离碧霄。度青春，年正小；配鸾凤，真也着。呀！看天河正高，听谯楼鼓敲，剔银灯同入鸳帏悄。

这几句词富有戏曲特点，符合蒋的身份，难得。不论什么小地方，曹氏都不忘每个人与他人的不同，能使你从他的声气举止中想象出他的特点来。

我们可以设想，这里有几个贾宝玉。寂寞的性灵的钟情的与孤独的、略带诗人与哲人气质的、除黛玉再无知音的贾宝玉，这是一个；享受的成为娇宠中心的纨绔子弟贾宝玉，与花天酒地、不无偷鸡摸狗初期习性的无赖少爷贾宝玉，这是另外一两个。他视为比生命还重要的爱情，到了冯、薛、蒋、云这里，变成了娱乐开心解闷消闲放肆的题目。当然，与贾琏贾珍贾蓉等相比，宝玉参加的这些上不得台盘的活动尚属谑而不虐，无大伤。

女性就要承受多得多的清规戒律，无法像宝玉这样兼容。不但黛玉这种个性清高难于从俗者，就是天生公关能手宝钗，也无法把身段放得太低，无法与薛、冯、蒋、云为伍，虽然薛蟠是她的亲哥哥。

五一、薛蟠的下半身写作

宝玉与薛蟠、冯紫英吃酒行令唱曲，蒋玉菡与云儿为以上三位少爷解闷。这些交代可称《红》中闲笔，删之，不影响大观园里的任何故事，不影响宝玉爱情选择上的困惑麻烦，不影响贾府兴废盛衰沉浮的任何过程。

全无意义吗？倒也难说。第一，它反映了贾府之类的豪门新一代的寄生与空虚。第二，它是一种差强人意的取乐方式，类似今日的卡拉OK。第三，唱曲将性与情娱乐化游戏化寓言化，至少比贾琏之流的趣味好一点。第四，让读者看到了贾宝玉的精神背景与生活方式的另一面。即使专制如清朝，娱乐活动也很难做到言必称孔孟称万岁爷。第五，一个蒋玉菡一个云儿，这种搭配令人感叹。宝玉对蒋平等博爱，一见如故；对云儿则秋毫无犯，也可能与云儿是薛大爷的人有关。

这场卡拉OK的主角其实是薛大爷。薛之强横粗鲁固不待言，他使历代读者不特别痛恨之处是他比较言行一致，没有太多的弯弯肠子。一真遮百丑，文与人都是如此。薛蟠在卡拉OK上的表现一个是放肆，浑说打镲搅局。一会儿说宝玉的词他完全不懂，一会儿接云儿的"女儿悲，将来终身倚靠谁"的下茬，闹什么"我的儿，有你薛大爷在，你怕什么"，一会儿造出"女儿悲，嫁了个男人是乌龟。女儿愁，绣房撺出个大马猴……"的大众波普诗句。其实这种文风今日是更加大行其道了。

细说起来，"乌龟"句无新意，"马猴"句有点后现代、荒诞派的意思。我就读过新西兰的新小说，描写冰箱里钻出个独角兽。

接着一句，薛的诗作是"女儿喜，洞房花烛朝慵起"，这是陡然急转，增加了薛作的结构美与转折美；这也说明了薛蟠的身份，他毕竟不是鲍二倪二，不是醉金刚多浑虫，他生活于大家贵族，耳熏目染，怎么着也知道点文词，正如云儿所说，她还能玩玩文词玩玩文学呢，何况薛蟠。薛蟠之所以以歪就歪，更多地是因为他需要放肆，他敢于放肆，他最后吟出的惊世骇俗的名句"女儿乐，××××

往里戳"，掀起了卡拉 OK 的高潮，也实现了浑不论（读吝）、大发泄乃至唯我独粗独直独露独勇的自我张扬。这也算是薛大爷的一次下半身写作吧，其心态与今天的某些人的写作有相通之处。

甚至薛大爷通过他的下半身写作还表达了自己的特权，唯我独尊，拔份，想说什么就说什么，想干什么就干什么。薛大爷不是贾芸不是贾蔷也不是贾瑞，这三个人都非好货但都不敢放肆。为何？地位不一样。事体情理就是这样，至今，如在一群人中，有一人最放肆，很可能是他的地位最高，或者这小子自以为最高，那就是"作死"了。

最后，这场卡拉 OK 的描写还有一大作用，使《红楼梦》的节奏与色彩有所变化。长篇小说固有主线之说，但主线不能太单调，不能挤成疙瘩，有时正需闲笔作过渡，作舒展，做到侧面去。正是在闲笔中看出作者的才气与匠心，看出作者对于人物及其生活状况的烂熟程度。

五二、回目春秋

《红楼梦》的各章回题目大致平平，但也有春秋笔法。

第六回，"贾宝玉初试云雨情　刘姥姥一进荣国府"，初试云云，据专家考证有假，实际是隐瞒了他与秦可卿的不正当关系。把初试什么情与刘姥姥的故事联系起来，则有一种荒诞感、拟于不伦之感，云雨情与荣国府也对仗不起来。甚至于我从此回目中体会到老子所讲"天地不仁，以万物为刍狗"的冷酷：青春把首次云雨情看得比天还重，其实这样的事天天都在发生，未必比一个穷亲戚的到来"打秋风"更重要。

第七回，"送宫花贾琏戏熙凤"，被有的人讥为虚假广告，因为正文中实无此夫妻二人如何"戏"的描写。我倒以为未必，这更可能是作者的障眼法，曹氏对凤姐还是怀有敬意的，因为凤姐对于贾府太重要了，虽然《红》中写了凤的毒辣、心术、贪婪……但是不想写她的涉性表现，以为尊重。此回写到周瑞家的来到凤处，丰儿向她摆手，要她上另一间屋去，然后是笑声和贾琏的声音，然后是平儿出来令丰儿用铜盆去舀水。有这三句话足够了，凤姐不是鲍二家的，不是多姑娘，不能再往黄里写了，题目已很露骨，内容必须带住。《红》是有自况性的，曹氏对贾府的主流派人物必须笔下留情。

第十五回，"王凤姐弄权铁槛寺　秦鲸卿得趣馒头庵"，对得好，也写得超脱，其实都是弄权，也都是得趣。秦钟搞智能儿也是公子哥儿的（男）权，偷鸡摸狗的趣；旧社会的条件使凤姐难于玩弄情色，便玩弄权利，是权上的偷鸡摸狗。

二十六、二十七、二十八回，一支笔写钗与黛两个人，写到这个连结上那个，写到那个转到了这个，而且不断地与小人物、品德差劲的人物放在一起命名回目。二十六回，"蜂腰桥设言传心事"，是说的小红与贾芸；"潇湘馆春困发幽情"，说的是黛玉。二十八回则将薛宝钗与蒋玉菡放在一起命名。二十七回干脆用飞燕和杨妃并写林与薛，也算用心良苦了。不知道这种结构与命名回目的方法是否多少传达了曹氏的笔墨面前人人平等的启蒙主义的萌芽观念。

第二十九回的回目里似含讽喻与叹息，叫做"享福人福深还祷福　多情女情重愈斟情"。可不是吗，福与情，都是无休无限的，年轻的（尤其是女性）要情，年老的要福，年轻的情就是福，年老的福方有情。无福者生活是疲于奔命，是危在旦夕，是苟全性命，何生祷福之心？无情者何须斟情？何处有情可斟？活与不活都成了问题，谁能奢侈到斟情的程度？福是愈享愈需要大享特享，情是愈深愈需要更深更重。人啊，人啊，让《红楼梦》说你们什么呢？

五三、贾府的宗教信仰

翻开《红楼梦》，其中不乏贾府诸人的宗教、准宗教包括祭祀、祈祷、迷信（巫术害人、驱鬼等）活动。随便翻开一页，又是太上老君，又是阿弥陀佛，又是混世魔王，又是观音菩萨，然后还有东海龙王、菩提、木居士、灰侍者、门神、灶王、真佛、全真道士、解冤洗业醮、阎君、都鬼、地藏王、天魔星、豆疹娘娘、镇山太岁、巡海夜叉、寿星、白虎、二十八宿、三十六天将……最后当然少不了玉皇大帝，热闹异常。

这些与其说是宗教信仰，不如说更接近于权势崇拜，其来源是人间的皇权与皇帝手下的众卿。人间管得了的事全由皇权与众卿管，皇权管不了的事情，如生老病死出天花中邪祟自然灾害……则由众神管。贾府搞的是招之即来的颇带随意性的多神体系。

国人，当然包括贾府的人，对皇权以及延伸出来的神权是崇拜的，却又是采实用态度的，盖众神效力是有分工的，是职权明晰的。拜神的目的不是为了自己皈依神灵，消除自身的污浊原罪，而是希望神灵为己所用，能保佑自己消灾免祸，去病延年。孩子出了麻疹、天花就去拜"豆（花）娘娘"，无子就去拜送子观音，出海就去拜海神或妈祖，穷了，就去敬财神，有了仇敌，去求助妖魔巫术，穷极无聊了，花天酒地得太过分了，撑得腻得难受了，就找到高僧道士尼姑谈禅论道，至少是谈谈功德慈善。这种实用主义的宗教观念恐怕别处是不多见的。

这样，崇拜云云就不大靠得住，贾琏与多浑虫的媳妇多姑娘乱搞时，多姑娘提醒："你家女儿出花儿，供着娘娘，你也该忌两日，……快离了我这里罢。"贾琏喘吁吁答道："你就是'娘娘'！我那（哪）里管什么'娘娘'！"这是何等地亵渎神明！反过来说，多浑虫媳妇当然也不是真实敬神，她这样说是挑逗调情发贱。

中国人确实是太聪明了，太智慧了。神学问题，终极问题，咱们不较劲，不太认真，祭神如神在，敬鬼神而远之，不建立坚决的神学信仰，不反对也不否定宗教信仰，要信则信之，不信则不必信，有用即真理。自古有各种邪教存在，自古对邪教十分警惕，太执着的宗教对于政权是有危险的。同时自古从皇帝到众卿也都罪己、求雨、祭怪（如祭鳄鱼），更不要说祭天地祭祖先了。自古以来也有善于谈禅论道的高人僧侣法师，但也没有谁对他们看得很重，一切更重视现实，更重视现世的权势利害。泰山的五大夫松靠皇帝册封，皇帝毕竟比山神厉害……如此这般，源远流长，在世界上独树一帜。

贾府就是这样，他们都讲述许多参与许多与宗教准宗教有关的名词和活动，从不进行有神论与唯物论的辩论。贾敬的炼丹与其说是对道教的执着不如说是对飞升和长生不老的走火入魔，所以太虚幻境里对贾敬是完全否定的，说是"箕裘颓堕（子孙不务正业，祖业凋敝）皆从敬"。反过来说，明确表示不信鬼神的却是王熙凤，是已经败坏到极点的贾琏等人，而他们的无神论宣示不是推崇科学与唯物主义，不是敢于改变既存的秩序与创造新事物，他们表达的是不怕作恶报应的铁石心肠，这是令人惊惧、令人战栗的。

五四、文本与本事

这一组《红楼梦》随笔写到这里，恰逢读《红》评《红》又掀热潮。热点之一便是，除了《红楼梦》的文本以外，是不是还有一个本事作为写作《红楼梦》的根据。由于当时的具体条件，一个是清朝的文字狱，一个是封建道德的诸多清规戒律，再一个是作者要写自己的家事实历，许多东西不能明写，只能隐去真情，巧为曲笔，声东击西，指桑骂槐，杀鸡代猴，却又吞吞吐吐，欲休还说，留下了蛛丝马迹，需要研究家拿出福尔摩斯的心态和技巧，按图索骥，逆向推测，找痕迹，破暗号，译密码，查脚印，对指纹，捕其风，捉其影，闻其气，寻其形，步步为营，找出本事原貌来。

这确实是一个很有魅力的念头，比当年的福尔摩斯与如今的众推理小说还吸引人。而且，由于《红》书的信息的丰富性，用语的生动与芜杂，古今用语的差别与语词本身的多义性，解释的多种可能性，这样找起本事来还很有找头，一旦上了路，越找本事越多、内幕越多，越找可能性越大，从一个芝麻找起，最后不但找得出西瓜而且说不定能找出地雷和原子弹来。

这种利用文本找本事的工作，是一种趣味工程，也是一种智力训练练习，可称之为益智游戏，也可以算对文本的一种另类解读、对文本的打乱再重新排列组合，却难称之为文本的通用正解。你难以证明这些本事，更难于证伪，它的个人性随意性趣味性超出了学术研究范畴，故而它不属于学术研究的范围。其他你爱宝钗，他喜黛玉，你捧湘云，他赞妙玉，或者用意识形态、用儒释道学说直到用反清复明用最现代最先进的思想观念来解释《红》的文本，也都是社会思潮与个人倾向、信念、审美、趣味、个性、偏好使然，也很难称得上是纯学术。

其实本事云云，这本身就是小说家言，初见于《史记》。《史记》成书的年代，人们似乎不甚在意小说与纪实史料的区别，张良学艺呀，鸿门宴呀，赠绨袍呀，都太小说化了。而到了清代，曹氏明明白白地说了他的书是"假作真时真亦假，无为有处有还无"，还说了他写的是"满纸荒唐言"，后世读者研究者想要找出一个铁案如山的不可更易的本事来，难矣哉。

从文学史上看，说起某某小说的某某人物原型已经很勉强了，更没有人用原型去纠正或规范广大读者对小说人物的理解，也少有用原型的亲历来重新解读小说情节者。一个成熟的得心应手的小说家一心想着按照实实的严丝合缝的本事即实事来写小说，不敢创造一步想象一丝者，鲜矣。多半是小说的生手或二流人物，才在写小说时念念不忘于自己经历的鼻子底下或小腹底下的那点实情。一般地说，小说家要写的是好小说，而不是其他；小说家面对的本事是整个主观与客观世界包括想象的一切可能，而不是已有已知的那点经历。

五五、服务与领导

前些年流行一种说法：领导也是服务。这很对，很亲和，领导有义务为被领导者们创造条件，提供帮助，使他们能够更好地工作和生活，完成领导交给他们的任务，并乐于继续在领导人的领导下做事。我们的口号，尤其是领导人的口号，正是"为人民服务"嘛。

但在《红楼梦》中我们也可以看到另外一种情况，另外一种人情事理，就是服务，特别是周到的、垄断型的服务有可能变成干预、管理和领导。

最突出的例子就是袭人。她是宝玉的首要服务总管，她尽心尽力地服侍宝玉，包括与宝玉初试云雨情；而宝玉与其他的奴婢也已经习惯了她的服务与总管，她一天不在，宝玉房里就陷入无序状态，就处处不得劲，乃至于就出乱子。而袭人的服务意识特强，并且从特强的服务意识发展到了管理意识、干预意识，干脆说变成了使命感。无所不在的服务使你离不了她，她就有权过问你的事情，帮助你进行选择，在助你排忧解难的同时使你走上一定的方向。

服务本身也有一个选择问题——服务是由活人进行的，而活人是有选择的机会的。服务有一个方向问题——劲往哪里使，情往哪里用，撺蹬什么、常规什么、应付什么、冷淡什么乃至干脆怠慢什么的问题。这是奴仆的选择，尤其是袭人这样的懂道理、有"原则"、一心当候补主子的"上层奴隶"的选择，虽然通常奴仆给人的印象似乎是没有什么选择。

例如一天宝玉的头发是让湘云梳理的，这还了得，这动摇了袭人服务方面的垄断地位。袭人干脆来了一个怠工，见了宝玉扬言"从今以后别进这屋子了，横竖有人伏侍你，……我仍旧还伏侍老太太去"，同时和衣睡下，致使宝玉深为骇异。

袭人平素是很讲韬光养晦的，这次居然敢与史湘云叫阵，做出令主子骇异之事，要挟宝玉，可见她已经到了拼死一搏的地步，叫做忍无可忍、让无可让了。

这里，袭人的服务是有讲究的，方针就是要符合老太太、太太（王夫人）、老爷（贾政）的要求。袭人确有把握，宝玉越来越大了，整天与姐妹们女儿们一起玩闹，渐渐不合礼法礼仪，非她所领会的原则所能容忍，非她所掌握的更上一层的家长们所能喜欢，她有义务有责任监督管理宝玉，使他走上正道。

同时袭人也嫉妒湘云竟抢了她的美差，给宝玉梳头，这种身边人的地位别人岂可染指？卧榻之侧，岂容他人鼾睡！她的嫉妒可以名正言顺地在维护宝玉的成长环境的大旗下发泄出来。

最后，竟是小主子宝玉认输，甚至指天划地，折玉簪盟誓，决心接受袭人的引导与训诫。然后二人互道"心里急"：你哪里知道我心里急？你哪里知道我的心？服务者与被服务者达到了心相通，意相近，互补互利，互相认同，谁也离不开谁了。

历史上服务者变成了干预者直至管理者的事例不少，例如许多朝代的宦官，像刘瑾、魏忠贤、李连英等。卑贱如宦官者，却因了他们能为皇帝贴身服务而成为宠臣弄臣，乃至掌握了大权，最后连皇帝都受他们支使，能不慎哉！

五六、薛宝钗的膀子

第二十八回结尾与二十九回开始处，描写宝玉看到宝钗丰泽的肌肤、雪白的臂膊动了羡慕之心，暗想：这膀子若长在林妹妹身上，或者还得摸一摸，偏长在她身上，算我没福。

这个念头不免有点奇怪。爱慕薛的身体，不怪，这当然是性心理。想到摸一摸，这已经相当够意思了。触摸，抚摸，欧美人甚至认为这是性的、人生的最突出的快乐之一，他们从小培养一个孩子这方面的幸福感、美感，他们生怕自己的孩子长大后成为一个这方面的迟钝与冷淡者。他们并从理论上指出，这种肌肤之亲是人与动物的一大区别，由于许多动物长着毛皮、针刺、厚革，它们不具备人的皮肤的性感、美感、愉悦感。宝玉有这方面的感觉，说明了他在性方面的成熟。

奇怪的是他怎么会认为，如果这个膀子是长在林黛玉身上他就有机会去抚摸。显然，到此时为止，他与林基本上并无身体肌肤方面的动情动性的接触，更从未有抚摸之事。林的脾气又不好，性防卫意识、性警惕意识极强，强到了带几分病态。她的动不动讲洁净，讲干净，以"洁"为价值标准，指的就是自己没有被任何异性碰过。宝玉仅仅在言语上对她表示一点亲昵，她已经是又哭又闹认为自己受到了欺负，搞得宝玉赔不是不止。宝玉又何来一个念头、一个信心，认为漂亮诱人的"膀子"生在林黛玉身上，他就大有机会去摸来摸去呢？

这就是宝玉不拿自己当外人了。他实际此时或更早已经认定他与林黛玉的关系不比寻常，黛玉早晚或已经是他的人了。黛玉的身体与灵魂早晚或者已经是属于他的了，他们俩互相从属，如同一人。而宝钗呢，那是另一位女子，他不可能对宝钗有什么像样的意淫之念，他顶多局部地、一时地、偶然地对宝钗身体的某一点某一段产生爱慕之心、兴趣之心，却从来没有考虑过与宝钗互相委身的可能，对其他的女子也是这样。而对袭人，那其实就比较原始了，只是同领风月之事罢了，谈不上爱慕也谈不上暗想，用不着机遇也用不着呆看，没有过程，只有操作。

这时的宝玉仍有其童真的一面,看到宝钗从臂膊上褪红麝串,直勾勾盯住人家的膀子不转眼珠,结果被黛玉丢出一个手帕打在眼睛上,并称其为"呆雁"。黛玉此次显得很开通,谑而不虐,并没真急,止于调笑调侃。天真、率直是保护人的,哪怕你的举止不很得体,哪怕你无意中泄露了你的欲望与生理反应,当你自己没有完全意识到的时候,当你自己没有因为罪恶感而藏头露尾、丑态百出、欲盖弥彰、装腔作势的时候,这一切都可以被原谅,甚至被最敏感、最小性的林黛玉原谅。相反如果你自己先就觉得肮脏卑下,反而会使自己无法做一个文明的人。关键在于自己心里有没有鬼。

五七、谈排场

曹雪芹写《红楼》,爱写也善写大场面,如元妃省亲,如可卿出殡。曹氏尤善写大场面中的种种排场,写得真实生动,活灵活现,有根有据,有气有势。就一个端阳节期间阴历五月初一去清虚观打醮,也写出个模样儿来。

先写"车(轿)队",贾母是八抬超级大轿,李纨、凤姐、薛姨妈每人一辆专轿:四人抬的大轿。黛玉与宝钗二人合用一辆翠盖珠缨八宝车,迎春、探春、惜春三春共坐一辆朱轮华盖车。底下人们则是大家一起,坐的类似公交车吧。另外奶子(乳娘)抱着大姐儿(巧姐)坐一辆车,类似母婴车。叫做黑压压一片车,上齐车就颇费时间。直到周瑞家的催促批评,说不要叫人笑话,即考虑到群众影响,这才上齐车轿。

接着是一个小道士躲避不及,撞到凤姐怀里(按那时候的"怀里"一词有性暗示),凤乃果断起板,一扬手打了他一个斤斗,嘴里还骂着"野杂种"。然后是众人齐声喊打,小道士被拉过来跪在地上浑身乱颤。

一齐喊打,这有点鲁迅所形容的那种屠头相,越是屠头,越会在这种齐声喊打的场合显出英勇好斗来;跟着喊打还有一种安全感(似乎自己已经是主流的一分子了)和优越感(区区自己也敢喊打人了，实际生活中本来只有挨打的份儿的)。
跪下乱颤也写得精彩，如我在《尴尬风流》中所写到的，人啊，见了尿人压不住
火，另一面就是见了火人压不住尿。尿人与火人、尿与火是相互映衬、相互成全
的，没有什么人吓得浑身乱颤，要威风有何用，从哪里看得出威风来？没有威风
凛凛的各种排场，又有谁人会吓得浑身乱颤起来？你不去搞那个压倒压垮，他就
不会被压倒压扁；他不被压倒压扁，又如何显得出你的压倒压扁之威势？

如此这般，曹氏写起这些来不无得意之情自笔端流出，叫做"曾经秋肃临天
下，敢遣威风到笔端"，或者叫"业经冬肃封天地，犹忆当年火爆红"。很难从这
些排场、这些威风、这些威风中的(虚伪)仁慈——贾母叫不要难为了小道士——
中看出作者的任何批判或者忏悔之意来，倒是看得出回味、欣赏、怀恋，当然也
有幻灭的空虚，与空虚中的依旧牛皮："老子当年，阔多啦！"

还有一点，我们研究一下，为什么大户人家要搞得那么排场？排场得为什么
那么过分？从实用方便方面是解释不通的。打醮一节已经写明，由于车队繁复，
一个是上了太长时间的车，一个是贾母到了鸳鸯却没有到，结果更不便了。

有两个解释，一个是游戏性，一个是竞争性。排场是一种游戏，是人性中很
自然但也常常变得过分从而虚罔起来的一部分胡闹享乐。排场也是竞争，显示自
身、显示力量、地位、财富，压倒旁人，压住尿人，增加自信。到了需要排场的
时候，火人也就快不行了，鸣呼！

五八、贾母与张道士

有些善找另外含义的红学家提出贾母与张道士有特殊关系的见解，这很
有趣。

第一，当年张道士是荣国公即贾母丈夫的替身，替荣国公出家修行。中国的
办法实在很好，贵人要享福，也要行善、还愿、敬神，做一些受苦的事。受苦的
事谁愿意做？可以委托代理。善可以代行，苦可以代受，愿(许诺、保证等)可以

代还，神可以代敬，终极关怀也可以雇人派人代办，这是中国人的精明至极、精明过头的独一无二的做法。

其次，此张道士曾被先皇御口亲呼"大幻仙人"，贾母见他也是呼"老神仙"。善哉！一边是最高统治者是皇亲国戚是权贵是此岸的形而下的顶尖，一边是宗教头面人物是大幻是神仙是彼岸的形而上的精英，二者和谐相处，相得益彰，亲密无间。这种存其异而整其合、什么都为我所用的能力也是罕见的，是一绝。

其三，刚刚责罚过贾蓉与下人的贾珍与张道士一见面，便"把你这胡子还揪了"云云地调笑起来，而见到贾母又毕恭毕敬地说什么"张爷爷进来请安"。这个老道的地位特殊，与贾家的关系特殊，谁能看不出来？

其四，张道士与贾母谈话确像老友老搭档，不仅谈话随意，而且谈得很深，而且，他是唯一能与贾母谈荣国公本人的人。贾母告诉张道士，她的那么多后代，谁的长相都不像荣国公，但是玉儿（宝玉）像，而这一点又是张道士先看出来先提的头儿。贾母向张道士诉苦，宝玉的爸爸逼着他念书，逼出病来了。这些话甚至使二位老人双双落泪，关系不寻常，相知不寻常，感情不寻常，交流也不寻常。

是不是二老有过什么浪漫故事呢？我看不见得。以贾母的地位、思想、价值观念、行为规范、身价，以她的达观与善于享受生活（书里叫"享福"）的状况，不大可能做出太勇敢太颠覆太叛逆太满不论的事，这里还不仅是利害与道德问题。中国的一套防淫反淫观念确实深入人心，这里既有意识形态的规范作用也有经验上养生上的实际"根据"以及从而形成的情感倾向。例如，中国人长期以来缺少良好的洗浴条件，肉体给人以不洁的感官刺激。中国人从生活到造型艺术，从穿衣到戏曲形象，都拼命遮蔽掩盖自己的身体，叫做"臭皮囊"的。国人还缺少营养乃至温饱的经验，更无性保健性卫生，性生活使部分人觉得吃力，有后遗症。包括曹雪芹，他在写贾瑞的时候也是走的防淫反淫的老路。《三言》《二拍》中的故事很多篇具有这方面的内容。"风月宝鉴"的教育意义也是视肉体需要为妖孽虎狼，看美女则必丧生，看骷髅才能有救。此外，《红楼梦》中绝大多数女性都是坚决反淫乱的。再看看我国各地的烈女传与贞节牌坊吧，其中不少是真实的与充满痛苦（甚至是变态）激情的产物。

纵欲与禁欲，快乐与责任，私密性与伦理性，动物性与人文性，一直是男女交合中的悖论。我们反对封建，我们不赞成压制人欲，但我们仍然承认文化，承认必要的约束与自我控制，承认责任感、教养与野蛮的区别，承认淑女与荡妇的区别、正派人与流氓的区别，承认升华也承认仅仅有欲望是不够的。

中国有一句很无奈也很实用、很通情达理也很苍白荒凉却终于是有效的与有道理的话：发乎情，止乎礼。让我们假设贾母与张道士很有友谊，很有理解，很有共同语言，很有好感……好了，又怎么样呢？在铁的律条下面，他们能说说话，见见面，见面后找到个藉口一起洒洒泪，已经很人情味儿了，已经很温馨了，已经很弗洛伊德了，还是不要再往好莱坞式的床上镜头方面胡思乱想了吧。

五九、对张道士的两种读法

张道士与贾母的见面，有两种读法。

一个是俗俗地读，浅浅地读，张道士是一个大俗道士，逢迎拍马之徒，拼命巴结贾家，先说是"论理我不比别人，应该里头伺候。只因天气炎热，众位千金都出来了，法官不敢擅入，请爷的示下"；再见了贾母的面说什么"无量寿佛！老祖宗一向福寿康宁？众位奶奶小姐纳福？一向没到府里请安，老太太气色越发好了"，一副奴才相。

然后藉着说宝玉的相貌摆老资格，提提"国公爷"套瓷。最为没有眼力见儿的是还要给宝玉提亲，读者难免反应：提亲也轮不上你个牛鼻子老道呀！再后他居然还敢"请"去宝玉的玉，给徒子徒孙们看稀罕。无聊之极，无厘头之极，乱钻营从而可厌之极，对于全书也多余之极，纯属画蛇添足、节外生枝之笔。

第二种读法，力求发现，自立门户，曲为解释，别开生面，将信将疑，聊供一哂一矍。二老有深情而不能明叙者也，见面先谈"国公爷"，连这个说法都透着亲。至今如此，例如我们提到某领导或某名人，不提姓，而只称台甫，自然显得亲密。

同样，"国公爷"，也没有比这个名字更煽情的了。果然，张道士一面说着宝玉"怎么就同当日国公爷一个稿子"，一面"两眼流下泪来"。而"贾母听了，也由不得满脸泪痕"。了得吗？一见面就泪往一处流心往一处走，除了老道，谁还有资格有话题能引出饱经沧桑、处变不惊的最会说说笑笑、享受生活的贾母之泪水。

而后为宝玉提亲的潜台词是"愿天下有情人皆成眷属"，"君子有成人之美"，"此生我辈做不到的，就让晚辈们圆了上辈的梦吧"。

贾母的回答则是"不管他根基富贵，只要模样配的上就好"，其潜台词是："我并不是嫌贫爱富的人哪，更不是势利眼啊！"

接下来，老道说是"要将哥儿的这玉请了下来，托出去给那些远来的道友并徒子徒孙们见识见识"。而贾母道："既这么着，你老人家老天拔地的跑什么。就带他去，瞧了，叫他进来，岂不省事？"老道解释怕那些人气味不好，污染环境。二老互相体贴，深了去了，面子给足，再无第二个。

也许有一个人可以相比，就是北静王。但北静王也只是自己看了看玉，并未"请下来"展示；而且北静王是贾府的靠山。

一个国公爷，一个宝玉的婚事，一个宝玉的玉石，这就是贾母的核心关注，这就是张道士见到贾母后的言行的核心。请看，张道士见到贾母后是何等兴奋啊，他都不知道说什么好了做什么好了，他又是每个字都说到了情上，每个举止都关乎到了情上啦。

道士与贾母见面一节，也是"满纸荒唐言，一把辛酸泪。都云道长痴，谁解其中味"。

六〇、插科打诨也要恰如其分

张道士见了贾母，说这说那，竟没有主动见王熙凤。这也奇了，谁不知道凤姐的厉害？

待提亲之后，即两个话题之后，凤姐乃主动来见张道士，仍是自自然然、随随便便："张爷爷，我们丫头的寄名符儿你也不换去。前儿亏你还有那么大脸，打发人和我要鹅黄缎子去！要不给你，又恐怕你那老脸上过不去。"

这时，张道士才呵呵大笑道："你瞧，我眼花了，也没见奶奶在这里，也没道谢。寄名符早已有了……"

凤姐永远生动活泼，富有幽默感，绝不搞教条主义形式主义，从不说套话。

再有就是，如果你是"第二把手"，等主宾与"第一把手"谈上两个话题之后，就某个次要问题说一两句话是比较合适的。说早了是抢话，说晚了是呆板，话题太大了是越位，话题不明确，你是摆设，是瞎凑份子，是耽误时间。

张道士的反应呵呵大笑，极得体，有身份。笑也要笑得是地方，也要看对象，换另一个人，恐不敢对凤姐这样笑。

底下是张道士拿了一个托盘来送寄名符，凤姐借机调侃，说是以为张道士拿着盘子来化布施，搞得贾珍都笑起来，连贾母也笑骂凤姐，回头道："猴儿，猴儿，你不怕下割舌地狱？"而凤姐笑道："我们爷儿们不相干。他怎么常常的说我该积阴骘，迟了就短命呢！"

这里让人笑中一怔，积阴骘、短命云云，是不可以开玩笑的。怎么说着说着笑话，突然来了这么一句？言重了，言重了。

底下在神前抽签拈戏，第一出《白蛇记》，写汉高祖起家；第二是《满床笏》，写郭子仪满门富贵；第三出呢，《南柯梦》，最后都是南柯一梦，就更明显了。调笑中、排场中、享受中时有阴影笼罩过来，读之有不忍之心矣。

其实这三出戏的代表性涵盖性很强，不限于贾家。

而王熙凤在清虚观也就没有多少用途没有多少角色可扮演了，她虽说了一句"打墙也是动土"的俚语，鼓励贾母再在外面多玩两天，但未被采纳。表面原因依书上所述一是贾母怕太惊动，一是宝玉因提亲事讨厌张道士，一是林黛玉身体欠安，但我更觉得是由于三出戏的不祥预兆使贾母不快。她听了第二出戏说是"神佛要这样，也只得罢了"，而听了《南柯梦》是第三出后"便不言语"了。

这里还有一个细节，送给宝玉的"敬贺之礼"当中有一金麒麟，此物与史湘云佩戴的一物相似，这更说明了张道士与史家及贾家的关系。但说得都是藏头露尾，不知其详，云里雾里，更惹思忖。

六一、《红楼梦》的心理描写

我国的传统小说是不大搞大段心理描写的。《红楼梦》是个例外，特别是二十九回写到"痴情女情重愈斟情"，以全能的作者身份详细地描写了宝黛二人互不相通的心理心情：

> 原来那宝玉自幼生成有一种下流痴病，况从幼时和黛玉耳鬓厮磨，……凡远亲近友之家所见的那些闺英闱秀，皆未有稍及林黛玉者，所以早存了一段心事，只不好说出来，故每每或喜或怒，变尽法子暗中试探。那林黛玉偏生也是个有些痴病的，也每用假情试探。因你也将真心真意瞒了起来，只用假意，我也将真心真意瞒了起来，只用假意，如此两假相逢，终有一真。其间琐琐碎碎，难保不有口角之争。

毕竟时代不同了，反复读这里，我仍觉得有些隔膜，什么叫假情试探呢？太真情了就更假情了吗？两假相逢必有一真，这个公式就更奇特了。

> 即如此刻，宝玉的心内想的是："别人不知我的心，还有可恕，难道你就不想我的心里眼里只有你！你不能为我烦恼，反来以这话奚落堵我。可见我心里一时一刻白有你，你竟心里没我。"心里这意思，只是口里说不出来。

口里说不出来，就是心声，至多是无声的、未发出的语言，作者代人物说出来了。小说创作啊，你终于替人物说开了心里的话啦。

> 那林黛玉心里想着："你心里自然有我，虽有'金玉相对'之说，你岂是重这邪说不重我的。我便时常提这'金玉'，你只管了然自若无闻的，方见得

是待我重，而毫无此心了。如何我只一提'金玉'的事，你就着急，可知你心里时时有'金玉'，见我一提，你又怕我多心，故意着急，安心哄我。"

林黛玉的这个逻辑我也是百思不得其解。你既然不希望"金玉"之说成事，为何要不断提起，拼命折腾宝玉呢？看来至今我不是一个合格的怜香惜玉者，写了大半辈子小说，居然不甚能体会黛玉的苦心，倒是还能体会宝玉的急躁与冤屈。

那林黛玉心里又想着："你只管你，你好我自好。你何必为我而自失，殊不知你失我自失。可见是你不叫我近你，有意叫我远你了。"如此看来，却都是求近之心，反弄成疏远之意。如此之话，皆他二人素习所存私心，也难备述。

如此这般，我虽然解不太明晰，仍然感到了两情相悦者的口角、为难、怨尤。盖二人相爱，则任何对对方的不满、埋怨都是对对方的极大伤害，更是对自己的伤害：你嗔怨对方没有体贴你时，已经暴露了你的没有或做不到体贴对方，你责怪对方爱你爱得不够时，已经是自身的失败、失望与巨大失落了。你扎到对方心里的每一根针，都扎入了自己的心的深处，你的痛苦造成了对方的痛苦，对方的痛苦加剧了你的痛苦，爱生苛求，苛生遗憾，遗憾生怨恨，每根针都是两头尖，每把刀都是双面刃。读到这里，我替宝黛二人喘不过气来。这样的深情深怨深责深痛深苦，贾宝玉除了黛玉还与谁有过？你读《红楼梦》发现得再神奇，解读得再生僻，也难否认宝黛的特殊感情磨难啊。

六二、不仅仅是道具

读《红楼》也如读人生，不求甚解的话，一切线条简明，大概正确。就怕琢磨，一琢磨就到处都有糊涂账，都有疙里疙瘩，令你耿耿于怀，永不瞑目。

比如那块玉，原是大荒山无稽崖青埂峰下的一块石头，是补天时淘汰下来的废料，静极思动，下红尘走一遭，乃有宝玉出焉。

美丽、悲凉又带几分荒诞的喜剧色彩的故事——奇思妙想，匪夷所思。

衔玉而生，令人一惊。细想，确是实了一点，从形而上一头栽进了形而下，栽入了红尘滚滚。怪道胡适博士诟病这一点。虚想，鸟瞰地想，粗想，又很奇美。衔玉而生，是儿真灵秀也；造化通灵秀，悲喜情未了。（杜甫诗："造化锺神秀"，"齐鲁青未了"。）这里，石——玉与名玉之人既是等同关系又是对应关系，还是相互转化的关系，不存在宝玉是神瑛侍者还是石头的二律悖反问题。

但宝玉竟为见到黛玉时黛脖子上无玉而哭闹，我是愈读愈糊涂，愈糊涂愈感动，愈感动就愈温习，愈温习就愈余音绕梁，无以自解。我都想为之落泪了。那么好那么善的一个宝玉却从自己最喜欢的人儿身上找不到与自身相同的所有，偏偏这个玩艺儿你摔也摔不碎它。你的所有包括你的天赋成了你的负担你的枷锁，悲夫！

这时出来一个宝钗的金锁，初读有半路上杀出一个程咬金的感觉即被干扰被搅局的感觉。果然，产生了无（黛玉）与有（宝钗）的两极格局。林为之忧虑不忿儿，薛对之倒是"浑然不觉"，当真做到了"不离不弃，芳龄永继"。

乃有一种极端的言论，认为宝钗的金锁是一个人为的阴谋，是一个"局"的一部分。起码不像，你要是硬这样说，只说明你对薛偏见太深，你比林还嫉妒还难缠还恶意。

大荒山一小块玉卷入了风月纠葛，可叹。

这时又出现了金麒麟，而且不只是一个麒麟。这简直给我以"核扩散"的感觉。扩散好呢，垄断好呢？交给哪个原子能机构核查呢？各国各人处境不同，地位不同，立场也各异。作为小说，更乱乎了，已经不是线性结构能够理得清楚的了。何况一部《红楼梦》丢了三分之一，说是丢了原文后四十回。

诸事不堪回首，梦魂中。不仅是写《红楼梦》，读着都有与曹同梦的依稀感与困惑感。

对于张道士给宝玉的"敬意"中出现了金麒麟，与宝钗指出史湘云有此物，开头林黛玉的反应平常，还有余力打趣宝钗太注意谁佩戴了什么。这是因为，多极格局对于弱者来说，其实比两极或单极格局好。两极或单极使弱者只能受制于某一方，或干脆铤而走险，亦非上策。还有就是，越是多极，越证明玉呀锁呀麒麟呀这些道具没有什么了不起，不必太认真，己方不拥有任何道具也蹉不到哪里去。

毕竟不仅仅是道具，这些玩艺至少是个由头，使黛玉的悲苦、忧心、窒息……物质化表面化道具化也通俗化了。她只剩下一条活路，那就是宝玉的心。不管格局如何混乱多元，不论那几元拥有多少黛玉无法望其项背的道具——武器，只要宝玉的心靠得住，仍然能定乾坤，决命运，视众物为无物，视众女为无女。这就是"情重愈斟情"的含意。

然而几个具体物件仍然使王蒙失眠、糊涂、捉摸不透、犹豫不决、心怀忐忑，干脆明说自己仍然没有读懂《红楼梦》。

六三、晴雯向袭人进攻

能顶撞宝玉的只有黛玉、晴雯和宝钗三人。黛玉更多的是撒娇与感情考验，是对情与命运的斤斤计较。宝钗是旁敲侧击，维护尊严，例如负荆请罪之讥，借训斥小丫头靛儿搞个指桑骂槐，以压一压二玉的狂狷与刻薄。

晴雯则是唯一一个对前面所述的宝玉的"无赖青春"作出回应的人。

跌断了扇子受到宝玉责备的晴雯没好气地指出：

> 二爷近来气大的很，行动就给脸子瞧。前儿连袭人都打了，今儿又来寻我们的不是。要踢要打凭爷去……

瞧，开始晴雯还是为袭人不平而说话呢。后来袭人摆出宝玉的全权代理监护者乃至管理者责任者法人代表的派头，晴雯大为不服，乃变为与袭人宝玉的混战了。

这是晴雯的可爱处，率性而为，率性而言，不考虑利害得失。但是这实在还算不上反封建。

宝玉拿出主子的派头，用下面的话压晴雯："我也猜着你的心事了。我回太太去，你也大了，打发你出去好不好？"

晴雯的回答是：

> 我多早晚闹着要去了？饶生了气，还拿话压派我。只管去回，我一头碰死了也不出这门儿。

一头碰死了也不出这门儿，这个话太可怜了。这是晴雯的"门儿"吗？这是晴雯的屋吗？怎么这么没有阶级觉悟，怎么搞成了"不奴隶，毋宁死"？这后六个字当然难听，也有人表示过不爱听，然而这是《红楼梦》里描写的怪情状啊。从这里我们可以看到，中国封建社会的精神奴役有多么厉害！被主家赶出去是为奴者的最大耻辱，是无颜再苟活的了。另一方面，那些自由民，那些个体的小劳动者小业主，他们的生活甚至于远远比不上这些在主子家作奴隶者。在贾府这样的大家为奴，尤其是为晴雯这样的有头有脸的奴，确实还能分享一点物质享受，见到一点世面，或者叫看到点花花世界也行，这是小民们做梦也想不到的，叫做"享受诚可贵，头脸（即脸面）价更高。若为宝玉故，自由亦可抛"。这样的词儿当然令人痛心疾首，不如裴多菲的"生命诚可贵，爱情价更高。若为自由故，二者皆可抛"。岂止不如，简直是天地之别，高尚与下贱之别。高尚的诗篇里提生命，提爱情，当然不会提及享受与奴才的头脸。而《红楼梦》里的奴才们恰恰没有什么自由或者独立的意识。另一个被高抬作有反抗精神的鸳鸯，其下场竟是殉主而死！

奴隶有奴隶的规范，主子有主子的规矩。宝玉大怒，在气头上要回太太把晴雯赶走，这违背了规矩。

> 袭人笑道："好没意思！真个的去回，你也不怕臊了？便是他认真的要去，也等把这气下去了，等无事中说话儿回了太太也不迟。这会子急急的当作一件正经事去回，岂不叫太太犯疑？"宝玉道："太太必不犯疑，我只明说是他闹着要去的。"

袭人的话强调了大户人家在人事事务上的冷处理原则，预先反衬了搜检大观园后的急于驱逐晴雯、司棋等的非正常性非程序性。同时她的话并不否定晴雯"认真的要去"，够阴的；但也可以解释为她不能正面驳宝玉。

于是袭人带着一堆丫头跪了下来，这表现了袭人的责任心和特殊身份。这正是令晴雯最不忿儿的，闹了半天却要倚重袭人来保住自身，她对袭人的进攻更证明了袭人的地位身份与顾全大局。你晴雯不是不服吗？真不服，袭人愈是带着众人跪你愈是走人才算英雄。而晴雯是欲不接受袭人的情面与保护亦做不到，可叹也。袭人的责任是不能在这房里出这等事，这等凶险的事如果出来，谁也没有好处。其次，宝玉是一时生气，小孩子脾气，不能让宝玉吃后悔药，真把晴雯撵出去了，最后说不定会责怪到袭人身上。

但同时，众跪者会把账记到晴雯身上，会把功记到袭人身上，会认为袭人是任劳任怨，柔可绕指，而晴雯最好的情况下是小孩子脾气，娇纵无度。可悲的是晴雯本身对此毫不觉察。

六四、晴雯撕扇子

直到了晚上，宝玉回来，又是拉拉扯扯，又是晴雯承认自己坐了不配坐的座椅，又是宝玉说什么两人一起洗澡，然后晴雯回忆碧痕伺候宝玉洗澡时胡作非为的情状。白天还闹得不可开交，现在却成了一群或一对小儿女或者"狗男女"（无贬意，指回到原始状态）了。

青春、友情、爱情、初步的性的吸引，毕竟是一个森严等级秩序的解构因素。等他们都成了小儿女狗男女之后，他们幼稚，他们胡闹，他们不足挂齿，但他们却也变得单纯可爱起来了。

于是出现了"撕扇子作千金一笑"的情节。为了弥补因跌扇子引起的口角的伤害，宝玉干脆拿自己的与麝月的一些扇子让晴雯撕着听响。对不起，这甚至于让我想起周幽王宠爱的褒姒，她曾经因喜听裂绢之声而撕绸帛取乐，这是与妲己齐名的坏女人，这是女祸，这曾经被认为是周朝灭亡的原因之一。

晴雯不是褒姒，她至少没有搞过烽火戏诸侯，她撕扇子的数量也有限得多，但她的暴殄天物使平和无争的麝月两次说到"作孽"，不能说这个破坏性活动的记录不是埋下了负面的种子。同时就此一事也可以明白，如果晴雯被逐而获得自由，回到自己家，只怕不可能有这样的快乐与豪迈之举了。

晴雯之所以如此，是因为她漂亮。人们生来体力、体高、体重、体能不同，美丑也不同，而美貌、身材是一个人尤其是一个女性的资源之一。爱美之心人皆有之，美好的外表很容易博得好感，就像好嗓子是歌唱家的资源一样。

漂亮的人容易恃才（材）任性，任性的人却可能更性灵，更少权谋机诈。当然更重要的是晴雯生性率真纯洁，不曲里拐弯。袭人没有这方面的资源，她必须加油从奉迎方面，从符合上意方面，从忠诚可靠方面进取。晴雯单纯，晴雯直爽，晴雯可爱，晴雯有才（如补裘）有材却缺乏算计，也缺乏当时所要求的奴才之德行。晴雯必遭不幸。这是红颜薄命的一例，也是一解。

还有一点值得一说。笔者也是喜爱活泼率真美丽爽快的晴雯的，但是除撕扇子令人想起褒姒外，她在第五十二回中因坠儿偷虾须镯，拿"一丈青"狠扎坠儿的手，这一情节使我想起话剧《家》里的冯乐山与歌剧《白毛女》里的黄世仁妈。这里有一种什么样的文化呢？破坏与肉刑。

再一想，撕扇子之类的破坏性泄愤是属于弱者的行为。在男权中心的社会，女子无权决定自己的命运，她们的命运相当程度上决定于是否得到男人的宠爱，她们多半不会考虑权、财、物，不会考虑政治经济大事与长远未来。她们不论是谁，各种压抑委屈多了去了。她们不可能有什么责任心，能泄愤足矣，得宠止于泄愤——作孽。实是非常地可怜。

顺便说一下，褒姒的故事也不无可疑，说是她经常阴沉着脸，不笑，幽王为了让她笑才胡作非为。一个忧郁的女人，一个郁闷的宠物，谁知道她的内心？无怪乎网上写手冰雪儿以准古典诗歌的形式写了《褒姒怨》一篇，为祸水、美人、抑郁寡欢的其实仍然是被压迫的褒姒唱一曲哀歌。

六五、黛玉调侃袭人

晴雯与宝玉、袭人混战得不可开交，黛玉来了，而且黛玉的情绪很好，一见面就开玩笑，说他们是争粽子争恼了才哭。这已经很不一般，黛玉心太重，不是一个耍贫嘴打哈哈的主儿。《红》中爱说笑话的首推贾母，次推凤姐，可见幽默是信心乃至是权势的表现，当然也是幽默一方与被幽默一方达成默契的结果。刘姥姥也很善幽默，她的幽默是出洋相出丑相娱乐众太太小姐。即使如此，没有默契，她的表现就只能被认为是粗野不逊。黛玉的幽默不寻常，除此段外绝少看到这位娇小姐主动逗着别人笑。

这里第一个原因是由于前边"情重愈斟情"一节，她与宝玉的感情误解嗔怨已经暂时得到消释缓解，她通过一哭、一吐、一闹得到了宝玉的生死表白，而"不是冤家不聚头"一语又使她获得了哲理或禅理的理论依据。她这次来宝玉这里，来得比较踏实。其次，黛玉见到宝玉这里正与晴雯、袭人混战，她更体会到各人有各人难念的经，旁人的混乱与难题客观上分散了她对自己的混乱与难题的注意，客观上成为了解劝自己安慰自己的一个生动事例。简单地说，幸灾乐祸，人所难免，非因恶意，只为己宽。人性中有美好的东西，也有至少是有可能向恶性方面演变的"动机"，不能不察。所以我基本上不用"人性美"这种词。写出"人性美"是可爱的，例如泰戈尔。写出人性丑来也令人肃然起敬，尤其是无意中刻画出那种含蓄的、未被觉察和警惕的丑恶元素，比恶狠狠的挖苦讨伐更发人深省。有时把人物写得太恶了，反映的恰恰是作者的人性丑恶的一面。

紧接着，黛玉一口一个"嫂子"，与袭人说闲话。这也很意外，高雅的、清洁的、孤独的、钟情的、相当自闭的林黛玉怎么能与袭人开这种低俗的玩笑，——或称之为恶谑，那就是恶俗了。——而且是在这样一个超敏感话题上？

她的"嫂子"云云当然无法为袭人接受，被推拒后黛玉偏偏要坐实敲定。黛玉强调说："你说你是丫头，我只拿你当嫂子待。"宝玉道："你何苦来替他招骂名儿。饶这么着，还有人说闲话，还搁的住你来说他。"连宝玉也公开出面为袭人讨饶了。

要点在于，调侃也罢，辩驳也罢，讨饶也罢，没有引起什么不快，反而增加了黛玉与袭人二人的共识。袭人笑道（注意，是笑道，不是连忙道急道更不是怒道）："林姑娘，你不知道我的心事，除非一口气不来死了倒也罢了。"这话说得相当深。她不可能与别的"姐妹"们说，尤其不能与晴雯说。如果她与晴雯说了这话，更会受到晴的毁灭性打击：你算什么东西！你的心事算什么东西！你死不死算什么东西！你也配有（有关宝玉的）心事！

底下的发展是林黛玉笑道（也是笑）："你死了，别人不知怎么样，我先就哭死了。"这话也说得到位或者越位，不是林的素常风格。

宝玉笑道："你死了，我作和尚去。"袭人笑道："你老实些罢，何苦还说这些话。"林黛玉将两个指头一伸，抿嘴笑道："作了两个和尚了。我从今以后都记着你作和尚的遭数儿。"宝玉听得，知道是他点前儿的话，自己一笑也就罢了。

看，一场要死要活要出家作和尚的感情表白变成了你笑我笑她笑一起笑。这是一场三个人的演唱，可以编京剧或者西洋歌剧；是林黛玉有了信心后对于袭人的特殊地位的承认，和袭人至少是暂时对于林黛玉与宝玉间的亲密关系的注意（这是一个外交辞令，袭人注意到了林与宝玉的特殊关系，不等于她认可他们向婚恋方面发展）。

人是可以自己欺骗自己的。此处，林黛玉客观上既坐实了晴雯的指责挖苦，又出卖了晴雯，把晴雯从宝玉的特殊关爱、特殊关系圈子中排除了出去。以恶谑始，以承认现实、暂时维持既定格局至少是互不侵犯终。袭人是丫头，不在黛玉的防范之列。连头一次引起黛玉大怒的死后作和尚的言论至此也解构为笑谈，而笑谈当中确有恶兆，一想，不免不寒而栗。

六六、阴阳疙瘩

第三十一回突然出现了一段哲学对话，是湘云与她的丫头翠缕讨论阴阳二气问题。笔者不才，始终读得疙里疙瘩。

不是说写得不好，二人声口，应称妙与肖。尤其是翠缕，小孩子口气，讲得幽默有趣。本来很哲学很抽象的二气论，偏偏由两个年龄较小的女儿主奴讨论。两个女孩，却分明翠缕角色是研究生，而湘云角色是博导或硕导。导师一方面强调万物无非阴阳之理，一方面回避人的两性差别与互动现象，使一个绝对纯洁的讨论带上了避讳与躲闪的世俗色彩，可叹。

困难在于，一是史湘云不像有进行抽象思维的习惯。书中女儿有抽象思维者首推梦中的秦可卿，讲命运，讲循环，讲月盈则亏、登高必跌重的气数之理；其次是宝钗，她通过"教育"黛玉，讲了些防止移了情性的大道理；甚至平儿在治家原则上也讲过一些宽猛相济的道理。而湘云始终不见这方面的表现，她为何承担起说阴论阳的任务？看不明白。倒是让读者感觉到，本来很正常很普遍、无法躲闪无法回避的阴阳事宜，一到了人这里，自找了多少麻烦！

二是这里为什么要插进一段务虚哲学呢？从荷花长得如何说起，怎么又扯出了阴阳问题呢？或曰，应是讲金麒麟事。是的，此处的真正情节是湘云捡到了宝玉丢掉的张道士给的大（就是牡即公的）金麒麟。由于后四十回佚散，此处文字亦解释不清楚了。既然金麒麟事是一无头公案，阴阳学说也就变成了无的之矢，成了多余的空论了。

还有一个问题值得讨论，当真翠缕是那么幼稚吗？她问了麒麟公母性别即阴阳问题，进而联系到人，受到湘云斥责。情况如下：

> 翠缕……笑道："姑娘，这个（指金麒麟）难道也有阴阳？"湘云道："走兽飞禽，雄为阳，雌为阴；牝为阴，牡为阳。怎么没有呢？"翠缕道："这是公的，到底是母的呢？"湘云道："这连我也不知道。"翠缕道："这也罢了，怎么东西都有阴阳，咱们人倒没有阴阳呢？"湘云照脸啐了一口道："下流东西，好生走罢。越问越问出好的来了！"翠缕笑道："这有什么不告诉我的呢？我也知道了，不用难我。"湘云笑道："你知道什么？"翠缕道："姑娘是阳，我就是阴。"说着，湘云拿手帕子握着嘴，呵呵的笑起来。翠缕道："说是了，就笑的这样了。"湘云道："很是，很是。"翠缕道："人规矩主子为阳，奴才为阴。我连这个大道理也不懂得？"湘云笑道："你很懂得。"

这一段写得最精彩，一般认为这反映了翠缕的天真，窃以为未必。翠缕既知公母牡牝，就不可能想不到人分男女，她是故意哄着小姐玩的。哄小姐也罢，骗老板也罢，一是要装傻充愣，给主子以表现优越调笑下人的机会，主子越是觉得你傻，需要对你进行 ABC 的谆谆训导，就越高兴；其次还要不留痕迹地讲点涉"荤"的话，主子也爱听点荤主题，但又要绷足主子的面孔，你因傻冒而涉荤，大家都无缺点责任，却又满足了弗洛伊德式的涉荤心理。此丫头之妙用也。自古以来，中国章回小说对小姐进行性启蒙教育的常是丫头，这是不易的丫头的功能。

最后，通过傻话，丫头没有忘记拍主子的马屁，没有忘记奉承主子，强调主奴之辨、上下之别，故小姐认为她说的"很是"。如果翠缕真的糊涂，她为什么不说丫鬟是阳，小姐是阴呢？怪不得光绪年间的评者张新之认为翠缕研究生的主阳奴阴论讲得满有道理："地道也，妻道也，臣道也，何尝不是大道理？"

卑贱者最聪明，也许是湘云连同后世读者都被翠缕的装傻充愣骗了呢。

六七、薛史袭的结盟

其实包括林黛玉，姑娘们谁也不敢轻慢袭人，由此可以见出袭人的重要性——身边大拿、近臣的重要性了。

湘云见到袭人，尤其周到，简直称得上是讨好。袭人开个玩笑，说湘云摆架子没有到她这边来，史湘云忙道："阿弥陀佛，冤枉冤哉！我要这样，就立刻死了。你瞧瞧，这么大热天，我来了，必定赶来先瞧瞧你……"

活泼天真、在某些评者眼中白玉无瑕的史湘云，居然赌咒发誓，向袭人示好。而袭人也够可以的，居然可以开人家小姐不来看望她的玩笑。按那时规矩，看望，"出必告，反必面"，是下对上的义务。她算哪一号？

湘云来给袭人送戒指，于是扯出了宝钗。袭人说："你前儿送你姐姐们的，我已得了。今儿你亲自又送来，可见是没忘了我。……可见你的心真。"

此话也有点越位，要是贾母这样说还差不多。你让史小姐记着你？还要裁判史考验及格？史是由你给分的吗？你什么时候当了贾府小姐评选委员会的评委了？

底下史湘云道："是谁给你的？"袭人道："是宝姑娘给我的。"

于是史湘云大唱宝钗的赞歌。我原以为湘云会挑眼的，怎么送给宝钗的礼物转手立即给了袭人？宝钗的"人格魅力"无与伦比，以至湘云指出，"再没一个比宝姐姐好的。可惜我们不是一个娘养的，我但凡有这么个亲姐姐，就是没了父母，也是没妨碍的"。说着，眼睛圈儿就红了，动了真感情。

而且湘云不无恶意地故意拿宝钗与黛玉对比，扬钗而暗批黛，毫不含糊地说给宝玉听，说什么"我知道你的心病，恐怕你的林妹妹听见，又怪嗔我赞了宝姐姐"，这是在主动发动一场批林前哨战了。

而谈到针线活的时候，读者从侧面了解了袭人、湘云的女红优势。同时借她们二人的一唱一和，得知由于疾病和娇惯，林黛玉是做不了这些手工活计的。旧年一年，只做了一个香袋(给了宝玉)；今年半年，啥也没做。

宝钗不在场，宝钗的精神与人格在场，造成了三比二，即钗、云、袭对决宝、黛。下面就几乎是裸露地进行开了世界观与价值观的交锋。赶上贾政叫宝玉去陪同会客——极可厌的贾雨村，宝玉不爱去，湘云笑道："还是这个情性不改。如今大了，你就不愿读书去考举人进士的，也该常常的会会这些为官做宰的人们，谈谈讲讲些仕途经济的学问，也好将来应酬世务，日后也有个朋友。没见你成年家只在我们队里搅些什么！"宝玉听了道："姑娘请别的姊妹屋里坐坐……"

论者多认为这一段叙述十分重要，说明了《红》中人物的思想分野与阵营格局，是大是大非的问题。同时，由于湘云豪爽可爱，一般都不深责湘云，而是搞三重标准：大骂袭人，中骂宝钗，基本不骂湘云。

窃以为，宝玉对主流价值仕途经济不感兴趣，取疏离态度，忙于自己的任性、灵性、得宠、本色、性情小公子的生活与情爱游戏；宝玉可爱，值得同情，却谈不上什么思想高度，不论是从反封建方面还是从人道主义或终极关怀方面。率性当然有可爱处，但是率性谈不上思想。

宝玉敢直接将湘云顶回去，却不敢顶贾政及其他长辈，也不敢认真从价值论或人生观上否定仕途经济那一套。他对湘云虽有兄妹之亲情却无精神上的亲近，就是说，他压根没有怎么将湘云放在心里，一张嘴就把湘云驳回去了。

湘云的话也还算温和，主要是从利害上说，是工具理性，并不是价值理性。倒是刚才湘云借机扬钗抑黛嘲讽宝玉，使宝玉不快——不是如书上所写宝玉说话叫云儿恶心，倒是云儿说话叫宝玉恶心了。于是借见客一事，宝玉找回来了回应湘云的机会，也找回来了公开宣示他与林志同道合、引为同调的机会。

六八、错把袭人当黛玉

一遇到玉呀金呀麒麟呀这类的事儿黛玉与宝玉就纠缠不休，就指天划地要死要活。纠缠得太频繁了，第一，有点烦。一部大部头长篇里难免有水分，这个翻过来掉过去的金玉麒麟之论就有点车轱辘话、混字数之嫌——当然，那个年头还不会有稿酬和码洋的考虑。

但反复多了，却也成了既成事实，成了天作之难，成了《红楼》死结，成了掀不开的黑锅、驱不散的乌云。读者也跟着叹气憋气起来，既有宝黛之深情，何来金锁、麒麟之干扰裹乱？究是何意？天公何意？故意使好事不成吗？曹公何意？早早暗示宝黛之恋的悲剧结局吗？金玉麒麟何意？小小物件代表天命，滔滔眼泪代表人间真情吗？何真情之败于天命也！何天命也最后成不了事儿也！

到三十二回宝黛二人又为这一死结闹了起来，而宝玉拼死说出了自己的真情的时候，竟是将袭人看成了黛玉。他将袭一把拉住说道：

> 好妹妹，我的这心事，从来也不敢说，今儿我大胆说出来，死也甘心！我为你也弄了一身的病在这里，又不敢告诉人，只好掩着。只等你的病好了，只怕我的病才得好呢。睡里梦里也忘不了你！

这可是撞上了鬼啦。和此前林黛玉无心听到宝玉将其引为同道的话一样，运用了以巧合、偶然、误听误撞来推动关键情节的手法，比较戏剧化、舞台化也是一种小说化。《红》比较强调写实，运用这种方法不多，但是必要时仍免不了这种俗套子，必要时仍不能拒绝将小说当小说来写，将小说作假语村言来写。对于完全将《红》当传记当档案考证的研究者来说，这一段也许有令死心眼的他们清醒的作用。

袭人听了这话，吓得魄消魂散，只叫："神天菩萨，坑死我了！"便推他道："这是那里的话！敢是中了邪？还不快去！"宝玉一时醒过来，方知是袭人送扇子来，羞的满面紫涨，夺了扇子，便忙忙的抽身跑了。

这是戏剧化，或者更准确地说是戏曲化，但也是生活。生活里张冠李戴、缘木求鱼、南辕北辙、自投罗网的事还少吗？

这里袭人见他去了，自思方才之言，一定是因黛玉而起，如此看来，将来难免不才之事，令人可惊可畏。想到此间，也不觉怔怔的滴下泪来，心下暗度如何处治方免此丑祸。正裁疑间，忽有宝钗从那边走来……

一说是不才之事，一说是丑祸，这是袭人的语言，同时本书并不拒绝这样的语言，这样才真实，这样也才留下了余地。书中用了许多世俗的语词来评论宝玉其人其事，"不肖"呀，"无成"呀，"愧""悔"呀，"背父兄"呀，"负师友"呀，不一而足，从不为宝玉笔下留情。但是作者的本事恰恰在于，负面语词下面，出现了一个令人洒泪令人同情的人物和故事。本书没有能力也没有可能乃至无意在价值观人生观方面正面挑战当时社会的主流观念，本书必须从俗，用俗人能够接受的价值语言说三道四。但是文学的价值不在于价值判决，而在于提供生动深刻的文学形象、生活图景……然后，价值判断更多地是读者的事了。这是文学的无奈、文学的弱项，也是文学的永恒、文学的涵盖性、文学的生命力的秘密所在。

六九、琪官事件

宝玉挨打，直接原因有二：一是琪官事件，一是金钏事件。

琪官事件货真价实，金钏事件被歪曲夸大了，大约三七开，宝玉七分冤枉，三分咎由自取，难逃责任。

　　先是贾政讨厌宝玉的精神面貌，叫做"见他惶悚，应对不似往日，原本无气的，这一来倒生了三分气"。父辈总是希望下一代意气风发、斗志昂扬的，见了宝玉的窝囊样子，岂有不气之理？宝玉其实是为了金钏而痛苦——只有痛苦，并无忏悔。他怎么会硬是不忏悔？

　　这也是代沟，你不了解我，我也不了解你。

　　这时有回事人来回："忠顺亲王府里有人来，要见老爷。"贾政听了，心下疑惑，暗暗思忖道："素日并不和忠顺府来往，为什么今日打发人来？"

　　素日并不来往，此话关键，也属于刘心武先生极有兴趣的话题：贾府在宫廷贵族山头中属于哪一派？贾家是怎么站的队？显然，贾府与北静王亲，与忠顺王疏，还可能不仅仅是疏，而且是对立面。这也就可以明白，宝玉惹的祸有多大了。

　　忠顺府来了一位长史官，连姓名也未交待，一是这里的官职与身份比个人符号即姓名重要，二是此人并非书里的什么角色。

　　　　那长史官先就说道："下官此来，并非擅造潭府，皆因奉王命而来，有一件事相求。看王爷面上，敢烦老大人作主，不但王爷知情，且连下官辈亦感谢不尽。"

　　好一个忠顺府长史官，说话句句软中带硬，礼中含兵，字字到位，声声施压。擅造云云说明咱两家素来不过这个，井水不犯河水；如有造次，则是你们违反了游戏规则。黄牌警告：少挑衅贱招！

　　"奉王命而来"，五个字相当于递交了国（府）书，当然是特命全权大使。你有几个脑袋，敢与王爷骚情！

　　"王爷知情"，"下官辈亦感谢不尽"，说得温柔，分量却重：此事非同小可，是重大事件；反过来说，此事"老大人"不给"作主"，必然是王爷震怒，我辈亦记你的仇一辈子，绝不善罢干休！

　　　　贾政听了这话，抓不住头脑，忙陪笑起身问道："大人既奉王命而来，不知有何见谕，望大人宣明，学生好遵谕承办。"

　　此是自然。贾政当然抓不住头脑，而且心惊胆战，他是在完全被动中被推到了府系（也许背后有更高更深更令人心惊胆战的背景）斗争的第一线。

　　　　那长史官便冷笑道："也不必承办，只用大人一句话就完了……"

承办也者，贾政作恭顺状，以求缓颊。冷笑加"不必承办"，则是少来这套假招子的意思，并无情面可讲的意思。然后长史官说："这一城内，十停人倒有八停人都说，他（琪官）近日和衔玉的那位令郎相与甚厚。……尊府不比别家，可以擅入索取……"

好一个不比别家！如是别家，早擅入了，早抄了狗日的家了！

宝玉与琪官即蒋玉菡的关系的消息普及（信息覆盖）程度已达百分之八十了，谁说国人不重视事物的量化数码化呢？那么，谁传播的呢？隔墙有耳，万物睁目，能不慎哉！

宝玉自己去传播的可能性不大，那就有三种可能：一是宝玉的狐朋狗友如薛蟠等传出来的，但后文似乎暗示并非如此；第二种可能是宝玉的随员传出来的，但随员们能看到并知悉宝琪二人的苟且私情吗？

那么就只剩下了一种可能性，是琪官自己传出去的。这里有一条定则：得宠者必以宠为荣，以得宠而招摇。此施宠者不能不防者也。这里又有一条忌讳：把自己与哪位权贵或仅仅是大人物的家属的亲密关系透露出去，是犯了规矩的，是危险的。

七〇、他们和琪官是什么关系

忠顺府长史官转述王爷的话说："若是别的戏子呢，一百个也罢了。只是这琪官随机应答，谨慎老诚，……竟断断少不得此人。"

此话甚怪，从应答到谨慎，这不像是说"戏子"倒像是说管事即身边工作人员，秘书或办公室主任。这里有遮掩，用仁义道德遮盖私情——姑不说它是男盗女娼。

第二，既然是王爷断断少不得的人，可见其受宠之深。个性随机又老诚，为什么要不辞而别呢？太可怕了，琪官伴随王爷情状之恐怖黑暗，非足与外人道者。

第三，他怎么跑的？恐怕与宝玉有关。这一点下面还要说。

宝玉和他是什么关系？对不起，只能说是同性恋至少是倾向于同性恋。《红》中的男人多半是双性恋，这在对贾琏的描写中有露骨的叙述。宝玉与秦钟的关系也是准同性恋关系。不过宝玉讲意淫，同性异性都好，并非专搞肉体操作，而是侧重审美，侧重同调，确实不仅是滥欲滥交，而且是加上了风雅风流风情风韵，还有审美趣味直到世界观价值观的因素。

这是一个很难启齿的话题，戏子云云，表现了旧中国对于戏剧表演艺术家的轻蔑，这种称谓早已被新中国所唾弃。男演女女演男的传统中，"男作女时男亦女，女为男处女成男"的状况很难避免。越是性压抑的地方，处于地下状态的，本来光明正大，终于还是鬼鬼祟祟的异性恋同性恋就越多。演戏的人想摆脱这些事的缠身亦大不易，李碧华的小说与陈凯歌的电影《霸王别姬》里就有这方面的含而不露的表现。《红楼梦》里的小演员们间也有这样的含蓄情事。

而那个年代的国人不可能有后现代观念，不可能对同性恋理解宽容，更谈不上尊重选择。对涉嫌同性恋的人给以蔑视蔑称，固不足怪。至今，同性恋问题在全世界范围内看法也不一样。

那么，在同性恋或准同性恋的伙伴性质这一点上，宝玉进入了忠顺王"老人家"的禁地。老人家作为伙伴，作为 gay，当然不是宝玉的对手，怎么不对宝玉有气？谁知道呢？也许琪官不见宝玉，还能在忠顺府多忍一阵子。对于琪官的出逃，宝玉的干系太大了！

长史官这么一说，贾政当然气死。宝玉先是想赖，被长史官当面揭露，连蒋玉菡送汗巾的过硬材料也抛了出来。底下是：

> 宝玉听了这话，不觉轰去魂魄，目瞪口呆，心下自思："这话他如何得知？他既连这样机密事都知道了，大约别的瞒他不过，不如打发他去了，免的再说出别的事来。"因说道："大人既知他的底细，如何连他置买房舍这样大事倒不晓得了？听得说他如今在东郊离城二十里有个什么紫檀堡，他在那里置了几亩田地几间房舍。想是在那里也未可知。"

宝玉是一触即溃，坦白从宽。问题是，宝玉算不算出卖了朋友？设想一下蒋玉菡的感受吧，被忠顺府逮回去，什么滋味？什么感想？再一问，是宝玉供出了他的密址，什么感觉？什么反应？宝玉不也梦见了蒋玉菡被捉拿吗？他怎么忘记了是由于他的招供才产生那样的结果呢？而他在挨打之后居然厚颜地说什么"就便为这些人死了，也是情愿的"。

我无意要求宝玉为琪官壮烈牺牲，我认为宝玉在当时只有一个选择：为了贾家，牺牲琪官。宝玉有牢骚，有质疑，有怪话，并不当真也不可能彻底地去反什么封建，更不会成为反封建的烈士。我只是说：一，你应该有歉疚；二，你不要再说大话了。

除非是，宝玉意识到是琪官的吹嘘把祸事引到了贾府，你犯规在前，我不义在后。这又不符宝玉的性格，宝玉没有这样精明。

七一、"请教"的分量

宝玉供出了琪官住所，底下呢：

> 那长史官听了，笑道："这样说，一定是在那里。我且去找一回，若有了便罢，若没有，还要来请教。"说着，便忙忙的走了。

这一回里长史官的所有言谈，可圈可点，堪称范本。它的特点是寓居高临下于奴颜婢膝之中，堪称旧中华官事语言之绝唱。

一，忠顺府高于荣宁二府，荣宁二府袭下来的是"公"，而忠顺那边的头衔是王。荣宁的祖先是功臣，而忠顺这边的则至今仍是皇亲国戚、金枝玉叶。

二，此次来办的事儿，忠顺府有理有据有材料。琪官本是忠顺府这边的奴才，却得贾宝玉协助潜逃。忠顺府是来问罪、追赃、讨债的，长史官必须充分掌握主动，高屋建瓴，气势如虹。

但是，长史官又是办事的人员，是奴才，他面对的是贾政，是老爷，他不能放肆，他的一言一行必须合乎礼数，合乎奴才却又是高级奴才，尽管是高级奴才却又仍然只是奴才的身份。于是气盛而语卑，势高而礼全，以弱势言谈举止行强势"外交"，明明是咄咄逼人，却偏要低声下气，虽说是低声下气，却仍然威胁要挟。明明是来兴问罪之师，施足压力，却要知其雄，守其雌，知其白，守其黑，知其荣，守其辱(见《老子》)，摆出请示请求请教请开恩请发话的架式，而且越是如此，越发显得官事官办，口气冰冷，拉开距离，摆好架子，站好蹲裆骑马步，准备发招接招，不惜一战。(他只是在冷笑一声中露出了杀机，太极招式中并不绝对地排斥毒招。)

通篇话语中，最后的"请教"二字尤其精彩绝伦，属于太极推手，借力打力，柔若无骨，力能贯顶，势如破竹。

借力，你已经说出了琪官密址，已经事实上承认了助琪官潜逃的罪行。自然，如若仍找不着，唯你是问。

他没有说"唯尔是问"，那样说像是泼皮；他没有说"跟你没完"，那样说如同痞子串子；他没有说"下次绝不饶你"，那样说反而显得亲热，冷冻得不够温度；他没有说"还要麻烦您"，那样说太市民气、小人物气，也太一般，太平常心平常话；他没有说"如果找不着还要打搅、叨扰"，那样说等于自己承认己方所做讨嫌至少是略微讨嫌。

他说的是"请教"，请教是以你为师，向你学习，敬听尊训，向你求教，全凭尊便……此柔若无骨而又势不可当者也。势不可当，就是说，如果你宝玉敢于再耍花招，求蒙混过关，藏头露尾，半推半就，以卵击石，那么在下再来请教，就没有你的好果子了，你就要化为齑粉了。

我建议读者诸君想一想别的词，有没有可与"请教"二字相匹敌相替换者。你越是这样想，越是佩服长史官，也就越是佩服曹氏雪芹了。

"请教"二字应该大写，"请教"二字应该反复研读，应该放大成为黑体特大号字。二字铿锵有力，掷地无声，此处无声胜有声。就凭这两字，读《红》者不应忘记忠顺府长史官此公；也说明，忠顺王本人可能草包(就冲长史官转达的他"老人家"死恋着琪官的那两句话，也不像有才有为者)，草包的奴才却不可小瞧。主子的鹰犬往往比主子厉害，盖主子靠世袭，靠背景，而且一味享福作乐，腐败堕落；而奴才呢，那是杀出来的，叫做杀出来一条血路。容易吗？当差不容易，当差有能人，切切不可大意。

七二、贾环进谗

《红楼梦》三十三回回目是"手足耽耽小动唇舌　不肖种种大承笞挞"，贾环进谗在这回中有半壁江山的地位。

耽耽者，犹言虎视眈眈，是一种敌意的目光；小动唇舌者，未费吹灰之力的意思。诚然。

我多次说过，《红》的作者写旁人都很客观立体，人物很"圆"；但一写到赵姨娘与贾环，就气不打一处来，这两个人物写得相当扁，一无可取，没说过一句过得去的话，更没办过一件漂亮哪怕是面子光光的事。凤姐也坏，但是人家的为人行事有极光彩的一面，至少有极漂亮的外表。

但是此回中贾环的进谗，堪称天才。

第一，抽象地说，他忌恨宝玉由来已久，但具体事上他无计划无准备无预谋。是贾政去送忠顺府的官员，回头见到贾环与几个小厮"一阵乱跑"，于是喊打。按国人素无跑步健身长跑短跑的观念，好模好样的绝对不许跑，只能走四方步。据《万历十五年》的介绍，万历皇帝因在宫里骑马而受到严厉的谏阻，即类似的一例。贾环一听父亲呵斥，"唬的骨软筋酥"，比宝玉见到老爹情绪不高更为紧张。他在此时急中生智，为宝玉进谗，化被动为主动，转守为攻，属于恶之花、恶之灵感、恶之自救不迭。

第二，进谗是有危险的。原因有三：一，向长上说别人的坏话，似忠而可疑，实不义而无疑。这里忠与义形成悖论，进谗者道义上极易受谴责而在谗上旁人前自己先不战而溃而垮台。二，既然是谗言，经不起查验，一查一验，只能暴露进谗者自己的奸佞卑劣。三，作为长上者希望你打小报告，这给了谗言者以机会，但又不希望你找麻烦，出事儿；而且长上对于下边人的相妒相争也往往看得很清楚，有时甚至略加利用，但不希望你们真的闹起来。谁进谗谁露恶貌，谁露酸妒相，谁露马脚。进谗的机会稍纵即逝，敏哉环儿，向盛怒中的爹爹告宝玉的状，实是千古难遇的良机。

第三，进谗要沾点边，谗言离奇了，难以置信。贾环说宝玉要强奸金钏，致使金钏投井自杀。按第三十回宝玉与金钏的调笑情况大致是这样的：

> 宝玉见了他（金钏）就有些恋恋不舍的，悄悄的探头瞧瞧王夫人合着眼，便自己向身边荷包里带的香雪润津丹掏了出来，便向金钏儿口里一送。金钏儿并不睁眼，只管嚼了。宝玉上来便拉着手，悄悄的笑道："我明日和太太讨你，咱们在一处罢。"金钏儿不答，宝玉又道："不然，等太太醒了我就讨。"金钏儿睁开眼，将宝玉一推，笑道："你忙什么！'金簪子掉在井里头，有你的只是有你的'……"

宝玉对女儿的兴趣既有天真烂漫的一面，也有性挑逗乃至性骚扰的一面。如给金钏闭着眼吃香雪润津丹，就难说没有性的含义，犹如一位少男让少女闭着眼张口吃口香糖，再闭一会儿眼说不定就会吻到少女嘴上。毕竟宝玉已经试过云雨情，已知风月。他所以能如此天真无邪状地表现，是因为那些少女都是奴才，他本来就认为她们归他所有所享用。所以他看到了龄官不爱他却爱贾蔷，甚至感到诧异惋惜并引起一番思索，叫什么"识分定"。真是把自私贪婪与天真无邪巧妙结合，以天真的外衣搞自我中心，搞少女奴隶的私有化。

贾环诚然恶劣，宝玉实有懈可击。再说，仅仅琪官之事，宝玉这一顿饱打已经逃不过了。双刀剐他已经挨了致命的第一刀，这第二刀已经没有那么大的分量了。

这里说到贾环的天才进谗，当然不是让读者学贾环，而是请读者警惕贾环式的进谗者。同时，笔者也不想轻轻放过宝玉在金钏悲剧中的责任。宝玉天真无邪也好，代表资本主义萌芽也好，确实有反封建的不俗表现也好，在那个情境下，好人就没有罪恶了吗？

七三、贾政真的要打死宝玉吗

在闻听了宝玉的两大罪状之后，贾政精神崩溃，悲愤莫名：

> 把个贾政气的面如金纸，大喝："快拿宝玉来！"一面说，一面便往里边书房里去，喝令："今日再有人劝我，我把这冠带家私一应交与他与宝玉过去！我免不得做个罪人，把这几根烦恼鬓毛剃去，寻个干净去处自了，也免得上辱先人下生逆子之罪。"（王按，废话太多，乃求发泄也。）……那贾政喘吁吁直挺挺坐在椅子上，满面泪痕，（王按，真动了感情了，令人想起元妃省亲时他的眼泪，忠臣良民难免常常流泪。）一叠声："拿宝玉！拿大棍！拿索子捆上！把各门都关上！有人传信往里头去，立刻打死！"（足闹了一气，气势足矣，未可完全当真。）

贾政已进入狂暴状态，已经拼了命了。而"再有人劝我"云云，明示他的教子皆因有人劝阻而始终未克成功。

回应门客的劝解，贾政说道："你们问问他干的勾当可饶不可饶！……明日酿到他弑君杀父，你们才不劝不成？"

新中国建立以来，恰恰是这一段话成全了宝玉的反封建形象，贾政越是上纲猛批，越证明宝玉的反抗的伟大性正义性原则性。

客观地说，宝玉率真、任性、贪玩、笃情，是性情中人，对于封建主流价值体系与教育体系颇具逆反心理，有颓废气——因人之必老必死而全面否定人生的意义，否定此岸的真实性——外带几分才子气，等等，却委实并无杀父弑君倾向。只看他对北静王和长姐元春的态度，便知他在政治上绝无二心，大大的良民。意识形态上，他带有青春期的疏离孤独抑郁感，算不上认真的反对派更不是造反派。

那么贾政为何要上纲如此之高，以至成了宝玉头上的光环了呢？第一，琪官事件，事情闹到陌路的乃至派系对立面的忠顺府上去了，岂可等闲视之！这么闹岂不等于杀父？岂不等于借（忠顺王之）刀杀父？谁知道这会给贾府带来多少政治上的、上层争宠方面的麻烦？此事与贾家命运相关，为了保护贾家，也许打死宝玉是必要的呢。

第二，奸污母婢未遂，更是犯了大忌。旧中国是信奉"万恶淫为首，百善孝为先"的信条的，而恰恰这两条宝玉都沾上了边，贾政能不气吗？

第三，当然也有更加根深蒂固的根源，宝玉一直拒绝被培养成家族的接班人，拒绝修齐治平的主流价值理念，拒绝求学求上进，并以各种刻薄语言抨击父辈孜孜以求、视如命根子的一切儒家规范。在贾政看来，宝玉轻浮，苟且，怠惰，萎靡，消沉，眼高手低，一事无成，胡言乱语，胡作非为，朽木不可雕也。何况这回还捅了那么大的娄子，越过了底线。

贾政的悲愤是真实的，是可以理解的，所以更增加了悲喜剧气氛。悲是封建大家族后继无人，已呈衰象，无可救药；喜是父对子发威，再扬言打死也是不会打死的，至少按常理是打不死的，这一点贾政未必不知道。这有点像喜剧里的人物，说是不想活了，乃大喊："我不活了，我要跳井，我要上吊……别拦着我，别拦着我！"越是喊"别拦我"，越有期待别人一拦自己趁机诉说一番的意思。真要跳井上吊，无须声明，直接去干就行了。真想要宝玉的命，也不需发表宣言屡屡表态表决心，直接去干就是了。

不是"贾政犹嫌打轻了，一脚踢开掌板的，自己夺过来，咬着牙狠命盖了三四十下"吗？三四十下中有一下照着要害打，宝玉早没了命啦。

七四、王夫人在宝玉挨打的时候

《红楼梦》最令人佩服的，是写到谁像谁，写到哪儿是哪儿，其声其形其言其做派绝无一点含糊，不可更易，不可搀和，不可通用。

如说到贾政打宝玉已达狂暴地步，众人便通报了王夫人。这也合理，不能随便通报贾母，也不能不通报。万一政老太疯狂，出了三长两短，皆有责任。通知了王夫人底下的事就由王夫人定夺了。

而王夫人不敢先回贾母，也很有理。如是好消息，可立即报告老太太；如是坏事，不可擅报，因为保持老太太的快乐情绪是一条重要原则，破坏老太太的高兴，则自然是一桩罪行。

> 王夫人……只得忙穿衣出来，也不顾有人没人，忙忙赶往书房中来，慌的众门客小厮等避之不及。

这就叫滴水不漏。王夫人到男人们聚集的贾政的会客房来，要着装合适才行。即使如此，众门客小厮等也避之不及，说明了事态的非常性、紧张性与大户人家的规矩之多。

这也叫弹钢琴，主线是公子挨打，挨打一节已经头绪纷杂了，但是写到王夫人的出现仍然要中规中矩，纤毫毕现，令人读来如亲临其境。

> 王夫人一进房来，贾政更如火上浇油一般，那板子越发下去的又狠又快。

这也写得来神，贾政之气正在于他的教子成材计划屡被贾母王夫人等阻拦，岂有见了王夫人不更生气之理？

王夫人抱住板子（很有行动性戏剧性），贾政道："罢了，罢了！今日必定要气死我才罢！"这个气死云云，已经不是专指宝玉而是捎带上王夫人了。

王夫人哭道："……老爷也要自重。"毕竟是大家风范，虽然也有护犊之争，但说话要合乎理法，她必须把老爷放在头里。但紧接着就使出了杀手锏，放出了王牌，叫做："况且炎天暑日的，老太太身上也不大好。打死宝玉事小，倘或老太太一时不自在了，岂不事大？"

打死宝玉事小，这又是礼法。明明是护犊，却强调犊的死活无碍，封建礼法的虚伪性已经渗透到一切一切中去了。

> 贾政冷笑道："倒休提这话。我养了这不肖的孽障，已不孝；……不如

117

趁今日一发勒死了，以绝将来之患！"

愈弄愈真了。贾政一个人未必敢于要宝玉的命，王夫人一来，他更是怒从心头起，恶向胆边生了。双亲皆在，足可以判处宝玉死刑了。

> 王夫人连忙抱住哭道："……既要勒死他，快拿绳子来先勒死我，……我们娘儿们不敢含怨，到底在阴司里得个依靠。"说毕，爬在宝玉身上大哭起来。贾政听了此话，不觉长叹一声，……泪如雨下。

真情迟迟，此时才出现了。岂止政老夫妇哭泣，读者亦难忍一恸了。

> 王夫人……不觉失声大哭起来，……因哭出"苦命儿"来，忽又想起贾珠来，便叫着贾珠哭道："若有你活着，便死一百个我也不管了。"

这是岔出去的一枝，本来宝玉挨打与死去的贾珠无关，一声"儿"勾起了对贾珠的怀念，刺激了贾政的亲情；同时"王夫人哭着贾珠的名字，别人还可，惟有宫裁（李纨）禁不住也放声哭了。贾政听了，那泪珠更似滚瓜一般滚了下来"。

有了这岔出去的为贾珠一哭，这政、王、李的三重唱咏叹调，挨打事件写得更加丰满生动，感人肺腑。此事已开始滚开了雪球，其影响更是远远超出了宝玉少不更事的言行范围了。

七五、哭贾珠

打宝玉打得王夫人、贾政、李纨共哭贾珠，这是神来之笔，是柳暗花明又一村，是意料之外与情理之中，是最最煽情之处，是无逻辑的最强逻辑，是最最合理的横生枝节。

王夫人一哭贾珠，已经槁木死灰般的李纨突然激情奔放，放声大哭，于是贾政"那泪珠更似滚瓜一般滚了下来"，比前边写过的"满面泪痕"与"泪如雨下"更发展了一步。

打宝玉，王夫人痛苦，但她不能一味为宝玉而哭，否则就是与贾政唱对台戏。贾政亦甚痛苦，但他不能表示，因为严惩宝玉也是气可鼓而不可泄，既然当了凶神恶煞，绝然不可再作菩萨。这回好了，贾珠的名字出现了，能不痛哭哉！

王夫人提贾珠，潜台词多了去了：你我命不好，有一个好儿子，没存住。你倒是还有一个儿子，那是赵姨娘所生。你现在整天接受的是赵的侍奉，我身边只剩下了宝玉一个，你对他再管教也得考虑一下我的感受我的未来！于是，王夫人要求若找绳子勒宝玉就将他们娘俩一起勒死。这不是表演情绪，不是要挟，是真情。而贾政之大哭也是对于王夫人处境的理解与回报：谁不知宝玉是儿，你以为我愿意打死他勒死他吗？我也是不得已呀！李纨更不必说，寡妇生涯，苦如黄连，平日不敢发泄，今日不哭，再没有一哭的机会。正是此一哭，才证明了李纨的存在，李纨还是个活人，李纨的命运值得注意。

本来，贾珠李纨，除此一节再无表现的机会。此后李与探春宝钗三套马车执政，也不显山不露水，戏全部让给了探春。偶然在与王熙凤同行时，她倒是敢数落凤姐几句，显示了她的地位与宽厚为怀。至于贾珠，一上来就夭折了，再无声息，只是个名字记号罢了。想不到的、令人拍案叫绝的是，在宝玉挨打时，这两位配角闲角死角突然成了号啕大哭的焦点，悲哀绝望惨烈，散射出死亡者与虽活犹死者的幽幽蓝光鬼火，更突出了不祥，突出了后继无人的无可救药，大厦将倾的无可挽回。

这里并没有必然性，为宝玉也好，为贾政贾母王夫人而叹息而痛哭也好，本来与贾珠无关。王夫人神来之哭，哭到了贾珠头上；曹雪芹神来之笔，把事件写得更丰满，把冷宫里的人物调动了出来，把贾家的悲哀更推演了一层，把宝玉不成材、乃父不谅解的一重矛盾一下子演化成了贾珠已去、宝玉不肖、未亡人犹在、家门大大地不幸的多重矛盾。除了这些个书里的角色哭，读者也难免一恸。无反应的倒是宝玉，当然他皮开肉绽，自顾不暇，可以理解。顺便说一下，宝玉从来没对李纨有过什么兴趣关切，李纨并不是他讨厌的婆子之属啊。可见宝玉对于女儿的体贴是与他的性心理性要求性趣味不可分的，他毕竟是一个养尊处优的自我中心的阔少爷。

七六、贾母的声气与凤姐的角色

贾政痛打宝玉，王夫人哭阻。"正没开交处，忽听丫鬟来说：'老太太来了。'一句话未了，只听窗外颤巍巍的声气说道：'先打死我，再打死他，岂不干净了！'"

好个曹雪芹，写谁就钻到了谁的肚子里灵魂里口腔里。贾母不是等闲之辈，她不是贾赦贾琏贾珍这样的腐烂透顶的寄生虫，她不是贾敬式的灵魂出窍的废物，她也不可能是宝玉式的青春派加颓废派。她是多少见过了解过创业维艰的打天下的一代的第二代，她见过世面，知道风雨，一句话足以噎死人。她直取首级，叫做斩首战术——她不是来为宝玉讲情说话，而是为争取自己的生存权而说话，这就太厉害了。

底下贾母的意思是：我对谁讲话？我没有生过一个好儿子，有话也无处讲！

而当贾政表示他这是为光宗耀祖而教训儿子，贾母道："你说教训儿子是光宗耀祖，当初你父亲怎么教训你来？"说着，不觉就滚下泪来。

我们甚至于可以假定当年贾代善对待贾政也是严格管教的，看贾政的脾气，不像是自由舒适任意放纵地成长起来的。但是贾母在这里提贾政的老子贾代善是有道理的，提出贾代善好比祭起了至高尊神，已经是无往而不胜了，而贾母的本钱正在于她本人是贾代善的原配夫人。还有贾政说话的余地吗？

许多许多价值准则、道德准则是相悖的。贾政"教训"宝玉是准则，贾政必须唯贾母之命是听，也是准则。前者是责任，是对社会、朝廷、家族负责；后者是义务，是伦理，是尊卑长幼的秩序所要求的，是不能稍稍违犯的。而现在，这两者针锋相对。世世代代，人们选择的困难就在这里。早在有你以前，规则已经严厉地存在在那里了，你没有选择的余地，你岂敢任意与规则商量？规则岂是好商量的？而两条三条更多条的规则互相碰撞，你不是非撞成肉饼不可吗？

还有一条，君子之泽，五世而斩，现在看来到了"红楼梦时代"也就三世玩儿完：锦袄玉食，特权无限，鲜花着锦，烈火烹油，好逸恶劳，只享现成，不腐化朽烂才是见鬼呢。

也感动人。人老了有舐犊之情，愈是自己衰老愈是护着幼小一辈。甚至你还会为凶神恶煞般的贾政终于遇到了克星贾母而出一口闷气。

这时，王熙凤的行政本领再次显现：

> 早有丫鬟媳妇等上来，要换宝玉，凤姐便骂道："糊涂东西，也不睁开眼瞧瞧！打的这么个样儿，还要换着走！还不快进去把那藤屉子春凳抬出来呢。"

凤姐的身份拿捏得好，她搞的是行政管理、总务事务，谁打了谁，该不该打，决策问题，她一概不过问，她过问的是具体善后，是方法操作。她在众人感情激动之时保持着事务性的清醒，仍然处于工作状态。至今西方国家区分什么政治家与公务员，前者整天忙于在议会搞路线政策方针主张直到立法方面决策方面的斗争，后者则只管操作。凤姐当然是后者，所以一旦出了大事，如搜检大观园时她只能靠边。凤姐的角色又像某些人道组织、国际组织，打不打仗它们说了不算，打完了，总要帮助处理善后。

七七、谁能无懈可击

我们都是凡人，我们都有弱点，有毛病，有被动、尴尬、狼狈的时候。这样，看到一个比较无懈可击的人，我们会感到迷惑；看到一个常占上风的人，我们会感到怀疑和警惕；而看到一个常常走得顺当、永远让你挑不出毛病的人时，我们会猜忌、厌恶、敌视他或者她，他或她的无懈可击已经变成了最大的"懈"啦。

宝钗在宝玉挨打后来看望宝玉，袭人说起焙茗（即茗烟）的话，认定是薛蟠说出了宝玉助琪官的事，造成了这一场皮肉之苦。

宝钗思想了一番，笑道：

> 你们也不必怨这个，怨那个。……就是我哥哥说话不防头，一时说
> 出宝兄弟来，也不是有心调唆：一则也是本来的实话，二则他原不理论
> 这些防嫌小事。袭姑娘从小儿只见宝兄弟这么样细心的人，你何尝见过
> 天不怕地不怕、心里有什么口里就说什么的人。

难得宝钗沉着应对，举重若轻，把一个宝玉挨打的罪魁祸首是谁的凶险问题
变成了她哥哥的性格特点问题，甚至是变成了袭人见识不够、少不更事的问题。
她并不急于争辩、辩诬，而是以退为进，就算是薛蟠讲出来的，也并无恶意，甚
至是讲之有理——本来就是实情嘛。再说，谁让宝兄弟有缺点呢！

结果被动的不是宝钗而是不小心说出薛蟠名字的袭人，叫做"袭人因说出薛
蟠来，见宝玉拦他的话，早已明白自己说造次了，恐宝钗没意思；听宝钗如此
说，更觉羞愧无言"。

胸中无愧便能应付裕如。宝钗的实际想法作者也作了交代："难道我就不知
我的哥哥素日恣心纵欲、毫无防范的那种心性？当日为一个秦钟还闹的天翻地
覆，自然如今比先又更利害了。"就是说，她已经假定了是她哥哥的事儿，但是她
确实并不感觉有什么不妥不安。这也就引起了后来薛蟠与她的口角。

她对宝玉的感情，她的做事的风采，也都表现了出来。又是劝诫宝玉，又是
表达心痛，又是脸红低头弄衣带，又是送来了活血化瘀的药丸，又是教授用药的
方法，务虚务实抒情讲理，面面俱到。而宝玉也极动情：

> 宝玉听得这话如此亲切稠密，大有深意，忽见他又咽住不往下说，
> 红了脸，低下头只管弄衣带，那一种娇羞怯怯，非可形容得出者，不觉
> 心中大畅，将疼痛早丢在九霄云外……

宝钗对宝玉是有吸引力的，是宝玉接受宝钗的吸引在先，后来被强迫撮合在
后，宝玉受宝钗的吸引是后来的离奇婚配的基础。

这里也有小说学。挨打后第一个来慰问的是宝钗，请想想，再早或者再晚，

她出来都不合适。

让我们看作者的用笔，遣词造句行文对宝钗多半是欣赏的赞叹的，却又是遗憾的。"既生瑜，何生亮"是遗憾；既美又冷，也是一种遗憾；"金簪雪里埋"，"空对着山中高士晶莹雪"，当然也是遗憾，却不见对薛的被后世读者凭空断定的伪与诈、奸与谋的愤怒。薛宝钗也难，在那样的环境下，她没有变成弄权的凤姐，没有变成孤独的黛玉，没有变成白白的殉葬品，她似乎做到了无咎，所以她至今为许多人所不喜欢。

七八、袭人的"胆识"

在小说里，贾政讨厌。在现实中，如果你为人父母，不管你什么意识形态什么理念什么价值观人生观，不管你是国民党共产党还是自民党泰爱泰党共和党保守党，也不管你信仰宗教还是无神论，你能喜欢或者容忍宝玉这样的儿子吗？你愿意有黛玉这样的女儿吗？

所有的危机中最要命的是人的危机。第一代荣国公宁国公；第二代贾代善贾代化；第三代贾敬贾赦贾政，只有贾政一人主观上尚求正规，实际上一事无成又一筹莫展；而到了宝玉这一代，到了贾珍贾蓉之属，除最后是人家的人的探春一人尚可行事一二外，其他人对于这个家族来说全是废物，全是寄生虫，全是毒菌烂疮病变。

但是责打宝玉事件中，一身正气、满腔悲愤的贾政却只能直挺挺地跪在那里认错。这仅仅是老太太护孙子的人情哪怕是妇人之见造成的吗？还是说明了贾府的气数已尽，封建意识形态的威力已从自身的核心开始完蛋了呢？

在人人慰问宝玉为宝玉而流泪的时刻，只有袭人敢于与众不同，说出自己的见解：

袭人道:"论理,我们二爷也须得老爷教训两顿……"王夫人一闻此言,便合掌念声"阿弥陀佛",由不得赶着袭人叫了一声:"我的儿,亏了你也明白,这话和我的心一样……"

表面逆着主子,实际是为主子的长远利益说话,袭人算准了这一点,她进言的风险很小,把握很大。一席话收到了一石数鸟的效果:一曰表忠心,二曰讲原则,三曰在男女大防的大旗下排除了所有竞争对手,埋下日后逐晴雯等人的种子,尤其是投合了王夫人的心病。王夫人嫉淫如仇,疑美如蝎,为了宝玉的成长环境,她是不惜下辣手毒手的。

说实在的,袭人说得太多了。如果她少说一点,也许我们还会从好的方面想,比如,也许她是真的接受了主流意识形态,为了贾家的未来,为了宝玉的未来着想?也许她确实领到了"上面"的旨意,她有责任保证宝玉的健康成长?甚至也许她确实有把握有根据她早晚是宝玉的人?

然而她讲得太好了太透彻太高明了:

那一日那一时我不劝二爷,只是再劝不醒。偏生那些人又肯亲近他,……总是我们劝的倒不好了。……每要来回太太,讨太太个主意。只是我怕太太疑心,不但我的话白说了,且连葬身之地都没了。

是的,底下的话比较阴险,会引起疑心,会搞得自己无葬身之地,这可就是内心有鬼了。

袭人表示"只想着讨太太一个示下,怎么变个法儿,以后竟还教二爷搬出园外来住就好了",王夫人听了,忙拉了袭人的手问道:"宝玉难道和谁作怪了不成?"

当然了,就是与袭人作怪啦。王夫人既无法掌握真实情况,又爱听投合自己心意的话,当然傻出了个样儿来。

袭人连忙回道:"……如今二爷也大了,……俗语说的'没事常思有事',世上多少无头脑的事,……有心人看见,……反说坏了。……我们不用说,粉身碎骨,罪有万重,……但后来二爷一生的声名品行岂不完了，二则太太也难见老爷。俗语又说'君子防不然'，不如这会子防避的为是。……我们想不到则可，既想到了，若不回明太太，罪越重了。近来我为这事日夜悬心，……惟有灯知道罢了。"王夫人听了这话，如雷轰电掣的一般，……心内越发感爱袭人不尽……

一张巧嘴，左右都是理，深刻远见，自责自律，勇于担待，甘冒不韪，良药苦口，忠言逆耳，她的话她的水平她的表达时机与措词的选择比贾政夫妇都高明许多。于是王夫人感激涕零，五体投地，心服口服，拿袭人当成了恩人和救命菩萨。她叫道：

我的儿，你竟有这个心胸，想的这样周全！我何曾又不想到这里，只是这几次有事就忘了。你今儿这一番话提醒了我。难为你成全我娘儿两个声名体面，真真我竟不知道你这样好。罢了，你且去罢，我自有道理。只是还有一句话：你今既说了这样的话，我就把他交给你了。好歹留心，保全了他，就是保全了我，我自然不辜负你。

王夫人既轻信又轻疑（如对金钏），其智商就是在袭人之下。高贵者有时是多么愚蠢啊。

七九、黛玉的这三首诗

宝玉挨了一回板子，如立奇勋，全府老少主奴蜂拥探视，可悲亦复可笑，至少更证明了这种寄生贵族生活的绝对空虚。

挨打也构筑了极好的舞台，人人都可以上来表演一番。打前有各种头绪，金钏、琪官、贾环、贾雨村、忠顺府长史、门客；打时有贾政、王夫人、贾母、李纨、凤姐；打后出来的人物更多，其中表演最精彩的当属袭人。

　　却说黛玉来看望宝玉，未能尽兴尽意，宝玉"心下记挂着黛玉，满心里要打发人去，只是怕袭人，便设一法，先使袭人往宝钗那里去借书"。

　　这两句话的文章深了。从本文来看，袭人并未干涉过宝玉与黛玉的来往；从刚刚结束的袭人向王夫人进言获得了殊宠殊荣、当真是立了奇勋来说，此话甚易理解。莫非宝玉也知道了袭人对王夫人说的话？这一点并未仔细交代，但按理说袭人奴才是仔细的，不至于不避宝玉向王夫人报告绝密事务。那么就是书里有未明写之处，宝玉心如明镜，知道袭人与黛玉是两条轨道上的。

　　那么，他派晴雯去代为看望黛玉，就是将晴雯划入黛玉阵营了？小男女的情感故事里竟产生了山头圈子、纵横捭阖的因素，着实可叹。

　　而且是晴雯提醒宝玉送点什么东西的。按行文，晴雯全然无心，而宝玉送旧手帕却有意，黛玉左思又想感情激动更加多思了。回过头来想想，晴雯的提醒全无用意吗？

　　这就是《红楼梦》的好处了，它写了那么多人物那么多场景事件，有的写得那么纤毫毕现，但是未显直白，未显裸露，未显啰嗦。更多的人和事仍然是若隐若现，若有若无，欲说还休，有极大的思考、揣摩、猜测、再创造的余地。

　　　眼空蓄泪泪空垂，暗洒闲抛却为谁？
　　　尺幅鲛绡劳解赠，叫人焉得不伤悲！

　　　抛珠滚玉只偷潜，镇日无心镇日闲。
　　　枕上袖边难拂拭，任他点点与斑斑。

　　　彩线难收面上珠，湘江旧迹已模糊。
　　　窗前亦有千竿竹，不识香痕渍也无？

　　这三首由黛玉题在宝玉赠的旧手帕上的诗非常感人。在王蒙的童年，我常常听到我的外婆，一个基本上是文盲的老太太深情地背诵此三首诗。它们易懂、动情，是闹了好几场以后，在关键时刻，宝玉向黛玉表白的回应，是宝黛二人从童年的两小无猜、两个小孩打闹到来了真格的啦的转折点。

　　宝黛的关系非常丰富，因为他们是亲戚，不能一上来就都当爱情解读，宝玉对他的三妹探春等也是很有感情的。国人是特别重视血缘关系的。而且，住在封闭性的美丽却又是戒律重重的大观园里，他们是多么需要亲情与玩耍啊。

但是，不能明说的爱情才是两个人的真正心病，于是三十二回里有了一番表白，此回里又有了两块旧帕。两块旧帕使黛玉火烧火燎，生死相托，病入膏肓。中国封建社会中，主流意识形态与人性人情尤其是爱情为敌，谁萌动了爱情谁就是得了病，谁的情深谁就是不治之症，呜呼！

八〇、林黛玉的爱情诗

黛玉在大观园中诗才是最好的，几次作诗，她都被说成夺魁者。她的爱情诗很少，因为她是不可以写爱情的，爱情题材是一个禁忌。（这实在是中国文学的一个奇处。）但是在得到了宝玉相赠的旧手帕后，她"五内沸然炙起"，"余意绵缠，令掌灯，也想不起嫌疑避讳等事，便向案上研墨蘸笔，便向那两块旧帕上走笔写"起诗来了。这是《红楼》少女留下的唯一以爱情为题材的诗章。即使从整个中国的几千年文明史中搜寻（包括小说戏剧中的人物），这样的未婚少女之爱情诗亦极其罕见。

那么这三首诗怎么样呢？刻骨铭心，锥心刺骨，哀婉已极。从"眼空蓄泪"到"劳解赠"，从不知"为谁"而哭到为君"伤悲"，从"镇日无心镇日闲"到"任他点点与斑斑"，从"偷潸"即偷着流泪到大哭一场，"难收面上珠"，"旧迹已模糊"，确是动人心魄。不论谁读到这里，都会为黛玉一恸。一种不准恋爱的文明该有多么惨烈，多么恐怖，多么畸形！而且此诗在小说中作用很大，后四十回黛玉死前又找出了此"有字的"绢子，又是撕而撕不动，又是烧掉，惊心动魄。

从纯诗的角度看，三首诗围绕一个"泪"字作文章，嫌单，嫌露，嫌缺少言外之意、言外之诗。其实有了第一首，没有后边的两首也行。当然第二首中的"无心"与"闲"，表达的也还有点意思，它指的其实不是与"忙"对应的"闲"，而是青春期无爱情伴侣的茫然空虚心态。

随便从《唐诗三百首》上举几个例子。如杜秋娘《金缕衣》：

> 劝君莫惜金缕衣，劝君惜取少年时。
> 花开堪折直须折，莫待无花空折枝。

此诗作旷达语、及时行乐语，实际上无限惆怅，二十四个字，基本上传达出了黛玉整个的《葬花辞》的内容，而且比《葬花辞》更加立体，正说反说，徘徊婉转，浅吟低唱，曲折回环，悲中有喜，喜中有苟且，苟且中有无奈，无奈中仍是悲悲喜喜。《葬花辞》嫌钻下一个洞，无限深挖，其实无非是生命短促、韶光难再、青春易逝、美貌难留的千古一叹。

再如李益《江南曲》：

> 嫁得瞿塘贾，朝朝误妾期。
> 早知潮有信，嫁与弄潮儿。

什么都没说，什么都说了。怨妇之情，百无聊赖，结语俏皮，反衬了怨妇的灵动活泼。一个灵动活泼的女子却成了百无聊赖的怨妇，更令人嗟叹。

再如李白《玉阶怨》：

> 玉阶生白露，夜久侵罗袜。
> 却下水精帘，玲珑望秋月。

这是一种无声无泪的哭泣，比哭成了湘妃竹、哭得抛珠滚玉更有想象的余地。

再如金昌绪《春怨》：

> 打起黄莺儿，莫教枝上啼。
> 啼时惊妾梦，不得到辽西。

这又是怎样的旁敲侧击，寓千言万语于无言中，寓无限诉说于失语中。其沉痛比大哭大号还要多。

再有我们看唐诗上对流泪的描写，我们当知道，《红楼梦》并非以诗见长，它的诗的内涵与表现都嫌单纯化。由于突然有人倡读罢《红》诗可将其他古典诗词弃之如敝屣之怪论，我必须在这里说上这么几句。

八一、纯、雅、空

黛玉接到了宝玉的旧手帕，激情澎湃，浑身火热，面上作烧，病由此萌，（这个说法好生奇怪，黛玉不是一直病着的吗？只能是新病或老病的加重吧。）令人同情，令人惋惜。

她接着看到贾母搭着凤姐的手，和邢夫人、王夫人、周姨娘与丫头媳妇众人探望挨打有功的宝玉，叹息有父母的好处，益发感觉到自己父母双亡的孤凄。虽然这与韶光短促、人生无常等等已成了林氏老调，毕竟事实如此。那种社会下，一个少女没有了爹娘，确是凄惶得紧，读者自然同情。

曹氏一支笔，能开能阖，收放自如。各种纠葛汇于宝玉挨打事件，此一事件又分散出许多支脉，既丰富多彩，又清晰爽明。可笑复可叹的是，宝钗为此事与哥哥发生口角，她理所当然地听信了茗烟——袭人版的事件分析，"错里错以错劝哥哥"，认为琪官事件乃薛蟠口舌所致。而薛蟠也理所当然地愤怒至极，并当场揭露妹妹是一心求嫁宝玉，立场乃发生了变化。这样的揭露不管真假，打中宝钗痛处，致使宝钗羞愤欲绝，哭了一夜，哭肿了眼睛。

而次晨在园中，"黛玉见他无精打采的去了，又见眼上有哭泣之状"，便在后面笑道："姐姐也自保重些儿，就是哭出两缸眼泪来，也医不好棒疮。"

这几句话未免太过分。一，头一天黛玉刚刚为宝玉哭肿了眼睛。莫非黛玉只准自己为宝玉哭泣，具有为宝玉而哭的专利权？二，前面已交代，黛玉对宝钗已相当折服亲近，已视为姐姐，为何突然口出不逊？两缸眼泪云云，太过刻薄了。三，将挨打的后果说成"棒疮"，无同情怜惜痛心之意，有取笑乃至幸灾乐祸之嫌，叫人好生不解。莫非是她得了旧帕过于兴奋，觉得宝钗的反应多余了？

第三十四回结尾处写的是"不知宝钗如何答对，且听下回分解"，第三十五回的开头却是这样衔接的："话说宝钗分明听见林黛玉刻薄他，因记挂着母亲哥哥，并不回头，一径去了。"曹雪芹很清醒，他已经坐实了、有意识地突出了林黛玉的刻薄，而刻薄实难透露出薄之有理、刻之有因来。

刻薄完了，黛玉又进入了为自己的命运而哀伤而担忧的怪圈。哭，吃药，再哭，与宝玉比完了（没有双亲）又与《西厢记》中的崔莺莺比，于是第无数次叹息自己命薄。再听鹦鹉学着自己说话背诗，叫做：

> 吃毕药，只见窗外竹影映入纱来，满屋内阴阴翠润，几簟生凉。黛玉无可释闷，便隔着纱窗调逗鹦哥作戏，又将素日所喜的诗词也教与他念。这且不在话下。

如此悲凉，如此闲适，如此清雅，如此孤独，如此空虚！不但人雅，连鸟也雅得不亦乐乎；不但人"独"，连鸟也变得"独"起来了。现在某些鸟类公园中也饲养着一些能学话的鸟儿，如鹦鹉、八哥、鹩哥等，他们从游人与饲养员那里学到的是"恭喜发财"之类的俗词。世上有几个人有这样的环境，这样的条件，这样的性情，这样的纯洁！

如果黛玉是如今的打工一族，不打工就不得温饱，她会选择绝食而死吗？她还有这样纯洁高雅吗？纯洁与高雅的前提是孤独也是空虚，纯洁与高雅的代价自然也是孤独与空虚，是孤标傲世，是镇日无心（犹言心无处安放，心悬着，心张着），是青灯照壁，是冷雨敲窗……这应该算作求仁得仁，求雅得雅，求孤得孤，求空得空吗？还是风刀霜剑严相逼，这乃是黛玉受到封建势力迫害的写照呢？

八二、令人不舒服的"亲尝莲叶羹"

读《红楼》，大多时候是拍案叫绝，掩卷叹息，心领神会，十分信服。但也有极少数段落，我从小看着就不舒服。

其中就有"白玉钏亲尝莲叶羹"一节。先是白玉钏与莺儿领了贾母旨意，同送荷叶（鸡）汤给宝玉，莺儿嫌汤烫不好端，白玉钏命令一个婆子代端，到了宝玉那里再自己端。这里写得很细，大致如现在，餐馆里从厨房将菜肴端至顾客桌旁的往往是粗使的工友，然后倒手给负责此桌的相对标致一点的服务员接过去再上桌。其次，这说明有一定脸面的丫头如玉钏者已有支使婆子的权力。主奴有别，主子与奴才中又各有级别区分。到了玉钏这个份儿上，也有一点权了，怪道玉钏的姐姐宁肯死也不愿意被赶出去。

然后是玉钏见了宝玉没有好脸，宝玉不生气，反而百般讨好，玉钏终有喜色。玉钏见了宝玉不快，是因为其姐金钏之死，宝玉负有责任。而宝玉讨好的极致是以莲叶羹不好吃为由，骗没有资格吃主子的汤的玉钏尝了一口。这是一个小小的玩笑，是一位少爷对丫头的格外洪恩，甚至是一种变相的调笑，当然还不算是性骚扰。而玉钏果然快乐起来，并以"你既说不好吃，这会子说好吃也不给你吃了"的孩子气的娇纵与玩耍表达了对于宝玉的低声下气的受用之情。

这背后，是一条人命，是一件血案，姐姐的投井换来的是妹妹"亲尝莲叶羹"的恩宠。读者，读到这里，你受得住吗？

而曹雪芹写这些是写得多么津津有味啊。他的描写其实是为了突出宝玉是多么体贴，多么俯就，多么诚意，多么感人……在那个时代，一条人命是多么不值钱！

这还不算，底下是宝玉接待傅某人的两个嬷嬷，原因是宝玉欣赏（姑且不说是垂涎）傅某妹妹傅秋芳的姿色。然后是宝玉与莺儿搭话，心动情动，直动到莺儿的主子宝钗身上："我常常和袭人说，明儿不知那一个有福的消受你们主子奴才两个呢。"这可真有点垂涎欲滴了。是可忍孰不可忍！当然，宝玉还小，他的这一切轻薄都是以天真烂漫的形式表现的，未显特别肮脏。另一条，宝玉是有重点的，对于重点他的态度是极明确的、不敢造次的，那就是对林黛玉的以生命相托、以生命互托之情。这才区别了他与贾琏薛蟠之属。

当然，宝玉还有傻的一面，如他的着三不着两，弄洒了荷叶汤，只知道问玉钏烫了不曾，不知道自己是否烫了。但也说明他没怎么烫着，如果是多少多少度烫伤，他不会没有反应。当然，与那种视女性为玩物、视奴才为猪狗的男主子相比，宝玉也就难能可贵了。

他还多了点终极关怀，多了点形而上，即傅家二嬷所说的："时常没人在跟前，就自哭自笑。看见燕子，就和燕子说话；河里看见了鱼，就和鱼说话；见了星星月亮，不是长吁短叹，就是咕咕哝哝的……"这么一搞，宝玉显得有了思想，有了智慧的痛苦，有了慧根，有了灵性，他美化了自己，也被曹氏美化了。

八三、你羡慕贾宝玉吗？

索隐派红学有认为宝玉是影射顺治皇帝者，根据是，除了皇帝，哪个男子能这样地被包围在一大群美女之中？

是的，你很难设想，一个男人，被那么多女子所瞩目，所青睐，所追求，所向往，这不知道是不是显现了男子最高理想后面的弗洛伊德式心理生理依据。反正中国皇帝是用最粗鄙、最简化、最小儿科的方式实现了一个男子可能有的所有欲望诉求的：巨大的宫殿，无数为他独占的女人，不死药，生杀予夺的权力，还有一切排场和山呼万岁……

宝玉是一个所谓情种，是一个说不清道不明的意淫偶像。按，我国古代并无爱情一说，代替爱情的是怀春，是风月（往往对于女人这样讲），是云雨（指做爱），最多提到一个"情"字、"怜"字，都不郑重，不太正经。至于居室云云，则是从人伦角度而不是从感情角度表达什么。

中国是讲究"名学"的，伟大的"五四"新文化运动使我们有了"爱情"一词以后，这种男女之情有了合法合理的归属名称。有了《罗密欧与朱丽叶》有了《安娜·卡列尼娜》有了那么多著名诗人的爱情诗篇之后，原属风月云雨的爱情也大大地重如泰山起来，甚至带点惊天地泣鬼神的伟大气魄。但是古今中外的爱情名著中也再没有宝玉这样的角色：一个男孩儿独享众少女的钟情，他是注意的中心，他是爱的中心，他永远被众少女所关切，他曾经认为众少女的眼泪独独为他而流淌，他要欣赏谁就欣赏谁，要与谁玩就与谁玩，想跟谁好就跟谁好，他吃女孩子们脸上的胭脂，"猴"在她们身上，乃至他早就尝过云雨之情了。这还不算完，他仍然需要全面享受，他既要众少女的美貌（包括雪白的膀子之类）、巧手、慧心、活泼、青春、快乐与倾心侍奉，也要林黛玉的清高共鸣、智力与性情的相合相应。现实中，小说戏剧中，再无第二个男人有这样的福气。

只是我从小阅读《红》的时候就觉得宝玉爱的女子太多了，令人眼花缭乱。

是境遇使然？是宝玉的美貌使然？是小说家的天才虚构？还有评者认为这正是《红楼梦》的可读性所在，不是说中国人人人心中都有一个愿望——"作皇帝"吗？那么每个中国男子心中都有自己的三宫六院七十二嫔妃的乌托邦喽。

年龄和文化尤其是文学掩盖了或修饰了宝玉贪婪与自私的欲望一面。警幻仙子讲得好，好色即淫，知情更淫，宝玉是天下古今第一淫人。当然，他与皮肤滥淫之蠢物们有别，到底怎么个别法仙子没有讲清楚，宝玉自己也未必弄得清楚。他多了点尊重（他多半都要以姐姐相称嘛），多了点体贴（不仅折花，也知赏花护花），多了点天真，却仍然掩饰不住轻薄和享乐心理，他的词叫"受用"。其实越是人生悲观论者越容易变成及时行乐者，如李白所言：天地者万物之逆旅，光阴者百代之过客，浮生若梦（当然包括红楼之梦），为欢几何？秉烛夜游，良有以也。夜生活夜总会云云，当中包含着这样的情绪吗？宝玉的见一个爱一个见一个亲热一个玩耍（无脏意）一个当中，包含着这样的情绪吗？

而可悲的是，被宝玉看中并非幸事。他喜欢晴雯，晴雯遭殃；他与金钏说笑，金钏送命；他欣赏芳官，芳官完蛋；他爱黛玉，黛玉断魂；他看中了宝钗的膀子与莺儿的灵巧，结果也只能让她们活寡罢了。

八四、谁是挨打事件的最大赢家

应该说，宝玉挨打，主子们中没有什么人是赢家。宝玉受了些皮肉之苦，然后我行我素，再不考虑今后的日子。贾政是最大的输家，他又是表决心，又是起誓，又是亲自操板子，最后直挺挺跪在那里接受贾母的蛮不讲理的教诲。黛玉得到两块旧手帕，却仍然疏离在众人之外。宝钗为此受了哥哥的几句重话，哭了一夜。

倒是袭人，获得了千载难逢的机遇，向王夫人进言，一次良药苦口的金玉良言，一次向主流意识形态效忠的关键性表态，使她成了大赢家，使她成了主子的大红人，而且立竿见影，多了每月的特殊津贴，并且得到了王夫人戴帽发放下来的两盘菜。

袭人低调处理，装傻充愣，硬说是不知怎么回事，忽而多吃两道菜。宝玉则是真正的天真烂漫，竟以为是菜做多了，人皆有份。宝玉可怜，竟以为贾府里能有平等与博爱。袭人则不忘记说明，只有她有此殊荣：

> 袭人道："不是，指名给我送来的，还不叫我过去磕头。这可是奇了。"宝钗笑道："给你的，你就吃了，这有什么可猜疑的。"袭人笑道："从来没有的事，倒叫我不好意思的。"宝钗抿嘴一笑，说道："这就不好意思了？明儿比这个更叫你不好意思的还有呢。"

宝钗立即理解了袭人的特殊地位，未必是王夫人与宝钗交流了有关情况，倒更像是一种默契，有此心者、效忠者自然能理解另一个效忠者，这也是惺惺惜惺惺吧。倒是袭人的不好意思说，有点得了便宜卖乖的虚假劲儿。如你真的不好意思，你为何不将错就错，顺着宝玉的竹竿爬，表示相信确是菜做多了不就结啦？宝钗的话等于是袭人自己逗出来的。

有趣的是，袭人的行情急剧上涨的事很快就被这个"屋里的人"们知道了。不仅眼睛里不揉沙子的晴雯，而且就连不带棱角的秋纹也对此磨起牙来。

藉着秋纹说起得到了主子的赏赐，晴雯道："要是我，我就不要。若是给别人剩下的给我，也罢了。一样这屋里的人，难道谁又比谁高贵些？把好的给他，剩下的才给我，我宁可不要，冲撞了太太，我也不受这口软气。"按，此话也只是吹牛而已，岂止是这样的软气，更大的硬伤打击你能不承受吗？

秋纹忙问是谁得了先机，并表示"我白听了喜欢喜欢。那怕给这屋里的狗剩下的，我只领太太的恩典，也不犯管别的事"。众人听了都笑道："骂的巧，可不是给了那西洋花点子哈巴儿了。"袭人笑道："你们这起烂了嘴的，……一个个不知怎么死呢。"（这里虽是玩笑，却令人胆寒，特别是如果联想到晴雯此后的命运的话。）秋纹笑道："原来姐姐得了，我实在不知道。我陪个不是罢。"

说的是众人笑秋纹骂得巧，众人说起了西洋花点子哈巴儿，其实这句话够重的。由于袭人一直披着方向正确的外衣，书里包括宝玉本人，对她一直是比较客气比较不乏敬意的，只有这一句比较难听。

袭人笑道："少轻狂罢。你们谁取了碟子来是正经。"袭人的反应也很聪明，骂得再厉害，在"姐妹"中你必须忍受，你只能把它当作一次磨牙，叫做"轻狂"；你已经占尽好处，你必须允许幽默，允许姐妹们以说笑的方式发泄一点妒意，表达一点不服。她其实也明白，兹事体大，并不仅仅是一句玩笑。

八五、食与诗

《红楼梦》中有两次集体作诗赛诗联欢活动，都同时有美食活动与之相辅相成，互为凑趣。一次是吃螃蟹而咏菊，另一次是吃鹿肉（采取烧烤即西方的所谓BBQ方式）而咏雪——即景。美食因诗而活跃高雅，无诗则只剩下了口腹消费、充饥解馋；诗人因美食而丰盈兴奋，否则只剩下了穷酸背兴、装腔作势。可见，物质变精神，精神变物质，物质精神，形而下与形而上，两手都要抓，两手都要硬，缺一不可。

《红》中诸诗作从诗的角度衡量，未敢奉承，盖它们的境界与内涵都嫌不足。但是作为整体，一批批"集束手榴弹"自有其规模效应，起码证明雪芹很会写诗，对诗的格律、立意、取材都能把握。

试看此首：

> 怅望西风抱闷思，蓼红苇白断肠时。
> 空篱旧圃秋无迹，瘦月清霜梦有知。
> 念念心随归雁远，寥寥坐听晚砧痴。
> 谁怜我为黄花病，慰语重阳会有期。

工整，怨而不怒，哀而不伤。闷呀，断肠呀，空呀旧呀瘦呀梦呀病呀痴呀，你猜得到它是宝钗的作品吗？它和下面一首的风格与情调有明显的区别吗？

> 篱畔秋酣一觉清，和云伴月不分明。
> 登仙非慕庄生蝶，忆旧还寻陶令盟。
> 睡去依依随雁断，惊回故故恼蛩鸣。
> 醒时幽怨同谁诉，衰草寒烟无限情。

如果说有别，登仙呀，忆旧呀，篱畔呀，秋酣呀……倒是林黛玉的这首开阔乃至自得一些。

林的另一首被评为夺魁的诗是：

> 无赖诗魔昏晓侵，绕篱欹石自沉音。
> 毫端蕴秀临霜写，口齿噙香对月吟。
> 满纸自怜题素怨，片言谁解诉秋心。
> 一从陶令平章后，千古高风说到今。

此诗的情调与其说是弱女气不如说是文人气。蕴秀噙香，千古高风，相当地牛气；而黛玉的另一首"孤标傲世偕谁隐，一样花开为底迟"则更带几分傲骨了。宝钗的上述诗倒更多了些弱女子气，就是说更低调一些。

黛玉也有低调，在"孤标"一首的最后，她写道："休言举世无谈者，解语何妨片语时。"这是许多诗的写法，抒情煽情，到最后了往回拉一拉，免得声嘶力竭，反显得欲说还休，余音袅袅。犹如庄生晓梦、望帝春心、珠泪玉烟之后，李义山写的是"此情可待成追忆，只是当时已惘然"；在国破、感时、恨别、溅泪、惊心之后，杜甫写的是"白头搔更短，浑欲不胜簪"，绷紧了的琴弦至此反而稍稍松弛了一下。这也像中国功夫，不论练得多么激烈，收式却要心平气和、神清意定。

这也很好理解，中国的诗既强调个人的创造性，又强调诗学的整体性，兴观群怨，不怒不伤不淫，直到讲出处讲来历，都是将诗作看成民族文化整体的一种体现；可以唱和，可以集句，可以借用。李白咏凤凰台的诗显然受崔颢诗的影响，而李清照写下《临江仙》的"庭院深深深几许"则直接表示出对于欧阳修此句的激赏。毛泽东多次将李贺诗句化用或搬用到己作里，亦是此理。古人作诗，绝无知识产权观念，倒是以互相交流借鉴为乐事，以成为一枝一叶一花一蕾而与整体的诗歌大树相匹配为乐事。那么，宝钗与黛玉为人风格上大大不同，少量诗歌风格却相当接近，也就不足为奇了。

八六、黛玉的咏蟹诗怎么了

大观园的老小主子赏完海棠再赏桂花，饮完茶再吃蟹。大家边说边笑，打破辈分与主奴界限，贾母、凤姐、鸳鸯、平儿等随便说笑。凤姐一直戏言到贾琏娶鸳鸯作妾，鸳鸯还击要把蟹黄抹到凤姐脸上，琥珀又说笑平儿吃醋的话，最后平儿竟当真误将蟹黄抹了凤姐一脸。看呀，这里也偶然会有自由平等博爱，有涉嫌轻薄的准黄段子，有无差别境界。即使在黑暗王国里，总也有放松的时候、平常心的时候，否则人们不早死光了？人类怎么还可能延续繁衍？

宝玉先写了一首咏蟹诗，他很得意：

> 持螯更喜桂阴凉，泼醋擂姜兴欲狂。
> 饕餮王孙应有酒，横行公子却无肠。
> 脐间积冷馋忘忌，指上沾腥洗尚香。
> 原为世人美口腹，坡仙曾笑一生忙。

此诗多少令人联想起宝玉自身。持螯喜，兴欲狂，饕餮王孙，横行公子而且无肠，积冷却因馋而忘忌，沾腥却仍香；而且前文已经说过，宝玉是一位无事忙，这不像宝玉复像谁去？当然，只是像，不是说宝玉以蟹自喻，因蟹而自叹自吹，那就太"执"了。

问题是黛玉先笑道："这样的诗，要一百首也有。"并写下下面的诗：

铁甲长戈死未忘，堆盘色相喜先尝。

螯封嫩玉双双满，壳凸红脂块块香。

多肉更怜卿八足，助情谁劝我千觞。

对斯佳品酬佳节，桂拂清风菊带霜。

宝玉看了正喝彩，黛玉便一把撕了，令人烧去，因笑道："我的不及你的，我烧了他。你那个很好，比方才的菊花诗还好……"

究竟何意？先不以为然，并夸嘴说这样的诗要一百首也是手到擒来，再写，再一把撕掉，再笑说宝玉的诗写得好，这些都发生在一瞬间。奥妙何在呢？

第一种可能，确实一比较，觉得还是宝玉那首好，至少是那首有点兴致，有堪思忖之处；黛玉自己这首写蟹倒还细腻，但无余味，无厚度，无再咀嚼之趣味。

第二种可能，黛玉写完觉得自己写得太皮相太落实了，色相啊，螯封嫩玉啊，壳凸红脂块块香啊，令人垂涎三尺，更不要说什么"多肉更怜卿八足，助情谁劝我千觞"啦。食欲写得太具象了甚至能令人联想到性欲上去，黛玉一把撕之有理。

第三种可能，黛玉隐隐深究到了咏蟹诗与宝玉形象的对应关系，及时退出。再看被众人交口称赞的宝钗的咏蟹名句："眼前道路无经纬，皮里春秋空黑黄。"此前恰恰是宝钗说过宝玉做事无经纬的话。只是碰巧了吗？

第四种可能，黛玉诗倒不是专指宝玉，但从对螃蟹的吟哦中，黛玉产生了某些不祥的预感，正如宝钗蟹诗的最后两句："于今落釜成何益，月浦空余禾黍香。"终非善语。

我至今仍然没有完全解开黛玉撕蟹诗之谜，希望识者有以教我。

这里还有一个问题，宝钗行事是比较温厚的，为何她的蟹诗写得如此刻薄呢？是她的不祥预感吗？还是行事归行事，作诗归作诗呢？所作诗毕竟不是陈情表，不是命令不是文书不是法律也不是证词；作诗者作诗也，是一种虚拟的发言、虚拟的愤怒或者鞭挞，不可以过于认真的。

八七、主奴情谊深

这个小标题有点荒谬，但是《红楼梦》里是这样写的。我们可以批评曹雪芹的阶级分析方法掌握得不好，阶级觉悟还远远不行，他不该这样写，如果我们硬要曹氏有今天的阶级斗争观念的话，但我们无法回避这类文字而只看到金钏跳井与晴雯司棋被逐。

三十九回开始，有一段主奴几个人边吃螃蟹边闲谈的交代，与情节发展无关，节奏舒缓，说说笑笑，类似闲笔，类似过门。而且这一段的核心人物是李纨，超脱、客观、由于守节而具有道德优势的一位差不多应该算是旁观者的主子。

她先是表扬平儿，爱抚平儿，叫做："平儿一面和宝钗湘云等吃喝，一面回头笑道：'奶奶，别只摸的我怪痒的。'"这种亲密接触用现今西洋人的观点来看几近于初期的同性恋了，我国的传统倒是愈是没有与异性交往的可能的地方（如兵营、女子学校）人们愈是倾向于同性间的亲密，拉拉扯扯，搂搂抱抱，都不足为奇。有过一个笑话，说是20世纪80年代改革开放初期美国青年到中国来，看到照相馆橱窗里两个战士或两个女孩依偎着搂着脖子的照片展示，还以为是中国性观念特别开放，大街上公然展示同性爱恋的图片呢。

李纨还揽着平儿笑道："可惜这么个好体面模样儿，命却平常，只落得屋里使唤。不知道的人，谁不拿你当作奶奶太太看。"果然此后凤姐泼醋，打了平儿，李纨因有所谓替平儿报仇之语。

在李氏摸到平儿身上的钥匙后总结说："我成日家和人说笑，有个唐僧取经，就有个白马来驮他；刘智远打天下，就有个瓜精来送盔甲；有个凤丫头，就有个你。你就是你奶奶的一把总钥匙，还要这钥匙作什么。"

李纨此时还表扬了鸳鸯，并分析了鸳鸯的特殊地位："大小都有个天理。比如老太太屋里，要没那个鸳鸯如何使得。从太太起，那一个敢驳老太太的回？现在他敢驳回。偏老太太只听他一个人的话。"李氏并特别强调鸳鸯决无仗势欺人的

139

毛病，而是心存忠厚，广结善缘。

然后宝玉提出："太太屋里的彩霞是个老实人。"探春道："可不是，外头老实，心里有数儿。太太是那么佛爷似的，事情上不留心，他都知道。凡百一应事都是他提着太太行，连老爷在家出外去的一应大小事他都知道。太太忘了，他背地里告诉太太。"

李纨接着表扬袭人，指着宝玉道："这一个小爷屋里要不是袭人，你们度量到个什么田地！"关于袭人的作用袭人的伟大前面正面写了不少了，故这里的旁写虚写从简。

同时李纨也说起自己身边没有这样的人："想当初你珠大爷在日，何曾也没两个人。……你珠大爷一没了，趁年轻我都打发了。若有一个守得住，我倒有个膀臂。"并因之滴下泪来。这既有补充交代的作用，说明为何李纨总是形单影孤，也反证了得到一个平儿、袭人、彩霞式的丫头——助手——忠实伴侣并非易事，它还表达了李纨的感情缺失，感情痛苦，孤苦零丁之感。旧社会一个女子不可能老是为了丈夫而哭泣，一个寡妇即使提起丈夫也是用"死鬼"之类的无情字眼以免旁人笑话，却可以为自己身边没有一个体己的帮手而滴泪。想起国人旧时所受的种种精神压制，着实令人长叹。

八八、刘姥姥怎么这样幸运

莫名其妙地冒出来一个刘姥姥（有版本作"老老"），所向披靡，在贾府受到贾母与凤姐的恩宠，吃喝逛，临走又拿钱又拿东西。她怎么那么走运？

我听金克木教授生前说过，他觉得刘姥姥写得不真实。

所以这首先是一个投合阅读心理的故事，是小说即虚构作品是也。一个幸运的人很适合作小说里的角色，像单口相声里讲的黄蛤蟆，像生活中的彩票中大奖者，像超女的前三名。多少读者期待着幸运，用维吾尔族的说法，叫做期望幸运的鸟儿栖息在自己的额头上。期待幸运的人也愿意读幸运者的故事啊。

同样，不幸者、冤屈者、各种倒霉的事情不一而足地落到自己头上的角色也能因此而引起阅读的兴趣——同情、共鸣，此种人物引起的是与自己同冤比自己还冤的悲愤发泄，而幸运者，故事提供的暗示是自己也有可能得到命运的恩宠。前者可以借他人之灵牌哭自己之块垒，后者可以借别人之灵气佑自己之侥幸。

其次，贾母其人整天生活在寄生的贵族世界，大门不出二门不迈，也相当烦闷。连连幸运（如刘姥姥所说的"福"），其枯燥、单调、烦闷很可能超过连连不幸（祸）。祸事一来，总是要人应对，要人自救，要人奔走挣扎，身陷不幸中者烦不到哪儿去。

是故老太太说："我正想个积古的老人家说话儿，请了来我见一见。"

而凤姐说的是："我们这里虽不比你们的场院大，空屋子还有两间。你住两天罢，把你们那里的新闻故事儿说些与我们老太太听听。"

这很正常。第一，老太太需要一个年龄相当的人陪说话，如今陪老人说话甚至可以成为一种职业嘛。第二，贾母她们需要一些陌生化的信息与经验，刘姥姥应运而至了。就是说，像刘这样的农民，正好与贾母凤姐们互补。可以简单地说这就是解闷，也可以说这是为了映衬自己的高级幸福，还可以解释为对于信息的追求，"生活在别处"所导致的好奇心。

刘姥姥见到的贾母是下面的形象：

> 只见一张榻上歪着一位老婆婆，身后坐着一个纱罗裹的美人一般的一个丫鬟在那里捶腿……

顺便说一下，国人多信奉"舒服不如撂倒子"（河北俗语，前半句是"好吃不如包饺子"），越是有身份的人越是喜欢半卧着接待比自己地位低辈分低的来客。我这半个多世纪就有过两次被半躺着接见的经验，接待我的领导都是很好的人。他们确实是太累了，我想。

贾母还对刘姥姥说了些对别人没有说过的话，当刘姥姥称颂贾母的福气的时候：

> 贾母道："我老了，都不中用了，眼也花，耳也聋，记性也没了，……不过嚼的动的吃两口，睡一觉，闷了时和这些孙子孙女儿顽笑一回

就完了。"刘姥姥笑道："这正是老太太的福了，我们想这么着也不能。"
贾母道："什么福，不过是个老废物罢了。"

这话并不是得了便宜卖乖，而是贾母的心声，也是贾母尚信心十足的表现。
一个人物越是有信心，越是不怕暴露自己的弱点与烦恼。

刘姥姥说自己是生下来受苦的，而贾母等人是生下来享福的。这既是奉承，
也是心声，否则怎么解释，同是一个鼻子两个眼睛，两拨人的命运相差十万八千
里？但是你无论怎样解读，总会感到此话中有辛酸，有不平，有自嘲，也有对贵
族的讽刺。即使你相信什么什么人生来应该受苦，什么人生来应该享福，你当真
听到人家这样讲，也会有"罪过罪过"、"可怕可怕"的不安感。

八九、神秘的故事

在贾府人众观看珍禽异兽般的兴趣和要求下，刘姥姥给大家讲了一个故事。
叫做：

> 那刘姥姥虽是个村野人，却生来的有些见识，况且年纪老了，世情
> 上经历过的。见头一个贾母高兴，第二见这些哥儿姐儿们都爱听，便没
> 了说的也编出些话来讲。

这说明她讲的故事，一，是虚构性的；二，是有些见识的创造，是创意性的。
她老人家讲的是三四尺深的连日大雪后，"一个十七八岁的极标致的一个小
姑娘，梳着溜油光的头，穿着大红袄儿、白绫裙子"去抽柴禾。
这个故事有背景，有人物，有主要动作，符合小说的主要构成要求；同时这
个故事天马行空，令人摸不着头脑，却能引起宝玉的兴趣。刘姥姥知道宝玉爱听
女孩儿的故事，故能投其所好？

而且，一讲到这里，大观园里"走了水"即有了火情，以致贾母不让刘姥姥再讲下去。这就更神奇了，她讲的是什么？是急急如律令？是芝麻开门的咒语？是谶语还是巫术、邪术？你想刘姥姥是谁？

至少是人老了就成了精，所以有此法力，有此异兆，有此偶然。

都说《红楼梦》是非常写实的，但是其中的人物讲起故事来却有点令人毛骨悚然的神龙见首不见尾。凤姐讲过这样的故事，这里刘姥姥也讲上了，何意呢？什么话这样藏头露尾呢？

不料"情哥哥偏寻根究底"。

> 刘姥姥只得编了告诉他道："那原是我们庄北沿地埂子上有一个小祠堂里供的，不是神佛。当先有个什么老爷……这老爷没有儿子，只有一位小姐，名叫茗玉。小姐知书识字，老爷太太爱如珍宝。可惜这茗玉小姐生到十七岁，一病死了。"宝玉听了，跌足叹惜，又问后来怎么样。刘姥姥道："因为老爷太太思念不尽，便盖了这祠堂，塑了这茗玉小姐的像，……那个像就成了精。……他时常变了人出来各村庄店道上闲逛。我才说这抽柴火的就是他了……"

这一段就显出胡说乱编的痕迹了。但是宝玉真诚，仍然信以为真，乃至演出了令茗烟有偿服务去寻找小姐的祠堂的喜剧。茗烟找了一回，找到的却是一尊"青脸红发的瘟神爷"。以标致的一个小姑娘始，以青脸红发的瘟神爷终，这是偶然吗？这是有什么用意的吗？

还有，小姐的姓名有的版本作"若玉"，有的版本作"茗玉"。如是若玉，更神了，《红楼梦》名字里带玉的并非等闲，只有宝玉黛玉妙玉与蒋玉菡；小红原名红玉，被主子改掉了，说明不能任意名玉。中国文化也是推崇玉的品质的。此位莫须有的小姐究是何方神圣，能名若玉？了得吗！莫非刘姥姥也研究了贾府的姓名学？

叫茗玉也不简单，雅致得很。茗烟茗玉，更是排在了一起，令人不觉陌生。

闲笔不闲，令人依依，乃至令人耿耿于怀，难以释然，难以忘怀。瞎编与否，也只有天知道，叫做假语村言嘛，刘姥姥来自村里，她的话当然是村野之言。通篇到处提醒读者：假作真时真亦假，无为有处有还无。而作者越是这样说，考据、索隐、拿《红楼梦》当秘史家史自传来研究的人就越多。可惜，认真考证茗玉

143

或若玉故事与刘姥姥身份的文字还不够多。会不会有朝一日能考据出刘姥姥的信史或克格勃身份来呢？等着吧，您哪。

九〇、刘姥姥的进步与可爱

越来越可爱，当是一种进步的可能性。另外的可能性当还有越来越有本领、越来越不动声色、越来越尖刻——越来越讨嫌等。

刘姥姥就属于最好的那种进步人。一进荣国府的时候她因不会讲话被周瑞家的批评教育，她说什么"瘦死的骆驼比马还大些，你老（凤姐）拔一根寒毛比我们的腰还壮（应读第三声）"，被周瑞家的认为粗鄙而使眼色制止；她提到板儿一口一个"你侄儿"，也受到周瑞家的批评。二进荣国府，她令人刮目相看，已有些知己知彼、百战不殆的劲儿了。

第一她会说话，关于享福与受苦，关于雪后一个标致少女抽柴禾的故事，关于吃野意儿吃新鲜与吃鱼肉的关系，关于螃蟹的价钱……这些话都保持了她自己的风格，也都得体。

例如在贾母带着她游览大观园时有如下情景：

> 贾母倚柱坐下，命刘姥姥也坐在旁边，因问他："这园子好不好？"刘姥姥念佛说道："我们乡下人到了年下，都上城来买画儿贴。时常闲了，大家都说，怎么得也到画儿上去逛逛。想着那个画儿也不过是假的，那里有这个真地方呢。谁知我今儿进这园里一瞧，竟比那画儿还强十倍。怎么得有人也照着这个园子画一张，我带了家去，给他们见见，死了也得好处。"贾母听说，便指着惜春笑道："你瞧我这个小孙女儿，他就会画，等明儿叫他画一张如何？"刘姥姥听了，喜的忙跑过来，拉着惜春说道："我的姑娘，你这么大年纪儿，又这么个好模样，还有这个能干，别是神仙托生的罢。"

当然是阿谀奉承，但是刘说得真诚，有自己的语言特色。如果是学着贾家人的腔调说话，如果是说一些个套话字话，如贾芸给宝玉的信，一看一听就虚伪可厌。

第二刘事事合作，你瞧不起我也好，耍弄我也好，我都当作好意接受下来；反正是我来求你，最后你答应了满足了我到来的所求，就是我的胜利。例如凤姐给她脑袋上插花，拿她当活宝耍，众人笑道："你还不拔下来摔到他脸上呢，把你打扮的成了个老妖精了。"刘姥姥笑道："我虽老了，年轻时也风流，爱个花儿粉儿的，今儿老风流才好。"

曹氏写大观园写贾府，每每用跳出来的陌生眼光来看来写，有贾雨村冷子兴的纵论，有林黛玉的初至印象，有贾政带着众门客看宝玉"试才题对额"，这次又以刘姥姥游园大写特写一回。其实与其他才子书奇书比较，《红楼梦》的场景有限，要写上几回才能使人印象深刻，要能钻得进去又能跳出来写，要写上几回却又不能令人厌烦。其实刘姥姥一边念佛一边歌颂大观园，这正是贾家人众所要的。不被称颂乃至羡妒的幸福，其感觉是不够味儿的。

琥珀让刘姥姥防苍苔路滑，刘自称是走熟了的，正说着，咕咚一跤跌倒，众人都哈哈的拍手笑了起来。贾母笑骂道："小蹄子们，还不搀起来，只站着笑。"而刘姥姥已爬了起来，自己也笑了："才说嘴就打了嘴。"贾母问她："可扭了腰了不曾？叫丫头们捶一捶。"刘姥姥道："那里说的我这么娇嫩了。那一天不跌两下子？都要捶起来，还了得呢。"

这当然都是即兴反应，却更像是有意地出点洋相，提醒贾府的人们他们是何等尊贵、何等幸福，高于凡人不知凡几，以满足他们的虚荣，减轻他们的麻木，让他们见苦思甜，得意洋洋，舒舒服服，长命百岁。

九一、至于笑成这样吗

接着吃饭了，鸳鸯趁机凑趣，拿刘姥姥取笑。开始是谑而不虐，拿出一副老年四楞象牙镶金筷子给刘，刘便说："这叉爬子比俺那里铁锨还沉，那里犟的过他。"

她的话又是符合期待的，贾府人众就是要看她的土得掉渣、嘛也没有见过。而她的铁锨比喻极佳，富有劳动人民本色。能把铁锨一词用到大观园来，也算刘姥姥的一个贡献。出了此铁锨一词，甚至使社会主义中国的读者对曹氏的印象也好了许多，他毕竟是知道什么叫铁锨的啊。

至于当着刘姥姥的面展示窗纱料和衣料，谈论什么蝉翼纱、软烟罗、霞影纱、上用内造，以及各种衣食用玩器物，则显得啰唆与过分。即使搞大观园展，即使贾母是刘姥姥的导游，也不必如此周到详尽。读者不能不疑心是曹氏写到这儿心里痒痒，不能自已，趁机大肆炫耀："老子当年，阔多啦！"

噫，色即是空，说来容易其实难。色没了，是空；色有的时候，尤其是色正艳丽之时，岂是空哉！事后回忆起来，吹起牛来，也还是很过瘾的嘛！

下面一段也令人觉得过分、不舒服：

> 刘姥姥便站起身来，高声说道："老刘，老刘，食量大似牛，吃一个老母猪不抬头。"自己却鼓着腮不语。
>
> 众人先是发怔，后来一听，上上下下都哈哈的大笑起来。史湘云撑不住，一口饭都喷了出来；林黛玉笑岔了气，伏着桌子嗳哟；宝玉早滚到贾母怀里，贾母笑的搂着宝玉叫"心肝"；王夫人笑的用手指着凤姐儿，只说不出话来；薛姨妈也撑不住，口里茶喷了探春一裙子；探春手里的饭碗都合在迎春身上；惜春离了坐位，拉着他奶母叫揉一揉肠子。地下的无一个不弯腰屈背，也有躲出去蹲着笑去的，也有忍着笑上来替他姊妹换衣裳的。独有凤姐、鸳鸯二人撑着，还只管让刘姥姥。

有点过杠，尽管令尊长开心是在下者的义务，但毕竟刘已年高，这样耍，太恶心了。众人反应也殊可异，至于笑成这样吗？莫非他们太没有笑的机会笑的话茬了？莫非他们需要的是胳肢胳肢？是的，他们没有可能听相声、看小品、发手机段子，笑成这样反见得他们生活的可怜贫乏无趣。

其次，这次逗笑是在凤姐主谋下、贾母怂恿下、鸳鸯操办下的一次"开心百分百"节目，没有笑前已经派定了姥姥的搞笑角色、搞笑任务，已经完备了笑的部署、笑的气氛、笑的角色、笑的必要。万事俱备，只欠一笑。能不笑吗？不笑就是不合作，就是不忠不孝，就是自外于贾府。

这里还有一个启发：人越高贵，越是难于自己笑与使别人笑。所以大观园需要刘姥姥，统治阶级需要被统治阶级，不但需要被统治者的血汗劳苦，也需要被统治者的无拘束放肆搞笑。

九二、鸳鸯的高级酒令

《红楼梦》写到的东西太多，读时禁不住胡思乱想。

在刘姥姥进大观园的过程中，举凡贾家的园艺、建筑、用具、吃喝、布艺、穿戴、发饰首饰、工艺、器皿、文艺(演习吹打)、室内装修布置，全都不厌其烦地写了一个淋漓尽致。

其中特别写到宝钗的居室：

> 及进了房屋，雪洞一般，一色玩器全无，案上只有一个土定瓶中供着数枝菊花，并两部书，茶奁茶杯而已。床上只吊着青纱帐幔，衾褥也十分朴素。
>
> 贾母叹道："这孩子太老实了……"……又嗔着凤姐儿："不送些玩器来与你妹妹，这样小器。"王夫人凤姐儿等都笑回说："他自己不要的。我们原送了来，他都退回去了。"……贾母摇头道："使不得。虽然他省事，倘或来一个亲戚，看着不像；二则年轻的姑娘们，房里这样素净，也忌讳……"

大致说来，这样朴素生活的人有三种情况：一是胸有大志，对区区小把戏不感兴趣，例如毛泽东的住室就是最朴素的；第二，自幼贫困，战战兢兢，宝钗当不属于此种情况；第三，绝对的教条主义，不可救药的冬烘先生，多半见于男性。看来宝钗还是属于第一种情况的可能性最大，她有眼光，有远见，有不俗的思路与选择，却缺少了点生活气息。

而鸳鸯的三宣牙牌令不能不令人佩服她们玩乐的高雅，本来是喝酒，却变成了文学语言的即兴展示，如今国人（包括我）大概没有几个能玩好行好这个酒令的了，它要求的智商比现时所谓"脑筋急转弯"不知高凡几，与这样的高级酒令相比，"脑筋急转弯"基本上是白痴们的梦呓。

牙牌令还起到了暂时放松一下封建社会绷得特紧的意识形态弦的作用。贾母的应对中出现了戏词："这鬼抱住钟馗腿。"（此说当是源于昆曲《钟馗嫁妹》。）黛玉的应对中出现了《牡丹亭》《西厢记》等对于女孩子是禁书的作品里的词，宝钗看她一眼，她未以为意，众人也未以为意。（当然，有后果，这是后话。）

湘云、宝钗的词儿多出自唐诗，这是合乎规矩的，诗言志，是高于词与曲的。薛姨妈的词儿比较生活化、通俗化，也符合人物身份。

最精彩的还是刘姥姥的词儿：

> 刘姥姥道："我们庄家人闲了，也常会几个人弄这个，但不如说的这么好听。少不得我也试一试。"……鸳鸯笑道："左边'四四'是个人。"刘姥姥听了，想了半日，说道："是个庄家人罢。"众人哄堂笑了。……刘姥姥也笑道："我们庄家人，不过是现成的本色……"鸳鸯道："中间'三四'绿配红。"刘姥姥道："大火烧了毛毛虫。"……鸳鸯道："右边'幺四'真好看。"刘姥姥道："一个萝卜一头蒜。"众人又笑了。鸳鸯笑道："凑成便是一枝花。"刘姥姥两只手比着，说道："花儿落了结个大倭瓜。"

于是有闲者寄生者的酒令里出现了生活，出现了泥土气息，出现了"本色"，也出现了笑料。把文绉绉的转文咬字的酒令变成通俗的富有情趣的大白话，这本身就带有皆大欢喜、返璞归真的可爱色彩，这是刘姥姥的一项功德。

还有一句不着边际的话，鸳鸯主持的酒令这种高级玩耍令我联想起如今的富有阶层的游戏，例如高尔夫球。同样是阳春白雪，洋玩艺更重回归自然与体育，老国粹的玩艺更重关上门自己乐与文采，不知道中间有什么可比性没有。

九三、茄鲞论

《红楼梦》对各种吃食的介绍很多，其中详尽地讲了炮制方法，令历代读者难忘的是"茄鲞"。凤姐亲自向刘姥姥介绍道：

> 这也不难。你把才下来的茄子把皮𠜱了，只要净肉，切成碎钉子，用鸡油炸了，再用鸡脯子肉并香菌、新笋、蘑菇、五香腐干、各色干果子，俱切成钉子，用鸡汤煨干，将香油一收，外加糟油一拌，盛在瓷罐子里封严。要吃时拿出来，用炒的鸡瓜一拌就是。

这些介绍再加前边一会儿命人去取一套竹根酒杯，一会儿拿出黄杨树根做的一套从大到小的连环酒杯，客观上都有点示威的意味——是贾家向刘姥姥的示威，也是曹氏向历代读者的示威，有几个人看到过类似《红》中的生活水准和场面呢？而看到那些近乎邪门的排场、讲究、奢侈、浪费、奇工淫技，你能不觉得被镇唬了一家伙吗？

就是说，我们无法不正视封建社会中少数上层分子的过度消费、过度服务、过度加工，无法不正视那种过度的、不健康的，应该说是适得其反的、只能导致腐败和退化的疯狂享乐而其实难以真乐的现象。

为喝一点茶而由"两三个丫头煽风炉"，动辄让丫头捶一捶，走几步路也是前呼后拥，再多走几步就是车轿……封建地主的最大乐趣就是让人伺候，没有比占有他人的劳动更让地主婆地主老爷快乐的了。结果只能使这些寄生虫变成废物，四肢萎缩，头脑麻木，全面功能衰退。

这种茄鲞则是过度加工、过度使用劳动、过度消费的一个样本。食品，一般应该求新鲜，求营养，求花样，求口味与外观。大自然为人类提供了各种食物，各有其形各有其味各有其营养。但是我国一部分食品的过度加工已经走向了反面，例如这个茄鲞。一个茄子这样做，做得最后根本失去了茄子味道茄子形状茄子感觉，更失去了茄子的维生素和活性物质营养价值，这是烹调的胜利还是烹调的走火入魔呢？

据说近年有立志搞"红楼宴"者，用书上王熙凤君所讲步骤原料方法做茄鲞，结果完全失败，根本不能吃。

当然，这也说明《红》是小说，茄鲞云云是"小说家言"，有虚构，有夸张，有添油加醋，不能照搬照用，吃不得的。

至今许多国人认定中华料理天下绝对第一，而西餐就是麦当劳、肯德基之属。这种饮食爱国主义很好。我也在国外戏谈过中国人的爱国主义与喜爱中餐与使用汉字有关。但是我们也宜看到，西餐比较明快，注重选料，爱吃生鲜，突出食品本身的特点：牛肉则红，鸡肉则白，鱼类该红（如三文鱼）则红，该黄则黄，该白则白。一盘菜上来，分明得很，是什么颜色就是什么颜色，是什么外观就是什么外观，少有吃了半天几个人在那里猜者，而这是吃中餐常有的事。这至少也是一种烹调思路。正如穿戴，西方衣服的功能在凸显人的身体，男则男，女则女，而有些老式中式衣衫更主要的功能在于遮掩身体。当然，毋庸赘述，遮掩某些部位也是绝对必要的。

九四、两玉不把刘姥姥当人看

刘姥姥在超级大观园游乐日中洋相百出，傻样百现，嘛也不懂，嘛也没见过，只剩下了念佛，再念佛。

吃鸽子蛋撵不起来，把黄杨根木的酒杯说成松木的，见了八哥说是黑老鸹子长出了凤头，喝了妙玉的好茶说是再浓一点就好了……如此这般，符合农民的生活经验与见识局限，与其说是可笑，不如说是可怜。但是我怀疑的是，只有这一面吗？农民有农民的思路、农民的标准，阿Q走了一趟县城，不是对县城人将长凳称作条凳、煎鱼用葱丝、女人走路时扭得不好看甚有非议吗？刘姥姥肯定也有一把尺子，她对完全脱离了她的生活经验的贾府肯定有佩服也有不解，有感激也有反感，有惊叹也有叹息，有五体投地也有嗤之以鼻。即使她并无阶级斗争的觉悟，她也不可能就那么服服帖帖，甘当笑料。我宁愿想象她是半真半假，以歪就歪，装傻充愣，彼此彼此，想笑就让你等笑个够。靠提供笑料打抽丰，谁笑谁呀？笑料多数情况下也是双向的，你瞅着我好笑，我还瞅着你怪道呢。就说这一声声"阿弥陀佛"，后面没有"罪过罪过"的潜台词吗？你们天生享福，本人天生受苦的后面，没有讽刺与不平吗？

当地当时，贾家的人是有意施恩，刘姥姥是有意投其所好，那么，究竟谁哄了谁呢？

大家虽然拿刘姥姥当酒菜下酒，取笑于她，大致仍属善意，是在施恩的大方向下调笑，目的是让刘开眼和满意，使之受宠若惊，感恩戴德。而与众不同的对刘姥姥采取彻底蔑视态度、视为畜类、与之决不认同的有两个人——最最清高的两个人——黛玉和妙玉。只见：

> 当下刘姥姥听见这般音乐，且又有了酒，越发喜的手舞足蹈起来。宝玉因下席过来向黛玉笑道："你瞧刘姥姥的样子。"黛玉笑道："当日圣乐一奏，百兽率舞，如今才一牛耳。"众姐妹都笑了。

黛玉的话刘姥姥听到了没有，或即使听到是否听得懂，书里没有交代，也不需要交代，盖崇高纯洁如黛玉者，她说话绝对不需要考虑刘姥姥本人的感受。刘姥姥即使有感受，对红楼之美梦、之悲梦、之金陵十二钗也毫无意义，毫不足道。刘姥姥其实很难算个人。宝玉也没有好多少，是他提出了话题，他的话题本身就没安好心。

退一万步，你黛玉觉得刘姥姥洋相出得太多太蠢，也是可以的，怎好当面当众说出"百兽率舞"的话来？还是贾母的亲戚吗？至少要考虑一下贾母的情面吧，贾母此时暂时是以亲戚待之嘛。林是太放肆、太无礼了，妙玉更不要说。贾母用自己喝过的半杯茶给姥姥喝，不含贬意，那时候不可能考虑到细菌加病毒传染之事，似可视作对姥姥的善待。妙玉立即弃杯，太刺激了。妙玉果真认为自己比姥姥高尚纯洁百万倍，与之属于两个物种吗？她的寄生性岂不比姥姥更甚？

任何性格都是立体的、多维多向度的。清高的代价是孤芳自赏；孤独的代价是乖僻，是敌视蔑视藐视他人；纯洁的代价是脱离实际脱离生活脱离人众。而太实际太随和了，就没有文学，没有革命，没有创造，没有爱情，也没有《红楼梦》啦。

九五、妙玉的洁癖

妙玉的洁癖更甚于黛玉，就茶水品质与种类问题先是训诫黛玉：

> 妙玉冷笑道："你这么个人，竟是大俗人，连水也尝不出来。这是五年前我在玄墓蟠香寺住着，收的梅花上的雪，共得了那一鬼脸青的花瓮一瓮，总舍不得吃，埋在地下，今年夏天才开了。我只吃过一回……"

喝茶讲究水，符合环保原则，妙公就此水说得那么邪乎蝎乎，过犹不及，讨嫌。理论上说雪水未必比雨水更未必比纯净水泉水（如杭州虎跑）更好，雪花其实很容易沾染尘埃。还闹什么玄墓蟠香寺，又是鬼脸青的花瓮，还有将水埋在地下——又不是酒，搞什么窖藏——纯属矫情，叫做装腔作势，藉以吓人。

然后是讨论她的茶杯问题，因贾母做人情把自己喝剩的茶赏给了刘姥姥，姥姥用了那个茶杯，宝玉说情，建议将该杯赐于姥姥，于是：

> 妙玉听了，想了一想，点头说道："这也罢了。幸而那杯子是我没吃过的，若我使过，我就砸碎了也不能给他……"宝玉笑道："自然如此。你那里和他说话授受去？越发连你也脏了。只交与我就是了。"

接着是刷洗庵内地面问题：

　　宝玉……又道："等我们出去了，我叫几个小幺儿来河里打几桶水来洗地如何？"妙玉笑道："这更好了。只是你嘱咐他们，抬了水只搁在山门外头墙根下，别进门来。"宝玉道："这是自然的。"

后一条有个男女有别的问题，令人同情妙玉；但是宝玉的回答证明，宝玉无意让小幺儿进妙玉之门，妙玉的嘱咐有点神经质。都知道您的洁癖啦，就不必一个劲地洁而又洁啦。妙玉不可爱，几近变态。当然，以妙玉的情状，变态也是变之有理、变得令人同情的。她的变态的特点是自己受虐后变本加厉地施虐于人，干脆仇视一切俗人尤其是劳动人。

洁癖可能是一个优点，所谓清洁的精神嘛。但是如果以己为洁的象征、标志、标准、中心，以一切有别于己者即他人与世界为寇雠，则未免乖张。

例如，成为不洁的象征的，在这里恰好是刘姥姥，吃多了立即窜稀——比吃泻药还来得快，然后居然进入宝玉卧室入睡，而且睡得不成模样：

　　袭人一直进了房门，转过集锦橱子，就听的鼾齁如雷。忙进来，只闻见酒屁臭气满屋。一瞧，只见刘姥姥扎手舞脚的仰卧在床上。

姥姥是老粗，吃的粗，肠子也粗，干活多，汗多，饭量也大，说话也粗。而养尊处优的小姐们是老细，肠子细嗓子也细，相对精致幽雅一些也是有的。但是请看作者的描写，至此，对刘姥姥的举止是多么刻意地轻侮嘲笑啊。

我倒觉得这一段描写带有预言的意味。老粗们早晚要闹一场的，只知逢迎耍丑的刘姥姥和她的板儿们早晚有一天会来它个天翻地覆，少爷小姐们的绣床他们早晚要去躺一躺，上去打个滚。老粗会把老细们的世界搅乱，将老细们赶尽杀绝也是有的，老细们的罪才有的受呢。到了老细们受罪的时候，就知道酒屁臭气有多么难得，例如上个世纪六十年代，你上哪里找这些不洁的气味去？所以说，往事并不如烟嘛。

九六、刘姥姥与巧姐的缘分

缘，随缘，缘分，是现代国人（包括港台）常用的词。

缘，指因缘、机缘、机会。杜甫诗中有"红颜骑竹我无缘"句，明代画家沈周有"知无缘分难轻入，敢与杨花燕子争"句。古人用此词似不如今人用得勤。

盖人的一生，逢万种人，遇万种事，形成各种机遇与挑战、好运与噩运，难以逆料，难以分析出什么规律什么必然性可预知性来，只能以缘分（多指好事）或劫难（坏事）称之。缘分是一个不名之名、无解之解，是人们编造出来安慰自身、哄骗自身、劝解自身的模糊概念。而这个词儿一经创造，就与某种哲学或宗教结合（如佛教讲缘法），成了一个带有神奇、灵动、弥漫色彩的高级语词，甚至有了某种神秘色彩，起着某种神学效用。

例如，刘姥姥与凤姐的女儿巧姐，本来是八竿子打不着的，偏偏颇有缘分。巧姐发热，被刘姥姥得知，刘姥姥分析道：

> 小姐儿只怕不大进园子，……比不得我们的孩子，……那个坟圈子里不跑去？一则风扑了也是有的，二则只怕他身上干净，眼睛又净，或是遇见什么神了。依我说，给他瞧瞧祟书本子，仔细撞客着了。

撞客云云当然是迷信，但刘姥姥的话，迷信的外衣下却有些经验之谈。娇贵者易病，越是没有感染过的人越是缺少免疫力。这是金玉良言，今日仍是真理。

凤姐此前讲过她是不信鬼神的，偏偏此次信了，便叫平儿拿出《玉匣记》来，叫彩明来念。一念，果然发现了问题，查出来是花神（撞客也这样美），于是命两个人去"送祟"。从来没见凤姐如此从善如流过，这里也有个互补作用与远来的和尚会念经的问题。至少，远来的和尚与本地主人无利害关系，其主意与见解相对会客观一些吧。

然后刘姥姥继续发挥她的娇贵不宜论："……再他小人儿家，过于尊贵了也禁不起，以后姑奶奶少疼他些就好了。"而凤姐儿道："这也有理（又是虚怀若谷）。……你就给他起个名字。一则借借你的寿；二则你们是庄家人，……你贫苦人起个名字，只怕压的住他。"

善哉，毕竟凤姐也承认贫苦人有自己的分量，压得住坏运气。

刘姥姥用"以毒攻毒"法（虽不识字，却颇有说道）命名了巧姐，然后平儿奉凤姐之命给了刘姥姥半炕东西：青纱一匹、做里子的月白纱、两个茧绸、两匹绸子、一盒子各样内造点心、两斗御田粳米、园子里的果子和各样干果，还有八两银子，另一百两是太太给的。

此外，平儿也随主子颜色作适当的人情，两件袄儿和两条裙子、四块包头、一包绒线是她送的。

人是有弱者心理乃至趋奉心理的，如笔者在《尴尬风流》中所写，见了尿人压不住火的另一面就是见了火人压不住尿。到这里，不仅刘姥姥欢呼雀跃，连普通读者也感到艳羡快乐，真不知这样的好运什么时候会落到自己头上。

除了缘分以外，国人还大致相信报应，即善有善报，恶有恶报。凤姐对刘姥姥偶行善事，注定了日后刘姥姥在困难时期对巧姐施以援手。缘分的概念与报应的概念本来是矛盾的，前者无厘头，后者有天理；在此处，二者结合起来了。偶行善事无厘头，此后（见后四十回）刘对巧姐加以帮助则是不爽的报应也。

九七、薛宝钗的维护捍卫

前述林黛玉行酒令时用了对于女儿们来说不宜阅读的戏曲文词，宝钗当时没有说什么，以照顾黛玉的面子；事后个别与之谈话，进行教育，也是用一种容易使别人接受的方式。

宝钗讲的一大段话，其主要精神实已在我国流行了几千年。她说：

你当我是谁，我也是个淘气的。（说明她并非生而知规矩，守准则，不越雷池一步的。这有利于缩小与黛玉的距离。）……我们家也算是个读书人家，祖父手里也爱藏书。先时人口多，姊妹弟兄都在一处，都怕看正经书。弟兄们也有爱诗的，也有爱词的，诸如这些《西厢》《琵琶》以及"元人百种"，无所不有。他们是偷背着我们看，我们却也偷背着他们看。后来大人知道了，打的打，骂的骂，烧的烧，才丢开了。所以咱们女孩儿家不认得字的倒好，男人们读书不明理，尚且不如不读书的好，何况你我？就连作诗写字等事，这不是你我分内之事，究竟也不是男人分内之事。男人们读书明理，辅国治民，这便好了……

这种狭窄的读书有禁区的观念令人喟叹。宝钗说，"最怕见了些杂书，移了性情，就不可救了"，说得好可怕。

杂书主要是指文艺类书，文艺必然反映人情人性欲望苦闷牢骚，此其一。文艺即使打着教化旗号，也不能只讲一面理，表现生活较为立体，接受者可以横看成岭侧成峰，你控制不住接受过程，此其二。杂书说话随便、自由，不可能事事作评析作结论一味灌输，给了读者一点自行体会解读的空间，此其三。专制主义，教条主义，极端信仰主义……都会觉得文艺类杂书危险有害。

从杂书之害干脆说到识字之害，宝钗说，男人读书没有去辅国治民，"竟不如耕种买卖，倒没有什么大害处。你我只该做些针黹纺织的事才是"。

宝钗的价值观一直发展到愚民政策，她的话直如已经掌握了权力，身在朝廷，精通至少是倾心于或应该说是狂热于御民之术，可见这样的观念已经何等深入人心与源远流长。

从宝钗的理论我们甚至于可以想到历史上的"文革"，"打的打，骂的骂，烧的烧"，已经大规模重现在例如1966年的中国了。

而值得注意的是，黛玉对此基本上心服口服，她借一个不相干的话茬，指桑"敬"槐地央告道："好姐姐，饶了我罢！颦儿年纪小，只知说，不知道轻重，作姐姐的教导我。姐姐不饶我，还求谁去？"

黛玉屡屡表现过对于主流价值观的不感兴趣与无所知无所上心，她主要也只是任性任情率真钟情天真无知（于封建主流意识形态）罢了，不等于她敢于向主流观念挑战。谈起这一类话题，她先是飞红了脸，接着只剩下了唯唯诺诺与求饶。

封建的主流观念是太强大了。黛玉的悲剧有意识形态的因素——所以至今有人喜欢上纲上线地评价她——也有更实际的原因，尤其是家境、父母双亡、身体健康等方面的原因，不好一概而论，不好以林注我。

九八、雅谑与画论

刘姥姥走掉了，对她的侮辱与嘲笑仍然没有完结，而此种事林黛玉干得最起劲。先说刘是一个"母蝗虫"，又"建议"惜春画大观园时要画成"携蝗大嚼图"，也唯独她提出："他是那一门子的姥姥！"对刘姥姥的身份及其出现于大观园并游玩吃喝的合法性提出根本性质疑。

除了显示清高、自以为纯洁、恃才、以伶牙俐齿取胜取笑以外，其实这恰恰反映了黛玉的弱项。她在众姐妹之中最单薄、最势单力孤、最令人怀疑而自己也疑心能不能久居大观园这样一个神仙居住的地方，因而对于某某人出现、居住、享用于这里的合法性问题、资格与身份问题最为敏感，最为在乎。

弱者审视起弱者来最深文周纳，收拾起弱者来最最无情，这不能算是普遍规律，但也属常见与不可不在意的有规律性的现象。例如凤姐和贾母反而不去追究审察刘姥姥的身份来历，因为她们是真正的主子，她们想施恩想凑趣想散心，或者什么都不为只是老娘高兴老太太喝豆汁——好稀（喜或兮）；她们有全权决定认或者不认这门亲，邀请或者不邀请某某人来上桌上船登堂入室；她们想称呼谁姥姥或者姑姑或者大姐或者大姨，只能由她们作主。她们称呼了就算数了，何劳黛玉小姐质疑？

接着一大篇文字是论画，惜春先讲了老太太的意思；说是："昨儿老太太又说，单画了个园子成个房样子了，叫连人都画上，就像'行乐'似的才好……"

老太太的指导很符合普通人的思维方式，现今的某些有责任有身份对绘画指点江山的人如对惜春画园子说点什么，估计也会这样说的。

这里尤其突出的是宝钗论画，她是无所不知无事不晓；黛玉则在旁逗哏，实际是为宝钗捧哏。

宝钗说:"如今画这园子,非离了肚子里头有几幅丘壑的才能成画。"这是绪论,肚里丘壑,即有生活依据与布局心胸组织(画面)能力,是出大作的前提。

"你就照样儿往纸上一画,是必不能讨好的。……该添的要添,该减的要减,该藏的要藏,该露的要露……"这就深了,牵扯到写实与写意、生活真实与艺术真实、客体与主体的关系等重大美学问题。

"这些楼台房舍……一点不留神,栏杆也歪了,柱子也塌了,门窗也倒竖过来,阶矶也离了缝,甚至于桌子挤到墙里去,花盆放在帘子上来,……要插人物,也要有疏密,有高低。衣折裙带,手指足步,最是要紧。一笔不细,不是肿了手就是跛了腿……"这实际上是讲比例和透视,谁说中国画不讲透视呢?

再接下来:

> 宝钗道:"……如今且拿什么画?"宝玉道:"家里有雪浪纸,又大又托墨。"宝钗冷笑道:"我说你不中用。那雪浪纸写字、画写意画儿,……托墨,禁得皴搜(擦?);拿了画这个,又不托色,又难瀚,画也不好,纸也可惜。……原先盖这园子就有一张细致图样,虽是匠人描的,那地步方向是不错的。……和凤丫头要一块重绢,叫相公矾了,叫他照着这图样删补着立了稿子,添了人物就是了。就是配这些青绿颜色并泥金泥银,……你们也得另烧上风炉子,预备化胶、出胶、洗笔。还得一张粉油大案,铺上毡子。你们那些碟子也不全,笔也不全,都得从新再置一分儿才好。"

曹雪芹确实是有意识地要把《红楼梦》写成贵族大家生活的百科全书,越是写到专门处,就越是写不厌深,描不厌细,炫耀知识也炫耀阔绰。

底下雪芹甚至通过宝钗之口开起画具与原料清单来。这里产生了一个疑问:宝钗怎么会这样内行?如无实践她能如此精通吗?她内行到如此地步,惜春为何不邀宝姐姐同画?

至于黛玉的打趣带有装傻充愣、反衬宝钗的博学多知之意,这是称得上雅谑的,要雅谑起码要与对象平等。至于嘲笑"母蝗虫",那不是雅谑而是恶嘲,是语言的施虐,是黛玉的并不善良与并不忠厚。

九九、急速与舒缓

人们熟悉白居易对于琵琶演奏的描绘：

> 大弦嘈嘈如急雨，小弦切切如私语。
> 嘈嘈切切错杂弹，大珠小珠落玉盘。

以时间的进行来结构成形的艺术作品都有一个缓与急的节奏安排问题，如这里所说的琵琶。交响乐的乐章也往往冠以快板、行板、慢板或者柔板之类的小标题。

《红楼梦》的内容本来充满戏剧性的沧桑、悲剧性的天违人愿、喜剧性的错位即张冠李戴，问题在于作者的天才、经验与感受大大地突破了故事情节悲欢离合的范畴，繁复的、细致的与千头万绪的生活内容与生活细节充斥在作者笔端，更多的情况下作者所写内容是非戏剧化非故事化的非悬念性的，这就更难组织。

请看，在紧锣密鼓、铙钹齐鸣的宝玉挨打之后，节奏是怎样地缓冲下来了啊。宝玉赠帕，黛玉题诗；宝钗委屈，薛蟠赔情；白玉钏，黄金莺，宝玉散漫无端，旧习变本加厉；急弦仍有余响，这就是袭人的"净言"与王夫人的入道；到了秋爽斋咏海棠，吃螃蟹咏菊花，一下子进入了另一个无差别世界；接着杀出一个刘姥姥来，轻松愉快，无争斗无急功近利，读者与刘姥姥同游同吃喝，有她（似乎）不多，没她（似乎）不少；一直喝到妙玉的栊翠庵，越岔越远了，谁知道这里有妙玉的什么相干！这时又节外生枝（无贬意），出来一个惜春作画与宝钗论画，一个贾母提议随份子给凤姐作寿。凤姐的生日，活动经费是随份子是谁人做东是"公款"报销，能有什么意义？能有什么看头？莫非作者忘记了大观园中的种种燃眉之急？莫非作者迷失了自己的小说主人公与叙事主线？

否！散漫之中云在集聚，风在蓄势，雷电在准备，旧事旧梦旧恩怨在延伸。

恰恰是在凤姐的生日庆典中，宝玉想起了的是金钏儿，他要还个愿行个礼，叫做"不了情暂撮土为香"。有趣的是，宝玉既要行礼如仪，自我完成（其实无补于事，无补于人），又要批判俗人的这类行为的虚枉。他说是："我素日因恨俗人不知原故，混供神混盖庙，……比如这水仙庵里面，因供的是洛神，故名水仙庵。殊不知古来并没有个洛神，那原是曹子建的谎话，谁知这起愚人就塑了像供着。今儿却合我的心事，故借他一用。"于是：

> 宝玉进去，也不拜洛神之像，却只管赏鉴。虽是泥塑的，却真有"翩若惊鸿，婉若游龙"之态、"荷出绿波，日映朝霞"之姿，宝玉不觉滴下泪来。老姑子献了茶，宝玉因和他借香炉。那姑子去了半日，连香供纸马都预备了来。宝玉道："一概不用。"说着，便命茗烟捧着炉出至后院中，……茗烟道："那井台儿上如何？"宝玉点头，一齐来至井台上，将炉放下。茗烟站过一旁，宝玉掏出香来焚上，含泪施了半礼，回身命收了去。

审美与崇拜，主要是一种主观心态、主观活动，本无所谓真实与虚构，更谈不上"谎话"。既然泥塑洛神真有那"翩若惊鸿，婉若游龙"、"荷出绿波，日映朝霞"的姿态，那当然就值得一拜。人们之修水仙（洛神）庵与祭拜之，与宝玉偏偏逃离凤姐生日的大场面，出来享受一下孤独与纪念，其追悼与悲情并无二致。过于计较自己的脱俗的人难免仍离不开俗世。然而无论如何，宝玉的疏离感、寂寞感还是突出表现出来了。祭奠而至井台而遇洛神，呜呼，作者大概以为金钏死可瞑目了。

再底下就更是雷阵雨兼大风六级半了。恰在此时，凤姐发现了贾琏的奸情，热闹又来了。

一○○、王熙凤的大打出手

《红》书中，王熙凤的段落最高潮有两次。一次是协理宁国府，自我实现，尽情发挥，精明强悍，游刃有余，洞察一切，指挥若定，那是她"事业"的顶峰。

再一次是史太君即贾母倡议并亲自主持了她的寿辰的庆祝，"闲取乐偶攒金庆寿"。且看：

> 贾母不时吩咐尤氏等："让凤丫头坐在上面，你们好生替我待东，难为他一年到头辛苦。"尤氏答应了，又笑回说道："他坐不惯首席，……酒也不肯吃。"贾母听了，笑道："……等我亲自让他去。"……贾母笑着，命尤氏："快拉他出去，按在椅子上，你们都轮流敬他。他再不吃，我当真的就亲自去了。"

底下还有尤氏、赖大妈妈、众嬷嬷、鸳鸯等的奉承、敬酒、说笑，这是凤姐平生风光、体面、荣宠的顶峰。凤姐野心再大，不会向往到吕后或者武则天那里，她已达到人生的极致喽。

然而，写到这里曹雪芹的笔锋一转，又写凤姐白昼捉奸，与自己的丈夫贾琏、"淫妇"鲍二家的以及两个丫头乃至平儿来了一场肢体大武斗。

对于大观园的管理者凤姐来说——其实不仅仅对于凤姐来说——管理是一种潜暴力，管理的背后是实力，包括运用暴力处罚不接受管理者的权力与手段，上下级，指挥与服从关系的背后都有暴力运用的可能性在那里镇唬着，只不过是，越是进化，越是现代，越是文明，这种暴力就越是不能轻易使用罢了。

凤姐从两名小丫头的异常行止上看到了问题，她毫不犹豫地起板出手。第一个丫头是左右开弓打嘴巴，打得满脸紫胀，而且凤姐扬言要用烧红的烙铁烙那丫头的嘴，用刀子割她的肉，并已经从头上拔下一根簪子来，向那丫头嘴上乱戳，吓得那丫头一行躲一行哭求，招认了一切；第二个丫头，叫做凤姐扬手一下，打得她一趔趄。由于听到鲍二家的说她的坏话而说平儿的好话，凤姐更多次地打平儿，祭起暴力的法宝。至于她与鲍二家的撕扯，就更是大打出手了。

封建社会的管理者都有这一面，封建朝廷的权威是离不开各种酷刑与动辄诛其九族的大屠杀的。

这件事本身低级无聊，贾琏之卑劣更在凤姐之下，鲍二家的的言语也实无可同情之处，虽然她竟因此事落了个上吊身亡的下场。但是我们要看到，这一闹，正是凤姐盛极而衰、满极而亏的一个坎儿。在这样低级无聊的事情上，作为女性，作为人妻，她当然闹之有理，打之有理，但是从当时的家庭政治的角度看，她失之急躁，伤了丈夫贾琏，使她在此后的主要对手、主要威胁邢夫人的攻击前没有了帮手。而且，此事并没有得到贾母的多少同情，贾母虽然喝斥了贾琏，却不认为贾琏有什么不对。贾母的观点也代表大观园中的主流舆论，并不认为贾琏有多少错，封建社会对于男女的性事就是有这样的双重标准、混蛋逻辑。贾母斥责贾琏只是因凤姐作态，造成贾琏提剑要追杀她的情状罢了。这样的戏剧性效果对于凤姐来说也是近利抵不了远害，最终对她并无好处。

一〇一、李纨的牙口与贾府的激励机制

在《红楼梦》中，李纨是一个既重要又不重要的角色。说她重要，第一，她是贾政长子贾珠的未亡人，贾政下一辈的长房；第二，她是"完人"，不但守寡明志，属于候补贞节牌坊冠名者，而且行为言语皆无懈可击，在贾府复杂的人际关系中行藏得当，进退有据，堪称典范；第三，她与探春、宝钗三套马车代行过王熙凤的管家职权，这既显示了她的能力，也显示了她的地位。

说她不重要，是作者从未叙述过她的内心思想，从未用"想道"、"忖道"、"一想"的句式触及过她的灵魂。她唯一的一次感情外泄是宝玉挨打时王夫人大哭珠儿，由不得她不落泪。

李纨带着众姐妹来找凤姐，说的是起诗社的事，被凤姐揭穿是为了从她那里弄钱。于是凤姐与李纨调笑起来：

> 凤姐儿笑道："亏你是个大嫂子呢！……这会子他们起诗社，能用几个钱，你就不管了？……你一个月十两银子的月钱，比我们多两倍银子。老太太、太太还说你寡妇失业的，可怜，不够用，……足的又添了十两，和老太太、太太平等。又给你园子地，各人取租子。年中分年例，你又是上上分儿。你娘儿们主子奴才共总没十个人，吃的穿的仍旧是官中的。……这会子你就每年拿出一二百两银子来陪他们顽顽，能几年的限？……这会子你怕花钱，调唆他们来闹我，我乐得去吃一个河涸海干，我还通不知道呢！"
>
> 李纨笑道："你们听听，……他就疯了，说了两车的无赖泥腿市俗专会打细算盘分斤拨两的话出来。……天下人都被你算计了去！昨儿还打平儿呢，亏你伸的出手来！那黄汤难道灌丧了狗肚子里去了？气的我只要给平儿打报不平儿。……你……给平儿拾鞋也不要，你们两个只该换一个过子才是。"……凤姐儿忙笑道："竟不是为诗为画来找我，这脸子竟是为平儿来报仇的。竟不承望平儿有你这一位仗腰子的人……"

这段对话不可忽视，玩笑中自有真情。第一，李纨的待遇较高，这是一种激励机制的表现，鼓励李纨这种贞节烈妇，鼓励大家严格按照封建标准行事。第二，在"财政"上，凤姐并非如何游刃有余，而常常多有为难，捉襟见肘。第三，凤姐本来就有无赖泥腿市俗的特点。

妙的是，两人说着说着，从谈财政（诗社活动经费）问题转到了平儿挨打的事情上来了。恰恰在此事上二人并无矛盾，她们都是贾府的主流派，都高度评价平儿的忠心、为人与为政（作为总管凤姐的助手）的成绩。不过李纨说得极痛快，一直说到平儿与凤姐二人（的地位）应该换一换，这话说得够到位乃至越位了。但是李纨这样说了，凤姐还爱听，这说明，李纨的地位非同小可，李与凤的关系非同寻常，主子们对于平儿的评价之高非同寻常。

一〇二、权与位

李纨与众姐妹和凤姐调笑了一番，话说得都很到位。最后又回到主题，请王熙凤担任诗社的监察，目的是让凤姐出资。李纨道："我且问你，这诗社你到底管不管？"凤姐儿笑道："这是什么话，我不入社花几个钱，不成了大观园的反叛了，还想在这里吃饭不成？明儿一早就到任，下马拜了印，先放下五十两银子给你们慢慢作会社东道……"

这话有趣，大观园的反叛云云固是玩笑，但此话说得不轻，值得回味。

这说明大观园中，或者干脆说在贾府中，是有一个规则、有一个不成文法的，这个规则和"法"就是地位决定一切，人的主从、尊卑、上下、贵贱特别是他们在最高位置者(在《红》中就是贾母)心目中的位置，他们是得宠还是失宠，冷还是热——也可以称作他们各自的人气(不像炒股的人气是指市场，即反映了众人的心气，而这里指的是一个人的"气")——决定一切。封建社会的人治特点决定了它的唯位论行政原则，位就是法，位就是道，位就是秩序。

对待贾府中的有位者，王熙凤不乏管理与服务结合的意识。大观园的居住者宝玉乃是贾母的宠儿，然后是黛玉宝钗，同样人气极旺。三个春加李纨从血缘上看也不可轻忽大意，她们虽然没有权，却有位。具体地运作金钱和权力者如王熙凤是不敢对他们的意志、要求太轻慢的。"权"轻慢了"位"，就是反叛。如果一个管家、一个行政管理的运作者得罪有位者太狠的话，最后只能是运作者卷铺盖走人下台。

另一些主子虽然辈分不低，但是在老太太那里不得烟抽，如贾赦和邢夫人，甚至凤姐的丈夫贾琏，凤姐就不怎么买他们的账。而对其他半主子尤其是赵姨娘一系，她则是作威作福，压人一头。对另外一些有一定的位但与她不甚相干的人，如周姨娘，她则是保持距离，互不干涉。而平儿，是她的得力助手。

那么，为什么在贾府中位与权并不完全一致呢？一个是位高者可能岁数过大，如贾母。二是位高者好逸恶劳，懒于具体运作权力与财富，而只想享福。三是有些位高者能力不成，封建的位并不取决于能力而取决于血统、辈分、得宠程度，如王夫人，此书已经证明后面将更加有力地证明她绝无管理能力，她越管事情就越坏。四是缘于某些个人特点，谁让你赶上了既有能力，又喜弄权，既是长房的儿媳妇，又是次房的内侄女，叫做人脉完美超一流的王熙凤呢？她的获得运作权是十分合理的，是全无敌的。

但是位与权的分离也埋伏下了不稳定因素，正常情况下没事，一旦有事，就会暴露出麻烦来，如后面的搜检大观园。

位与位又分三六九等。对于贾母，凤姐的服务无微不至，连说笑话哄着贾母开心也是当仁不让。对于李纨与众姐妹，凤姐则有两手：一是尊重支持，尤其是诗社这样的文化活动，适当支持一下，是有利无害的，是有利于改善凤姐的形象的；另一手则是让他们适可而止，不能让他们用得太得心应手。

凤姐不能有求必应，要提防小姐妹们得了便宜，从此狮子大开口，不断伸手，要这要那。所以王熙凤同任何权力与财富的运作者一样，见人一要哭忙表辛苦，一要哭穷表艰窘，这样的防线必须预为营造、经常营造。除了在一开头与李纨斗一回嘴以说笑形式表达她的眼睛里绝对不揉沙子以外，凤姐还念叨说："才要把这米帐合算一算，那边大太太又打发人来叫，又不知有什么话说，须得过去走一趟。还有年下你们添补的衣服，还没打点给他们做去。"

凤姐的应对一片天然，无需做作也绝不使力。但她还是有疏失，她对贾赦、邢夫人、贾琏的作用还是估计不足，她此后会碰到来自他们那一方的麻烦。

一〇三、主奴之辨的另一面

赖嬷嬷的孙子做了官，她声称对孙子进行了教育。她说了什么呢？说的是：

你别说你是官儿了，横行霸道的。

王按，此话说得明白，可惜只是说说而已。

你今年活了三十岁，虽然是人家的奴才，一落娘胎胞，……也是公
子哥儿似的读书认字，也是丫头、老婆、奶子捧凤凰似的。长了这么
大，你那里知道那"奴才"两字是怎么写的……

**王按，却原来奴才也有"上进"的可能。赖嬷嬷并非不知道奴才二字中包含的
辛酸，但是她毕竟为了孙子的高升而快乐而表示效忠不已。**

主子控制奴才，必然有好几面，有血腥压制迫害的一面，有分给些残渣剩饭
直至共享某些特权的一面，也有奖励机制，如赖嬷嬷的孙子居然当了官！

你看那正根正苗的忍饥挨饿的要多少？你一个奴才秧子，仔细折了福！
……州县官儿虽小，事情却大，为那一州的州官，就是那一方的父母。你不
安分守己，尽忠报国，孝敬主子，只怕天也不容你。

瞧，赖嬷嬷的一身正气超过了主子们了。

这里一是强调自己的后代仍是奴才秧子，这正是效忠的根本、效忠的基础；
二是一做了官居然就为民父母了；三是尽忠报国，孝敬主子。你怎么听怎么像是
真心话。然而这说的是主子行时的时候，主子一旦倒霉，就靠不住了。

赖嬷嬷又说："奶奶不知道，这些小孩子们全要管的严……"因又指宝玉道：
"不怕你嫌我，如今老爷不过这么管你一管，老太太护在头里。当日老爷小时挨
你爷爷的打，谁没看见的……"

奴才比主子更正统，这也是奇观。盖阶级的分别与矛盾有缓和的时候有尖锐
的时候，有自觉的时候有不自觉的时候，有斗个不亦乐乎的时候也有你中有我我
中有你、利益攸关起来或被糊弄成利益攸关的时候。我们无法按照新中国以来的
阶级观点的鲜明性来推测《红楼梦》中的奴才们。

正说着，只见赖大家的来了。……凤姐儿笑道："媳妇来接婆婆来了。"
……赖嬷嬷听了，笑道："可是我糊涂了，……我想，摆一日酒，请这个也
不是，请那个也不是。……因此吩咐他老子连摆三日酒……"

中国封建社会的主奴之别，具体情况只能具体分析。对于皇帝老子来说，大家都是奴才。而得了脸的奴才，其实是奴才中的贵族。正如马克思主义者认为资本主义社会中有工人贵族会死心塌地地维护资本主义一样，封建社会中的奴才贵族还能培养出官员来，还能大摆三天宴席，请主子们赏光呢。若不是读《红楼梦》，谁能想象得到呢？

一〇四、无事忙论

少时读《红》，知道宝玉获得一个雅号"无事忙"，不完全理解其妙处。盖整个大观园中又有几个有事——有事情可做、有事由可谋的？

贾母、贾政、王夫人、贾赦、邢夫人、贾珍、贾蓉、迎春、探春、惜春……谁不是无事？

中国封建社会以寄生为最大的荣耀与幸福，以操劳辛苦为苦，以占有旁人的劳动为快乐。有旧思想的人，有几个钱就要雇个人为他干活，举手之劳的事也要他人代做。所谓享受生活就是享受无事，于是无事生非，于是没事找事，于是混吃闷睡，于是男女苟且，于是坐吃山空，于是坐以待毙。大观园里今天吃酒行令，明天过生日，后天拜神祈福，再不然斗牌听戏，吟花弄月，斗嘴磨牙，又有谁是有事忙呢？

宝玉的忙则还多了一条：心忙，或者通俗一点应该叫做累心。泛爱博爱，专爱痴爱，讨好这个，尽心那个，陶醉这个，痛哭那个，吸引这个，惦记那个，同性异性，小姐丫鬟，爱者多劳，爱的多罪过就多，爱欲生嗔怨，嗔怨生烦恼，这才真是爱河兴波，是堕入爱河，万劫难复矣。

"爱"云云，当真像基督教义里讲的那样美好吗？宝玉的这种爱有天真的一面，就没有吃饱了撑的这一面吗？

而且在《红楼梦》中以爱的名义要人就范，要人入壳，要人成为自己的所有，要人按自己设计的模式成长，剪杀自己心爱者周围的异物，这种事还少吗？例

167

如，能说贾政或者王夫人或者贾母不爱宝玉吗？他们对宝玉溺爱也罢，杖责也罢，清理环境也罢，安排袭人作"线民"也罢，又有什么美好的呢？

许多年前，我在诗中说过："爱情，不是强奸的依据。"就是说，在爱的旗帜下的强奸并非罕见。

比较起来，黛玉的心中还确实有事：一是终身，一是疾病。

黛玉有言："我知道我这样病是不能好的了。……只论好的日子我是怎么形景，就可知了。……'死生有命，富贵在天'，也不是人力可强的。今年比往年反觉又重了些似的。"

佛家对于生老病死的概括太精到了。特别是像黛玉，病是与生俱来，与人为伴、与人偕老的。黛玉对于人生的主要体验应该就是一个"病"字一个"情"字，二者结合起来便是一个"悲"字，果然可叹。

至今，汉语里的"事"字可以作事务、事由、差事、事情、事宜之类中性意思解，也可以作事故、意外之类负面意思解，没事儿即是 OK 的意思。有趣的是日语中"事"似乎也带着凶险，日本不是搞什么"有事"法案吗？

无事是一种痛苦。人既出生，无事也得找事做，无意义也要努力找意义建立意义，无价值也要建立并珍惜价值。不可无事也！《红楼梦》阅读的一个教育意义就是让你知道无事的痛苦。

但有事又是一种痛苦。林黛玉的事就离不开一个痛苦，而黛玉的尤其可悲是她明明有事却无法为自己的事做任何事。如果说宝玉是无事忙，或曰有事、事多于无事，那么林黛玉就是有事闲，她在宝玉赠帕后题诗曰："抛珠滚玉只偷潸，镇日无心镇日闲……"她是闲无事于有事，这就更是无药可医了。

人生一旦解决了温饱问题，就会有大量无事的痛苦涌上水面，有无事忙的喜剧出现。而一旦为这为那痛苦起来麻烦起来，痛苦了半天却又万般无奈，无法可想，就只能镇日无心镇日闲，转过来还害怕起天下多事、多事之秋矣。

同时可惜的是，《红楼梦》中你确实找不到真正有事的忙人。

一〇五、无事生非

《红楼梦》情节的一个特点就是无事生非。不像《三国》，《三国》是"有事"的，天下大乱，人们忙着夺江山，忙于政治军事斗争。也不像《水浒》，《水浒》的英雄好汉忙着造反杀人劫富济贫，与官军及异集团的好汉们斗。《西厢》也有事，思春思爱思上床，够张生也够莺莺更够红娘忙活的。

《红楼梦》里的男主子们则大异其趣，他们不思进取，不思发达，不劳辛苦，不劳征战，连性欲的满足也不必费心费力，有的是丫头，收到房里就行了。

王熙凤说及她的公爹贾赦，引用贾母的话说：

> 老太太常说，老爷如今上了年纪，作什么左一个小老婆右一个小老婆放在屋里，没的耽误了人家。放着身子不保养，官儿也不好生作去，成日家和小老婆喝酒。太太听这话，很喜欢老爷呢？

人生有两种痛苦，一是辛苦劳碌，享受不到人生的快乐和滋味；一是无所事事，无尽的空虚和寂寞，只好没事找事，无事生非。

贾宝玉绰号"无事忙"，谁又不是无事忙呢？

只有王熙凤是有事忙，她负有管理责任，她也懂得捞取并得趣于管事的油水，还要忙于以权谋私，所以她与丈夫贾琏和公公贾赦情致、观念都不一样。一听邢夫人与她商议贾赦讨鸳鸯作小老婆的事，她立即阻拦："依我说，竟别碰这个钉子去。老太太离了鸳鸯，饭也吃不下去的，那里就舍得了？……这会子回避还恐回避不及，倒拿草棍儿戳老虎的鼻子眼儿去了！太太别恼，我是不敢去的。"

所以说是无事生非，叫做"明放着不中用，而且反招出没意思来"。这里的无事生非，一是无事才娶小老婆，而且没完没了地娶，贪得无厌。无限制的贪欲是无事生非的结果也是无事生非的根由，如果你专心于某项事务，那种事务本身的限制性会从客观上对你有所约束，也会从你身上暴露出你主观的局限，因而使你有所停歇。

其次，这里的无事生非还包含着故意与老太太叫板的意思。贾母不喜长子贾赦而喜次子贾政，前面已有多处涉及。连讲笑话贾赦也讲偏心的故事，被贾母听出，正面顶了回去。贾母对贾赦的不待见，贾赦与邢夫人并非不知，这方面的情况本来无须王熙凤饶舌，凤姐作为儿媳说这些情况也不合适。我倒觉得更可能的是贾赦以讨鸳鸯为由向贾母"生非"——我就是要试一试你老人家，看你对我能坏到什么程度；我就是要气一气你，叫你知道，我虽然无能，作为胳臂扭不过您这条大腿，但是给你添点气生还是富富有余。

这里还有一个原因，曹雪芹的笔墨应该说是相当客观相当立体的，它一般不对人物直接作出太多的臧否，但它不喜欢几个人则是明显的，最突出的一个是赵姨娘与贾环，一个是贾赦与邢夫人。贾赦讨鸳鸯，书中通过王熙凤的口竟然说到："比不得年轻，作这些事无碍。如今兄弟、侄儿、儿子、孙子一大群，还这么闹起来，怎样见人呢？"

而邢夫人冷笑道："大家子三房四妾的也多，偏咱们就使不得？……就是老太太心爱的丫头，这么胡子苍白了又作了官的一个大儿子要了作房里人，也未必好驳回的。"

人的一个特点就是自认有理，干什么糊涂事坏事蠢事都会自认为有理。邢夫人的这段怪论堪称是对于老太太的驳回的预应力准备，是摆在那里批贾母用的。

故而，无事生非也是一种快乐。能够气得贾母"浑身乱战"，气得贾母连王夫人王熙凤也混骂起来，应该说贾赦是本小利大，赔了本也赚上了吆喝。

一〇六、无惭就是惭

《红楼梦》中显示凤姐精明强悍、滴水不漏、随机应变、进退皆当的应属她处理贾赦讨鸳鸯作小老婆事。先是进忠言，劝阻，无效，反被婆婆数落："不过商议商议，你先派上了一篇不是。也有叫你要去的理？自然是我说去。"凤姐说转就转，连忙赔笑说道："太太这话说的极是。我能活了多大，知道什么轻重。想来父母跟前，别说一个丫头，就是那么大的活宝贝，不给老爷给谁？"

按，这里凤姐智则智矣，忠则不忠。真忠，从理论上说应该拿出"文死谏"的劲头来。我们也可以为凤姐设计另一种表现，听了邢夫人的话，她可以嘿然无语，比较厚道中庸。现在的跟着风忽悠，立马转一百八十度，太滑头了，客观上是拿邢夫人当猴耍了。

底下凤姐的一切言行当属完美天才的表现。先是趁热打铁，说办就办，绝无时间差，免得将来办不成怀疑到自己头上，以为是她王熙凤传了话去，把事情办砸了的；二是连车都共坐一个，诡称另一个车"拔了缝"，证明自己再无其他活动，无可怀疑；三是提前退出，不跟过去参与过程，彻底撇清；四是把平儿支走，也保护起来，做到谁也不沾；五是闹到最后，贾母生了一回气，凤姐过来变相奉承：

> 凤姐儿道："谁教老太太会调理人，调理的水葱儿似的，怎么怨得人要？我幸亏是孙子媳妇，若是孙子，我早要了，还等到这会子呢。"贾母笑道："这倒是我的不是了？……这样，我也不要了，你带了去罢！"凤姐儿道："等着修了这辈子，来生托生男人，我再要罢。"贾母笑道："你带了去，给琏儿放在屋里，看你那没脸的公公还要不要了！"凤姐儿道："琏儿不配，就只配我和平儿这一对烧糊了的卷子和他混罢。"

以精明始，以幽默终，是大智也。如果只知道精明，从精明到精明，从防范到防范，伤人伤己，殊不可爱。现在呢，将一场风波化为素中微荤的笑谈，这也是非凤姐做不到的。

"烧糊了的卷子"云云则是呼应前边的"凤姐泼醋"，自嘲中以退为进，态度坚定，不容贾琏有什么活动空间。这种即时的应对更是妙语天成，无懈可击。

然而这里有一个悖论，你做得越是无懈可击，就越是招人恨招人妒招人视为主要对立面。你已经参与了贾府内部的派系斗争，你身为赦老爷的儿媳，却站到了主流派贾母那边。你越是脱身有术，人家越会感觉到你的狡猾诡诈；越是抓不着你的辫子，越是会恨你恨得牙痒。而且从全书来看，邢夫人也并不是只有愚顺一面，不是愚而顺，是愚而诈，有时候并不愚，相当阴险，并非省油的灯，凤姐在她跟前没有好果子吃的。

一〇七、可怜的鸳鸯

古往今来，读《红楼梦》评《红楼梦》的人几乎无不歌颂鸳鸯的刚烈、坚贞、忠诚，直到反封建。

因为她断然拒绝给贾赦当小老婆。她骂前来作说客的嫂子：

> 你快夹着屁嘴离了这里，好多着呢！……怪道成日家羡慕人家女儿作了小老婆，一家子都仗着他横行霸道的，一家子都成了小老婆了！看的眼热了，也把我送在火坑里去。我若得脸呢，你们在外头横行霸道，自己就封自己是舅爷了；我若不得脸败了时，你们把忘八脖子一缩，生死由我。

骂得何等痛快！除了鸳鸯，有几个人这样骂过？不但否定了给贾赦作妾的个案，而且连整个以女儿作小老婆求"上进"的思想体系全骂了个狗血喷头。

而且，最最令人佩服的是，贾府里几乎所有的少女都是贾宝玉的粉丝，都拿着贾宝玉当偶像，也当自己站住或进身的依靠，只有鸳鸯一个人严正声明：

> 我是横了心的，当着众人在这里，我这一辈子莫说是宝玉，便是宝金宝银宝天王宝皇帝，横竖不嫁人就完了！……若有造化，我死在老太太之先；若没造化，该讨吃的命，伏侍老太太归了西，我也不跟着我老子娘哥哥去，我或是寻死，或是剪了头发当尼姑去。

她是这样说的也是这样做的，言行一致，说一不二，一诺千金，最后用殉主自杀实践了自己的理念。

然而这又有什么可歌颂的呢？男婚女嫁本来是再正常不过的，由于封建，由于贾府女奴的特殊地位，由于腐烂的无意中被各等人所接受的舆论，最封建的与最最反封建的都给鸳鸯热烈地鼓起掌来了。

一个女孩子，精明能干，敢哭敢骂，（按，就说鸳鸯的骂人也是红字甲级特级队的。）身材高挑，脸蛋也很好，却只能用终身不嫁人与老太太死后"殉主"的声言与行为来捍卫自己的尊严，这不是太悲惨太变态了吗？这不是等于说《红》中的婢女们根本没有任何人生的出路吗？

鸳鸯当着平儿与袭人骂嫂子，他嫂子脸上下不来，因说道："愿意不愿意，你也好说，不犯着牵三挂四的。俗语说，'当着矮人，别说短话'。姑奶奶骂我，我不敢还言；这二位姑娘并没惹着你，小老婆长小老婆短，人家脸上怎么过得去？"

鸳鸯当然立即揭露了嫂子话语中的挑拨意图，平儿等也给以了有力的反击——"袭人、平儿忙道：'你倒别这么说，他也并不是说我们，你倒别牵三挂四的。你听见那位太太、太爷们封我们做小老婆？况且我们两个也没有爹娘哥哥兄弟在这门子里仗着我们横行霸道的。他骂的人自有他骂的，我们犯不着多心。'"

口舌上，鸳鸯等没有吃亏。然而细想，嫂子的话全有依据，平儿是小老婆，袭人是实际上的小老婆，现实摆着呢。鸳鸯的大骂小老婆与其家属的痛快，鸳鸯的伟大的心性，能有什么前景呢？

还有一点，鸳鸯敢于骂的是仍属弱者的被害的小老婆一族，包括她们的家人，而不是加害于人的老爷少爷封建统治者们。

封建意识最最顽强的一点就是以女子的贞节作为核心价值，人们往往无意识中认同了这种意识，这样，自杀和当尼姑便成为女性的最高境界、最高人格的展现方式。包括林黛玉最最强调的也是自己的身子是干净的，就是没有与男人接触过的……这太荒唐也太残酷了。

而我们至今仍以这种荒唐与残酷为标尺，一直为殉主拒嫁的鸳鸯唱赞歌。

与其为鸳鸯喝彩，不如为鸳鸯痛惜与默哀。

一〇八、贾母为什么迁怒王夫人

贾母听了鸳鸯的哭诉，叫做气的浑身乱战，口内只说："我通共剩了这么一个可靠的人，他们还要来算计！"因见王夫人在旁，便向王夫人道："你们原来都是哄我的！外头孝敬，暗地里盘算我。有好东西也来要，有好人也要，剩了这么个毛丫头，见我待他好了，你们自然气不过，弄开了他，好摆弄我！"王夫人忙站起来，不敢还一言。

这有点怪。第一，老太太一贯养尊处优，吃喝玩乐，自称"老废物"，实乃活神仙，过着专职享福的日子，怎么突然一怒至斯，各种恶言恶语一股脑儿倒出来了？这些恶言语平日贮存在隐藏在什么地方呢？

第二，贾母一贯喜欢王夫人，喜欢王熙凤，喜欢贾政，喜欢宝玉如命根子，怎么对王夫人出此恶言，仇恨至斯，怀疑至斯，否定至斯？

老太太气糊涂了，当然有这个因素，一气，肾上腺素大量分泌，血压增高，大脑血流失常，出现短路、乱码、死机、变形……是可能的。

但又并非完全无因。老太太的抱怨迁怒中有三个词，一个是"盘算"，一个是"摆弄"，一个是"要"。

贾母并非等闲之辈，她是见过世面、懂得创业艰难的前辈。但是她年龄日老，心下明白，在体力、智力、容貌、资讯获得诸方面日益不占优势，她唯一的优势是辈分与阅历。在封建贵族的虎狼世界中，她早就认定自己有受到暗算的可能，平常不过是不露声色，与各位晚辈虚与委蛇罢了。如今碰到事了，她的所有细胞都动员起来紧张起来了，怎么可能不说出几句心里的话来呢？

晚辈们对她老人家表示孝敬，她乐得擎着，管他真假，有人致敬有人送礼有人欢呼有人磕头有什么不好？假的也好，第一不接受这种假就没有气势，就没有人气；第二，有几个假孝敬，就成了气候，说不定会影响哪个傻小子当真对我孝敬起来，何乐而不为？

但是贾母很明白，孝敬的背后有一种危险，就是"摆弄"——通过孝敬获得你的信任，下一步就要摆弄你了，就要操纵利用你了。贾母真有心眼，警惕性也极高，平时闲玩也是韬光养晦，潜龙勿用。而且越是嘛事不管不问，越是有派，有信心，拿得起放得下。小家子气的人才什么都斤斤计较，抠抠缩缩，整天忙得团团转。但是贾母一旦警觉，此事还真不好办了。

要东西要人的"要"字，也引起老太太的复杂心理反应。时不时地能恩赐儿孙是贾母的一乐，乐趣里包含着权术，是拉拢之道。但她也有以恶解恶的时候，觉得儿孙们在哄骗她，在咔嚓她，在从她身上捞油水，这是心病；现在终于爆发。

这里有一个道德的两面性问题。亲子之情发于人性，自然而然，美好亲切。变成了道德规范以后，就可能做假，可能走形式走过场，可能作状，可能互相攀比、互相不服，也可能互相举报，你说他不孝，他说你不孝。如老子所讲："天下皆知美之为美，斯恶矣。"世人皆知孝之为孝，斯不孝矣。从表面上看，贾府从上到下哪个不孝哪个不忠？个个忠臣孝子。然而你相信吗？

一○九、谁霸占了鸳鸯的生命与青春

一个能干泼辣忠诚的少女鸳鸯，如果嫁给贾赦作妾，读者的第一个反应是她成为腐烂老朽的贾赦性蹂躏的对象，只这么一想，就足以令读者为之心痛心碎不甘。因此不论怎么着，能不嫁给狗日的贾赦就是胜利。

讨妾风波过后，贾母对邢夫人有批评也有抚慰，有剖白也有解释：

> 我这屋里有的没的，剩了他一个，年纪也大些，我凡百的脾气性格儿他还知道些。二则他还投主子们的缘法，……所以这几年一应事情，他说什么，……没有不信的。……我有了这么个人，便是媳妇和孙子媳妇有想不到的，我也不得缺了，也没气可生了。这会子他去了，你们弄个什么人来我使？……我正要打发人和你老爷说去，他要什么人，我这

里有钱，叫他只管一万八千的买，就只这个丫头不能。留下他伏侍我几年，就比他日夜伏侍我尽了孝的一般。你来的也巧，你就去说，更妥当了。

贾母当然老到，她发了一通脾气，又合情合理地向邢夫人做了一回工作。她也是两面派，两手，当着凤姐说贾赦，说得很不好听，叫做"左一个小老婆右一个小老婆放在屋里，没的耽误了人家。放着身子不保养，官儿也不好生作去，成日家和小老婆喝酒"；但这一段则好像是说自己实有难处，"工作事务"离不开鸳鸯，请贾赦与邢夫人多多理解鉴谅。

盖老太太虽然是顶尖人物，毕竟女流，未必总能压住阵脚，需要刚柔相济的手段。而且她也认同像这种大户人家，男人多讨几个小老婆很正当，何必把儿子太得罪了呢？

这里边可是没有丝毫的对于鸳鸯的利益与前景的考虑，更没有对于鸳鸯的意愿的考虑。否则她无论如何应该说，鸳鸯也实在不愿意呀。

老太太这样说也有理，干脆把矛盾与鸳鸯本人择开，免得赦大老爷那边与鸳鸯结下死仇。反正是奴隶，她的命运与主子有关，与本人无关。

这里其实很难分得清，是把青春和生命献给贾赦更好还是献给老太太更好。鸳鸯本人也有与黛玉一样的保护身子"干净"的情结、处女情结、贞洁情结——不能让老男人臭男人坏男人乃至正常的男人"糟蹋"，这在当时当地不足为奇，但至今标榜反封建的批评家们也在为鸳鸯抗婚的胜利而欢呼，就不可理喻了。

当然，献身贾赦鸳鸯是以死抗争的；而献身贾母是鸳鸯自愿，自愿奴才，作忠诚至死的奴才，她是以死坚持的。贾母多么伟大，能培养出这样的忠奴。再说鸳鸯是多少能分享一点主子而且是头号主子的地位与荣耀的奴才，是与平儿、袭人等平起平坐、得到主子高度评价与信任的奴才，应属特等特级奴才。她乐于斯，忠于斯，死于斯，彻头彻尾，彻里彻外，一切为了贾母，从来不思变化也难以思什么变化，其实更可怜。

如果给贾赦当了小老婆呢？与此当难分轩轾，但令人觉得恶心得很。这恶心感说不定又与读者的封建意识加弗洛伊德心理有关。唉！

一一〇、贾母打牌

《红楼梦》的情节绵密周到，但并不一一细说。贾母生了一通气，发了一回威，动了情，完了，命人来："请了姨太太你姑娘们来说个话儿。才高兴，怎么又都散了？"于是众人忙赶着又来。只有薛姨妈向丫鬟道："我才来了，又作什么去？你就说我睡了觉了。"那丫头道："……你老人家嫌乏，我背了你老人家去。"薛姨妈无法，只得和这小丫头一起又去。

这是暗写薛姨妈对刚才老太太发威的不快。从礼数上说，要发火也应该回避一下薛姨妈，人家毕竟是客情，而且与王夫人是亲姐妹。

一个派去的无名的小丫头嘴头上也有两下子，说明在贾府混饭吃不易。但有了她几句话，薛的不快也就休止了。

底下的情节是鸳鸯与薛姨妈、凤姐等串通，做假局让老太太和牌，哄老太太高兴：

> 斗了一回，鸳鸯见贾母的牌已十严，只等一张二饼，便递了暗号与凤姐儿。凤姐儿正该发牌，便故意踌躇了半晌，笑道："我这一张牌定在姨妈手里扣着呢。我若不发这一张，再顶不下来的。"薛姨妈……便笑道："我倒不稀罕他，只怕老太太满了。"凤姐儿听了，忙笑道："我发错了。"贾母笑的已掷下牌来，说："你敢拿回去！谁叫你错的不成？"

假戏真做，有铺垫，有情节，有过程，比真事还可信。大家达到了哄老太太一乐的目的，老太太也达到了让自己一乐、让大家称颂自己的目的。

这里有点东西可以琢磨。第一，所有的后辈都以哄长辈高兴为原则，这个原则对不对？如果对，那么长辈其实常常是被蒙在鼓里的，常常是不明真相的，常常是需要晚辈们为之演戏的；如果不对，难道晚辈们可以招长辈生气吗？晚辈们有几个脑袋、几个脸皮，甘蒙不孝之名，惹长辈不痛快？若最后长辈不痛快，其后果你们想过没有？第二，孝的原则与忠的原则应该怎样统一起来呢？忠诚与真实应该怎样统一起来呢？不告诉长辈真实情况能算是忠实吗？第三，服务者是否有义务哄着被服务者傻乐？使被服务者天天傻高兴，是否事实上是在使被服务者白痴化呢？以此次凤姐打牌悔牌、贾母满贯和牌的情节来说，谁白痴，谁精明呢？第四，贾母果真不知道她们是在做戏吗？要知道，是贾母提出需要鸳鸯来帮忙的；或者是贾母明知其假，仍然需要体验赢牌、圣明、智慧、好运、无往而不胜的滋味，需要体验被众人羡慕众人歌颂的滋味，也需要营造被颂歌包围的环境吗？

陈毅有句曰："颂歌盈耳神仙乐。"

那就奇了，成了大家都是逢场作戏、自欺欺人了。这样的可能性最大，因为贾母的"偶尔露峥嵘"已经证明，她并非对众人没有警惕，没有极阴暗极精密的提防。她是得乐且乐，得被歌颂便被歌颂，管他真假，人皆假时、一贯假时假即真；而"真"不受欢迎时，"真"不如假。请想想，如果斗牌的结果是老太太手气极背，四圈过后从未开和，合适吗？

一一一、宝玉的哥们儿

宝玉整天在脂粉丛中混日子，姐姐呀妹妹呀，哭了呀笑了呀，读者已经熟悉了，甚至略略腻歪了。

但宝玉周围也有一些年龄相仿辈分相当的男性：李贵（岁数大一点）、茗烟与他是主奴关系，李贵带点大叔的味道，帮着掌控一下局面，茗烟则是极忠实乖觉的家人；贾环恶劣下流、贾兰太小，都不是宝玉的哥们儿；倒是秦钟、蒋玉菡、柳湘莲、薛蟠与他交往不少。

秦、蒋、柳三人都是并且首先是由于相貌好而获得了宝玉的青睐，宝玉见到秦钟甚至自惭形秽认为自己成了泥猪癞狗。这里颇多弗洛伊德，属于同性恋或准同性恋心理。

宝玉交友上的以貌取人说明了宝玉的价值虚无价值茫然，其中也有天真幼稚，但不失自然真性情。因为他不接受、讨厌封建主义进取功名那一套，便只剩下了本能的对于女儿们的喜爱。实际上他也以女儿的标准来要求小伙子，就是说一个小伙儿如果长得女里女气，他就喜欢。

封建社会的统治者事实上也掌握着优生上的优势，他们择偶的空间与自由度当然非被统治者所能比拟，俊男靓女，才子佳人，尽着他们先挑，所以宝玉的以貌取人有其阶级基础。

同时，旧中国大家闺秀的择男性标准是白面书生，是奶油小生，而不是张飞李逵，不重视体育体能，这也可以从《红》中看出来。

这些个人也还说明一个问题，封建社会固然等级森严，阶级分化严重，但仍然存在着中间等级、中间状态。《红》在写到柳湘莲时便强调，他也是世家出身，并非风月子弟，并非"优伶"之属。这里固然流露了曹氏对于文艺工作者——优伶即戏曲演员的轻视，但又无法否认蒋实际上从事着"优伶"事业的事实，其逻辑是，世家决非优伶；同时，此世家子弟实际上就是优伶。蒋玉菡虽然没有交代出身，但宝玉待他也是平等的。宝玉与柳湘莲的接触是在赖尚荣家里，而此赖是赖大家里的子弟。赖大的身份类似大管家助理，属于主子代理人性质，对于统治者，他们是奴；对于广大奴婢，他们是主。还有此后薛蟠要出门经商时他的主要跟班张德辉也是这种亦主亦奴之人。秦钟虽然身份是可卿的弟弟，是主子，但特别交代说宝玉见了秦钟最大的遗憾是自己生在"侯门公府之家"，故不能与秦钟更方便地交结；而秦钟则致憾于自己生在清寒之家，故未有早日与宝玉交友的机会。

这倒反映了宝玉的"人民性"，与"阶级"比他低的人在一起，他反而舒服一些，率性一些，自然一些，压力少一些。

薛蟠虽然混蛋，在这方面态度与宝玉相似，他是在色相面前（不是真理面前或法律面前）大致平等，也是宁可眼睛向下，到"民间"去胡闹。

至于薛蟠"调戏"湘莲挨了一顿臭揍，其实不完全说得通。薛蟠挨打时分辩道："原是两家情愿，你不依，只好说，为什么哄出我来打我？"

此话说的是真。湘莲被认为是某种"相公"角色，事出有因。薛某除了叫他一声"小柳儿"以外，似无流氓或强迫行为，柳湘莲把他打成这样，属于防卫过度。

一一二、宝钗何其通达也

薛蟠挨了打，很丢人，便想躲一躲，出去从商。他想的是：

> 不如也打点几个本钱，和张德辉逛一年来。赚钱也罢，不赚钱也
> 罢，且躲躲羞去。二则逛逛山水也是好的。

甚合情理，躲羞云云不太好听，其实转移一下处境心境是很健康很聪明的做
法。一味钻牛角尖，一条道走到黑，未必可取。薛姨妈不放心，不让他走，听了
虽是欢喜，但又恐他在外生事，花了本钱倒是末事，只说"好歹你守着我，我还
能放心些。况且也不用做这买卖，也不等着这几百银子来用"。

薛姨妈乃与女儿商量，宝钗说：

> 只是他在家时说着好听，到了外头旧病复犯，越发难拘束他了。但
> 也愁不得许多。他若是真改了，是他一生的福；若不改，妈也不能又有
> 别的法子。一半尽人力，一半听天命罢了。

何其通达也！这是讲的主观愿望与客观实际的关系，谁也不可能用一己的愿
望与管理代替客观事物的发展。成固可喜，未足甚喜；败固堪悲，何必枉悲？这
比成就是败败就是成的老庄式的高论容易接受，合情合理；这也比纠缠如毒蛇、
执着如怨鬼更明理。宝钗小小年纪，何能通达至此？

宝钗又分析道：

> 这么大人了，若只管怕他不知世路，出不得门，干不得事，今年关
> 在家里，明年还是这个样儿。

这就更明白了，总是要经风雨见世面的嘛，封闭式管理教育是行不通的。宝钗还说：

> 妈就打谅着丢了八百一千银子，竟交与他试一试。横竖有伙计们帮着，也未必好意思哄骗他的。二则他出去了，左右没有助兴的人，又没了倚仗的人，到了外头，谁还怕谁，有了的吃，没了的饿着，举眼无靠，他见这样，只怕比在家里省了事也未可知。

薛姨妈听了，思忖半晌说道："倒是你说的是。花两个钱，叫他学些乖来也值了。"

这更实在了。在家千日好，出门一时难，出门在外，没有人助兴，没有人倚仗，谁还怕谁，有了的吃，没了的饿着，讲得太好了！好生奇怪，宝钗并无在外闯荡的经验，她怎么这么懂事？她简直成了天才。

重视性格，是文学的一大贡献，没有文学尤其是小说创作，人们对于性格的理解与关注会比现在差一大截。宝钗的性格太突出了，对于作者与读者们来说，宝钗的性格已经带有某种先验性了。

通则不痛，痛则不通，中医与太极拳的这种说法可以用来解释宝钗的理论，宝钗什么时候都通，都不痛。成也通达，败也通达，什么都不痛了，就缺少真实感情尤其是激情了，就不那么可爱了。

不可爱也罢，曹氏代宝钗先期超前通达也罢，宝钗讲的道理是对的。她的不怕丢了一千八百银子的说法也合理得很，交学费嘛。还有一处小地方，宝钗说，估计伙计们未必就哄他，这话妙极了，等于说也许伙计们会哄他。她不说不会哄，而说未必哄，简直是外交词令喽。

一一三、香菱学诗

自幼读《红楼梦》，对香菱这个人物期待甚高，但读来不怎么摸得着头脑，有不满足感。

香菱似乎是重要的，她父亲是甄士隐，是全书的见证人、联系人、牵线人、过来人。甄士隐境界很高，不待后来看破红尘，就跟着一僧一道走了，从一上来品德气象就比贾雨村好百倍。香菱本人属副册第一名，高鹗安排她生前就被扶正，为许多读者所接受。她乳名英莲，是"应怜"的谐音。这样一个人物却成了呆霸王薛蟠的小老婆，成了夏金桂的奴才、宝蟾的眼中钉，被茶毒成什么样子固不必说，偏偏自身又生得呆傻，没有晴雯之貌之才之个性，没有袭人之智之修养之风度，没有金钏、司棋之烈，没有平儿之地位影响，没有芳官之天真活泼美丽，甚至没有小红之口齿之奋斗。写这样一个谈不上多可爱的受气包可怜虫，这是什么意思呢？何必安排这样一个人物呢？

我想了几十年了，唯一可以解释的是她有她的品德，她善良、忠厚、克己、驯顺、无私，是"三从四德"的模范。

香菱自幼被人贩子拐走，没有受到封建教育的机会。她之所以表现成这样，只能解释为遗传基因、人种形成，龙生龙、凤生凤，老鼠的儿子会打洞。再有就是吃得苦中苦，受了罪中罪，浮华之气全无，虚骄之态早丧，只剩下了老老实实克己复礼一条道儿了。国人从来都是泛道德化的，是以德为先的，把甄士隐女儿的德猛突出一番，曹雪芹可能以为也算对得起她爹了。

好人命苦，好人好报，这两条是相悖的，但是这两条对于香菱都应验了。薛蟠出门游艺，——这里的游艺不是娱乐的意思，而是出差学本领的意思，游是出差，艺是本领。——宝钗把香菱放到自己身边，使她进入了大观园，岂非三生有幸？香菱要学诗，宝钗没有积极教她，结果是黛玉教授之，小小曲折倒也写得摇曳多姿。同时，身为副册人物而能认真学诗，这大概也有天佑。

于是黛玉大讲格局，讲立意，讲只要立意立得好，词句马虎一点没有关系，讲不以词害意，都是大气的诗学。她贬陆游而推崇王维、李白、杜甫，与香菱讨论什么样的字句"念在嘴里倒像有几千斤重的一个橄榄"；还有"渡头馀落日，墟里上孤烟"乃是"套了前人的来"，另有诗句"更比这个淡而现成"，说着便把陶渊明的"暧暧远人村，依依墟里烟"找了出来。

这里反映了创作理论与创作实践的距离。很明显，这些诗论更像是曹雪芹而不是林黛玉的，这样的诗论其实在我国古代一直是主流派。但是如果你以《红楼梦》中的诗作比较作考究，很难说谁谁的诗符合这样的要求。《红楼梦》里的诗实难看出王摩诘、杜少陵、李青莲的味道来，更不要说陶渊明了。林黛玉的诗也非此类，她的代表作《葬花辞》动人、真率，但太直线、太单一，也过分了一些。

一一四、石呆子的扇子

新红学家都很重视贾赦为夺取石呆子的扇子而把人家害得"坑家败业"的故事，因为此段很能揭露黑暗面。其实这一段写得很简略，总共用了五百多个字，而且没有正面描写，完全是通过平儿之口虚写转述：

> 平儿咬牙骂道："都是那贾雨村什么风村，半路途中那里来的饿不死的野杂种！……老爷不知在那个地方看见了几把旧扇子，……立刻叫人各处搜求。谁知就有一个不知死的冤家，混号儿世人叫他作石呆子，……偏他家就有二十把旧扇子，死也不肯拿出大门来。……老爷没法子，天天骂二爷没能为。……谁知雨村那没天理的听见了，便设了个法子，讹他拖欠了官银，拿他到衙门里去，……把这扇子抄了来，……那石呆子如今不知是死是活。

这一段写了公侯王府通过地方官欺压百姓，霸占掠夺，十分惊人。别说，毛泽东将《红楼梦》分析为写阶级斗争，此论虽具有主席特色，仍然是言之有据。就拿石呆子的扇子一事来说，黑到了什么程度！

而书中又写得如此简单。一个荣国府，吃个螃蟹啦，玩个酒令啦，睡个姘头啦，小姐少爷们生个气啦斗个嘴啦，都写得纤毫毕现，栩栩如生，而这么大的案件却草草一带而过，就像写金钏与宝玉说闲话写得仔细，而写金钏之死反而十分简略一样。真是的，小人物们活着不值钱，死了不值钱，进入小说也不值得细写，仅仅这一点也让人不平啊。

这样的记录甚至连堪称腐化堕落的贾琏都看不过去了，他说："为这点子小事弄得人坑家败业，也不算什么能为！"

为此他挨了贾赦的打，叫做不知拿什么混打了一顿，脸都被打破了。

这里另有一个原因，贾赦讨鸳鸯未成，叫做含愧告病，买了一个十七岁的丫头糟践，窝了不知多么大的火，终于在儿子身上发泄出来了。表面上看是扇子的缘故，其实是对于荣国府主流派的不满的爆发。贾琏还算不得什么大主流派人物，却多少管点事，也让贾赦看着窝心。

这个贾雨村的角色则是越来越不堪。刚一开初好像还可以，护官符之说是他的门子（随侍差役）教给他的，他还有点天真烂漫。连林黛玉到贾府都是贾雨村照管带领的。后来几经官场浮沉，此人发展到了无恶不作的程度。曹氏写他为了贾赦夺扇如何冤屈石呆子，根本不用交代过程，一带而过，说明当时这一类事司空见惯，是人一看就懂，无需细说。这个社会的腐烂黑暗也就可想而知了。

是平儿而不是别人这样破口大骂贾雨村，这说明平儿的忠心，她对自己的主子丈夫贾琏是尽心尽力地维护的。她对贾雨村"半路途中那里来的饿不死的野杂种"身份的痛恨说明了她的正统观念，贾琏是正宗，是自幼原生，是从头到脚的金枝玉叶，贾雨村不过是野货，贫贱过，可认可不认。但平儿骂到贾雨村"认了（亲）不到十年，生了多少事出来"，似乎总结得太广泛了一点，不知道她还发现了一些什么掌握了一些什么信息，以致得出了这个概括性很强的结论。

还有一点耐人寻味：平儿对贾琏挨打如此动情，凤姐竟无反应吗？凤与琏的关系就这样冷而又冷吗？怪了。

一一五、旋律的转变

《红楼梦》堪称黑幕小说，它写出了公侯王府、达官贵人家庭内外的黑幕。《红楼梦》是政治小说，它写出了荣宁二府主奴人等的勾心斗角、纵横捭阖、势力消长、明争暗斗，尤其是在表面的团圆、和美、荣耀、富足排场后面的没落、颓唐、丑恶、寄生、空虚、分崩离析。《红楼梦》是人生小说，好便是了，了便是好，男女老少，生老病死，喜怒哀乐，爱嗔怨仇，得失宠辱，它都写得很充分很地道。《红楼梦》是宗教小说，它关心的不仅是此岸的兴衰存亡，心力情意，而且是彼岸的大荒山无稽崖青埂峰，是神瑛侍者与绛珠仙子，是太虚幻境，是莫名其妙的一僧一道，是永远的石头、永远的苍凉与虚无。

当然，《红楼梦》更是爱情小说，深情最苦，有情人难成眷属，有情人只担了虚名。爱情与势力，爱情与阴谋，爱情与命运，真够读者喝一壶的也。

《红楼梦》尤其是青春小说，它以怎样的深情写出了青年女子们的美丽、才华、生命和快乐啊。如果不是她们的结局太可悲，你还以为这是封建社会的《青春万岁》呢。

所以《红楼梦》的题材、主题、情调、笔墨是复杂的，《红楼梦》是真正的交响乐，所有的对于《红》的单一的分析与感受都是片面的。《红楼梦》是一个真正的世界，面对《红楼梦》的感觉如面对一个世界。

这样，写作的时候既有连贯性、承接性、故事的前因与后果的交代，又有变异性、转换性、异峰突起与且表一枝的随意性。从四十六回到四十八回，围绕着贾赦讨妾的事文章做得太多了，薛蟠挨打之类也属低俗末路暗淡无光故事，弄出个香菱学诗带有过渡性质。到了四十九回，忽然稀里哗啦，不知道从哪里来了一堆新人物，年轻人士，仍然是少女为主。他们是邢岫烟、李纹、李绮、薛蝌、宝琴，他们一个个都极俊秀、聪慧、可爱。

几次读到这儿，我都略感突兀，人物怎么出场不好，要这样捆绑式一揽子往外冒？

这就是变调的需要了。这几个人出场是为了下边的"琉璃世界白雪红梅　脂粉香娃割腥啖膻"，是来报到的，是来参加即将在大观园举行的青年联欢节、诗歌节、BBQ（烤肉）美食节的。腐朽的无耻的糜烂的贾赦薛蟠之流的故事一下子就过渡到青春的美好的幸福的诗歌的也是肉食的（两手都要硬）活动中来了。人生就是这样，世界就是这样，丑陋完了还有美好，幸福完了还有寂寥，老朽过了还有新生代，愚蠢来了仍有才华横溢，联欢会完了、聚会完了到了还得离别。而有了幸福欢乐就不愿意不舍得离别固是人之常情，却也是贪心不足；因为有离别的寂寥便干脆否认联欢的可能，也是傻痴和神经病。欢乐为与悲哀对比而存在，幸福因了痛苦的陪伴而骄傲，高尚因了大量低俗的对比而珍贵，青春因为易逝才更加迷人。好好地欣赏大观园的青年联欢节吧，人生得意须尽欢，莫使青春等闲过！

一一六、雪与青春

于是大观园里充满了青春的气息，阵容强大，叫做李纨为首，余者迎春、探春、惜春、宝钗、黛玉、湘云、李纹、李绮、宝琴、邢岫烟，再添上凤姐儿和宝玉，一共十三个。那时的社会生活社会活动当然与现代社会更与社会主义社会不一样，十三个青年男女凑在一起玩耍，已经是大规模文化生活了。

而且此时大观园年轻人的人际关系是历史上最好的时期，做到了团结友爱。素日爱犯脾气的黛玉已与宝钗甚好，又天生地与宝琴亲密，亲密原因在于才具，二人皆聪敏异常，有惺惺惜惺惺的基础。

再就是赶上了好雪，显然雪对青春的意义也是不能低估的。它刺激了精神，引发了兴致，带来了可观赏的不一般的景色，而且显示了时装的美丽。请看：

> 黛玉换上掐金挖云红香羊皮小靴，罩了一件大红羽纱面白狐狸里的鹤氅，束一条青金闪绿双环四合如意绦，头上罩了雪帽。……只见众姊妹都在那边，都是一色大红猩猩毡与羽毛缎斗篷，独李纨穿一件青哆罗呢对襟褂子，薛宝钗穿一件莲青斗纹锦上添花洋线番羓丝的鹤氅；……一时史湘云来了，穿着贾母与他的一件貂鼠脑袋面子大毛黑灰鼠里子里外发烧大褂子，头上带着一顶挖云鹅黄片金里大红猩猩毡昭君套，又围着大貂鼠风领。

就差一个 T 形台面，不然可以举行冬装模特儿大赛了。

雪景正好入诗，降雪增添诗兴，也增添食性。降雪宜食肉，所以史湘云带头吃起烤肉来，并以"是真名士自风流"的理论捍卫形而下的生活乐趣——吃。

雪真是个好东西，可惜我国北方近年来雪花是一年比一年罕见了。

至于作诗，可以是言志，可以是抒情，可以是反映生活、鞭挞黑暗、歌唱光明，也可以是青年人的游戏，智力与心力的游戏。例如大观园降雪后的诗歌节就采取联句的形式集体创作，每人一两句，炫才，炫速，赛灵敏与机智。凤姐起头曰："一夜北风紧。"硬是起得极好，自然、天成、开阔，孕育着大量的可能性。后边则突出表现了湘云、黛玉与宝琴的诗才，湘云一人联了十八句，黛玉十一句，宝琴也是十一句，与黛玉难分伯仲。开始联诗时除凤姐起头是一句外，每人两句，后来抢了起来，混战起来，便成了一人只有一句，节奏立刻变换，从行板变成了小快板，让你如临其境，如闻其声，如见其撒欢情状。最后联到一块儿是：

> 一夜北风紧，开门雪尚飘。入泥怜洁白，匝地惜琼瑶。有意荣枯草，无心饰萎苔。价高村酿熟，年稔府粱饶。葭动灰飞管，阳回斗转枵。寒山已失翠，冻浦不闻潮。易挂疏枝柳，难堆破叶蕉。麝煤融宝鼎，绮袖笼金貂。光夺窗前镜，香粘壁上椒。斜风仍故故，清梦转聊聊。何处梅花笛，谁家碧玉箫。鳌愁坤轴陷，龙斗阵云销。野岸回孤棹，吟鞭指灞桥。赐裘怜抚戍，加絮念征徭。坳垤审夷险，枝柯怕动摇。皑皑轻趁步，翦翦舞随腰。煮芋成新赏，撒盐是旧谣。苇蓑犹泊钓，林斧不闻樵。伏象千峰凸，盘蛇一径遥。花缘经冷聚，色岂畏霜凋。深院惊寒雀，空山泣老鸮。阶墀随上下，池水任浮漂。照耀临清晓，缤纷入永宵。诚忘三尺冷，瑞释九重焦。僵卧谁相问，狂游客喜招。天机断缟带，海市失鲛绡。寂寞对台榭，清贫怀箪瓢。烹茶冰渐沸，煮酒叶难烧。没帚山僧扫，埋琴稚子挑。石楼闲睡鹤，锦罽暖亲猫。月窟翻银浪，霞城隐赤标。沁梅香可嚼，淋竹醉堪调。或湿鸳鸯带，时凝翡翠翘。无风仍脉脉，不雨亦潇潇。欲志今朝乐，凭诗祝舜尧。

确有堆砌，才是联诗。诗歌有技巧性与语言性，故有时难免堆砌，无大碍，反而显出了热烈、横扫、不羁，上穷碧落下黄泉，诗心囊括了宇宙万物。

这回联诗又有点像抢答，说是湘云笑道："我也不是作诗，竟是抢命呢。"

与现在电视上的抢答的文化含量比一比，我们有何面目面对古人呀。

一一七、贾母有意将宝琴说给宝玉吗

大家分析为什么史湘云的联句作得好，说是那块鹿肉的功劳。这话说得好，令人联想到毛泽东的名言，叫做物质变精神，精神变物质。

但这两回的中心仍不是史湘云，而是薛宝琴。黛玉宝钗前边写得太多了，其貌其才其性其行大家已经烂熟，再写下去也许会令读者生厌。现在半空中落下一个宝琴，有新鲜感。

前不久平儿刚刚大骂半道上出来的贾雨村，这回倒好，半道上出来许多青年人。当然二者不能相提并论。

其中最突出的才貌双全、年纪又小的是宝琴。对宝琴的具体描写给人印象有限，但是偏偏作者没完没了地说她如何貌美，白雪红梅，和画上一样；如何聪慧，与黛玉媲美。

> 贾母因又说及宝琴雪下折梅比画儿上还好，因又细问他的年庚八字并家内景况。薛姨妈度其意思，大约是要与宝玉求配。薛姨妈心中固也遂意，只是已许过梅家了，因贾母尚未明说，自己也不好拟定，遂半吐半露告诉贾母道："可惜这孩子没福，前年他父亲就没了。他从小儿见的世面倒多，跟他父母四山五岳都走遍了。他父亲是好乐的，各处因有买卖，带着家眷，这一省逛一年，明年又往那一省逛半年，所以天下十停走了有五六停了。那年在这里，把他许了梅翰林的儿子……"凤姐也不等说完，便嗐声跺脚的说："偏不巧，我正要作个媒呢，……老祖宗别管，我心里看准了他们两个是一对。如今已许了人，说也无益，不如不说罢了。"

奇怪，所有读《红》的人都执着于宝黛之恋、钗黛之争，有些人考证"因麒麟伏白首双星"，乃分析寻找湘云与宝玉关系的蛛丝马迹，却没有多少人研究如此露骨地交代了的贾母与凤姐意欲将宝琴说给宝玉的说法。推究其理，或不为无因。

第一，《红》中故意把宝玉的婚姻对象说得扑朔迷离。扑朔迷离是《红》的艺术手法，是《红》避讳禁忌的手段，是《红楼梦》的命运，同时也可以上升为曹雪芹的世界观。人生本来就有许多相对性可能性偶然性意外性，有意种花花不活，无心栽柳柳成荫，踏破铁鞋无觅处，得来全不费功夫……千万别认定宝玉夫人非黛玉莫属。这也叫"生命中不可承受之轻"也。

第二，黛玉与宝钗作为宝玉的婚配候选人，太明显了也太习以为常了。这样，从心理学上讲，容易产生注意疲劳、情绪疲劳与审美疲劳，人们多么希望出现一个新的选择的可能性呀，哪怕最后根本否定，也比就那么一两个人尤其是一个人候选强百倍。这里可以比附一下，这好比是一个职务出缺，越是公认的候选人，往往越是最后不得成功，似与这种疲劳现象有关。人们喜欢意外，喜欢黑马，喜欢变数，喜欢运用一下决定权与猜测能力。如果猜也不需要猜了，变也不需要变了，要决策者何用？要观众何益？看者的热闹还如何存在？

加一个宝琴搅搅局，十分必要。宝琴一上来作者就交代了她许配梅公子的事，因此一上来就单纯是为搅局，连努了半天力不成回到了早先人选都谈不上。

可能曹公的小说学被黛玉知道了，所以黛玉嫉这个防那个，却对宝琴从无别样想法。

一一八、薛小妹的怀古诗

薛宝琴与大观园中的众姐妹不同，第一，她早就订了亲，爱情婚姻诸问题已不存在；第二，她见多识广，已经在"世界"上潇洒走了一回。

虚晃一枪来了个要把薛小妹说给宝玉当媳妇的花招，也好，那么长的长篇，如果读者一直期待着宝玉的婚事从钗黛中择其一的话，也等得够烦人的了，干脆换个新的吧。

这好像也是在帮助读者打开一点思路：谁与宝玉结成眷属？可能性大着呢，切不可仅从钗黛中选择。中文里"人尽可夫"是一句骂女人的话，"大丈夫何患无妻"却是一句豪迈的话，虽然不能说"人尽可妻"，但毕竟可以说是"天涯何处无芳草"、"书中自有颜如玉"啊。在这种开放性思维的状态下，宝玉对于黛玉的痴情与专一就更加感人了。

虚晃一枪以后并不算完，紧接着出现了宝琴的"新编怀古诗（谜）"十首，作者对（出场）迟到的宝琴刻意渲染真是不遗余力。从谜底到寓意，对这十首诗谜的说法不少。

我也没少费劲，觉得至今为止，没有任何一种解释有说服力。那就不如不求甚解，以免穿凿妄解。无解之解则是：

一是表现《红楼梦》的总体悲凉气氛。如《赤壁怀古》的"徒留名姓载空舟"，"喧阗一炬悲风冷"，《钟山怀古》的"名利何曾伴汝身，无端被诏出凡尘"，《广陵怀古》的"蝉噪鸦栖转眼过"，《桃叶渡怀古》的"桃枝桃叶总分离"，《青冢怀古》的"黑水茫茫咽不流，冰弦拨尽曲中愁"，《梅花观怀古》的"不在梅边在柳边"，"一别西风又一年"等，都有一种沧桑感、空无感、衰败感。

二是从宝琴一人身上现出天外有天、山外有山的大局，至少说明了宝琴的见多识广。

三是借此与宝钗讨论一下用典的问题，由李纨出面反驳宝钗的"教条主义"，有趣。叫做：

> 李纨又道："况且他原是到过这个地方的。这两件事虽无考，古往今来，以讹传讹，好事者竟故意的弄出这古迹来以愚人。……无考的古迹更多。如今这两首虽无考，……老小男女，俗语口头，人人皆知皆说的。……这竟无妨，只管留着。"

《红楼梦》中有不少谜语、不少影射，但是不宜把整个小说当一部大部头谜语来猜。以之作智力游戏固无不可，以之解说《红楼梦》则是误导误读误区，反而干扰了对于《红》的真切感受与真知灼见的追寻。不论曹公有多少高明的意图，他写宝琴的文字并不是全书中最成功的文字。读书也如做事，该细的时候要细，该粗的时候要粗，该认真的时候要认真，该糊涂的时候呢，难得糊涂。

一一九、袭人的排场

袭人母病需要回一趟自家，就这么点事也颇有响动，说是：

> 凤姐儿……又吩咐周瑞家的："再将跟着出门的媳妇传一个，你两个人再带两个小丫头子，跟了袭人去。外头派四个有年纪跟车的。（这是随员。）要一辆大车，你们带着坐；要一辆小车，给丫头们坐。（这是交通。）"周瑞家的答应了，才要去，凤姐儿又道："……叫他穿几件颜色好衣裳，大大的包一包袱衣裳拿着，包袱也要好好的，手炉也要拿好的。临走时，叫他先来我瞧瞧。"……
>
> 半日，果见袭人穿戴来了，……凤姐儿看袭人头上戴着几枝金钗珠钏，倒华丽；又看身上穿着桃红百子刻丝银鼠袄子，葱绿盘金彩绣绵裙，外面穿着青缎灰鼠褂。凤姐儿笑道："……你该穿一件大毛的。"……
>
> 一面说，一面只见凤姐儿命平儿将昨日那件石青刻丝八团天马皮褂子拿出来，与了袭人。又看包袱，只得一个弹墨花绫水红绸里的夹包袱，里面只包着两件半旧棉袄与皮褂。凤姐儿又命平儿把一个玉色绸里的哆罗呢的包袱拿出来，又命包上一件雪褂子。
>
> 平儿走去拿了出来，一件是半旧大红猩猩毡的，一件是大红羽纱的。（以上说服装。）……周瑞家的答应："……我们这去到那里，总叫他们的人回避。若住下，必是另要一两间内房的。"（这是说住房的规格。）

好一个花袭人大小姐！在贾府里当差，忠于（真忠假忠是另外的问题）主子，受到主子赏识，就可以分享主子的一杯羹，就能人模狗样地充小姐，我的家乡话叫做"充人灯"，除了没有自由，没有人格，什么都能有。

对于花袭人女士来说，"不自由，毋宁死"的理念是不存在的，是从未有过经验的，是不符合务实的原则的。她自由了能怎么样呢？离开贾府，回到哥哥花自芳那里，过贫穷狭窄的生活，配个小子即嫁个可能比自家更穷苦的人，再也穿不上上述的衣服，再也摆不出上述的排场，再也得不到上述的虚荣与实惠，那么她获得的自由便是受穷的自由、受苦的自由、作贱民的自由、永世抬不起头来的自由。这样的自由有什么可羡慕的呢？

当然，她的不自由，她的奴才的最成功即最恶劣的表演，也没有也不可能给她带来什么好处，多么可悲！

一二〇、袭人是一个压制的因素吗

袭人因母病回自家了，宝玉这里显出了点自由与放任。一个是麝月，临时接了袭人的班，负责宝玉的起居生活。宝玉夜间醒来，仍叫袭人：

> 晴雯已醒，因笑唤麝月道："连我都醒了，他守在旁边还不知道，真是个挺死尸的。"麝月翻身打个哈气笑道："他叫袭人，与我什么相干！"因问作什么。宝玉要吃茶，麝月忙起来，单穿红绸小棉袄儿。宝玉道："披上我的袄儿再去，仔细冷着。"麝月听说，回手便把宝玉披着起夜的一件貂颏满襟暖袄披上……

麝月有机会尽职，也有了机会拿糖（俗语"灶王爷上天——拿糖"，摆点身价之意）。袭人不在，麝月当了几天代理拿摩温（即 Number One，工头之意，此种译法见于夏衍的《包身工》），不会放弃这个机会。宝玉则仍然对丫头们关怀备至。然后是：

> 麝月……向暖壶中倒了半碗茶，递与宝玉吃了；自己也漱了一漱，

吃了半碗。晴雯笑道："好妹子，也赏我一口儿。"麝月笑道："越发上脸儿了！"晴雯道："好妹妹，明儿晚上你别动，我伏侍你一夜，如何？"麝月听说，只得也伏侍他漱了口，倒了半碗茶与他吃过。

前面已经写了晴雯懒得干活，麝月给她分配了放镜套的事，她不想动，是宝玉替她完成的这举手之劳的任务。这一类伏侍确实只能算是轻体力劳动，与平民的做牛做马苦力地干活大异其趣。

喝完茶水，三个人聊起了大天。可能这一夜玩得多睡得少，从保健观点上看，对宝玉不利。

这些鸡零狗碎都很可爱，只要不去掰扯宝玉与二位女儿的阶级成分，这些描写很容易令人想起少年男女的郊游露营之类的集体活动。

于是有评者认为，袭人是一个压制者，她在，大家的本色本性都发挥不出来；她不在，怡红院里出现了某种程度的自由化风情。

然而，生活也好，自由也好，离不开一定的规则秩序。袭人是责任人，她的任务是组织安排乃至监督怡红院的生活运转。袭人不在，自有麝月出来承担责任。组织与责任略一放松，立刻就出事。

第一件事就是深夜瞎玩瞎闹，晴雯受了寒气，病了。此后晴雯的命运包括死亡都与此夜的中寒气有关。

这是人生的深刻悖论，自由与责任，自由与规则，责任与权威，责任与性情与真率，青春与秩序……这些东西似乎常常是两难的。袭人在，宝玉这边较有条理，诸事运转相对正常，但大家包括宝玉多少受到约束，其他人的个性无法充分表现。

无怪乎有人将这一段解释为封建统制的代表人物袭人的暂时缺位，怡红院的一时解放。

其实这种状况未必与袭人的个人品质和阶级属性意识形态属性有太多的关系，换成袭猫袭狗，也得那样做事。凤姐的布置也不过是吩咐"你们也好生照管着，别由着宝玉胡闹"和"晚上催他早睡，早上催他早起"。

这些内容与封建主义及压制人性关系不大，倒是属于培养未成年人健康生活方式的范畴。封建了未必都封建，资本了未必都资本，社会（主义）了也不可能都社会（主义），吃喝拉撒睡的一些细节不是都与体制和意识形态有关的。

一二一、晴雯受凉

受凉生病，感冒伤风，不足为奇，也不是什么好事，但是晴雯之受凉写得很有审美价值，是真正的艺术的上乘水准。请看：

> 麝月便开了后门，揭起毡帘一看，果然好月色。晴雯……仗着素日比别人气壮，……也不披衣，只穿着小袄，便蹑手蹑脚的下了熏笼，随后出来。宝玉笑劝……晴雯只摆手，随后出了房门。只见月光如水，忽然一阵微风，只觉侵肌透骨，不禁毛骨森然。

空灵，月光，寒冷，午夜，少女的天真嬉乐，世界的突然的陌生感与神秘感，晴雯的任性与缺乏自我保护。这样的经验你有吗？这样的快乐与胡作（阴平）你有过吗？人生是迷人的，不仅健康是迷人的，获病也可能是迷人的。晴雯这样的灵秀人物生个病也那么有滋有味，如仙如狐。

宝玉乃提醒麝月小心，并对晴雯解释说："倒不为唬坏了他，头一则你冻着也不好；二则他不防，不免一喊，倘或唬醒了别人，不说咱们是顽意，倒反说袭人才去了一夜，你们就见神见鬼的。"

袭人才去了一夜就见神见鬼了，不打自招。宝玉突然变成了谨慎保守派了，也说明谁也不是一味地叛逆。

然后宝玉让晴雯帮助掖被，晴雯听说，便上来掖了掖，伸手进去渥一渥时，宝玉笑道："好冷手！我说看冻着。"一面又见晴雯两腮如胭脂一般，用手摸了一摸，也觉冰冷。

亲热体贴，两小无猜。最美是天真，最短也是天真，人生能有几次天真？

然后是：

只听咯噔的一声门响，麝月慌慌张张的笑了进来，说道："……黑影子里，山子石后头，只见一个人蹲着。我才要叫喊，原来是那个大锦鸡，见了人，一飞飞到亮处来，我才看真了……"……麝月（对晴雯）道："你死不拣好日子！你出去站一站，把皮不冻破了你的。"说着，又将火盆上的铜罩揭起，拿灰锹重将熟炭埋了一埋，拈了两块素香放上，仍旧罩了，至屏后重剔了灯，方才睡下。

晴雯因方才一冷，如今又一暖，不觉打了两个喷嚏。……麝月笑道："他早起就嚷不受用，一日也没吃饭。他这会还不保养些，还要捉弄人。明儿病了，叫他自作自受。"……说着，只听外间房中十锦格上的自鸣钟当当两声，外间值宿的老嬷嬷嗽了两声，因说道："姑娘们睡罢……"

这一段写法多么像契诃夫的戏剧。深夜是出戏的好情境。大轰大嗡的《雷雨》，夜深了，鲁贵唱着小曲，火车汽笛声传来又渐弱远去了，第三幕最见效果。而这一段《红楼》，是睡到半夜，宝玉唤袭人，麝月拿糖，晴雯与麝月斗嘴，斟茶，要茶，出门进院子，寒冷，月光，叫一声，大锦鸡飞起，受凉，渥一渥，打喷嚏，炭盆的火苗，自鸣钟（有了洋的因素了呢）声响了，老嬷嬷催他们睡觉。

这里还有麝月对于晴雯的"死不拣好日子"、"自作自受"的笑骂，然而与此后的情节联系起来看，这个话语是不祥的，你可能像晴雯一样地也感到受了凉，寒气袭人。这更像是威严的与沉重的咒语或者谶语，你越琢磨越觉得恐怖。活脱脱契诃夫式的生活、气氛、光与影、声与响、动作与对白、出出与进进、表面的松散与内在的紧张、短暂的无忧与永远的虚无。读完这一段，你好像也经历了这样一个转瞬即逝的亲切、自由、玩耍的小儿女的夜晚，其中却又孕藏着悲哀与凶残、衰落与崩溃、疾病与死亡……真是惊人的艺术与人生体味呀！

一二二、两个世界

第五十一回以薛宝琴的新编怀古诗开始，然后转入袭人回家探亲，然后发展到晴雯受寒生病。结尾处却从一"寒"字突然转到了冬季如何开伙的俗务上，叫做：

> 正值凤姐儿和贾母、王夫人商议说："天又短又冷，不如以后大嫂子带着姑娘们在园子里吃饭一样。等天长暖和了，再来回的跑也不妨。"王夫人笑道："这也是好主意。……空心走来，一肚子冷风，压上些东西也不好。不如后园门里头的五间大房子，……挑两个厨子女人在那里，单给他姊妹们弄饭。新鲜菜蔬是有分例的，在总管房里支去，或要钱，或要东西；那些野鸡、獐、狍各样野味，分些给他们就是了。"

我们在这里看到了《红楼梦》里的两个不同的世界。一个是以宝玉为中心的青春世界，这个世界的主题是爱情、亲情、诗歌与其他文字游戏（如灯谜、对联、酒令）、说笑、吃穿打扮，物质的与精神的享受，也包括年轻女儿们的互为青春伙伴、互为才学上的或情感上的竞争对手的关系。这个世界的特点是雅，包括这个世界里的丫头们，除少数人如袭人、小红、坠儿等以外，没有谁去考虑生活里比较实际比较物质比较形而下的那些东西。其中雅而且生怕显现不出雅来的，我戏称之为"媚雅"的是妙玉小姐，妙玉法师。妙玉的雅带有排他性、孤独性、居高性与镇慑性，她是雅妙逼人。她对于俗的痛恨、对于俗人特别是穷人的痛恨表现在对于刘姥姥的蔑视中，这样的雅使宝玉也自惭形秽，在妙玉跟前觉得自己俗得不行。

然而谁又能彻底摆脱生活的现实的世俗的一面呢？吃喝拉撒睡，柴米油盐酱醋茶，衣食住行，笔墨纸砚，梅兰竹菊，金木水火土，哪一样不具有真实性、庸常性、物质性与形而下性呢？

于是我们看到凤姐与王夫人、贾母一起研究一个具体事务，这只能算是俗务一瞥，而且是小小的俗务。估计她们三个人的搭配带有荣国府执行局或秘书处的性质，她们定下来了，就行得通了。这里起动的提建议的是凤姐，加以补充发挥的是王夫人，首肯并表示满意的是贾母。贾母一听，正合吾意，便说：

> 正是这话了。上次我要说这话，我见你们的大事多，如今又添出这些事来，你们固然不敢抱怨，未免想着我只顾疼这些小孙子孙女儿们，就不体贴你们这当家人了。你既这么说出来，更好了。

这说明，贾母在贾府虽属顶尖级的唯一，她有什么想法仍然要考虑各方影响，并非绝对地可以为所欲为。正如"大有大的难处"一样，高有高的难处，非可与外人道也。那么，凤姐之受到贾母的信赖，成为亲信、近臣、忠臣、佞臣，除其他原因以外，还在于她要分担主子的压力，替主子说出主子想说而一时尚多少有些不便的话。

这个世界有些显得肮脏的东西，有了权力、财富，便有弄权与贪渎，就有各种算计、计谋、计较。

所有高雅的世界背后都有一个庸俗的世界。高雅的世界看不起庸俗的世界，然而，庸俗的世界又常常是高雅的世界的依靠与基础。庸俗的世界其实更看不起高雅的世界，庸俗的世界知道是自身掌握着各种资源，决定着操控着高雅的世界的运转，当然庸俗的世界也乐于见到高雅的世界成为自己的门面。

当然，两个世界不是截然对立的。像宝钗、李纨、探春，甚至凤姐，都能知白守黑，知黑守白，她们属于"双吃"双通。

一二三、贾府内到底有几个世界

贾府内到底有多少个世界，这是一个不易回答的问题。

比如许多男主子，他们当然既不青春也不高雅，甚至他们连凤姐等的管理安排也不过问，也不需要像凤姐那样去搞点以权谋私，中饱私囊，而只剩下了赤裸裸的贪婪掠夺、穷奢极欲，像贾赦那样去抢夺石呆子的扇子、一心娶了再娶小老婆，像贾琏那样偷鸡摸狗，像贾珍贾蓉父子那样下作成性。而且这些人一无所长一无可取，除了腐烂只有腐烂，这是一个彻底腐烂的世界。然而某些情况下他们又成了在野派，可以来抓当权派的辫子空子，——例如邢夫人就可以用绣春囊去将王夫人与凤姐的军。——可以兴风作浪，可以唯恐天下不乱。

那么贾政呢？贾政比他们好一点，老要讲一点仁义道德，正人君子。他的这一套即使在贾府也没有一个人买账，出去做事更是行不通。他多半是由赵姨娘伏侍起居，估计他也很难与赵姨娘和贾环切磋修齐治平之道。中国的孔孟之道并非全无价值，也确有很大的影响与力量，这是事实。到了清朝，到了《红楼梦》的时代，这一套已经基本失效了，甚至无劳"五四运动"来打倒，这也是事实。贾政之道最孤，形不成气候，也没有自己的世界。当然，他可以从书里、从"四书五经"里寻找自己半通不通的圣人教化，那也许能够算是一个虚拟的世界。

贾敬呢？"箕裘颓堕皆从敬"，"造衅开端实在宁"，作者的意思是贾府的百无是处、没落瓦解，贾敬是第一责任人。问责非常严重，内容并不具体。贾敬走的是烧丹炼汞、静坐求仙的与封建主流意识形态疏离的道路，但他的对于疏离的选择，并不是对于封建有所批判跨越质疑，哪怕是有所动摇剑出偏锋，而是堕入了更加荒唐、更加愚昧、更加无知、更加原始的痴心妄想，他要的是不死与飞升，最后吞丹吞得死于非命。

贾府的奴才们也是千姿百态。除了几个有头有脸的大丫头以外，有急于钻营的小红、五儿，有倚貌逞性、不失天真的芳官，也有忠烈义士型的焦大、心怀叵测的鲍二、小伙伴型的茗烟、吃老本型的李嬷嬷……

一方面，贾府的生活极其空虚无聊，没有事不是吃喝就是过生日，不是偷情就是讨妾；一方面，主子与主子，奴才与奴才，奴才与主子，却又都不断地生事、找事，忙于空虚，紧急于无聊，忙于内斗，劳神伤力，劳民伤财。一方面他们是利益共同体，是命运共同体，一荣皆荣，一损皆损；另一方面他们又一个个乌眼鸡似的，相互狼视眈眈，只求一己快意，谁也不考虑整体。从家族命运来说，他们所有的存在方式都在自掘坟墓、自取灭亡。

贾府到底有几个世界呢？差不多已经不成世界了，只有一团乱糟糟的败落气象。

一二四、表扬与自我表扬

贾母与王熙凤是表扬与自我表扬的典范。

在凤姐提出为宝玉等大观园中人单独开伙的建议后，叫做：

因此时薛姨妈李婶都在座，邢夫人及尤氏婆媳也都过来请安，还未过去，贾母向王夫人等说道："今儿我才说这话，素日我不说，一则怕逞了凤丫头的脸，二则众人不伏。今日你们都在这里，都是经过妯娌姑嫂的，还有他这样想的到的没有?"薛姨妈、李婶、尤氏等齐笑说："真个少有。别人不过是礼上面子情儿，实在他是真疼小叔子小姑子。就是老太太跟前，也是真孝顺。"

贾母点头叹道："我虽疼他，我又怕他太伶俐也不是好事。"凤姐儿忙笑道："这话老祖宗说差了。……老祖宗只有伶俐聪明过我十倍的，怎么如今这样福寿双全的？只怕我明儿还胜老祖宗一倍呢！我活一千岁后，等老祖宗归了西，我才死呢。"贾母笑道："众人都死了，单剩下咱们两个老妖精，有什么意思!"说的众人都笑了。

这一段绘声绘形堪称绝妙。第一，贾母自己承认，早就想表扬凤姐了，一怕被表扬的人逞起能逞起脸即翘起尾巴来，二怕别人不伏——不服。

第二，她要抓住这个机会当众表扬，提到在场有什么什么人。这说明，要表扬已非一日，今天抓住了机会。

第三，贾母既然决心表扬，众人便都随声附和，立刻对凤姐的赞歌盈耳。这种赞歌并非真心，至少邢夫人不是真心。这就反而给凤姐留下了隐患，使邢夫人之流更加痛恨她。

第四，这里还有个迷信，说是太聪明伶俐了不好，活不长。这当然不是科学论断，但是这是对于凤姐命运的预言：机关算尽太聪明，反算了卿卿性命嘛。

第五，凤姐立即扭转形势，由被表扬者变成表扬即阿谀奉承者。她对贾母的谀词听起来是何等受用！

第六，凤姐与贾母在语言运用上的功夫都不简单，什么时候都说得生动自然趣味灵动，同样的话到她那里就说得好听、好读、活泼、可爱，不光贾母听着可心，连读者读着也觉得好听。言语之用，大矣！

在这种情况下，贾母关于老妖精的玩笑就显出内容的丰富了。剩下咱们俩，这种说话法已经是极大的恩宠，显得何等的体己、亲密！都死了我们不死，并无意思，这个话较之凤姐的要活一千岁显然已经豁达了许多。姜是老的辣，到了贾母这个份儿上，不应该说要活多久多久之类的天真烂漫的话。这种天真烂漫的话儿凤姐说起来正合适，一是显示了自己的纯洁可爱，二是以自己给自己说吉利话的形式向贾母献上福寿双全啦、聪明伶俐胜我十倍啦之类的谀词，自然而然地把贾母哄了个舒服。薛姨妈、李婶、尤氏等齐说凤姐孝顺，能哄得老太太高兴当然是孝顺。到了这个时候，表扬别人就是表扬自己，表扬自己就是阿谀旁人，这实在已成为表扬与自我表扬的一个范例啦。

一二五、真真国的女孩子

第五十二回中间，宝琴说："有个真真国的女孩子，才十五岁，那脸面就和那西洋画上的美人一样，也披着黄头发，打着联垂，满头带的都是珊瑚、猫儿眼、祖母绿这些宝石，身上穿着金丝织的锁子甲洋锦袄袖，带着倭刀，也是镶金嵌宝的，实在画儿上的也没他好看。有人说他通中国的诗书，会讲'五经'，能作诗填词……"

整个说起来，《红楼梦》的生活格局有限，从胡适到冰心都不甚喜爱《红》，原因盖在此。是不是作者也想到了这一层呢？便不无生硬地（此前并无任何伏笔、铺垫)引进了一个薛宝琴。宝琴与别的女儿的区别在于：一，她只是过客，不是归人；二，她已经许配人家，名花有主，不再有终身大事的选择问题，不参加竞争或者陷入与宝玉有关的婚姻纠葛，是真正的局外人；三，她见多识广，八岁时节就跟随父亲到西海沿子上买洋货等等。

总之，宝琴的出现给读者打开了一面窗子，令读者多少想到大观园外还有广阔的世界。

真真国是哪国，可能已有专家考证。披着黄头发，像欧洲尤其是北欧；头发打着联垂，像非洲；满头珠宝，像是中东中亚。反正我们从这个真真国的女孩子身上可以看到外国，可以看到世界，看到一种叫做西洋景的东西。当年不曾走向也未想走向世界的国人要认识世界只能凭一点小小的浅浅的接触加上想象，最好的对于世界对于外国的认知也不过是有一些西洋景。文化还是得听中原的，所以西洋景上的女孩子人长得装扮得再好再美，文化上也只有唯中原之文化的马首是瞻，那时的人们无法想象中原之外另有文化。

《红楼梦》第五十二回中还曾写到鼻烟壶的形状："金镶双扣金星玻璃的一个扁盒……里面有西洋珐琅的黄发赤身女子，两肋又有肉翅。"这也是西洋景之一种，长翅者似应是天使——安琪儿，但欧洲安琪儿的像都是男孩儿之体，怎么这里成了女体了呢？再后面还写到俄罗斯孔雀毛氅衣，也存疑。孔雀生活于热带亚热带，怎么到了俄罗斯？热带禽鸟的羽毛保温性能差，能用它做大氅吗？雪芹虽然伟大，仍有道听途说、以讹传讹之处，不知是否如此。

至于所谓真真国女孩子的诗，难称高明感人：

昨夜朱楼梦，今宵水国吟。

岛云蒸大海，岚气接丛林。

月本无今古，情缘自浅深。

汉南春历历，焉得不关心。

多少带来一点另类气息。国人古典诗词中写山的最多，写江河的也不少，写海的不多。"海上生明月，天涯共此时"，此两句极好，但后边转到写月光上去了——"灭烛怜光满，披衣觉露滋"，中国人就是爱写月亮。"海内存知己，天涯若比邻"，写的也不是海而是海内，海内就是陆地。这样说起来，此真真国女孩之诗的"岛云蒸大海"句就算有点气魄了。文章之道，不可无变，自己跟自己也得想着法子变异。再好的文人，陈陈相因，自己重复自己，也是行不通的。

一二六、晴雯与坠儿

我们这个民族有时很有些厚道，为尊者讳，为贤者讳，为可爱者讳，为被压迫者、叛逆者、先进者……总之为一切有理由站得住者讳。

同时，我们又是嫉恶如仇，万年不解，至今提起秦桧来恨得咬碎钢牙，见到秦桧塑像就要啐唾沫吐痰。对着一个符号群起攻之，似越出了正常理性范围，是否若不这样，就有可能被旁人误认为自己也是秦桧那样的奸佞呢？

读《红》者多喜晴雯而厌袭人，晴性情而袭谋略，晴美貌而袭平平，晴尊严而袭一副奴才相，晴不幸被逐夭亡而袭苟活，晴一生洁白女儿身，而袭早就与宝玉试过云雨情了后来还嫁了蒋玉菡，而且是几次想死却终于没死，一副变节失贞者的嘴脸。

每次读到下面这一段我都很难受，晴雯怎么还有这一面：

> 这里晴雯吃了药，仍不见病退，急的乱骂大夫，……晴雯又骂小丫头子们："……瞅我病了，都大胆子走了。明儿我好了，一个一个的才揭你们的皮呢！"……说着，只见坠儿也蹭了进来。晴雯道："你瞧瞧这小蹄子，不问他还不来呢。这里又放月钱了，又散果子了，你该跑在头里。你往前些，我不是老虎吃了你！"坠儿只得前凑。晴雯便冷不防欠身一把将他的手抓住，向枕边取了一丈青，向他手上乱戳，口内骂道："要这爪子作什么！拈不得针，拿不动线，只会偷嘴吃。眼皮子又浅，爪子又轻，打嘴现世的，不如戳烂了！"坠儿疼的乱哭乱喊。

这一段实在让人看不下去。封建加奴隶制度，培养出来的人个个都非善类，大奴才管小奴才，高层奴才管低层奴才，果然厉害。晴雯的嫉恶如仇比宝玉厉害多了，她的霸气，她的出手，她的暴力倾向，她的仗势欺人、自作主张，一点也不比凤姐含糊。她如果作了主子会是什么样呢？我不敢想，我不愿意想象一个美丽的单纯的直爽的与聪慧的少女有朝一日会变成魔头、泼妇、刽子手。还有一个最最让人莫敢正视的可能性——如果同样变成了主子或半主子，袭人对待下层奴才很可能比晴雯还好一点。

当然，晴雯怒之有理，坠儿手脚不干净，这无论如何不是美德；晴雯注意职业道德与做人的底线，应该是站得住的，不能以阶级斗争的观点为小偷小摸行为找理由。但有理就可以对人施加肉体摧残吗？这样的施暴也有理论，不是很可怕吗？

看来那时的晴雯和所有的国人没有对于他人人身的尊重，自然。而麝月的劝说却是："等你好了，要打多少打不的？这会子闹什么！"心平气和的麝月也认为该打可打。看来我们的传统中有嗜暴的一面存焉，无怪乎"文革"中那么多打砸抢分子。

然后晴雯便命人叫宋嬷嬷进来，说道："宝二爷才告诉了我，……坠儿很懒，……今儿务必打发他出去……"

瞧，晴雯自行代理起主子来了，自行驱逐了一个小丫鬟。这里也有显威风之意，甚至也有趁袭人不在的良机逞强之意。她的潜意识里当然有与袭人争个高下的动机，甚至有与麝月争高下的动机。表面上看，麝月管的事更多，但晴雯一直对麝月指手划脚。

我仍然觉得晴雯可爱，我仍然爱晴雯，但晴雯绝非善类，晴雯确是个烫手的山药，晴雯的过分强势为自己掘了坟墓。这个话也是许多红学家不忍说出来的。

一二七、高级奴才的优越感

提起晴雯等高级奴才的优越感，令人发指。

书上是这样写坠儿的母亲见晴雯的：

> ……唤了他母亲来，……说道："姑娘们怎么了，你侄女儿不好，你们教导他，怎么撵出去……"晴雯道："你这话只等宝玉来问他……"那媳妇冷笑道："我有胆子问他去？他那一件事不是听姑娘们的调停？……比如方才说话，虽是背地里，姑娘就直叫他的名字。在姑娘们就使得，在我们就成了野人了。"

坠儿的母亲——"那媳妇"，抓住了晴雯言语上的空子——对宝玉直呼其名，乃给以打击，以报复晴雯驱逐闺女之仇于万一。她判断晴雯这一类叫做有头有脸的大丫头对宝玉有相当的影响力直至控制力，是判断得正确的。从某种意义上说，"那媳妇"对于晴雯的攻击带有奴才之间互相监督的性质：我闺女偷了东西，不好；但你竟敢直呼主子的名讳，也是有罪。为什么一个主子可以顺风顺水地统治一大堆奴才呢？这里透露了个中秘密——要造成奴才们互相监督的局面。

晴雯急了，因为她处于第一线，又在病中，病人的自我控制与反应能力是会减弱的：

> 晴雯听说，一发急红了脸，说道："我叫了他的名字了，你在老太太跟前告我去，说我撒野，也撵出我去。"

何等地可叹！晴雯在说这个话的时候哪里想得到她的狂言"撵出我去"不久就会应验。《红楼梦》的作者当然有宿命论的观念，一个经历了太多沉浮的人，不是唯心论者也会宿命起来。书中人物的一个玩笑一句闲话都会有命运的暗示、命运的威严、命运的恐怖。

严苛的人对旁人严苛，实际上也就是对自己严苛。病中的晴雯如此对待坠儿与她的母亲，至少对自己养病不利，而且搞得自己脸红脖子粗。所谓"在老太太跟前告我去，说我撒野"，已经暴露了晴雯的劣势，这更像是要赖而不像是开始时一身正气的维护纲纪者了。

倒是麝月来得厉害，她讲得有板有眼：

嫂子，你只管带了人出去，有话再说。这个地方岂有你叫喊讲礼的？你见谁和我们讲过礼？

真称得上气势夺人，先从前提上把"那媳妇"彻底压垮。首先取消讨论讲理（礼）的条件，说明与"那媳妇"对话的不对称性："别说嫂子你，就是赖奶奶林大娘，也得担待我们三分。"这里提到赖奶奶林大娘，估计赖、林已经是"那媳妇"万般仰视的主管老板了。话里的含义是：你的老板或老板的老板都得让我们三分，你算什么东西！大奴才对于小奴才是多么骄傲，训诫起来是多么畅快！这比杀屎棋、打落水狗还爽呢。

然后麝月苦口婆心地给"那媳妇"讲解："便是叫名字，……都是老太太吩咐过的，……连挑水挑粪花子都叫得，何况我们！"

好一个何况我们！一当上大奴才就何况上啦您哪！

然后是何况"们"：

那一日不把宝玉两个字念二百遍，偏嫂子又来挑这个了！过一日嫂子闲了，在老太太、太太跟前听听我们当着面儿叫他就知道了。嫂子原也不得在老太太、太太跟前当些体统差事，成年家只在三门外头混，怪不得不知我们里头的规矩。这里不是嫂子久站的，再一会，不用我们说话，就有人来问你了。

骄傲，自豪，体面，优越，高你一级就硬是活活压死你！你是连站也不配在这里站的。

比上不足，比下有余。有余时不好好优越一番，不等于辜负了自己的好运了吗？有地位有强势不使，过期作废。

"嫂子"只好走了，临走还要被污辱折磨一番：

麝月忙道："……你回了林大娘，叫他来找二爷说话。家里上千的人，你也跑来，我也跑来，我们认人问姓还认不清呢！"……那媳妇听了，无言可对，亦不敢久立，赌气带了坠儿就走。宋妈妈忙道："怪道你这嫂子不知规矩，你女儿在这屋里一场，临去时也给姑娘们磕个头。

没有别的谢礼，……不过磕个头，尽了心。怎么说走就走?"坠儿听了，只得翻身进来，给他两个磕了两个头，又找秋纹等，他们也不睬他。那媳妇嗐声叹气，口不敢言，抱恨而去。

宋妈妈也趁机数落一下"那媳妇"，有机会压人，谁不体验一下这种乐趣? 杀人不过头点地，压一个人、污辱一个人而到这步田地，用我们家乡话说，这叫"吃了不吐核儿"。

如果二十年后这里搞土改，可以想象坠儿家人不要求枪毙贾母宝玉，只要求开斗争大会往死里斗晴雯和麝月，可以对她们采取引人入胜的肉刑(方法略)，再一枪毙掉。

一二八、病补雀金裘

接着便是"勇晴雯病补雀金裘"。对有毛病的奴才是那样嫉恶如仇，对主子是那样奋不顾身;对前者是那样恶言恶语，对后者是那样忠心耿耿。晴雯的悲剧究竟是叛逆者的悲剧，还是忠臣见疑被谗被诬的悲剧呢? 前一种悲剧在传统的文艺作品中倒是有一部《水浒》，但《水浒》里叛逆的后边仍然是忠臣的悲剧。忠臣的悲剧故事汗牛充栋，是我们传统悲剧的原型。

看看晴雯病补雀金裘的悲壮场面吧:

晴雯……一面说，一面坐起来，挽了一挽头发，披了衣裳，只觉头重身轻，满眼金星乱迸，实实撑不住。……少不得恨命咬牙捱着。……先将里子拆开，用茶杯口大的一个竹弓钉牢在背面，再将破口四边用金刀刮的散松松的，然后用针绗了两条，分出经纬，亦如界线之法，先界出地子后，依本衣之纹来回织补。补两针，又看看，织补两针，又端详端详。无奈头晕眼黑，气喘神虚，补不上三五针，伏在枕上歇一会。宝玉在旁，一时又问吃些滚水不吃，一时又命歇一歇，一时又拿一件灰鼠斗篷替他披在背上，一时又命拿个拐枕与他靠着。

这才叫做以身相许，以生命相许。这一段描写太重要了，无怪乎成为千古名段。

首先，它写出了晴雯的忠勇、晴雯的为了宝玉主人不惜自我牺牲的精神。我国的传统是泛政治化与泛道德化，即使是男女之情，也不是以爱情视之，而是从政治与道德层面评价。男女之爱不叫爱情，不叫情爱，更不叫性爱，而叫恩爱。男女关系是人之大伦，是互相施恩再互相报恩的关系，如君臣、父子、兄弟的关系一样。宝玉对于晴雯有撕扇子供千金一笑之恩，晴雯就有病补雀金裘之报。这叫做"君之视臣如手足，则臣视君如腹心"，孟子也正是从恩爱的观点上立论的。陈世美罪不容诛，因为他是恩将仇报不仁不义天理难容的反面教员。

现代人用现代观点将晴雯与宝玉的关系理解成爱情关系，存疑。如果两个人是爱情，那是很难容得第三者插足的，晴雯与宝玉的关系中尚无这一面。晴雯只是在临死的时候才坦然地发出白白"担了虚名"之叹；她是在"事主"，当然作为一个美少女与美少男的关系，你可以作弗洛伊德式的分析。

而且，依中国传统，爱情是"私情"，事主才是大义。

其次，它表现了晴雯的才能。补一个珍异纺织品，只有晴雯一个人会，晴雯称得上色艺德才俱全。补起裘来，麝月只能打下手当小工，人家技高一筹，不服不行。即使用谗用成功了，把晴雯害死了，她补裘的记录仍然永垂史册。

第三，它制造了极其紧张的戏剧化的气氛与效果。如此书开篇时所讲，书中并无大贤大忠理朝廷治风俗的善政（或大奸大恶坏朝廷败风俗的乱政），能写得这样惊心动魄的章节尤其是以丫头为主角的章节只有此段。此外的戏剧性强的段落则都是大场面，秦氏出殡、宝玉挨打、元妃省亲、搜检大观园等。此段写这样一个不太大的事，能写得如此动人、细致、真实，实属天才，也证明曹公对这些府第的女性生活和"工作"真是做到了了然于胸。

第四，某种意义上，从这一段也可以看出，说下大天来，宝玉再体贴女儿们，搞再多委曲求全、服务周到的有时令人生厌的小花头，他毕竟是主子，他实际上仍然是在给奴隶们增加负担、增加折磨。有论者谓病补一节不符合宝玉体贴女儿们的性格，原因就在这里。女儿们为宝玉死，如金钏跳井，他确实痛不欲生，但最多也就是死后去烧个香；女儿们为宝玉献身，他决不会认为是不应该。

倒是晴雯认为宝玉太辛苦了，不得了啦。她一面补裘挣命，一面对宝玉说："小祖宗！你只管睡罢。再熬上半夜，明儿把眼睛抠搂了，怎么处！"倒像是宝玉为她操劳似的。

一二九、阶级斗争与造反有理

以阶级斗争与造反有理的观点解读《红楼梦》，就会特别重视全书的第四回与五十三回。说是前者讲到了贾、王、史、薛四大家族的兴衰史——其实主要只是贾家，也只有衰史。他们怎么兴起来的，谁知道！后者呢，有乌进孝庄头来给贾府交租子，而且乌庄头讲了其时农村民不聊生的惨状。

此回列出了农民给宁国府这户地主贵族上缴实物的清单：

> 大鹿三十只，獐子五十只，狍子五十只，暹猪二十个，汤猪二十个，龙猪二十个，野猪二十个，家腊猪二十个，野羊二十个，青羊二十个，家汤羊二十个，家风羊二十个，鲟鳇鱼二个，各色杂鱼二百斤，活鸡、鸭、鹅各二百只……

上述只是个头，远远没有完呢。

这有点新新闻主义的味道。本来，像数字、单据、文书这类东西，实用则实用矣，文学却是最不文学的。曹雪芹显然明白，这些玩艺上不上，影响书籍内容的真实感、亲历感，而且他不受什么主义、创作方法、高于生活的理论的影响，想怎么写就怎么写，硬是将最不文学的东西写到了最最文学的著作里。此外还有中医处方等一般不与文学搭界的东西全都上了小说。

我粗粗算了一下，全部清单上的东西折价不超过现今的六十万元，愿识者教之。作为寄生者的贾家，连经营管理都没过问过，他们确是巧取豪夺，敲骨吸髓，罪该万死。但此次清单总量同宁国府的规模与花费相比，果然不能算大。另外两千五百两银子，一般认为老秤比现在的秤（即斤单位）大，其时应是每斤十六两，那么两千五百两应是一百公斤左右。目前白银市价是每克人民币三元二角八分，总算起来不过数十万元人民币。"有八处庄地"的荣国府也强不到哪儿去，叫做"多二三千两银子"，地租应该是在五千两上下。即从袭人母病赏赐银两来看，她得到的是四十两银子，那么贾府从土地上得到的现金收入，只够袭人这一类事情用上一百多次，确实是不敷应用。

至于农村情况，不过寥寥数语。乌庄头说：

> 今年年成实在不好。从三月下雨起，接接连连直到八月，竟没有一连晴过五日。九月里一场碗大的雹子，方近一千三百里地，连人带房并牲口粮食，打伤了上千上万的，……爷的这地方还算好呢！我兄弟离我那里只一百多里，谁知竟大差了。他现管着那府里八处庄地，比爷这边多着几倍，今年也只这些东西，不过多二三千两银子，也是有饥荒打呢。

从《红》书一开始，冷子兴已经说到贾府是寅吃卯粮，这回一看，还真如此。

当然还有皇帝的赏赐，但也是鼓励性荣誉性的，并不够花费。绕一点说，贾府由于特殊地位（如元春是贵妃）而得到的赏赐少于因特殊地位而增加的开支（如接待省亲）。如此情属实，那就是说地位越高亏空越大。

《红》并没有仔细地写贾府的财政危机，但一旦写到，字字句句有据有数，一丝不苟。

《红》首先是写得好，雅俗共赏，有味道，有学问，有内容；其次是有了第四回、第五十二回，能联系到阶级斗争与造反有理上去。这样，爱读《红楼梦》的革命家政治家也就有了"挺红"的大旗。这说明，《红》书真真地不凡，我们的革命家政治家也是真真地不凡。但干脆说《红》就是阶级斗争的书，有点忽悠了呢。

一三〇、愿望与现实

研究一下贾府这种大户人家怎么过年，也很有意思。

先是处理一大堆经济财政事务，当然，过年也罢，其他红白喜事也罢，经济是基础。贾珍虽然烂脏，对于这些俗务仍然门儿清，与乌进孝庄头打完交道，又对儿子揭露了凤姐装穷的花招花式，同时不忘对贾芹训斥一番："你在家庙里干的事，打谅我不知道呢。你到了那里自然是爷了，……你就为王称霸起来，夜夜招聚匪类赌钱，养老婆小子。"

一面是经济上、道德上的千疮百孔，一面是仪式上、程序上、大面上的隆重辉煌，这就是统治者的里子与面子的鲜明对比，叫做：

> 两府中都换了门神、联对、挂牌，新油了桃符，焕然一新。宁国府从大门、仪门、大厅、暖阁、内厅、内三门、内仪门并内塞门直到正堂，一路正门大开，两边阶下一色朱红大高照，点的两条金龙一般。

光这个阵势就足以镇住别人也镇住自己，唬住旁人也唬住自己了。阵势（形式、场面、布景）本来是人造的，造成之后就能镇住唬住自身，就能弄假成真，感动你说服你摆平你。

然后是：

> 次日，由贾母有诰封者，皆按品级着朝服，先坐八人大轿，带领着众人进宫朝贺。行礼领宴毕回来，便到宁国府暖阁下轿。诸子弟有未随入朝者，皆在宁府门前排班伺候，然后引入宗祠。

年——春节，不仅是历法的节日、百姓的节日，而且从来都是高度朝廷化了的。连贾母都要着朝服正装进宫朝贺，行礼领（受皇帝老子的）宴。

然后是祭祖大典，令读者也开开眼：

> ……"贾氏宗祠"四个字，旁书"衍圣公（即孔子后人，王注）孔继宗
> 书"。两旁有一副长联，写道是：
>
> 肝脑涂地，兆姓赖保育之恩；
> 功名贯天，百代仰蒸尝之盛。

皇上，朝廷，掌握着那么多物质的与精神的资源，那么多激励与约束惩戒的手段，能够进入封建贵族的系列，能够分享这么一些特权这么一些特殊的顶尖的物质生活，能不肝脑涂地地忠于皇上吗？皇上让你荣，让你辱，让你贫，让你富，让你苦，让你乐，让你生，让你死，让你功名贯天，让你罪孽无地，让你百代仰盛，让你断子绝孙——诛灭九族。只这样一想，肝脑涂地的激情就迸发出来了，忠之惧之依之靠之羡之媚之颂之赞之服之伏之的脱骨扒鸡式的激情就爆炸起来了。

进入院中，白石甬路，两边皆是苍松翠柏，月台上设着青绿古铜鼎彝等器，仅仅御笔题字即皇帝老子的手书就有"星辉辅弼"、"勋业有光昭日月，功名无间及儿孙"、"慎终追远"、"已后儿孙承福德，至今黎庶念荣宁"等。

多么美好的语言与形式、器皿与设置、寓意与心愿。然而人们想一想，仅仅靠吉祥的宏伟的夸张的与肥腻的话语能够实现你们一代一代发达盛大下去的美梦吗？

一三一、做得到与做不到的

在上一节的分析当中，我们可以看到封建礼仪中语言、文词的作用。宏伟的道德感的至高至善至尊的词语都用到了极致，即使仅仅读一读这些词，天真敏感

的人也不能不为之含泪心动。

文词要与礼仪结合起来，才能做到相得益彰：

> 只见贾府人分昭穆排班立定：贾敬主祭，贾赦陪祭，贾珍献爵，贾
> 琏、贾琮献帛，宝玉捧香；贾菖、贾菱展拜毯，守焚池。青衣乐奏，三
> 献爵，拜兴毕，焚帛奠酒，礼毕，乐止，退出。

这也是个系统工程，首先是特定的时间——过大年，刚刚进宫回来；特定的
地点——贾府宗祠，长幼顺序，顺序带来美感与高低贵贱的秩序感；特定的器
具——爵、帛、香、毯等；特定的音响音乐，特定的动作——焚帛奠酒等等。

这些礼仪这些活动都包含着一定的文化内容与价值观念，其中不乏感人的内
容，有些流传至今，如祭黄帝陵。所有这些活动都有很强的教化意义，老老实实
地行礼如仪，会使你文雅、驯顺、庄重、敬天敬君敬祖，注意自己的举止，也体
会到自己的身份，拿好（控制好）自己的"派"。

封建封建，核心价值是尊卑长幼，是统制的合理性有效性稳定性。祭祖之类
的活动可以使你畏上敬上，同时使你珍惜自己的地位与既得利益，使这一切关系
与必然性变成天生的、祖宗决定的、先验的不可商量的东西。

但是生活中还有另一面，不可以拿到宗祠里展演的另一套东西，例如男盗女
娼，欺男霸女，蝇营狗苟，仗势欺人，虚伪奸诈，贪婪争夺，等等。到这个时候，
礼治的理念就会变成骗局，仁义道德的后面变成了男盗女娼，甚至于礼仪越是足
斤足两，其真实性诚恳性可信性就越差。

> 影（指画像）前锦幔高挂，彩屏张护，香烛辉煌。上面正居中悬着宁
> 荣二祖遗像，皆是披蟒腰玉；……每贾敬捧菜至，传于贾蓉，贾蓉便传
> 于他妻子，又传于凤姐尤氏诸人，直传至供桌前，方传于王夫人，王夫
> 人传于贾母，贾母方捧放在桌上。邢夫人在供桌之西，东向立，同贾母
> 供放。直至将菜饭汤点酒茶传完，贾蓉方退出下阶，归入贾芹阶位之
> 首。凡从文旁之名者，贾敬为首；下则从玉者，贾珍为首；再下从草头
> 者，贾蓉为首。左昭右穆，男东女西。俟贾母拈香下拜，众人方一齐跪
> 下，将五间大厅、三间抱厦、内外廊檐、阶上阶下两丹墀内，花团锦簇，

塞的无一隙空地。鸦雀无闻，只听铿锵叮当，金铃玉珮微微摇曳之声，并起跪靴履飒沓之响。一时礼毕，贾敬、贾赦等便忙退出，至荣府专候与贾母行礼。

这些礼数都很细致讲究，太细致讲究了就像作秀，像演戏，而不再是由衷的自然而然。礼数可以规范行为、设施、时间、空间……就是规范不了人的真情实感。在这种庄严肃穆文雅虔敬的仪式当中，怕就怕有一个人突然省悟：这不是猪鼻子插葱——装象（相）吗？只消这么一点点幽默感，全完了。所以虚伪的人最怕幽默。

一三二、贾宝玉撒尿

翻遍中国古典小说，就是加上外国的与现当代的小说，其中仔细描写一个主人公的尿尿过程的绝无仅有。倒是现今的影片越来越喜欢表现尿尿了，不知是出于什么样的创作或投合观众的心理。

> 宝玉便走过山石之后去站着撩衣，麝月、秋纹皆站住背过脸去，口内笑说："蹲下再解小衣，仔细风吹了肚子。"后面两个小丫头子知是小解，忙先出去茶房预备去了。

宝玉一尿尿，麝月秋纹便都由衷地笑了起来，这是什么心理呢？她们有意无意地想到了什么呢？而且是"口内笑说"，这个描写也够绝的，不是笑着说，也不是笑出声来，而是口内笑说，就是说说得特别亲切，口中响动里带着喜悦和笑意。分析不清楚也罢，反正读者看到这里也禁不住心内笑读了。

再有就是如何小解，二位丫头也有具体入微与形象直观的指导与提醒，直如三人一起小解一般，这真不知道是一种什么滋味什么享受，是不是很舒服很美妙，叫做妙不可言呢？

> 这里宝玉刚转过来，只见两个媳妇子迎面来了，问是谁，秋纹道："宝玉在这里，你大呼小叫，仔细唬着罢。"那媳妇们忙笑道："我们不知道，大节下来惹祸了。姑娘们可连日辛苦了。"

尿个尿就这么重大机密，真是大事啊。谁要大呼小叫，就会是大节下惹祸呀。可惜那时还无清场一说，否则宝玉尿尿，干脆来个清场，方圆二里地不论啥人不准进入不结了？

这里也有麝月与秋纹的地位问题，与宝玉尿尿的重要性的认知。宝玉尿尿是麝月秋纹她们份内的事、圈子之内的事、对于她们，是亲切喜悦一脸一口的笑意之事；对于那两个媳妇，那就是她们无权知晓无权过问无权搀和的本府核心内部的事儿了。两个媳妇对于适逢其盛——赶上宝玉尿尿——是诚惶诚恐、自觉僭越、无以自处的，这样，对于正在尿尿的宝玉口内含笑的麝月秋纹对二位媳妇就是张口便含威含恫吓了。

> 来至花厅后廊上，只见那两个小丫头一个捧着小沐盆，一个搭着手巾，又拿着沤子壶在那里久等。秋纹先忙伸手向盆内试了一试，说道："你越大越粗心了，那里弄的这冷水。"小丫头笑道："姑娘瞧瞧这个天，我怕水冷，巴巴的倒的是滚水，这还冷了。"
>
> 正说着，可巧见一个老婆子提着一壶滚水走来。小丫头便说："好奶奶，过来给我倒上些。"那婆子道："哥哥儿，这是老太太泡茶的，劝你走了罢去罢，那里就走大了脚。"秋纹道："凭你是谁的，你不给，我管把老太太茶吊子倒了洗手。"那婆子回头见是秋纹，忙提起壶来就倒。秋纹道："够了。你这么大年纪也没个见识，谁不知是老太太的水！要不着的人就敢要了？"婆子笑道："我眼花了，没认出这姑娘来。"宝玉洗了手，那小丫头子拿小壶倒了些沤子在他手内，宝玉沤了。秋纹、麝月也趁热水洗了一回，沤了，跟进宝玉来。

给尿完尿的宝玉洗手也具有这样压倒一切、所向披靡的威风。

而这一切写得这样细，这样真，这样得意洋洋。显然，曹雪芹写到这里的时候更多的是回味，是炫耀，是美不滋滋儿的呢。

一三三、贾母坚持原则

在元宵夜宴的喜庆时节，在一片说说笑笑之中，贾母却有两次发表宏论，表现了她这个善于生活、精于享福、自称"老废物"的人决非你好我好的"好好夫人"，而是毫不含糊地坚持封建社会的一些基本守则的。第一是主奴之辨，这是维护封建等级秩序的基本守则之一。

> 于是宝玉出来，只有麝月、秋纹并几个小丫头随着。贾母因说："袭人怎么不见？他如今也有些拿大了，单支使小女孩子出来。"

贾母是眼里不掺沙子的人，而且一发现问题，立刻作出有罪推断：袭人不见，必是她拿起大即自我膨胀起来了。光这一句话就够袭人喝一壶的。

幸有众人为袭人说话：

> 王夫人忙起身笑回道："他妈前日没了，因有热孝，不便前头来。"
> 贾母听了点头，又笑道："跟主子却讲不起这孝与不孝。若是他还跟我，难道这会子也不在这里不成？皆因我们太宽了，有人使，不查这些，竟成了例了。"

贾母点头并笑，是给王夫人面子，却不因为面子而放弃原则。这个原则之一就是主奴关系大于亲子关系，君臣关系才是"五伦"之首，父子是第二位。自古忠孝不能两全，忠比孝更重要。

贾母进一步提出"我们太宽了"的问题，她已隐隐感到，贾府需要全面整顿与扭紧螺丝钉了。她为什么会有这样的想法和说法，书里没顾得上说。一个家族、一个名门府第走向没落，必然出现纲纪松垮、秩序混乱的诸种征兆，其家长、其头目也必然若有所感，若有不安，若有不快，却讲不明晰。

幸亏此时有王熙凤提出了另外的说词，即袭人需要负责鞭炮齐鸣之时全园的消防与警卫，才使史太君没有继续发挥从严管理的思想，袭人也就没有成为靶子。人缘是太重要了，人缘就是战略防御体系的一个重要组成部分。袭人的人缘是如何地帮了她，看明白了。

第二项守则是关于男女之大防。贾母听了一本才子佳人型"（评）书"的故事梗概以后，大发议论：

> 这些书都是一个套子，……把人家女儿说的那样坏，还说是佳人，编的连影儿也没有了。……父亲不是尚书就是宰相，生一个小姐必是爱如珍宝。这小姐……竟是个绝代佳人。只一见了一个清俊的男人，不管是亲是友，便想起终身大事来，父母也忘了，书礼也忘了，鬼不成鬼，贼不成贼，那一点儿是佳人？

贾母的宏论中有两个内容，一个是批评各种"书"的老一套胡编乱造的模式。她说的都在理，有根据。例如某些细节："既说是世宦书香大家小姐都知礼读书，连夫人都知书识礼，便是告老还家，自然这样大家人口不少，奶母丫鬟伏侍小姐的人也不少。怎么这些书上凡有这样的事，就只小姐和紧跟的一个丫鬟？你们白想想，那些人都是管什么的，可是前言不答后语？"这也是一说一个准。就是说不管贾母的思想观点如何陈腐，价值观念如何保守不足取，她批起"通俗文化"来仍然是游刃有余的。

越是通俗文化，越容易陈陈相因，套来套去，缺少创造性逻辑性与真实性可信性。通俗文化的力量不在这里，通俗文化的魅力恰恰在于它释放了实现了解开了你的那些不能实现的愿望、那些与既定守则不相一致的梦想、那些公众心里的死疙瘩。对于通俗文化来说，真实性、逻辑性、深刻性直到创造性等等，有时只是一种奢侈，不需要特别的"抵抗投降"，只需要有贾母这样的文学艺术评论家，便足可以胜任将之批倒批臭的历史使命。

对于贾母来说，更重要的批判在后边，即这样的"书"有碍于封建男女大防的准则。批不合情理是幌子，批它的观念才是主旨所在。贾母说：

> 便是满腹文章，做出这些事来，也算不得是佳人了。……编这样书的，有一等妒人家富贵，或有求不遂心，所以编出来污秽人家。再一等，他自己看了这些书看魔了，他也想一个佳人，所以编了出来取乐。

贾母的诛心论点还真八九不离十。妒而抹黑之心人皆有之，这可以说明为什么古今中外都喜欢"爆"上层人物——皇室、宫廷、政要、巨富、名流等的黑幕。阅读这类爆料性作品可以使小人物们得到不少安慰。贾母说的不足之处在于，这类高层人物的确又有讳疾忌医、涂脂抹粉、仗势造势、弄虚作假的恶习。你越是害怕别人知道真相，你就越处在被爆料的地位。

第二个原因，"他也想一个佳人"，那就更是当然如此的了。说想佳人是对这种书"看魔了"，则是倒因为果。有女怀春，吉士诱之，人生的自然需要自然情感在先，编出来的书呀戏呀在后。封建主义无法改变人的自然本性，便只有在封锁书和戏上下功夫。贾母声称：

> 所以我们从不许说这些书，丫头们也不懂这些话。

贾母的封锁政策得到了响应：

> 李（婶）薛（姨妈）二人都笑说："这正是大家的规矩，连我们家也没这些杂话给孩子们听见。"

封建主义的精神生活方针是以捂为纲，以为捂起来，听不见，不说，就可以保持道德操守的纯洁性。果真如此有效，也就没有一部《红楼梦》可写可看了。这种捂，其实只是自欺欺人。

一三四、凤姐的笑话

一般人认为，中国传统小说的一个特点是有头有尾，至少情节上有较清楚的交代，不像外国小说动辄弄得你一头雾水，往好里说是叫你思索，往坏里说是故弄玄虚。

但是《红楼梦》例外，除了大的情节大的交代留下了许多谜以外，还有些小的藏头露尾、无头无尾、有头无尾。

例如凤姐的这个笑话。先是渲染众人对于凤姐的笑话的期待之高，把读者的胃口吊起来：

> 众人齐笑道："这可拿住他了。快吃了酒说一个好的，别太逗的人笑的肠子疼。"

然后是"凤姐儿想了一想，笑道"，注意，是想了想，并不是随口一说，而且是自己先笑了的，她的故事的预期效果应该是十分逗笑：

> 凤姐儿……笑道："一家子也是过正月半，合家赏灯吃酒，真真的热闹非常，祖婆婆，太婆婆，婆婆，媳妇，孙子媳妇，重孙子媳妇，亲孙子，侄孙子，重孙子，灰孙子，滴滴搭搭的孙子、孙女儿、外孙女儿、姨表孙女儿、姑表孙女儿……嗳哟哟，真好热闹！"众人听他说着，已经笑了，都说："听数贫嘴，又不知编派那一个呢。"尤氏笑道："你要招我，我可撕你的嘴。"凤姐儿起身拍手笑道："人家费力说，你们混，我就不说了。"贾母笑道："你说你说，底下怎么样？"凤姐儿想了一想，笑道："底下就团团的坐了一屋子，吃了一夜酒就散了。"众人见他正言厉色的说了，别无他话，都怔怔的还等下话，只觉冰冷无味。史湘云看了

他半日。

巧舌如簧的凤姐突然说得前言不搭后语，而且两次想了一想，想的结果却是找不着北。众人的感觉是她"正言厉色"地说了，别无他话，怔怔地等待下文，都觉冰冷无味起来，而这一切竟是最会造气氛、最会哄着老太太高兴的凤姐造成的。这些怎么都如此地不正常？究竟发生了或者可能发生、将要发生什么事呢？

然后是不住地说一个"散"字：

> 凤姐儿笑道："……几个人抬着个房子大的炮仗往城外放去，……有一个性急的人等不得，便偷着拿香点着了。只听'噗哧'一声，众人哄然一笑都散了。这抬炮仗的人抱怨卖炮仗的扦的不结实，没等放就散了。……这本人原是聋子。"

前一个没说完，却又加上一个照样令人摸不着头脑的故事——梦呓？混说？寓言？语言障碍？

> 众人听说，……都大笑起来。又想着先前那一个没完的，问他："先一个怎么样？……"凤姐儿……说道："好罗唆，到了第二日是十六日，年也完了，节也完了，我看着人忙着收东西还闹不清，那里还知道底下的事了。"

这是对故事的颠覆，这是对有所期待的嘲弄，又有谁能知道底下的事儿呢？这话细品起来颇为悲凉。

然后就是凤姐说："外头已经四更，……咱们也该'聋子放炮仗——散了'罢。"

就说是谶语吧，也不至于写得这样没来头无厘头。从逻辑上情节发展上你闹不明白这一段的奥妙，但是从气氛上你又觉得它写得妙极了，传神。有一点阴影，说有就有，说无尚无；有一点神秘，说是就是，说非就非；有一点突兀，有一点冰冷无味，有一点预示不妙，有一点无奈。悲哀正在临近，悲哀从四面逼来。口若悬河的凤姐忽然语无伦次，天真乐观的史湘云紧紧地盯着她。为什么，为什么，为什么要知道为什么呢？

人生诸事，正是不知道底下会如何如何呀。

一三五、又一幕像契诃夫的戏

从五十三回开始写到了元宵夜宴，到整整一个五十四回，这一部分写得相当散，叫做散文化与诗化。

诗化里的诗不是那种偏于廉价的酸溜溜的打情卖俏的诗，这里有一种深沉，有一种复杂，有一种言外之意画外之音笑外之痛尤其是情外之情。

除夕祭祖，庄严隆重；庄头进京，财政艰难；行礼如仪，行尸走肉；元宵夜宴，亲友萧疏；穷奢极欲，乐趣几何？袭人缺席，欲责还休；宝玉尿尿，威风凛凛；听书拨弦，本为自娱；内容不端，徒令气愤；众星捧月，阿谀奉承；不过如此，了无意趣；听戏敬酒，三更严寒；说说笑话，有头无尾；聋子放炮，不如早散。

这是一个怎样的晚上呢？有矛盾？没有矛盾。有热气？没有热气。有欢笑？没有欢笑。有悲伤？没有悲伤。有预兆暗示？没有预兆暗示。有享受、排场、辉煌——像元春省亲时那样哪怕像可卿丧事时那样？完全没有辉煌。太辉煌过了就再不会有辉煌了。有伏笔？有线索？有情节链条上的重要环节？没有，什么都没有。如果你是一个坚持以故事为纲考察小说的编辑，如果你是一个以主线来要求小说的结构的出版人，你干脆会要求砍掉它。

然而它又是无孔不入地渗透着，感动着读者，真切，生动，讲究，疲倦。岂止是"书"，什么都给人以老一套的感觉。你好像是跟着书里的人物过了一个内容丰富却是无趣的元宵夜，一起打哈欠，一起越吃好的越没有食欲。读完这一两回，你好像想哭却没有哭出来，想笑却在笑到半截的时候被不知什么堵了回去，你想玩，但始终没有玩起来，你好像想做爱却突然被浇了一身冷水。最后只剩下了一个大哈欠。

这又是多么像契诃夫的戏剧。对白与对白互相呼应，却未必衔接；情节与情节藕断丝连，却不成因果；人物与人物似乎互不相关，却又充满张力。尤其是，情与境是那样细腻，那样自然，那样淡中显浓、闲中显急。各种话语都是废话，各种废话都似有含意。各种过程都嫌空虚与茫然，各种空虚与茫然都充满威严的宿命。像是一群废人。像是都很了不起。像是高高在上。像是一番道理。像是本来如此，决非刻意。像是自然面貌，不需要装扮。

戏里有戏。于是弹奏一曲《将军令》。于是《八义》闹得贾母"头疼"。于是让芳官唱一出《寻梦》。于是叫葵官唱一出《惠明下书》。如果是一场戏，音响也是满好听的。

结尾呢？

> 说话之间，外面一色一色的放了又放，又有许多的满天星、九龙入云、一声雷、飞天十响之类的零碎小爆竹。放罢，然后又命小戏子打了一回"莲花落"，撒了满台钱，命那孩子们满台抢钱取乐。又上汤时，贾母说道："夜长，觉的有些饿了。"凤姐儿忙回说："有预备的鸭子肉粥。"贾母道："我吃些清淡的罢。"凤姐儿忙道："也有枣儿熬的粳米粥，预备太太们吃斋的。"贾母笑道："不是油腻腻的就是甜的。"凤姐儿又忙道："还有杏仁茶，只怕也甜。"贾母道："倒是这个还罢了。"说着，又命人撤去残席，外面另设上各种精致小菜。大家随便随意吃了些，用过漱口茶，方散。

经过了各种甜与腻，快乐与无聊，饿与食欲不振，"方散"。我真想建议某个戏剧学院表演系的毕业班一字不改地把这一回的内容以话剧形式搬到舞台上。

一三六、探春的厉害与悲哀

五十五回："且说元宵已过，只因当今以孝治天下，目下宫中有一位太妃欠安，故各嫔妃皆为之减膳谢妆，不独不能省亲，亦且将宴乐俱免。故荣府今岁元宵亦无灯谜之集。"

读者容或略感莫名其妙，为什么在写元宵夜宴时未提此事，元宵过了，"屁"已放完，又找补起这样一个有关脱裤子的交代来了呢？

貌似闲笔，貌似废话。曹雪芹是相信预兆的，他的情节发展多有预兆。这也是预兆，是元妃命运的预兆，也是贾家命运的预兆。

然后是凤姐的病。自恃强壮也罢，筹画计算也罢，争强斗智也罢，人强强不过病、强不过命，病也是兴衰的历史因素。

于是历史推出了李纨、探春、宝钗的三套马车联合代理执政，其中尤其是探春的执政写得精彩细致。在她的生母赵姨娘的弟弟赵国基的丧事问题上，她连续受到了挑战。

首先是刁奴吴新登家的有意作难。万事万物都不是单向的，有恶主就有刁奴；有主子考察奴才，就有奴才考察主子；有你欺我，就有我欺你。吴新登家的险些让探春上了当，但是探春没有上当，并洞悉其奸，给以了颜色：

> 探春笑道："你办事办老了的，还记不得，倒来难我们。你素日回你二奶奶也现查去？若有这道理，凤姐姐还不算利害，也就是算宽厚了。还不快找了来我瞧。再迟一日，不说你们粗心，反像我们没主意了。"吴新登家的满面通红，忙转身出来。众媳妇们都伸舌头。

读到这里，读者是为探春叫好的，因为作者的立场已经影响了读者，作者写作中对于贾府的熟悉与体贴已经培养了读者的感情。而这样一件具体事情上，故意捣蛋的当然不是探春而是吴新登的。

底下赵姨娘的捣蛋就很烦人也"绕"人。在《红》中赵是少有的一位扁平人物，她只要出场，就绝无得体的言谈举止，除了惹人讨厌，还是惹人讨厌。这样她被探春顶了回去，只能说是她自取其辱，活该如此。但是她毕竟是探春的生母，逼得探春与她划主奴界限，令人觉得很不是滋味。

> 赵姨娘没了别话答对，便说道："太太疼你，你越发拉扯拉扯我们……"探春道："……叫我怎么拉扯？这也问你们各人，那一个主子不疼出力得用的人？那一个好人用人拉扯的？"

赵姨娘太蠢了，怎么可以公然要求拉扯？她等于逼着探春公事公办，一丝不苟。而探春的所谓好人不用拉扯论则偏于理想主义与打官腔了。

> 李纨在旁只管劝说："姨娘别生气。也怨不得姑娘，他满心里要拉扯，口里怎么说的出来？"

李纨是老实人，说老实话，但是等于向探春射出了另一支箭。就是说，包括李纨，也是认定了探春会利用职权拉扯自己的亲娘的。果然，她受到了探春的批驳：

> 探春忙道："这大嫂子也糊涂了。我拉扯谁？谁家姑娘们拉扯奴才了？他们的好歹你们该知道，与我什么相干。"

探春只能放更加狠毒的话了，其实很惨。
赵姨娘便说一些更不成体统的话来抱怨探春。而探春呢：

> 探春没听完，已气的脸白气噎，抽抽咽咽的一面哭一面问道："……谁不知道我是姨娘养的，必要过两三个月寻出由头来，彻底来翻腾一阵，生怕人不知道……"

真刀真枪地干上了。为什么哭？毕竟是自己的亲娘啊，窝囊啊。要主子的派就不能认亲娘，认亲娘就丢了主子的派与格儿。呜呼！

一三七、真实的极致

比较起来，《红楼梦》写人物是中国小说传统的一大革命。中国传统小说中的人物大多是概念化、二分化即黑白对比化的：忠的真忠，奸的一奸到底；清官则至清至正，赃官则无恶不作；孝子孝得一塌糊涂，逆子逆得丧尽天良；其他像节妇淫妇，高僧贼秃，刁奴义仆，慷慨者与悭吝人，急性子与慢性子，真与伪，情与无情，义与不义……莫不如是。还有有勇无谋的如张飞、李逵，用计用得出神入化的有诸葛亮、吴用，等等。与其说是人物具有个性，不如说是观念规定了人物。

写得有点深度有点立体感的则有项羽、刘邦、曹操、刘备、宋江等。其中《儒林外史》与带有小说笔法的《史记》写得较好，其余的作品多少受民间演义与说（评）话——曲艺表演艺术的影响，力求把人物概念化简明化，小说人物写作向小儿科方向发展。

《红楼梦》的人物栩栩如生，别开生面，归不到已有的任何类型中去。或谓《红》的故事结构颇受《金瓶梅》的影响，可能确是如此，但人物则与《金瓶梅》相去远矣。

但它仍然不是实录。曹雪芹写人物有一个方法，就是越是关系亲近的，性格上越是要拉开距离。例如赵姨娘与探春，探春与迎春、惜春，宝钗与薛蟠，宝玉与贾环，黛玉与宝钗，袭人与晴雯，贾政与贾敬，尤二姐与尤三姐……

为了对比鲜明，就必须、就只能有意无意地对特定人物的性格特色加以强调，客观上使某种性格极端化，用一个更好的词儿就是极致化。薛蟠之鲁与霸，宝钗之平与圆，黛玉之心细与笃情，贾政之正与迂，贾敬之格格不入，宝玉之纯真与自私，贾环之上不得台面，袭人之务实与心计，晴雯之率性，尤三姐之泼与烈，尤二姐之面，赵姨娘之丑恶愚蠢，秦可卿之美丽高贵与神秘隐秘，王熙凤之城府与狠毒，平儿之中庸仁厚……其实都超出了生活实际的可能，其实都经过了某种程度的提纯与夸张。

生活太丰富了，也可以说是太芜杂与混乱了，生活的丰富性芜杂性变易性其实超出了常人的接受能力。不经加工，把生活的实况写给大家，并不好看，甚至会显得不真实。

这就很有趣，同样的提纯与夸张，到了高手这里就鲜明生动感人，到了庸手那里就是概念类型俗套子。看来问题并不完全在于有没有概念，还在于你的概念是有创造性的还是陈陈相因的，你的人物是你对于人生的一个发现还是道听途说而来的，你的人物是大有嚼头、内涵丰富的还是脸谱式的，等等。

只要认真体察一下《红》里的人物，也就知道文学毕竟不是史学，小说毕竟不是实录。作为史、作为实录而与小说一样生动的，古今中外只有《史记》一部，原因是那时人们还分不清文学与史、实录与小说，也许还由于古代人本身的观念与人生方式太古典化、浪漫化与小说化。现实生活中的人物是不可能像《红楼梦》里的人物，也不可能像《三国》《水浒》里的人物一样极致化的。

由此也可以看出，非得为《红》找一个原型、找一个出处、找一个本事并且各执己见地互相争个头破血流的习惯实在是刻舟求剑、胶柱鼓瑟、硬钻牛角尖。

一三八、闲气与险心

"辱亲女愚妾争闲气　欺幼主刁奴蓄险心"，《红楼梦》五十五回的这个回目算是够直露的。

"闲气"一词颇可玩味。我在生活中也有这种体会，越是劳动人民越喜欢说一句话："少生（不是争）闲气（儿）。"我查了一下字典，香港天地版《汉语词典》中无"闲气"例词，对"闲"的释义有三：空闲时间，未使用与无意义——如说闲话。（王按，闲话的另一个意义是指桑骂槐的话。）商务版的《现代汉语词典》中对"闲气"的释义是为了无关紧要的事而生的气，例词有"怄闲气"、"生闲气"而无"争闲气"。而《辞海》除此解外还引用了《东坡志林》上关于闲气的故事，大意是说桃符骂艾人，你等草芥，为何居我之上？艾人应道，你已半截入土，还争高下吗？门神劝说道，吾辈傍人门户，何暇争闲气呢！不知这是不是说的旧时端午习俗，门楣上插着艾草（艾人），下挂桃符，即在桃木板上写上两个神灵的名字以辟邪祟。顺带提一下，中国古典白话小说回目中出现"争闲气"的说法，比《红楼梦》更早的大概是《二刻拍案惊奇》卷十二的"硬勘案大儒争闲气　甘受刑侠女著芳名"。"辱亲女愚妾争闲气"云云，结构上和这个题目很像，不知是不是受到了它的影响。

看来，争闲气是指无意义的争拗，尤其是指争个高下的事。人之争高下争虚名争地位争奖项争头衔何其蠢也，又何其多何其烈也。每年闲气杀死的人估计多于萨斯、疯牛病与禽流感病毒。而中文称之为闲散的、无意义无用处的、无事可做的一股邪气，这种构词含义深刻。我们还可以从反面研究一下这个词，越是有成就的人越不喜欢争闲气怄闲气，不是说他一定清高伟大，一定超凡拔俗，起码有一点，他太忙，实在没工夫去闲气儿一番；而越是干不成正事的，作家而没有了作品，官员而没有了政绩，运动员而没有了奖牌，歌唱家而没有了嗓子，就越是只能专业生闲气儿啦您哪。

但赵姨娘之争比桃符又差多了，因为按作者观点，赵就是奴才身份，奴才胚子，奴才性情，奴才举止，她是没有争的资格的，是不配生闲气儿的。赵姨娘的争闲气给我们充当了极好的反面教员。

曹写其他人物，笔下或稍留情，不论是死出有因的秦可卿还是呆霸王式的薛蟠。唯独写到赵姨娘与贾环，逢赵逢环必愚而诈、昏而下（流）。作者其实是想通过赵的捣乱写出探春的风度与原则性的，然而客观效果是两败俱伤，赵当然不会给读者留下好印象，探春的表现亦令人不寒而栗。

至于"刁奴蓄险心"，此话稍说重了一点，吴新登家的无非是试巴试巴探春的办事之道罢了。但刁奴险心云云，却是有预警作用的。别以为呼三吆四，一大堆奴才伺候着有多么神气舒服，任何事物都是双向或多向的。有主子的养尊处优、巧取豪夺、颐指气使、榨骨吸髓，就一定会有奴才的偷奸耍滑、拔毛揩油、蒙混哄骗并伺机使坏、落井下石；有主子对于奴才的从精神到肉体的全面控制，就有奴才的反控制，例如袭人通过周到的服务及直接建立与王夫人的情报提供和接受津贴的关系实际上相当程度上控制着宝玉；有主子对于奴才的防范，就有奴才的反防范突破防范，例如王夫人为防范金钏之流污染宝玉的成长环境而不惜将金钏逼死，但不仅袭人，而且晴雯芳官等都在突破这种防范。此外赖大一家从倚靠主子爬上去到主子危难时翻脸不认人，小红为身为奴才的自身的前途殚精竭虑，从极力表现、奴途坎坷到最后的包藏祸心……都说明了这一点。就是焦大这样的忠奴，如果忠得太过太迂，也只有徒令主子尴尬。

道理很简单，主子是人，奴才也是人，主子是奴才的表率，奴才是主子的镜子，主子是奴才命运的决定者，奴才最终一定是主子的掘墓人。

一三九、凤姐为什么让着探春

探春理事，首先碰到了赵姨娘的干扰。其实这是容易抵挡的，哭上一场，驳她一回，反而摆脱了"庶出（姨太太养的）"这个阴影，这个探春的难言之痛。

其次碰到的事情就比较麻烦，那就是因病请假、一时离任但并未卸任的王熙凤的诸多弊端。由于客观状况的混乱与人不敷出，由于王熙凤的弄权与以权谋私，必然留下许多不当之事，需要探春有个态度。通俗一点说，王熙凤留下了屎，王熙凤屁股上就有屎，你探春擦不擦? 怎样擦?

凤姐与平儿方面完全了解这个情势。平儿来到议事厅，见秋纹正有事要找探春询问:

> 平儿道:"这什么大事。你快回去告诉袭人，说我的话，凭有什么事今儿都别回。若回一件，管驳一件; 回一百件，管驳一百件。"……又说:"（探春）正要找几件利害事与有体面的人开例作法子，镇压与众人作榜样呢，何苦你们先来碰在这钉子上。你这一去说了，他们若拿你们也作一二件榜样，又碍着老太太、太太; 若不拿着你们作一二件，人家又说偏一个向一个，……二奶奶的事他还要驳两件，才压的众人口声呢。"秋纹听了，伸舌笑道:"幸而平姐姐在这里，没的臊一鼻子灰。我赶早知会他们去。"

通过平儿的话，我们知道，探春面临的第三个挑战是有老太太、太太的威势可以依仗的"单位"，例如怡红院。而且平儿估计，探春即使对这样的"单位"也不会手软。虽是侧面虚写，探春的分量却已出来了。

果然，王熙凤也直截了当地告诫平儿，对探春要谦让:

> 我虽知你极明白，恐怕你心里挽不过来，……他（探春）虽是姑娘家，心里却事事明白，……他又比我知书识字，更利害一层了。……他如今要作法开端，一定是先拿我开端。倘或他要驳我的事，你可别分辩，你只越恭敬、越说"驳的是"才好。

这一段说的"开端"，现一般作"开刀"。

王熙凤真英雄也，真政治家风度也。此前已经说过多次，表现过多次，王是争强好胜的。但一味争强好胜，一文不值，说不定是不识时务、自取灭亡的同义语。你看她能够看到探春的强于自己处——知书识字，就是说一个没有文化的能够看到一个有文化的能人的厉害，可见王并非霸气迷了心窍的浑人，而是知人知己的明白人。王对于上任开刀的路数也极清楚且保持清醒，并不幻想在权力的游戏场中自己会优势到底，得宠到底。她并没有下台，只不过是一时病假，居然能看到这一步，实在值得今天的大小掌权者们学习。

当然，这里另有一个计较。探春毕竟一个姑娘家，早晚要出嫁离家，而王熙凤不过是生一场疾病。从长远来看，探春不可能是王的掘墓人，她对王并不构成根本威胁。否则，王熙凤再清醒明白，也还是要困兽犹斗，不会这样风凉客观的。

平儿的智商亦不在二人以下，她的反应是：

> 你太把人看糊涂了。我才已经行在先，这会子又反嘱咐我！

还有一个因素，探即使与王有矛盾，那也是贾府主流派内部的问题，大方向大利益仍然是一致的。

一四〇、探春搞包产到户

《红楼梦》果然是百科全书，现实生活中的许多事都可以在《红》中找到雏形、例证，至少是可以找到类似参照事物。例如夺权——秦显家的夺取柳嫂子的厨房管理权；智力引进——王熙凤协理宁国府；小报告与特殊补贴——袭人向王夫人打小报告而获额外月例；扫黄打非——宝钗劝诫黛玉不要看"少女不宜"的书与绣春囊事件；大小字报——揭发贾芹胡作非为的揭帖，等等。

而且《红》中有"包产到户"——著名的探春兴利除弊的新政：

> 探春因又接说道："咱们这园子……一年就有四百银子的利息。若此时也出脱生发银子，自然小器，不是咱们这样人家的事……"

贪婪却不事经营，这是封建主义的虚伪，也是它的超经济剥削带来的后果：有了权就可以掠夺压榨，根本不需费心经营。

> 探春……道："……既有许多值钱之物，一味任人作践，也似乎暴殄天物。不如在园子里所有的老妈妈中，拣出几个本分老诚能知园圃的事，派准(即落实到人到户，并保持稳定。王注)他们收拾料理，也不必要他们交租纳税，只问他们一年可以孝敬些什么。一则园子有专定之人修理，花木自有一年好似一年的，也不用临时忙乱；二则也不至作践，白辜负了东西；三则老妈妈们也可借此小补，不枉年日在园中辛苦；四则亦可以省了这些花儿匠山子匠打扫人等的工费。将此有余，以补不足，未为不可。"宝钗正在地下看壁上的字画，听如此说一则，便点一回头，说完，便笑道："善哉，三年之内无饥馑矣！"

探春搞包产到户，还要有所隐藏，以免露出经营管理谋利的非大户人家面目。耻言物质利益，强调道德与精神境界精神力量，叫做重义轻利，这是我们的文化传统。这个传统既可爱又艰难，也很容易变成心口不一的空谈。正因为这个传统相当强大，一旦扭过来了，其价值失范与唯利是图就更露骨和无耻。而包产到户，其实是一种超越意识形态的朴素的与符合常识的经营方法。探春总结的四条可取之处，一是有人负责，二是减少糟践，三是对承包者有利，四是节约劳力，都不属于太高深的道理。探春并无管理经验，但也一接触便知。看来，越是常识越易违反，原因是常识的道理太微小，而非常识性的道理显得伟大得多。太

229

多地讲小道理服从大道理的结果可能是忽视了小道理，而使大道理被架空并最终垮掉。

平儿解释说："我们奶奶虽有此心，也未必好出口。此刻姑娘们在园里住着，不能多弄些玩意儿去陪衬，反叫人去监管修理，图省钱，这话断不好出口。"

当然，这是平儿为主子凤姐说话，如宝钗所指出并夸奖平儿的，但也是实情，平儿已经预见到后面莺儿与春燕妈和姨妈的矛盾了。包产到户与一切经营一样撕破了人际间脉脉含情的纱幕，凸显了赤裸裸的利害关系，是不怎么好看、不招人待见的。

至于宝钗称赞三年内无饥馑，也有道理。包产到户三年，能基本解决温饱问题，以大观园的条件，倒也差不多。

宝钗还大讲什么用学问提带管理，既可喜，又可疑。可喜的是宝钗已经试着搞点理论与实际相结合了，可疑的是，是用学问提升管理吗？还是用学问装饰那俗陋粗鄙的实际生活实际管理呢？是使世事升华，还是仅仅自欺欺人呢？

一四一、真假与你我

人生中有两样事最恐怖，一个是发现了自身的敌对力量，如猛兽、水火、雪崩、泥石流、爆炸……

还有一样也很惊心动魄：发现了另一个自身。

人的意识的产生是将主观世界与客观世界分开来。客观世界是大千，是各种各类；而主观世界是一个，是无二的。

如果主观世界成了两三个呢？

有一件事我一想起来就觉得毛发悚然，比如我给明知空无一人的家里打电话，听到了另一个我的声音，与我一模一样，同样的姓名，同样的声音，同样的经历与喜怒哀乐，一个打电话，一个接电话。我还担心过当我坐在家里的时候，有另一个我在外边，在田野上或者在天上地下，在北极或者在赤道，正在经受危难，经受折磨，经受酷刑。

这种对"我"的无二性的质疑既紧张又有趣，耐人寻味。

这样的经验贾宝玉已经有了，那就是知道了还有另一个家住金陵的甄宝玉。第五十六回正写着很实很实的包产到户，刚说着，只见林之孝家的进来说："江南甄府里家眷昨日到京，今日进宫朝贺。此刻先遣人来送礼请安。"

就这样，奇妙的甄家出现了。我相信，曹雪芹每逢写到包产到户之类实景实务的时候，就特别想张开想象与玄学的翅膀飞一飞。把虚构写成真实可信，这是小说家的本领；把真实写得玄玄虚虚，更是本领。

原来江南也有这么一个大府院，大致与贾府相当；也有一个宝玉，性格模样与宝玉相当，过往的故事与宝玉大抵相似，此后的选择则完全两样。甄宝玉选择了听命合作接受社会与家庭的训导的态度，走上了仕途经济的道路。对于他本人来说也许得失相当，对于小说的读者来说，他的形象一下子味同嚼蜡，无聊之至——而后面这一切是贾宝玉对着镜子睡觉时梦到的。其后的描写是甄宝玉来自贾宝玉的镜子，镜子是贾宝玉房间的用具和摆设。镜子之所以有用是因为能从中出现一个相像而又相反的宝玉。甄（真）乎贾（假）乎，天知道。

这与其说是小说情节，不如说是哲学思考的小说化。类似甄宝玉的人物出现还有一个原因，我称之为主打角色或近作者角色的满涨与分裂现象。一部小说中常常会有一个人物最接近作者自身，最具有替作者说话的作用，最能起主导全书的作用。作者对这样的人物总是有着写不完的话，太多的描绘、太多的发挥、太多的体谅、太多的表演使之成为一个满涨——超负荷的角色。满到什么程度，超到什么程度呢？一个角色已经负担不起了，只能分裂成两个角色。甄宝玉就是这样应运而生的，他其实出自贾宝玉，贾了又贾，就需要甄一家伙了。

同时甄宝玉的出现说明了作者的一点矛盾心理，他也怀疑贾宝玉的选择的肯定性、不可更易性，他希望知道换为另一种情况会是什么样儿。文学喜欢叛逆，喜欢特立独行，文学不喜欢顺从和乖乖听话。文学不仅关心现实性而且关心可能性。唉。

一四二、"臭小厮"赞

是的，宗教思维是一种心智的飞翔。而镜子的发明，与其说是一个光学物理学事项，不如说是一个哲学神学事项。

本来，《红楼梦》中的甄宝玉一家似属赘笔，有它不多，没它不少，除了与贾家对比以外，它没有什么作用。

然而，有它与没有它，又有许多感受上的不同、遐想上的不同、阅读深度上的差别。

尤其是，在因镜成梦、梦中进了甄府以后，处于养尊处优、众星捧月地位的贾宝玉被甄府的丫头们称为"臭小厮"，堪称妙极，堪称对于贾宝玉与读者的当头棒喝。

贾宝玉也可能是"臭小厮"，"臭小厮"也可能是贾宝玉。明白此理，就有点悟性了。

假作真时真亦假，无为有处有还无。这是《红楼梦》的一个极富涵盖性的嗟叹。几乎所有的宗教思维都对于此岸的真实性可靠性提出怀疑，如《般若波罗蜜多心经》所说：

> 色不异空，空不异色。色即是空，空即是色。受想行识，亦复如是。
> 舍利子，是诸法空相，不生不灭，不垢不净，不增不减。是故空中无色，无受想行识，无眼耳鼻舌身意，无色声香味触法，无眼界乃至无意识界，无无明亦无无明尽，乃至无老死亦无老死尽……

我们说，这是由于人生的短暂，由于世界的无常，由于万法万物的最终毁灭给人类造成的痛苦，使人们从思维上预先否定一切真实性，从而减少寂灭的打击与惨烈。

然而，"无无明亦无无明尽"，"无老死亦无老死尽"呀，最彻底的无是连无本身也被否定了的无。无变成了无无，或无无无无……负乘负得正，再乘负又得负，于是正负之变无穷，色空之变无穷，真假之辨亦无穷。彻底的无既不是有也不是无有，既不是无也不是无无，既不是无有也不是有有。

这是思维的飞翔，这是语言的翅膀，这是心智与悟性的狂欢。当人们不能够通过实验与演算获得无限、终极、自我的时候，人们却通过语言获得了神性，获得了玄思，获得了宗教的、艺术的与思辨的享受。

请问，如果此身此岸的一切都是彻底的无的话，此岸此身的真切感、强烈感、震撼感、痛苦感与欢乐感又是怎么回事呢？莫非另有一个真我，另有一个存在，另有一套体验与此岸此身的我相对应？

同样，如果此岸此身不过是昙花一现，电光石火，晨霜朝露，大漠轻烟……那么，当你告别人间以后，你的那些刻骨铭心的真情实感又到哪里去了呢？

何况，这里还有一个麻烦。此生你往往面临选择的困惑，一槌定音，一失足成千古恨，常感今是而昨非，常常不能掌握自己的命运，一头雾水。如果梦里醒里果然有另一个我作了另外的选择，那是多么惊心动魄又是多么必须的呀！

所以《红楼梦》里必须有一个甄宝玉，写好写赖都少不了他。有了他的陪衬，你才会进入那些比大观园、比宝黛恋情、比家族兴衰更重要更长远的思考，哪怕这些思考都是从空到空，不得就里。

贾宝玉需要有一个甄宝玉，曹雪芹需要有高鹗、脂砚斋、周汝昌、冯其庸、李希凡的红学与刘心武的猜谜。而王蒙也需要有各种评论、夸奖、攻击和各种黑材料。在各种评论、夸奖、攻击与黑材料中，你会发现自己的"臭小厮"的真实写照。

一四三、从恶搞到一恸

写了家政管理，写了世事洞明与人情练达，写了甄宝玉家，写了对于"我"的探索与追问，底下自然该写情——首先是宝黛之情了。

呜呼，人生就是这么麻烦，有政治，有哲学，还有爱情。

宝玉去看望黛玉，摸紫鹃的衣服提醒她不要穿得太薄：

> 紫鹃便说道："从此咱们只可说话，别动手动脚的。一年大二年小
> 的，叫人看着不尊重。……姑娘常常吩咐我们，不叫和你说笑。你近来
> 瞧他远着你还恐远不及呢。"说着便起身，携了针线进别房去了。

很可能宝玉对于紫鹃并无他意，他是男性又是主子，他用不着对女儿们的身
体抱有警惕，他本来以为可以随便接触并且还是喜爱这种接触的。

> 宝玉见了这般景况，心中忽浇了一盆冷水一般，只瞅着竹子，发了
> 一回呆。……一时魂魄失守，心无所知，随便坐在一块山石上出神，不
> 觉滴下泪来。

处境优越的人体会不了弱势人物的心事与难处，越是处境优越，越觉得自己
的善良天真时时会碰壁，越觉得自己的好心换来的常常是驴肝肺。

被压迫的人确实没有那么多好心，好心是富贵人的一种奢侈。

雪雁的反映相当有哏儿：

> 雪雁疑惑道：怪冷的，他一个人在这里作什么？春天凡有残疾的人
> 都犯病，敢是他犯了呆病了？

这样的幽默应该算是蓝色（伤感）或灰色（颓废）的。如果宝玉像贾琏、薛蟠一
样地禽兽行事，那就是正常与健康的了，真情与深情则是一种残疾。

而当紫鹃为了试探宝玉，进一步告诉他黛玉要回苏州以后，宝玉的残疾益发
严重起来：

> 晴雯见他呆呆的，一头热汗，满脸紫胀，……袭人见了这般，慌起
> 来，只说时气所感，热汗被风扑了。无奈宝玉发热事犹小可，更觉两个

眼珠儿直直的起来，口角边津液流出，皆不知觉。给他个枕头，他便睡下；扶他起来，他便坐着；倒了茶来，他便吃茶。众人见他这般，……先便差人出去请李嬷嬷。

一时李嬷嬷来了，看了半日，问他几句话也无回答；用手向他脉门摸了摸，嘴唇人中上边着力掐了两下，掐的指印如许来深，竟也不觉疼。李嬷嬷只说了一声"可了不得了"……

这就有点闹剧化，有点起哄加恶搞了。写小说也是一件快意的事，快意大发了便会控制不住自己，幽默感大发了就会成为恶搞，曹公也不例外。整个《红楼梦》是写得相当悲凉的，这样幽默的地方并不多，尤其是用到宝玉黛玉身上的戏笔并不多。薛蟠、贾瑞之流的戏笔不少，因为作者压根儿就没有拿他们当正经货色看待。

事情闹大了，黛玉先急得呕吐并骂紫鹃，说不如拿根绳子来勒死自己。贾母也来了，等问清了情况：

贾母流泪道："我当有什么要紧大事，原来是这句顽话。"又向紫鹃道："你这孩子素日最是个伶俐聪敏的，你又知道他有个呆根子，平白的哄他作什么？"

大大的幽默，大大的戏耍，最后却是大大的动人，是令人泪下。世上最苦是真情，谁能无动于衷？

以笑始，以恶搞始，以泪终，以悲情大恸终，这就是曹雪芹特别高明的地方。

一四四、爱与病

紫鹃几句所谓顽话把个宝玉搞出了精神病来。这种无事之事，无风之三尺浪，居然写得面面俱到，鸡飞狗跳，活灵活现，像煞有介事。

本回的题目"慧紫鹃情辞试忙（有版本作"莽"）玉"云云，说明第一，紫鹃是有意导演这一出戏；第二，作者肯定了她的情辞试之的动机，给导演以积极的评价；第三，客观上，宝玉非常合作，非常默契，反应达到了极致，理论上应该是达到了慧紫鹃—林黛玉的预期值。

其他有关的雪雁、黛玉、袭人、李嬷嬷、王太医、贾母等的反应都到位，都真实生动，没有疏漏穿帮的地方。

今人看起来仍有蹊跷。宝玉的情在黛玉身上，而他自认为受到的冷淡只是来自紫鹃，来自紫鹃的冷淡能有那么大的杀伤力吗？

可能是由于小姐的情是不能说出口的，小姐的副官——丫鬟便是特命全权大使，副官的态度便决定一切。

可能是丫鬟本来就不具备独立的人格，得到小姐的回应，意味着连同丫鬟一揽子接收。丫鬟居然让少爷注意自己的行为，免得"叫人看着不尊重"，岂不意味着整个林小姐山头远离贾少爷而去？

宝玉很少在丫鬟身上碰过钉子，哪怕是一点异议与拒绝都能使他无限委屈、无限悲伤。他的娇气包性格已接近可厌了。

一开头，宝玉的反应像是小孩子，但他已经与袭人领略过警幻所训之事了，怎么还那么过分地天真无瑕？这可能是由于少爷的特权，想与哪个丫鬟领略风月就与哪个丫鬟领略风月，想对哪个丫鬟动手动脚作小儿女天真活泼状就无限天真活泼。想玩就玩，想干就干，这里的宝玉反而由任性而矫情，由矫情而冤屈，由冤屈而无赖了。

后来，紫鹃进一步对他说到黛玉早晚是要回苏州的，他的强烈反应类似癔症乃至强迫观念型精神分裂症的反应，反而可以理解。

爱就是病。这不仅由于中国的封建社会是禁爱社会，禁爱是封建体制与封建意识形态所造成的，也还由于人类的爱本身就很麻烦：动物性与文化，肉体与精神，理性与非理性，爱欲与婚姻，激情、钟情与谋划，恋爱与阴谋，个人、家庭、亲属与社会，欲望、骚扰、规则与自律，意识与无意识，快乐与责任，爱与妒与疑与嗔怨直到仇恨，还有不同性别的平衡与不平衡、一致与不一致、同步与时间差、重叠与分化、骤热与渐冷……各种烦恼都与爱共来，谁能真爱而无病？谁能无病而真爱？

那么这是一种什么病呢？中医学（贾母的话叫做"药书"）通过王太医之口宣告道：

> 世兄这症乃是急痛迷心。古人曾云："痰迷有别。有气血亏柔，饮食不能熔化痰迷者；有怒恼中痰裹而迷者；有急痛壅塞者。"此亦痰迷之症，系急痛所致，不过一时壅蔽，较诸痰迷似轻。

把宝玉之情与"痰迷"联系到一起，有点幽他一默的意味，有点后现代解构意味。很抱歉，不但解了宝黛恋之构，也解了中医理论之构，不正视是不行的。在我的河北省老家，将一切心理与举止上的怪异称为"痰气"，比痰迷之说轻松些，是个很有趣味的词儿。

一四五、宝钗时时送温暖

钗不离黛，黛不离钗，这两姐妹永远分不开。写了黛玉，一定就要把笔锋转到宝钗身上了。当然，这是作者有意为之。

有孟良、焦赞难兄难弟之说，有恩格斯是马克思的另一个我之说，有二人同相貌难分彼此——如《第十二夜》中的孪生兄妹——之说，有一个死摽着另一个——如《悲惨世界》中的沙威对冉阿让——之说，说明小说家、传记家是很喜欢捉对子写自己的人物的。那么也就不难理解《红楼梦》中的黛与钗何以堪称难姐难妹，难分轩轾，难分难解，双峰双流，似二似一。

宝钗是另一种风格，写起来是另一套笔墨：

> 这日宝钗因来瞧黛玉，恰值岫烟也来瞧黛玉，二人在半路相遇。宝钗含笑唤他到跟前，二人同走至一块石壁后，宝钗笑问他："这天还冷的很，你怎么倒全换了夹的？"岫烟见问，低头不答。宝钗便知道又有了原

故，因又笑问道："必定是这个月的月钱又没得……"

写情就那么情，写呆与疯就那么呆与疯，写清雅就那么清雅，写到实务呢，就那么务实，如写家常，如写实事。是邢岫烟的财政麻烦，是邢岫烟"罗锅上山——钱(前)短"了。

只有宝钗注意到了这个，只有宝钗注意从物质上利益上从实处关心他人。贾宝玉体贴女儿，却从来没有体贴过女儿的财政困难，他的体贴的基础其实是弗洛伊德式的占有欲，他体贴女儿的情，更体贴自己对于女儿的情的需要。当然占有中的体贴仍然比占有中的强梁霸道欺凌蹂躏——如薛蟠之流所为——好。

宝钗对岫烟，一方面是关心，是帮助，是分担包揽：

> 宝钗听了，愁眉叹道："……有人欺负你，你只管耐些烦儿，千万别自己熬煎出病来。不如把那一两银子明儿也越性给了他们，倒都歇心。你以后也不用白给那些人东西吃，……倘或短了什么，你别存那小家儿女气，只管找我去。并不是作亲后方如此，你一来时咱们就好的。便怕人闲话，你打发小丫头悄悄的和我说去就是了。"

叫做不但有助人之诚，而且有助人之法。至诚能开金石，细节无微不至。其实，无微不至的细节来自助人之至诚。

另一方面则是适当收缩掌控。看到岫烟佩着探春相送的一块玉，宝钗便教导她说：

> 如今一时比不得一时了，所以我都自己该省的就省了。将来你这一到了我们家，这些没有用的东西只怕还有一箱子。咱们如今比不得他们了，总要一色从实守分为主，不比他们才是。

岫烟要拿下玉，宝钗又告诉她此玉目前不可取下，以免探春不快。

无懈可击。正由于无懈可击，才令人生疑。人们根据自己的经验和智商，是不相信不认同世上有无懈可击的人与行事的，如有即是大恶。

再说，宝钗的无懈可击衬托出了岫烟的唯钗之命是听，这也让人不喜欢宝钗而宁喜欢岫烟。

所以自古就有人说，好人难做。

一四六、谁能做主

薛姨妈与宝钗到黛玉这边来，谈到的话题恰恰是女儿们特别是黛玉的婚事。先是姨妈从岫烟与薛蝌的婚事讲到宿命论：

> 管姻缘的有一位月下老人，预先注定，暗里只用一根红丝把这两个人的脚绊住，凭你两家隔着海，隔着国，有世仇的，也终久有机会作了夫妇。……凭父母本人都愿意了，或是年年在一处的，……若月下老人不用红线拴的，再不能到一处。（红线说虽然混账，但是很有戏剧性，许多戏是这样结构剧情的。）

又说起对于黛玉的疼爱：

> 好孩子别哭，……你不知我心里更疼你呢。……你这里人多口杂，说好话的人少，……不说你无依无靠，为人作人配人疼，只说我们看老太太疼你了，我们也沾上水去了。

或以为薛姨妈是在耍弄黛玉，以月下老人的名义给黛玉以警告，勿以为自己与宝玉有情人能成眷属；又以怕人多嘴杂为名掩饰自己并不疼爱黛玉。疑非，疑这是受了将《红》中人物分为两个阵营的二分法的影响。薛姨妈这里谈得极其坦然，她讲的这些符合主流意识形态与做人尤其是做女儿的道理，没有必要弄虚作假。如果薛姨妈此时已有破坏宝黛情缘的打算，理应避讳与黛玉谈及这个话题。如果她本来不喜黛玉或以为黛玉是自己女儿婚事劲敌，焉有说及自己不敢太公开地向黛玉示好的道理，岂不是不打自招地承认自己未有疼爱黛玉的足够行事？那时她反而会强调自己如何如何疼爱黛玉，疼爱黛玉超过了亲女儿宝钗才是。

然后她们乱开玩笑，宝钗说是将黛玉说给薛蟠，纯属玩笑，说明此时宝钗也绝无与黛玉争宝玉的想法。姨妈说是将黛玉说给宝玉，紫鹃信以为真，几乎去认真请求姨妈为他们做媒，又演变成了姨妈与紫鹃的调笑。此处的姨妈倒是有些老奸巨猾，但说明的也只是她刚才关于宝黛婚姻的玩笑只不过是玩笑罢了。

须知，薛姨妈也是女人，她对于婚事的不可能由自己做主当有切肤的体会而且深信应如此不疑。加上封建道德伦常的要求，她当然知道，现在关于黛玉婚事的一切说法只不过是闲话顽话废话屁话，谁能做主？谁能预知？谁能挑选？谁能决策？

封建封建，最大特点就是你做不了自己的主，祸福通蹇，生死寿夭，升降浮沉，兴亡盛衰，贫富穷达，谁也不知道谁会怎么样。电影上的话叫做："什么？你当家？皇军要当你的家！"君为臣纲，父为子纲，夫为妻纲，一个小女儿怎么能怎么敢怎么会考虑自己的命运呢？那些个"纲"们的特点是偏偏不按你意他意众意和一切顺理成章众望所归的意来办，越是"目"们认为合适的，"纲"们越是要改而变之，硬性断之，才能显权威，定乾坤，证明只有"纲"们才能明察秋毫，决断个分厘不爽。封建社会的一个女儿，谁考虑自己的婚事多，谁就失败得更惨，并非社会或家庭专门为黛玉设下了虐杀机关。

如果说不无含意，当不是薛姨妈的虚伪与恶意，而是想通过玩笑讲解一个真理：黛玉也好谁也好，只能一切听天由命，只能任人摆布，只能逆来顺受，只能消灭自我，只能指鹿为马，几千年就是这样活下来的，就是这样雄踞东方的……要不，您还活不活呢？此时与往后，实难说薛氏母女对黛玉有什么不良用意。

一四七、粗写与虚写

《红楼梦》的写作风格是偏实偏细，以致胡适嫌烦。

但也有粗粗带过的笔墨，例如五十八回一开头先说到"那位老太妃已薨，凡诰命等皆入朝随班按爵守制。敕谕天下：凡有爵之家，一年内不得筵宴音乐，庶民皆三月不得婚嫁"。

老太妃云云似乎与贾家无关，但又有关：第一，"诰命等皆入朝随班按爵守制"，造成了贾府忙于朝廷礼制、疏于内部管理的情势。夸张一点说，就是造成了贾府的某些无政府状态。第二，"一年内不得筵宴音乐"，为元妃省亲购买的文艺工作者——小戏子们面临被遣散的命运。

接着写到"家中无主，便报了尤氏产育，将他腾挪出来，协理荣宁两处事体。因又托了薛姨妈在园内照管他姊妹丫鬟，薛姨妈只得也挪进园来"。再大的事儿也可以以对策对政策，假报尤氏产育，够胆大的，盖礼制的要求本身不合情理，所有有诰命的人物都去守制，岂不等于把所有大户人家撂荒？尤氏协理荣宁两府是凤姐协理宁府的呼应，也说明了尤氏风格的不同，叫做"尤氏虽天天过来，也不过应名点卯，亦不肯乱作威福"。同时调动助力薛姨妈，竟与孤标傲世的黛玉住到一起去了，可见斯时薛林关系之近。可怜以阶级斗争为纲的评红者回避这一类描写。

再有就是"两处下人无了正经头绪，也都偷安，或乘隙结党，与权暂执事者窃弄威福。荣府只留得赖大并几个管事照管外务，这赖大手下常用几个人已去，虽另委人，都是些生的，……且他们无知，或赚骗无节，或呈告无据，或举荐无因，种种不善，在在生事"。

这一段话虽然概括，但写得到位，很有分量，为此后诸多与"下人"有关的事件作好了铺垫。

更深一层意义则是贾府的管理危机，贾府没有一个坚强、可持续的管理班子，没有明细的管理制度，没有众人心口如一的思想理念共识，没有可靠的中基层管理人员，一切依仗贾母的权威与凤姐的精明强悍，说乱就乱，说垮就垮。

底下的事极其好玩亦可悲，就是写到了贾府众文艺工作者被遣散的命运：

> 当下各得其所，就如倦鸟出笼，每日园中游戏。众人皆知他们不能针黹，不惯使用，皆不大责备。其中或有一二个知事的，愁将来无应时之技，亦将本技丢开，便学起针黹纺绩女工诸务。

第一个可怜之处是女演员十二人，尤氏问了她们，只有四五个人愿意回自己的家，其他人宁愿留贾家为奴。

第二是王夫人对于文艺工作的认识："他们也是好人家的儿女，因无能卖了做这事，装丑弄鬼的几年。"

第三是"皆知他们不能针黹，不惯使用，皆不大责备"，说明当时人们对于文艺奴隶也还有或有娇纵，有某些另眼看待之意。

第四则是后文说的"因文官等一干人或心性高傲，或倚势凌下，或拣衣挑食，或口角锋芒，大概不安分守理者多，因此众婆子无不含怨，只是口中不敢与他们分证。如今散了学，大家称了愿，也有丢开手的，也有心地狭窄犹怀旧怨的"。

却原来文艺工作者"不能针黹"、"不惯使用"、"心性高傲"、"倚势凌下"、"拣衣挑食"、"口角锋芒"、"不安分守理"的毛病彼时已经有之。她们化整为零进入各房名下，埋伏了新的不安定因素。

一四八、宝玉伤春

或认为宝玉有点女里女气，常见于我国古代诗词中的女性伤春口吻也见于对宝玉的描写中。

说是：

> 宝玉……只见柳垂金线，桃吐丹霞，……一株大杏树，花已全落，叶稠阴翠，上面已结了豆子大小的许多小杏。宝玉因想道：能病了几天，竟把杏花辜负了，不觉倒"绿叶成荫子满枝"了。……又想起邢岫烟已择了夫婿一事，虽说是男女大事，不可不行，但未免又少了一个好女儿。……再几年，岫烟未免乌发如银、红颜似槁了……
>
> 正悲叹时，忽有一个雀儿飞来，落于枝上乱啼。宝玉又发了呆性，心下想道：这雀儿必定是杏花正开时他曾来过，今见无花空有子叶，故

也乱啼。这声韵必是啼哭之声，……但不知明年再发时，这个雀儿可还
记得飞到这里来与杏花一会了？

这一段写得相当感人，由杏树而岫烟而雀儿，人与自然、动物与植物与季节
融为一体，共叹人生短暂，逝者如斯。

这种情绪的内容并不新奇，说到底还是一个"死"字在撩人心绪。生的体验，
生的珍贵，对于生的热爱其实是离不开死的预设的。

《红》的奇处不在于伤春与哀老，而在于把逝者如斯的叹息与青春期的弗洛伊
德性心理扭结在一块儿了。杏之结子与女儿之成婚，这两者联系得其实很科学，
都包含着雌雄配伍、延续后代的内容，结子则花落、女儿成婚后亦渐失美貌的惆
怅感也写得很体贴。问题是不成婚也会衰老，不结子（如有些树由于干旱或无雄
花或单有雄花而无法授粉）也要落花的。唐王建《宫词》中的名句说"自是桃花贪结
子，错教人恨五更风"，而事实是"风无差错桃无意，自古桃花难永红"。

至于宝玉一听到女儿许配人家就感叹不已，就更写得活鲜动人。推其内心深
处，既有惧老惧死的恐惧，也有男孩子的惋惜与舍不得心理。当然，这里还有中
国封建社会绝对男权社会对于男女之事的轻薄加怜悯心理、不健康心理。古代直
到近代中国，总是认为男女之事是对女儿的糟蹋与欺负。女儿嫁人怎能不令人怜
悯叹息！

再加一句看来如打镲的话，这与彼时美容业不灵也有关系。现时哪至于一成
婚就老掉，女性的美丽已经大大地延长了。

另外，这种感慨与宝玉生活的空虚也有极大关系。他只要有事忙那么一下
子，比如忙于糊口、忙于医病、忙于升官发财，就会减少一点这些没事找事的嗟
叹了。

这些嗟叹却又是文学的一个永恒主题，一个文学的来源。波斯诗人莪默·伽
亚谟《鲁拜集》中的诸诗就是这样写出来的，他的嗟叹的结果是借酒浇愁。而宝玉
的叹息的走向是世上只有情宝贵，情比生死还重；情是宝玉的救命稻草酒、醇
酒、长生酒，也有点药酒毒酒的意思。

宝玉怜人及花及鸟，却还不知道，包括地球宇宙，都有自己的生驻坏灭、凋
零衰老，要叹息您且叹息不完呢。

一四九、说瞎话的本领

宝玉为给藕官的违规烧纸打掩护，即兴撒了两次谎。先说是"他并没烧纸钱，原是林妹妹叫他来烧那烂字纸的。你没看真，反错告了他"，于是藕官态度强硬起来。

> 那婆子听如此，……便弯腰向纸灰中拣那不曾化尽的遗纸，……说道："你还嘴硬，有据有证在这里。我只和你厅上讲去！"……宝玉忙把藕官拉住，……说道："……我昨夜作了一个梦，梦见杏花神和我要一挂白纸钱，不可叫本房人烧，要一个生人替我烧了，我的病就好的快。所以我请了这白钱，巴巴儿的和林姑娘烦了他来，……原不许一个人知道的……"

这个话讲得颇有创造性，像是编故事、写小说。如果宝玉活到现今，完全可以在大型文学期刊上发表魔幻现实主义小说，说不准也能写出一部《废园》来。

宝玉喜欢少女不喜欢婆子，为藕官说话不足为奇，问题是他的瞎话怎么编得这么快，这么要什么有什么，这么熟练圆滑，简直令人难以置信。我想起故乡河北省的一个说法，说那种随口说谎的人叫做"瞎话流精"，宝玉够得上此词了。

在《红楼梦》中，宝玉是很天真、很纯洁、很受宠的一个，按道理讲，他的说谎训练未必很多，说谎必要未必非常迫切，但他仍然视说谎为极正常极正当极须驾轻就熟的事。可以设想贾琏凤姐赵姨娘贾芹……只能是非谎不说了。

莫非我们的传统文化不强调诚实？我们讲仁义礼智信，但讲信，主要是在重然诺即说到做到的层面上，一般的不扯谎反而不怎么强调；讲忠孝节义，也是讲大的人伦问题，讲为朝廷尽忠、杀身成仁、舍生取义、守节不变心等，似乎未见强调不说谎。

干涉愈多，旨意愈多，谎言就愈多，这也是一个规律。干涉太多了让你无法活下去，防不胜防，到处是死罪，到处是显然不合理而且实际上也是谁都做不到的要求，你再不编点瞎话，岂不是坐以待毙？岂不是自取灭亡？岂不是迂腐该死？

而封建社会的主流意识形态与生活实际脱离得越来越厉害，它本身变成了谎言，这也是一个原因。

宝玉的后一个瞎话巧则巧矣，却很难置信，但婆子还是信了：

> 那婆子听了这话，忙丢下纸钱，陪笑央告宝玉道："我原不知道，二爷若回了老太太，我这老婆子岂不完了……"宝玉道："你也不许再回去了，我便不说。"……那婆子只得去了。

这里与其说是一个真伪问题，不如说是一个强弱高低即地位问题，谁地位高谁说话算数，这还有什么疑惑吗？

读到这里大家拍手称快，认为宝玉瞎话编得好，很应该。这是一种小道理服从大道理的思维定势。其实也可以作另外的讨论，即小道理就是小道理，大道理就是大道理，小道理可以服从大道理，也可以各记各的账，不等于大道理可以消灭小道理，何况小道理也可能变成大道理，大道理也可能在某种条件下变成谎言，变成托词，变成小道理。

宝玉扯谎如此圆熟，给人的感觉是复杂的。而婆子不准在园内烧纸钱，至少有利于消防防火，应该算是大道理。我们不必让宝玉牵着鼻子走，虽然我们也难免偏爱美丽的少女胜过不美的婆子。

一五〇、人情世事

中国是个重视人情世故的国家，连宁国府的上房里也挂着"世事洞明皆学问，人情练达即文章"的对联，应该说是中国式的格言。贾宝玉不喜欢这种教训，躲到了可卿的卧房里睡觉，梦中与名叫可卿而风致兼有黛玉与宝钗的美丽故亦名兼美的女子同领警幻所训的风月之事。这够得上一绝，从中与其说是看到了宝玉的反封建，不如说是看到了宝玉的娇纵任性，他是对着年轻美丽的嫂嫂可卿撒娇。这是他的青春期的纵欲想象与青春享受主义。

这里也有一种戏剧性，时兴一点叫做张力。宝玉讨厌人情世事（或世故、世态），而贾府里、《红楼梦》小说里人情与世故浓得化都化不开。老小男女主仆嫡庶，浮沉进退祸福盈亏，哪里不是世故人情？本来《三国演义》是讲政治斗争的，《水浒传》是讲武装造反的，毛泽东偏偏更爱读《红楼》，更重视《红楼》中的政治内容，无他，《红楼梦》里的世事人情写得更细腻，更出彩，更只此一家，别无分号。

毕飞宇最近有一句名言：没有了人情世态，小说就死亡了。然也。

中国式的对于世事人情的说法值得回味。一个是说，冰冻三尺非一日之寒；一个是说，天有不测风云，人有旦夕祸福。前者强调事变的必然性与长期性，后者强调事变的偶然性与突然性。

同时还有第三种说法，叫做有些事是起于青苹之末，语出宋玉的《风赋》，说是"夫风生于地，起于青苹之末，侵淫溪谷，盛怒于土囊之口，缘太山之阿，舞于松柏之下"，强调的是渐进性与演变性。

应该说，《红楼梦》中这三者——长期性、突发性与渐进性都写得十分充分，入情入理。冷子兴演说荣国府，说的是非一日之寒，露出了下世的光景；金钏投井自尽，说的是天有不测风云；而自中间四十回起，不祥之风渐渐起于青苹之末了。

例如，一个什么老太妃死了，贾母王夫人等去吊唁：

> 当下荣宁两处主人既如此不暇，……因此两处下人无了正经头绪，也都偷安，或乘隙结党，与权暂执事者窃弄威福。荣府只留得赖大并几个管事照管外务，这赖大手下常用几个人已去，虽另委人，都是些生的，只觉不顺手。且他们无知，或赚骗无节，或呈告无据，或举荐无因，种种不善，在在生事……

堪称是空穴来风，信手写来，出来一个老太妃。什么角色，连个名号也没有，你的死干贾府何事？干读者何事？偏偏她一死就给贾府带来了某种缺乏管理的状态，带来了"种种不善"与"在在生事"。种种与在在，既没有情节，也没有刻画，本不是小说叙述的上乘，在这里却起了勿谓言之不预的提挈作用。于是伶人们与婆子干娘们斗，女儿与母亲斗，承包的女人们与糟蹋东西的莺儿们斗，用平儿的话叫做：

> （老太太他们）能去了几日，只听各处大小人儿都作起反来了，一处不了又一处，叫我不知管那一处的是。

"作"的"反"都是些鸡毛蒜皮的事，然而连结着大势，反映着贾府的管理危机、秩序危机、人心危机与世态危机，叫做无政府状态是专制主义的亲密伴侣。微风已起于青苹，越滚越大，越吹越凶，不知伊于胡底。

一五一、文艺工作者的命运

荣府修建大观园时买来了十二个女孩子，这是贾府里的文艺工作者。书中不久就交代，在贾蔷的领导管理下，她们学会了好几出戏。贾府豪门，不论精神物质，万物皆备于我，宗教工作者、文艺工作者都是老爷太太置办来的奴才。妙玉尊贵一些，名义上是请来的，其实拿人钱财，与人消灾，也是被养起来的奴仆。中国式的这种唯权势论的一元化也体现在荣国府里，没有化外之民之业，全部大一统。

唱唱戏、解解闷也就罢了，而莫名其妙的老太妃之死使得文艺工作者一风吹下了岗。这里的文艺工作之脆弱不可思议，不知这算不算一种传统。

> 又见各官宦家，凡养优伶男女者一概蠲免遣发，尤氏等便议定，待王夫人回家回明，也欲遣发十二个女孩子，又说："这些人原是买的，

如今虽不学唱，尽可留着使唤，令其教习们自去也罢了。"王夫人因说：
"这学戏的倒比不得使唤的，他们也是好人家的儿女，因无能卖了做这
事，装丑弄鬼的几年……"

文艺乃是装丑弄鬼的下等事情，王夫人这话倒是有点滋味，不妨稍事咀嚼。

《红楼梦》中还有两个文艺工作者：一个是蒋玉菡，是忠顺王的娈童性质，其地位更加不堪；一个是冷郎君柳湘莲，算是为文艺工作者出了一小口气，然后惧祸走他乡。幸亏宝钗等没有太蛮横无理，劝住了薛蟠，否则柳某也难逃一劫。

文艺工作者自然有些另类，例如不会劳动：

> 当下各得其所，就如倦鸟出笼，每日园中游戏。众人皆知他们不能
> 针黹，不惯使用，皆不大责备。其中或有一二个知事的，愁将来无应时
> 之技，亦将本技丢开，便学起针黹纺绩女工诸务。

请看，文艺工作者们对自己的下岗并无怨言，说明她们也认为文艺演出是一个下九流的行业，早点下岗更好。而真正想靠干活吃饭的十二中只占一二，比例极小。书中对此也有综述：

> 因文官等一干人或心性高傲，或倚势凌下，或拣衣挑食，或口角锋
> 芒，大概不安分守理者多，因此众婆子无不含怨……

说是"心性高傲，倚势凌下，拣衣挑食，口角锋芒，不安分守理"，用这二十一个字形容文艺人的短处还真沾点边。当然这里是用众婆子的视角来写的，如果用宝玉或者芳官的眼光写，可能有很大的不同。宝玉会觉得这些人最可爱，而干活吃饭的婆子粗俗不堪；芳官则要控诉婆子克扣了自己的劳务收入——月钱。

至少暂时，这些文艺工作者得到了宝玉的庇护。藕官烧纸，她的"明火"行为从府园管理的角度看是应该受到纠正的，但却有宝玉百般维护；芳官与干娘的争斗本来没有什么内容，由于宝玉的介入才让芳官大获全胜，连读者也觉得干娘太不识相。值得注意的是，本身具有某种叛逆性格的晴雯却并不喜欢芳官，她说：

都是芳官不省事，不知狂的什么也不是，会两出戏，倒像杀了贼王、擒了反叛来的。

这句话很重要，这说明：第一，不能用划分成两个阵营的方法分析《红楼梦》中人物，同是青春的天真烂漫的女孩子，晴雯对芳官却有此评。当然，紧接着晴雯替她理了妆。第二，也说明，仅仅靠宝玉的庇护，这些文艺工作者的根基还是太脆弱了，她们难逃不幸的下场。

一五二、原生性

好的作品有一种原生性，似乎不是创作，更不是编造，当然不需要有什么依据，不需要模仿，也不用降生接生。好的作品好像是现成的，历来如此的，同时又一直是被忽略被遗忘了的。从茫茫的人众人生中撷取了一片树叶，一朵小花，一滴眼泪，一阵感动，然后，往这里轻轻一放：请看吧，它出现在你的面前，带着湿润，沾着露珠，发出清香，既陌生又熟悉，略显杂芜，未经洗涤。它余音袅袅，终日不绝，从而使你思前想后，无尽叹息。

比如藕官与菂官的这一段情。二人都属女性，在戏里饰演夫妻，如芳官所说：

那里是友谊！他竟是疯傻的想头，说他自己是小生，菂官是小旦，常做夫妻，虽说是假的，每日那些曲文排场皆是真正温存体贴之事，故此二人就疯了，虽不做戏，寻常饮食起坐，两个人竟是你恩我爱。菂官一死，他哭的死去活来，至今不忘……

这立刻使人想起香港李碧华原著的《霸王别姬》来，这也会让人想到同性恋的话题。但对于中国传统文化来说，这里重要的是一个"情"字，是对情感而不是生理与性别的在意。

宝玉听说了这篇呆话，独合了他的呆性，不觉又是欢喜，又是悲叹，又称奇道绝，说："天既生这样人，又何用我这须眉浊物玷辱世界。"

这里宝玉感动与赞叹的是一种超生理超肉体的情，有此"情"字，同性异性根本不在话下，这反而更显先进了。而没有情的纯"外科"体育性结合，才是令人厌恶的。

除去同性恋外，还有一个有趣的话题：虚构与真实，戏与人生，文艺与现实，既区别又相通，既两路又互动。演戏演成了真的，这本身就很有戏，也很感人。这就叫形象大于思想。曹雪芹那时候并没有人讨论同性恋或者现实与虚构的课题，但书里的描写已经什么都有了。

宝玉顺便讲了些见机而作，不必过于执着、拘于形式的道理：

以后断不可烧纸钱。这纸钱原是后人异端，不是孔子的遗训。以后逢时按节，只备一个炉，到日随便焚香，一心诚虔，就可感格了。愚人原不知，无论神佛死人，必要分出等例，各式各例的。殊不知只一"诚心"二字为主，……随便有土有草，只以洁净，便可为祭，……或有鲜花，或有鲜果，……只要心诚意洁，便是佛也都可来享。所以说，只在敬不在虚名。

这一段讲得明白、通达、自然而然，这当然也是中华文化的特色，务求合情理与有分寸，恐怕也与宝玉对此事比较超脱有关。前不久他本人为金钏祭奠而偷偷跑出去之后，同样的道理则是林黛玉给他讲的：

这王十朋也不通的很，不管在那里祭一祭罢了，必定跑到江边子上来作什么！俗语说"睹物思人"，天下的水总归一源，不拘那里的水舀一碗看着哭去，也就尽情了。

这其实是一个神学上的大问题：对于非此岸的致意仅仅是一个念头吗？要不要一定的规则一定的仪式呢？

这也是悖论，心中有情乃至有愧，就希望祭奠的讲究多一些手续完备一些。实际上，祭奠云云也不过是一己情感的一个表达，怎么样表达不是表达呢？这样想得太通达了似乎也不好，万事看穿，连祭奠本身也并非必要的了。然后，究竟什么才是必要的呢？

这里还有一个"看点"，林黛玉说起别人的事情也是极其通情达理、随和机变的，就像宝玉委托芳官劝解藕官的那一套一样，就是用在自己身上不行。噫！

一五三、少女与婆子的矛盾在发酵

为了使用或者说浪费园内的柳条与花枝编花篮的事，宝钗的丫头莺儿与她的伙伴春燕同两位婆子发生了争执。读者的第一个反应应该是，这反映了实行联产承包责任制后的利益与人情的冲突，就像张炜的小说《一潭清水》，一包产，绰号瓜魔的可爱的孩子就不受瓜地的欢迎了。

看来，经济、利益、管理、效率与人情亲情就是有矛盾。前者有点冷冰冰，六亲不认。

读者受了书里的宝玉的影响，也会感到婆子们在在生事。最后传出平儿的指示，撵出去，在角门外打四十板，似有大快人心的感觉。

但是且慢。第一，联产承包是探春的新政，是这个混乱不堪的大家庭里为数不多的把效率与利益联系在一起的制度。第二，说是打四十板，并没真打，不过是吓唬人的小儿科把戏。这更说明这里只有尊卑，只有人治，并无规则，并不认真。长此以往，秩序只会更加混乱。第三，少女们的胜利其实靠的是宝玉少爷喜少女而厌婆子，——窃以为，并不需要思想进步到贾宝玉那种程度，所有的少爷都是喜少女而不喜婆子的。——这并靠不住，因为王夫人等就认为少女对宝玉最危险，少女就是虎狼，就是画了皮的白骨精。少女自恃有少爷的喜爱就敢于猖狂一时，最后肯定是要倒霉的。

具体事件则富有中国式的不严密不清晰的模糊数学特色：

莺儿道："别人乱折乱掐使不得，独我使得。自从分了地基之后，每日里各房皆有分例，吃的不用算，单管花草顽意儿。谁管什么，每日谁就把各房里姑娘丫头戴的，必要各色送些折枝的去，还有插瓶的。惟有我们说了：'一概不用送，等要什么再和你们要。'究竟没有要过一次。我今便掐些，他们也不好意思说的。"

显然是宝钗说了"等要什么再和你们要"，这就留下了麻烦，带有极大的随意性。莺儿来掐柳条，到底算不算"再和你们要"呢？莺儿估计的是婆子"不好意思"，如果人家好了意思了呢？

这是第一层模糊。第二层是莺儿偏偏说"顽话"，说是春燕掐的，给了婆子发泄不满的借口。莺儿不以为意，婆子怒火正升，乃使事件升级。这里，顽话、笑话、假话直至欺骗，界限已经不清。如果认真分析，莺儿将此事推到春燕头上，未必没有想回避一时的动机。国人无论说什么大事小事屁事，往往把一己的利益考虑摆布在事实真相上头，殊堪一叹。

第三层是婆子也正没有好气，不免将此事与前边的芳官藕官之事联系起来：

他娘也正为芳官之气未平，又恨春燕不遂他的心，便走上来打耳刮子，骂道："小娼妇，你能上去了几年！你也跟那起轻狂浪小妇学，怎么就管不得你们了？干的我管不得，你是我屄里掉出来的，难道也不敢管你不成！既是你们这起蹄子到的去的地方我到不去，你就该死在那里伺候，又跑出来浪汉。"一面又抓起柳条子来，直送到他脸上，问道："这叫作什么？这编的是你娘的屄！"莺儿忙道："那是我们编的，你老别指桑骂槐。"那婆子深妒袭人、晴雯一干人，已知凡房中大些的丫鬟都比他们有些体统权势，凡见了这一干人，心中又畏又让，未免又气又恨，亦且迁怒于众，复又看见了藕官，又是他令姊的冤家，四处凑成一股怒气。

这一段写得真实传神，尤其是春燕娘的声口，如在耳旁，有些话俗鄙不堪，有的版本改得干净一些，但不如那些野语村言生动。一个娘能对闺女说这样的话，这里除了辈分、迁怒等因素外，似乎还有一种婆子对少女的嫉妒在起作用。

弱者，你的名字是女人。惜乎一个少女转瞬间就变成了婆子，立马掉了价儿，能无不平乎？

而另一个婆子即春燕的姑妈则更关注自身利益：

> 莺儿便赌气将花柳皆掷于河中，自回房去。这里把个婆子心疼的只念佛，又骂："促狭小蹄子！遭踏了花儿，雷也是要打的。"

一个气一个利，婆子与少女的矛盾积累大了。这些矛盾会渐渐发酵，直至出来大事。

一五四、以粗鄙取胜的传统

自从五十八回宣布贾府的下人们在在生事以后，勿谓言之不预，底下大事小事就鸡毛蒜皮地闹起来没有个完了。

丫头、婆子、"戏子"闹吧，到了六十回贾环少爷也搀和进来了。

蕊官给了芳官一点蔷薇硝，贾环要讨一点：

> 芳官心中因是蕊官之赠，不肯与别人，连忙拦住，笑说道："别动这个，我另拿些来。"宝玉会意，忙笑包上，说道："快取来。"

这是没有办法的事，贾环的行情不佳，显然芳官也知道，对他冷淡已极：

> 芳官……便从奁中去寻自己常使的。启奁看时，盒内已空，……麝月便说："……你不管拿些什么给他们，他们那里看得出来……"芳官听了，便将些茉莉粉包了一包拿来。贾环见了，喜的就伸手来接，芳官便忙向炕上一掷。贾环只得向炕上拾了……

这么说，贾环是受到了冷遇，而且这种冷遇不是来自哥哥宝玉，而是来自奴才。从贾环的角度看，这实是狗眼看人低。背兴的与不识相的主子为奴才所冷淡，这确是气人。只因《红》书中贾环没有做过一件得体的事、说过一句得体的话，所以读者才永远不会替他不平。

而赵姨娘的腔调更是刺激：

> 有好的给你？谁叫你要去了，怎怨他们要你！依我，拿了去照脸摔给他去。趁着这回子撞尸的撞尸去了，挺床的便挺床，吵一出子，……也算是报仇。……宝玉是哥哥，不敢冲撞他罢了。难道他屋里的猫儿狗儿，也不敢去问问不成？……骂给那些浪淫妇们一顿也是好的。……你这下流没刚性的，也只好受这些毛崽子的气！……你明儿还想这些家里人怕你呢。你没有戾本事，我也替你羞。

赵姨娘是《红》中说话最生动的人之一，永远充满恶意，话怎么难听怎么说，粗野，下作，气虎虎，一扫一大片，用一种流氓、泼妇、光棍骂架的锐气使你听而却步。这种声口我们至今还有，文坛也有，过往的政治运动中也有。君子可欺之以方，你不是要脸面要一点点文明的外衣吗？偏偏他或她啥也不要，以污秽驱逐清洁，以恶骂打退讲理，以撒泼耍赖挤压礼貌与分寸。你拿他或她没有办法，他们就变得所向无敌了。当然，第二十回里王熙凤不是没有收拾过赵姨娘：

> 可巧凤姐在窗外过，都听在耳内，便隔窗说道："大正月又怎么了？环兄弟小孩子家，一半点儿错了，……说这些淡话作什么！凭他怎么去，还有太太、老爷管他呢，……横竖有教导他的人，与你什么相干！环兄弟，出来，跟我顽去。"……凤姐向贾环道："你也是个没气性的！时常说给你，要吃，要喝，要顽，要笑，只爱同那一个姐姐妹妹哥哥嫂子顽，就同那个顽。你不听我的话，反叫这些人教的歪心邪意，狐媚子霸道的。自己不尊重，要往下流走，安着坏心，还只管怨人家偏心……"

凤姐是以主子的身份压赵姨娘的奴才身份，如果没有这个先验的优势，光凭口才与耍弄光棍，凤姐与赵姨娘谁胜谁负还在未定之天。而且凤姐的优势也在粗而不在细，以粗以浑以蛮横战胜文明礼貌，看来也是一种传统。

另一个说话生动的人是贾母，她说点粗话是由于自信。自信的高位者敢说的话常常是别人不敢说的，说得越粗就越透露着优越，是以粗为硬，以粗为见识高超。流氓地痞有流氓地痞的粗，背后是他或她敢于撕下脸皮与你拼命，你要脸皮就处于下风了。贾母的粗是由于她有更多更宽阔的话语权，她怎么说都对都圣明。

刘姥姥也粗，粗里透着讨好与耍弄自己供高等人取乐的意思，那是另一类了。

一五五、婆子们的民意

世间的事往往是这样，越是琐碎，越是复杂。

赵姨娘骂儿子不敢争斗，于是贾环提起了三姐即探春，哪壶不开提哪壶，激怒了赵姨娘。赵姨娘乃到怡红院找芳官兴师问罪，途中碰到夏婆子，正好夏为藕官、芳官的事生着气，便给赵加油打气。赵于是到怡红院演出了全武行，对芳官骂得出彩，摔打得出火。芳官回了一句"梅香拜把子——都是奴儿（即奴才辈，王按）"，击中了赵的痛处，提起了最最不开的这一壶，使赵几乎丧失理智，与几个小戏子拼了命。藕官、蕊官、豆官、葵官也都同仇敌忾地来斗上了。袭人想管却管不了，晴雯则宁愿在一旁看哈哈。可见晴雯对双方都不感冒，乐得让她们出出洋相，挫挫锐气。看来晴雯更自我中心一些，对周围人等（除至尊至贵至帅至酷的宝玉以外）并无多少善意。聪明人容易看到别人的愚蠢，懂理的人容易发现别人的不识相，美貌的人容易惊奇于别人的丑陋。晴雯的毛病也是显然的。

搞得一些头面人物也驾临了，尤氏与李纨不置一词，探春则通过贬低文艺工作者劝止乃母：

> 那些小丫头子们原是些顽意儿，喜欢呢，和他说说笑笑，不喜欢便可以不理他。便他不好了，也如同猫儿狗儿抓咬了一下子，……不恕时

也只该叫了管家媳妇们去，说给他去责罚。何苦自己不尊重，大呹小喝失了体统。……我劝姨娘且回房去煞煞性儿，别听那些混帐人的调唆，……心里有二十分的气，也忍耐这几天，等太太回来自然料理。

探春的话更凿实了文艺工作者地位之低下，把文艺工作看得如此不堪似乎带有中国特色，与西方例如希腊的传统不同。

至于受"混帐人的调唆"云云，与兹后的对于调唆者的调查，窃以为探春主要是为亲娘下台阶，并不一定是要设立新的调查组或专案组。故而后来得到了艾官的举报，说是夏婆子涉嫌调唆，探春也未以为意。倒是让探春身边的夏婆子的外孙女小蝉听到，向夏婆子作了通报，使矛盾进一步发酵。万事万物都是我中有你你中有我啊。

还有一条，赵姨娘大闹的时候，许多婆子其实是站在赵这一边的。群众支持是赵的一个动力，也未尝不是探春低调处理此事的原因之一。虽然贾宝玉等护少女而压婆子，毕竟他不可能消灭掉所有的婆子；而且既有少女，婆子就会源源不绝，手再大也捂不过天来。大观园中并无民主的观念，也从没有讲过人气、公关、得票之类的事，这里只有上下尊卑、阶级与个人的服从，但民意仍然存在，民心依然起作用。倚宠而得势的，早晚会失宠而吃亏；依好恶而占便宜的，早晚会为占过的便宜买单；随着特定人物红起来的人儿迟早随着特定的人物树倒猢狲散。世界上有民主的观念与民主的程序、民主的体制与民主的讨论，同时世界上也有民主起作用的事实。哪怕你的观念坚决否定民主，"民"仍然会在不同程度上"主"一家伙，同时不问"主"得对不对。例如众婆子讨厌戏子"粉头"，读《红》的人绝对不会站到婆子们一边，但是最后倒霉的仍然不是婆子而是婆子们的对立面。

一五六、鹰派与鸽派

这是一种"罗圈战"，由于参加朝廷中老太妃的吊唁活动，贾府出现了半无政府状态，征候之一就是"下人"们纠纷连连。

从藕官烧纸到芳官与干娘为洗头水发生的纠纷，从莺儿编花篮到与承包管理的婆子的矛盾，从春燕与她娘的混战到借平儿之口镇压混乱的努力，然后又是蔷薇硝与茉莉粉之争，赵姨娘杀了出来，联系到夏婆子的调唆责任；又通过夏的外孙女小蝉把笔触延伸到了厨房，空间的移动造成了中心人物的转化，目光一下子转到了柳嫂子及其女五儿身上。

柳家母女走的是攀附主流派的路子，资本是五儿有几分色，欲图设法挤进怡红院为宝玉当差，取得更高的收入与地位。同是奴才，岗位不同，行市也大不一样。她们走攀附路线也要付出代价，即脱离了一大部分"群众"——没有资本攀附的或已经有另外的主子的"群众"。例如司棋的打砸抢，既说明一种缺少法制精神的文化下打砸抢行为是古已有之，碍难消除，又反映了司棋倚仗自己大丫头的身份行事霸道骄横的特点。她最后的被逐与悲剧性的下场，当然是受了封建势力的迫害，但也与她个人的强硬性格有关。同时，这也反映了走主流路线的柳氏母女与非主流阵营人物间的冲突。

那么平儿之所以在柳五儿与乃母在玫瑰露与茯苓霜问题上犯了事以后采取鸽派路线，除了她的地位使她不能不"鸽"一点，她的人性上有较善良的一面之外，也有照顾主流派利益与脸面的因素。

一开始，宝玉想大包大揽过去，以庇护玉钏五儿芳官等人。王熙凤一眼看出：

> ……宝玉为人不管青红皂白，爱兜揽事情。……咱们若信了，将来若大事也如此，如何治人？……把太太屋里的丫头都拿来，虽不便擅加拷打，只叫他们垫着磁瓦子跪在太阳地下，茶饭也别给吃。……便是铁打的，一日也管招了。……虽然这柳家的没偷，到底有些影儿，……也革出不用。朝廷家原有挂误的，倒也不算委屈了他。

王熙凤对于情况的判断并无错误，宝玉的话本来不可信。同时王熙凤表达了她惯用暴力肉刑解决问题的思路与有些影儿就革出不用不算委屈的宁可错杀一千决不放过一个的逻辑，如何治人的问题上纲也高，就是**说要考虑长**期统治的权威性与可畏性的问题。中国传统的御民之术是离不开严厉处置**的决心**和手段的。

平儿却提出了不同意见：

平儿道："……'得放手时须放手'，什么大不了的事，……没的结些小人仇恨，使人含怨。况且自己又三灾八难的，好容易怀了一个哥儿，到了六七个月还掉了，焉知不是素日操劳太过，气恼伤着的。如今乘早儿见一半不见一半的，也倒罢了。"一席话说的凤姐儿倒笑了，说道："凭你这小蹄子发放去罢。我才精爽些了，没的淘气。"

鸽派与鹰派是相悖的，有时候却也是互补的。这次凤姐笑纳平儿的意见，就体现了合作互补的作用。

一五七、对玫瑰露事件的质疑

作者有意无意地流露出来的倾向对读者起着引导的作用。读《红》的人一般无法摆脱贾宝玉的视角，往往会以宝玉的眼光为眼光，以宝玉的好恶为好恶乃至以宝玉的利益为利益。

这是原因之一，故而历代读者都给平儿以极高的评价，称平儿是人臣的榜样，甚至林彪也说过他要学平儿。这从反面证明了中国传统文化中有某些不光彩的部分，例如前些年就有人提出，中国形成了一种特殊的姨娘文化。（王按，可能还有怨妇文化、待召［诏］文化、冷宫文化与妇姑勃谿文化。）

人们读到玫瑰露茯苓霜事件的最后，会觉得一块石头落了地——没有出现血腥场面与矛盾的激化发展。

然而问题还多着呢。第一，看来早有化公为私、利用职权占点便宜的传统，雁过拔毛，干什么蹭什么，管什么拿什么，吃什么占什么，古已有之，于今为烈。其实何止柳家的、玉钏、彩云之属，凤姐本身也是这样干的，所以自古就有"窃钩者诛，窃国者侯"之叹。

第二，《红楼梦》种种纠葛有一个特点：瞄准张三的箭杀掉的却是李四，追踪兔子的猎犬扑着的却是刺猬，砍桃断李，击桑折槐，什么都是正打歪着。本来追的是太太（王夫人）那里一些东西的去向，却抓住了宝玉的人与候补人。尤其是此后追绣春囊的结果是打杀一片，就是没有人再提绣春囊了。他们为何都这样健忘，竟忘记了自己发动清查审问、动辄搞得鸡飞狗跳的初衷？

第三，为什么各种事都是说大就大说小就小，说有就有说没就没呢？可以严刑拷打，可以施用暴力，也可以睁一只眼闭一只眼，只求无事。这里的原则在何处呢？是平儿凤姐她们的管理随意性太强，所以终将瓦解颓败、四面楚歌呢，还是世间的事本来就事在人为、并无定准呢？

以玫瑰露事件为例，不处理，这种夹带谋私的行为只会愈演愈烈，直至无法无天，破产垮台；处理吧，谁不如此？哪里有标竿？哪里有正人君子？

所以中国人的希望在于出现一个包公，但是在那个法制极不健全的社会，包公的作用能有多大？会不会是谁碰上谁倒霉，大家碰运气？而包公呢，有没有凭情绪办案的因素呢？

这一段中间还有一个趁乱夺权的秦显家的：

> 那秦显家的好容易等了这个空子钻了来，只兴头上半天。在厨房内正乱着接收家伙米粮煤炭等物，又查出许多亏空来，说："粳米短了两石，常用米又多支了一个月的，炭也欠着额数。"一面又打点送林之孝家的礼，……又打点送帐房的礼，又预备几样菜蔬请几位同事的人，说："我来了，全仗列位扶持。自今以后都是一家人了，我有照顾不到的，好歹大家照顾些。"正乱着，忽有人来说与他："看过这早饭就出去罢。柳嫂儿原无事，如今还交与他管了。"秦显家的听了，轰去魂魄，垂头丧气，登时掩旗息鼓，卷包而出。送人之物白丢了许多，自己倒要折变了赔补亏空。

这一段落写得简略，但令人百读不厌，令人想起文革当中"一月革命"的短命"夺权"来。还有秦显家的一上任先查前任的毛病与感谢帮她谋位的小团体中人，写得也极传神。

一五八、鸽派理论及其他

处理玫瑰露事件时，平儿讲了几句话：

> 大事化为小事，小事化为没事，方是兴旺之家。若得不了一点子小事，便扬铃打鼓的乱折腾起来，不成道理。如今将他母女带回，照旧去当差，将秦显家的仍旧退回。再不必提此事，只是每日小心巡察要紧。

这几句话可以算是鸽派理论的精髓：兴旺之家不要乱折腾，即使有问题也要避免闹大，保持稳定、保持和气最好。

> 平儿……说毕，起身走了。柳家的母女忙向上磕头，林家的带回园中，回了李纨、探春，二人皆说："知道了，能可无事，很好。"司棋等人空兴头了一阵。

这就看出山头来了。柳家的母女叩谢，其实不应止于叩谢；司棋总体并非可厌人物，但从山头的角度看她其实是站在可厌至极的赵姨娘、贾环和一些婆子们这边；林之孝家的倾向不详，但秦显家的头一个要感谢的人就是她。

那么平儿的鸽派理论是不是站得住呢？

让人闹心的是，世上的理总是两面说着的，有正题就有反题，都有精彩处。

与大事化小、小事化无论并立的还有防微杜渐论、见微知著论，叫做"千丈之隄以蝼蚁之穴溃，百尺之室以突隙之烟焚"（韩非子），叫做"勿以恶小而为之，勿以善小而不为"（刘备）。就是贾母，也有这种由小及大、上纲上线的警惕性，而这种警惕很可能成为鹰派理论的基础。

在宝玉因未完成功课而假造出一件被惊吓的治安事件之后，贾母分析说：

我必料到有此事。如今各处上夜都不小心还是小事，只怕他们就是贼也未可知。

贾母偶尔露峥嵘，语出惊人。

当下邢夫人并尤氏等都过来请安，凤姐及李纨姊妹等皆陪侍，听贾母如此说，都默无所答。

贾母突然上火，使众人嘿然。

独探春出位笑道："近因凤姐姐身子不好，几日园内的人比先放肆了许多。先前不过是大家偷着一时半刻，或夜里坐更时，三四个人聚在一处，或掷骰或斗牌，小小的顽意，不过为熬困。……半月前竟有争斗相打之事。"贾母听了，忙说："你既知道，为何不早回我们来？"

贾母平常是不管事的，平常不管人的管起来了，这本身就说明将会出现异常情况了，事情要麻烦。

贾母忙道："你姑娘家如何知道这里头的利害！……殊不知夜间既要钱，就保不住不吃酒；既吃酒，就免不得门户任意开锁；或买东西，寻张觅李，其中夜静人稀，趁便藏贼引奸引盗，何等事作不出来。……这事岂可轻恕！"

简单地说，统治有信心时，鸽派是受欢迎的；统治信心减弱时，同样的事情，鹰派才显出有效性权威性乃至忠诚性来。鸽与鹰，都是统治所不可缺少的，所以才有翻手为云覆手为雨之说。

至于在《红楼梦》中，还是平儿的鸽派可爱一些，她保护的是貌美的五儿与一心巴结宝玉的柳嫂子；出洋相的是一副小人嘴脸的秦显家的——乱中夺权，一上台就找前任的茬子，东拉西扯，极不正派，她的夺权的短命大快人心。贾母的突然鹰派与上纲上线，结果是造成了后来的搜检大观园，亲者痛，仇者快，用实践证明了她的失败。

一五九、又过生日

《红楼梦》的底色似乎是青春，是一批可爱的女孩子，至少在书的前一大部分，她们是美丽的。

《红楼梦》的底色又好像是没落，是这群美丽的女孩子生活的环境，肮脏、寄生、勾心斗角、腐烂自私，正在无法挽救地走向没落和灭亡。

青春在没落中闪光，没落正在吞噬着青春；青春在没落中昙花一现，没落在悄悄地弥漫；没落因青春的失却而显得伤感，青春因没落的威胁而更加揪心；肮脏、寄生、勾心斗角、腐烂自私、没落和灭亡的底色因青春的映衬而压抑沉重，青春的底色因没落的映衬而更加宝贵、短暂、清纯，欢声笑语，才华横溢，构成了美的毁灭的千古悲剧。

平儿的鸽派路线宣布了内斗的暂停，于是包括赵姨娘、贾环、夏婆子、其他婆子、秦显家的在内的畸零者也是讨厌者们暂时退避，各色青春人物强颜欢笑，再次登场。

登场总要有个说法，便说起了生日。到了宝玉的生日不算完，宝琴也是此日的生日，还不算完，原来平儿又莫名其妙地加上一个邢岫烟的生日也是这一天。四个人生日同是一天，由此又说起宝钗与老太太（贾母）同一天生日，林黛玉与袭人同一天生日等。

关于这么多人同一天生日的事，此地说来略显突兀。前无铺垫，后无余波，突然想起——迹近突然，他们的生日来了。

从大的格局来说，在诸宵小鸡毛蒜皮地闹了一通以后，现在让主流派的青春女性们坐下来吃吃玩玩是合适的。但从小的情节来说，忽然在这里大谈起生日来，未必有多么令人感动和信服。

于是一个写小说的人王蒙便从纯粹的小说写作的角度而不是《红楼梦》特有的

猜谜、索隐、本事钩沉或微言大义的角度来议论这个生日庆典的突兀到来。

一曰调色或和声的需要。"下人"的无聊内斗已经太多，变奏、弹拨、零敲碎打、不谐和音与审丑已经太多，需要青春的主旋律，需要"红楼"少女的明亮与脆弱、纯洁与怯生、任性与陷阱、酣畅与莽撞、聪敏与恐惧、美丽与短暂、多情与忧郁。

明亮、美丽、酣畅、纯洁，它们都是脆弱的空虚的吗？抑或青春本来就是脆弱与空虚的，人生的五颜六色本来就是虚无的呢？

所以，二曰实际的空虚。她们年轻也罢，美丽也罢，聪慧也罢，让她们干些什么呢？除了作诗，除了斗斗嘴，除了葬花与吟风，稍微雅俗共赏一点的说得出点名堂的大概只剩下了过生日了。不过生日，又去作甚？

空虚，这是（至少暂时是）衣食无虞的剥削阶级、有闲阶级的死症，老也罢，少也罢，美也罢，丑也罢，善也罢，恶也罢，叛逆也罢，驯顺也罢，都逃不过去这个死症。

空虚，也是这样的阶级这样的人物最大的优越性，他们的衣食无虞与无所事事提供了某种性质的自由与发展精神能力的可能、文化的可能、伤感的可能与艺术的可能，包括为人生本来就难免的空虚唱一曲悲歌的可能。

所以会过生日，也就有了行了一个酒令再行一个更文雅或更俏皮的酒令的可能——"这鸭头不是那丫头，头上那讨桂花油？"

即使始终搞不清酒令的程序与规则的人也会记住这两句"顽话"，俏皮，通俗，易读易诵易记。却原来，语言也可以以其形式而不是内容给人以深刻的印象。至于下面这一段呢：

奔腾而砰湃，江间波浪兼天涌，须要铁锁缆孤舟，既遇着一江风，不宜出行。

中国式的集句像是现代派的扑克牌文学了，无怪乎众人笑评道："好个觉断了肠子的。"

觉断肠子，这也是一种益智的游戏，也是一种文化，也是一种对付空虚的说到底毕竟比一味空虚好些的出路。可叹的是，现如今能这样觉断肠子的青年已经绝无仅有了。

一六〇、湘云的醉卧

《红楼梦》中的一些少女都有自己最具特色的画面，例如黛玉的葬花，例如湘云的醉卧，例如宝钗的扑蝶，例如宝琴的艳雪图，例如香菱的情解石榴裙。

这些画面与动作既是写实的，又是相当夸张的，我甚至要说，是行为艺术式的。

《黛玉葬花》与《天女散花》《洛神》一样，是梅派的折子戏，也与那两出一样，更像是一种想象、一种宣泄、一种抒情，同时也是一种表演。

一个黛玉葬花，感动了多少痴男哀女。

宝钗扑蝶，本来也是同样的天真可爱，同样的属于与自然的交流互动：

> 宝钗……刚要寻别的姊妹去，忽见前面一双玉色蝴蝶，大如团扇，一上一下迎风翩跹，十分有趣。宝钗意欲扑了来玩耍，遂向袖中取出扇子来，向草地下来扑。只见那一双蝴蝶忽起忽落，来来往往，穿花度柳，将欲过河去了。倒引的宝钗蹑手蹑脚的，一直跟到池中滴翠亭上，香汗淋漓，娇喘细细。宝钗也无心扑了，刚欲回来，只听滴翠亭里边嗽嗽喳喳有人说话。原来这亭子四面俱是游廊曲桥，盖造在池中水上，四面雕镂槅子糊着纸。

宝钗扑蝶的这一组画面本来是与黛玉葬花同样地青春、同样地自然、同样地动人，只因有了其他小人物的干扰，使它成为了宝钗的一个罪证，给了宝钗一个嫁祸于人的嫌疑，可叹也。

最成功的行为艺术是湘云的醉眠芍药裀：

> 都走来看时，果见湘云卧于山石僻处一个石凳子上，业经香梦沉

酣，四面芍药花飞了一身，满头脸衣襟上皆是红香散乱，手中的扇子在地下，也半被落花埋了，一群蜂蝶闹穰穰的围着他，又用鲛帕包了一包芍药花瓣枕着。众人看了，又是爱，又是笑，忙上来推唤挽扶。湘云口内犹作睡语说酒令，唧唧嘟嘟说："泉香而酒冽，玉盌盛来琥珀光，直饮到梅梢月上，醉扶归，却为宜会亲友。"

这幅画面为湘云赢得了多少喝彩！不但健康、聪慧、纯洁、无瑕，而且赶上了天人合一、自然之子、生态平衡、与大自然和谐相处的时尚列车。上述寥寥数语的描写被引用了不知多少次，多少读者包括资深红学家都从而为之倾倒倾心，用最美好的辞句赞美歌颂之。

显然这里有许多艺术夸张。即使活在芍药园中，收集落花成枕也比较费事。作为灌木的芍药长得不会太高，躺在石凳上的湘云满身是芍药的落花，这种现象如果说是自然形成的，恐属难能，除非是有人特意往湘云身上铺洒。说是落花几将扇子埋了起来，更不可思议，这是芍药，不是那种到时候就雪片般落下的樱花，而且根据笔者王某的观察，芍药、牡丹的花朵都是先蔫在枝头，最后才不知所终的，根本没有成片大量下落的可能。请喜种花养花的朋友与王某沟通交流。还有说是蜂蝶闹嚷嚷围着湘云与她身上的花瓣飞舞，这也碍难成为事实。

当然，这种抬杠丝毫无损于湘云的形象。是雪芹用他的生花妙笔（这回可真是生花了）为湘云散了花，招引了蜂蝶，垫上了花枕，埋上了扇子，绘出了自然之子的形象。这纯粹是伊朗的奥斯坦·穆罕默德·法尔希奇扬（Ostad Mahmoud Farshchian）的一幅细密画啊。

一六一、情解石榴裙

"呆香菱情解石榴裙"一节，读来读去总有些不明就里。

"情解石榴裙"云云，这个词儿实在太香艳，比"良宵花解语"与《红》中的任何回目都富有性的暗示——几乎是明示了。但内容又无任何问题，几乎是俚语所说的"莘闷儿（谜）素猜"了。

香菱与众小丫头们打闹弄脏了裙子，宝玉想起袭人有同样的裙子，乃从袭处讨来，帮香菱换上，免得香菱挨（薛姨妈的）说。这个事里似并无什么弗洛伊德，不过是显示了宝玉的细致及对女性的关切，小说中还特别明说：

> 宝玉……心下暗想：可惜这么一个人，没父母，连自己本姓也忘了，被人拐出来，偏又卖与这个霸王。因又想起上日平儿也是意外想不到的，今日更是意外之意外的事了。一面胡思乱想……

而对于宝玉的好意的接受，香菱也有所说明：

> 香菱想了一想有理，点头笑道："就是这样罢了，别辜负了你的心。等着你，千万叫他（袭人）亲自送来才好。"

"别辜负了你的心"云云，有点情义，有点意思，有点不像薛蟠的妾与二爷的说话。最后，香菱嘱咐宝玉不可将此事告知薛蟠，也显出亲近来了。香菱说这话时，小说强调她是"脸又一红"，也让人觉得有点什么意思似的。

香菱呆吗？有点呆也只是现象，也许是她保护自己的一个选择。她的处境那样坏，地位那样低下，她如果不呆一点而是聪慧异常，她能活得下去吗？

这里，我突然产生了一种想法：宝玉的弗洛伊德可以表现为"同领警幻所训云雨之事"，为盯着宝钗雪白的膀子，也可以表现为对某些女子的姐妹之情、体贴之情。在香菱的面前，他的表现更像是一个多情女子而不是男人。宝玉当着香菱的面细心地掩埋夫妻蕙与并蒂菱，香菱拉着他的手说他"肉麻"，这种语言与方式就很不一般。他们的拉手与其说是一个少男与少妇的拉手，不如说是一对姐妹的拉手。

与其他女孩子一起时，宝玉更多的表现是体贴照顾而不是显露一种占有的欲望，与那种带有某种侵略性占有性的一般男人特别是大男子主义的男人、浑蛋男人对于女儿的态度确实不同。如果说这种态度中有一种类同性恋的心理，当属不恶。

盖宝玉这名"情种"，他的情是全面的、充盈的，是身兼异性恋与同性恋两种倾向的迷恋与体贴，尤其是体贴，与秦钟的关系就是明证。有同性恋倾向的人见到异性会有排斥感，这是一种情况；也可能有某种认同感，这是另一种情况。这后一种情况也是存在的与有例可循的。在"情解石榴裙"的故事里，宝玉的角色与其说是一个多情的"二爷"，不如说是一个体贴的姐妹。这也够绝的了。

《红楼梦》中的香菱始终面对着一个问题：她的身世背景极不一般，她的父亲是人生的超越者观察者与思索者甄士隐。她在警幻的名册上有一定的地位，她被写成一个不可或缺的人物，但她的故事却比不上别人的生动，她既无心计也无魅力，她是另一类。也许我至今并没有读懂她，但是从她身上我似乎发现了宝玉的某些特点，这是一个读者的收获。

一六二、芳官的位置

社会要求位置，没有位置组不成社会。阶级社会也罢，消灭了阶级的社会也罢，人民的勤务员主导的社会也罢，——勤务员也不是谁都能当得上的。——都是如此。

给四个人举行集团生日宴的时候，阵容是这样的：

> 探春等方回来。终久让宝琴、岫烟二人在上，平儿面西坐，宝玉面东坐。探春又接了鸳鸯来，二人并肩对面相陪。西边一桌宝钗、黛玉、湘云、迎春、惜春，一面又拉了香菱、玉钏儿二人打横。三桌上尤氏、李纨又拉了袭人、彩云陪坐，四桌上便是紫鹃、莺儿、晴雯、小螺、司棋等人围坐。

就是说，参加集团寿宴的主子有宝玉、黛玉、宝钗、湘云、迎春、惜春、探春、尤氏、李纨、岫烟、宝琴十一人；奴才有平儿、鸳鸯、香菱、玉钏、袭人、彩云、紫鹃、莺儿、晴雯、小螺、司棋，也是十一人。这十一个奴才算得上有头有脸，平儿虽奴，却是凤姐的副官，挟带着总管的威风与地位；鸳鸯亦奴，却是

"首长"贾母的副官；其他几位在各自房中也属于近（主子身边的）奴的头一二把手。

文艺工作者芳官，才具、性格与相貌都不俗，但级别不够，不能参加这一宴会，虽然心知其理其礼其名单学的规则，知道无论如何排也排名不到她那里，故而并无怨怼，却也不无寂寞感。果然，是宝玉先想起她惦记起她来了：

> 宝玉听说，便忙回至房中，果见芳官面向里睡在床上。宝玉推他说道："快别睡觉，咱们外头顽去，一回儿好吃饭的。"芳官道："你们吃酒不理我，教我闷了半日，可不来睡觉罢了。"宝玉拉他起来，笑道："咱们晚上家里再吃，回来我叫袭人姐姐带了你桌上吃饭，何如？"芳官道："藕官、蕊官都不上去，单我在那里也不好。我也不惯吃那个面条子，早起也没好生吃。才刚饿了，我已告诉了柳嫂子，先给我做一碗汤盛半碗粳米饭送来，我这里吃了就完事。若是晚上吃酒，不许教人管着我……"

芳官的应对比较自然，她先说了"你们吃酒不理我"，保持了适度的天真与娇憨，还有点天生性情中的自由、平等、博爱，清高，飘逸……全不以世俗的三六九等为意；接着婉拒了宝玉晚上带她上桌的好心却带有恩赐的侮辱色彩的建议，尤其提出藕官、蕊官来，讲姐们儿义气而绝不搞个人钻营；接着又提出要喝酒，表现了豪爽与自我金贵的一面：

> 芳官道："……我要尽力吃够了才罢。我先在家里，吃二三斤好惠泉酒呢。……他们说怕坏嗓子，这几年也没闻见。乘今儿我是要开斋了。"……
> 说着，只见柳家的果遣了人送了一个盒子来。小燕接着揭开，里面是一碗虾丸鸡皮汤，又是一碗酒酿清蒸鸭子，一碟腌的胭脂鹅脯，还有一碟四个奶油松瓤卷酥，并一大碗热腾腾碧荧荧蒸的绿畦香稻粳米饭。小燕放在案上，走去拿了小菜并碗箸过来，拨了一碗饭。芳官便说："油腻腻的，谁吃这些东西。"只将汤泡饭吃了一碗，拣了两块腌鹅就不吃了。

给芳官开的这个小灶令人垂涎。芳官级别与地位虽然不够高，但物质待遇与她对这种待遇的不屑态度已经赶上了多数大小姐，是平民百姓至今难以望其项背的。

当然，这也是《红楼梦》中的丫头们往往"不奴隶，毋宁死"的一个原因。赶出园子府第，回到父母或兄嫂那里，她们有了多一点的自由，但首先遭遇的是饥饿的自由、灾病的自由、再次被卖出去的自由、生活环境一落千丈的自由、嫁一个"小子"（仍是奴才）吃一辈子苦的自由。没有物质保证的自由与没有自由权利的物质待遇成为人的两难选择，也是老太太的被窝——盖有年矣。

> 宝玉闻着，倒觉比往常之味有胜些似的，遂吃了一个卷酥，又命小燕也拨了半碗饭，泡汤一吃，十分香甜可口。小燕和芳官都笑了。吃毕，小燕便将剩的要交回，宝玉道："你吃了罢，若不够再要些来。"小燕道："不用要，这就够了……"……宝玉笑道："……还有一件事，想着嘱咐你，……以后芳官全要你照看他……"小燕道："我都知道，都不用操心……"

宝玉吃芳官的剩饭，这更是一种姿态，是平等与俯就的姿态，也是怜香惜玉的姿态。怜香惜玉之情，你爱我我爱你 I love you 与 I love you too 有助于提倡自由平等博爱，有趣。

> 刚出了院门，只见袭人、晴雯二人携手回来。……宝玉便笑着将方才吃的饭一节告诉了他两个，……晴雯用手指戳在芳官额上，说道："你就是个狐媚子……"

于是脱离开了世俗的红尘的计较，回到了少女间的较劲上去了：

> 晴雯道："既这么着，要我们无用。明儿我们都走了，让芳官一个人就够使了。"袭人笑道："……你却去不得。……倘或那孔雀褂子再烧个窟窿，你去了谁可会补呢。你倒别和我拿三撇四的……"

《红楼梦》写少女间这些琐屑心理口角，如此细腻，如此不隔，如此真切，这比写黛玉的苦恋、宝钗的应世、凤姐的威风与才能还惊人，那毕竟可以大处落墨。像屠格涅夫、托尔斯泰、福楼拜与梅里美，他们写丽莎、安娜、包法利夫人与卡门，写得再好也是男性的视角，有所欣赏，有所同情，有所观察，有所赞叹；而曹雪芹写这些女性间的鸡零狗碎，女而又女，一女到底，却是任何男作家都写不出来的。我不能不思忖曹公的性心理，他对于女性的认同，他钻到女人肠子里去的体贴与满足，莫非他也有同性恋倾向？

一六三、最后的欢乐

各种感情、感觉、感触，往往都是在对比中强烈起来、深刻起来、难忘起来与文学起来的。

在"红楼"衰败灭亡的过程中，出现矛盾，出现纠纷，出现凶险，同时不断地出现欢乐，出现排场，出现烈火烹油、鲜花着锦的辉煌与满足。

这好像是回光返照，这好像是物极必反，这好像是一切人生、一切快乐与辉煌的必然命运。生老病死，生驻坏灭，盛极而衰，满极而溢，万物难逃此规律，固不仅贾府然也。

大观园的最后一次狂欢节我以为是"寿怡红群芳开夜宴"，虽然仍是略嫌无聊的生日酒会，毕竟群芳到齐，喝了一坛子酒，宝玉和众少女脱掉了许多外衣正装，单是穿戴也令人来劲：

> 宝玉只穿着大红棉纱小袄子，下面绿绫弹墨裈裤，散着裤脚，倚着一个各色玫瑰芍药花瓣装的玉色夹纱新枕头，……当时芳官满口嚷热，只穿着一件玉色红青酡绒三色缎子斗的水田小夹袄，束着一条柳绿汗巾，底下是水红撒花夹裤，也散着裤腿；头上眉额编着一圈小辫，总归至顶心，结一根鹅卵粗细的总辫，拖在脑后；右耳眼内只塞着米粒大小的一个小玉塞子，左耳上单带着一个白果大小的硬红镶金大坠子，越显的面

如满月犹白，眼如秋水还清。

各有各的舞台，各有各的场次，各有各的主打风景，除了宝玉这位永远的核心以外，这个"寿怡红"狂欢节的中心角色是芳官。

在封建专制极端严酷的条件下，能穿成这样，已经够放得开、够狂的了。如果不是宝玉专门提出要求，还做不到这一步呢。而且，在联欢开始之前，林之孝家的前来视察，并对宝玉进行了精神训话。老奴才教育小主子，说明僵硬的体制下也有某种演变与权宜。而最后呢却是又吃又喝又玩又穿得比较简易，故我称之为狂欢节。

林之孝家的视察当中听说宝玉吃多了，建议他喝些普洱茶，这也算是开风气之先了。不知道《红》以前还有没有旧小说讲到普洱茶，《红》以后的白话小说中，有反《红》倾向的《儿女英雄传》和学《红》的《镜花缘》里都提到了它，大约与此茶在清代的流行有关。

这次的酒令是历来红学家最喜欢研究的。如宝钗之抽到牡丹的签，有"艳冠群芳"的概括，以及"任是无情也动人"的签词，似别有意味。对《红》的猜谜兴趣确也引人入胜，何况这里的谜语时而变成了谶语，与测字、卦辞、梦境一样，有一种人们不能完全掌握的神秘意味。这也是文学写作上的一个法门。一方面是牡丹、芙蓉、桃花、杏花，通俗热闹，一方面是"只恐夜深花睡去"、"莫怨东风当自嗟"之类的似含深意的辞句，谁能对之不感兴趣，谁能不自以为是地猜上一通呢？

然而从根本上说来，《红楼梦》是小说而不是密电码，也许我们更有兴趣的事是估量将之作为小说来阅读，我们读出了多少，漏掉了多少，读拧了多少。

芳官喜酒，前面已经作了铺垫，果然喝出了点样儿：

> 芳官吃的两腮胭脂一般，眉梢眼角越添了许多丰韵，……袭人见芳官醉的很，……只得轻轻起来，就将芳官扶在宝玉之侧，由他睡了。……及至天明，……宝玉已翻身醒了，……那芳官坐起来，……瞧了一瞧，方知道和宝玉同榻，忙笑的下地来，说："我怎么吃的不知道了。"宝玉笑道："我竟也不知道了。若知道，给你脸上抹些黑墨。"

仍然是天真的小儿女。如果他们都不长大,有多好!

一六四、群芳外的另一芳

寿怡红时,出席者多是在《红》的书页中频频曝光的人物,虽然可爱,却不足为奇。其中芳官前面交代得较少,故而给了她较多"戏份",连曲子也让她唱了个够:

> 翠凤毛翎扎帚叉,闲踏天门扫落花。您看那风起玉尘沙。猛可的那一层云下,抵多少门外即天涯。您再休要剑斩黄龙一线儿差,再休向东老贫穷卖酒家。您与俺眼向云霞。洞宾呵,您得了人可便早些儿回话,若迟呵,错教人留恨碧桃花。

如梦如真如黄粱再现,如成道成仙终无快乐人间,似吕洞宾似贾宝玉,想起何仙姑的扫落花也想起黛玉的葬花,未能早些儿回话,自然教人留恨,不管是不是碧桃花……现实中充满了若有若无的浪漫,欢乐或狂欢中流露着似浓似淡的忧伤。这正是《红》的迷人之处。

"寿怡红"中的另一个重要角色是不在场的妙玉。饮酒,行令,唱曲,解衣,当然都没有妙玉的事,偏偏妙玉并不甘心寂寞,她送来了"生日贺卡":

> 这里宝玉梳洗了正吃茶,忽然一眼看见砚台底下压着一张纸,……晴雯忙启砚拿了出来,……原来是一张粉笺子,上面写着"槛外人妙玉恭肃遥叩芳辰"。宝玉看毕,直跳了起来……

宝玉为妙玉的贺卡直跳了起来,可见他的重视,他知道得到妙玉的青睐是极难得的。

四儿忙飞跑进来，笑说："昨儿妙玉并没亲来，只打发个妈妈送来。我就搁在那里，谁知一顿酒就忘了。"众人听了，道："我当谁的，这样大惊小怪。这也不值的。"

值得还是不值得？问题就在这里。谁能体会宝玉对妙玉的重视与珍惜呢？

宝玉的情确实是无所不包，不论是说闲话中提到的人物，是梦里的人物，是够得着够不着的女儿，他都珍惜，他都体贴，他都牵挂。他曾以为天下女儿的眼泪都将为他而涌流，也算事出有因。

评者或认为妙玉做作、各色、不守清规、招惹红尘，当然是的，问题是妙玉的处境尴尬，做出来的事也只能是尴尬做作，而不可能大方自然。

光一位妙玉不算，又引出了一个邢岫烟。岫烟本来给人印象不深，除了家计困难以外。这里趁着写妙玉给岫烟添了几笔，借光叨光，岫烟也显出光彩来了。

岫烟指导宝玉以"槛内人"的名义回妙玉的贺卡，不但文字上精准，更包含了许多感慨。"纵有千年铁门槛，终须一个土馒头"，通俗的话语中有多少迷茫与空虚！不论写到什么好事坏事，吃喝行乐，红尘滚滚，《红楼梦》时刻不忘提醒那个大限、那个终结。呜呼，哀哉！

一六五、红楼二尤

与《三国演义》《水浒传》相比，《红》的戏曲化，数量是比较少的，也是不甚成功的。提到《三国》，我们就会想到《甘露寺》《群英会》《借东风》《失街亭》《空城计》……提到《水浒》，也会立即想到《野猪林》《夜奔》《全本武松》等等。这说明《三》与《水》更富戏剧性，而《红》的长项是生活性与抒情性。

《红楼梦》给人印象的是它提供了许多梅花大鼓与京韵大鼓的段子：《黛玉葬花》《黛玉悲秋》《探晴雯》，等等。再有是越剧而不是京剧《红楼梦》，越剧唱腔善于抒情，大量女演员也适宜演《红》，这可能是《红》亲"越"的原因。但至今人们对越剧《红楼梦》的评价相当保守，不见激赏和沉醉。

不同的是《红楼二尤》，早就成了京剧演出的剧目。这说明，二尤云云，相对要戏剧化得多。

《红》中的各种生活场面都极真切、细致，富有亲历感，以致胡适嫌它啰嗦。但是二尤的故事则非作者亲历，更戏剧化，更像是有意强调什么，突出什么。

为什么说二尤的故事更戏剧化呢？第一，有头有尾，大起大落。第二，从好愿善愿开始，以大悲剧告终。第三，故事里套着故事，本来就啰里啰嗦的事，更是几层内幕，几种可能，甚至是功亏一篑，令人叹息。

二姐一上来亦非善类，不是好剃的头，从她给贾琏槟榔与收贾琏的九龙珮和手绢便可以看得出来。但在"嫁"与贾琏之后，她却成了一个百依百顺的贤惠妻子，无他，她以为有了依靠，从此可以做正经人过正经的乃至高档的生活了。而三姐就更不用说，自从她爱上柳湘莲并与柳订婚以后，她完全变成了另一个人，成为真正的高等淑女了。这种一百八十度的大转变生活中其实罕见，文学上有一些例子，那是在吊读者的胃口，给读者以放下屠刀立地成佛的鼓励，也给读者以戏剧性。回想我自幼喜读的书中，一个是《悲惨世界》里的冉阿让，一个是《复活》里的聂赫留道夫，有这种大转变。《悲》里突出的是雨果的浪漫主义激情，《复》里突出的是托尔斯泰的道德激情。而《红楼梦》更多的是现实主义，所以二尤的转变最后都以春梦一场、事败人亡而告终。

二尤故事的戏剧性还在于它的极致性、充分性。在这个故事里，贾珍父子的无耻腐烂达到了极致，三姐的以恶制恶、以流氓手段对付流氓达到了极致，贾琏与熙凤的离心离德达到了极致，凤姐的两面三刀、阴狠毒辣达到了极致，二姐三姐想过一个新的生活、想得到别人能有的体面与安宁的努力也达到了极致，连兴儿对于凤姐的介绍描绘也达到了极致。兴儿也变成了演说家：

> 提起我们奶奶来，心里歹毒，口里尖快。我们二爷也算是个好的，那里见得他！……如今合家大小除了老太太、太太两个人，没有不恨他的，只不过面子情儿怕他，皆因他一时看的人都不及他，只一味哄着老太太、太太两个人喜欢。他说一是一，说二是二，没人敢拦他。……殊不知苦了下人，他讨好儿。估着有好事，他就不等别人去说，他先抓尖儿；或有了不好事或他自己错了，他便一缩头推到别人身上来，他还在

旁边拨火儿。如今连他正经婆婆大太太都嫌了他，说他雀儿拣着旺处飞，黑母鸡一窝儿，自家的事不管，倒替人家去瞎张罗。

此前对王熙凤的描写让读者从好处想的多，二尤故事一出来，你忽然觉出了凤姐的可怖。

一六六、二尤的意义

尤二姐尤三姐表面上看似乎游离于《红楼梦》的主线之外，不论是以凤姐为核心的家业凋零故事还是以宝黛为核心的爱情难酬故事都不一定非有二尤事件的陪衬不可。

二姐的故事又是一个分水岭。此前，凤姐弄权铁槛寺也好，打丫鬟的耳光也好，害贾天祥也好，都没有像对付尤二姐这样五毒俱全，集虚伪、欺骗、设局、请君入瓮、阴险、狠毒、翻脸不认人、内外勾结、上下其手……于一身，其阴损毒坏狠堪称全活，应该叫做恶贯满盈。月盈则亏，水满则溢，二尤事件给人以警示的意味，以凤姐为核心的贾府管理体系的恶劣、卑鄙、虚伪与丑陋都达到了极致，这样的府第不灭亡，世无天理！

凸显在前台的是凤姐的毒辣，前提是贾府男士们的肮脏、下流、拙劣、无能比凤姐更无丝毫可取，连凤姐那点谋略本事哪怕是作秀能耐也没有。从一上来曹雪芹就明说："我之罪固不免，然闺阁中本自历历有人，万不可因我之不肖，自护己短，一并使其泯灭也。"

在一个败落的贵族之家，男人全部烂掉，有一个贾政似不太烂，却是废掉了；闺阁中反历历有人，不可泯灭。我想原因在于封建礼教对女人限制得多些，男人就更加腐烂无边；女人读圣贤书少些，少了些读得越多越蠢的空话与无用；男人养尊处优，坐享其成，女人至少还要管管家务。

同时，在二姐事件中凤姐彻底得罪了贾琏，并在家人中为自己制造了恶名，她为自己预设了众叛亲离的下场。

而从柳湘莲的退婚与东府除了两个石狮子再无干净之物的说法当中，我们可以掂量出此府在人们心目中也已经彻底完蛋，道义上已经完全破产。尤三姐是一个代表，她的行为显示，任何改弦更张的努力都不可能得到支持得到信任，都只能以失败而告终。

尤三姐的自刎是以一种最激烈最戏剧化的方式宣告：我们完蛋了，我们没有救了，我们只能眼睁睁地灭亡下去了。

二尤的故事增加了《红》的丰满感、全景感，线条纷繁乃至不无枝蔓也罢，它充满了真实的生活与生活的真实，哪怕某些细节写得不够。例如我始终耿耿于怀的是，三姐的自刎动作哪能如此利落？作为婚姻信物的宝剑哪能如此锋利？会武功的柳湘莲怎么可能连一点扑救的反应都没有？

国人对于人生有自己的习惯看法——哪怕是集体无意识。物极必反，恶有恶报，吉凶有兆，人命关天，天网恢恢，气数有定……在《红楼梦》中自然而然地体现了这些观点见地。

三姐自刎并不算完，柳湘莲后来梦见了三姐：

> 那尤三姐便说："来自情天，去由情地。前生误被情惑，今既耻情而觉，与君两无干涉。"说毕，一阵香风，无踪无影去了。
>
> 湘莲惊觉，似梦非梦，睁眼看时，……竟是一座破庙，旁边坐着一个跏腿道士捕虱。湘莲便起身稽首相问："此系何方？……"道士笑道："连我也不知道此系何方……"柳湘莲听了，不觉冷然如寒冰侵骨，掣出那股雄剑，将万根烦恼丝一挥而尽，便随那道士不知往那里去了。

人生的这么多痛苦、这么多困惑只有一死了之，或者活着就结束了自己的生命，或者不结束生活而形同死掉——斩断万根烦恼丝。顺便说一下，跟着道士走是不应该削发的，不知为何这样写。是疏忽吗？

一六七、林黛玉的另类著作

人们已经习惯了把林妹妹当成娇气、爱哭、多病、孤独与痴情的象征，这样，林的"幽淑女悲题五美吟"便显得有些突兀。

此次她的五首七绝却写了历史，写了 VIP，写了政治风云中的女性，并发表了政见。这并非不经意地一写，而是入了回目名称的一次文学著述记录。

> 西施
>
> 一代倾城逐浪花，吴宫空自忆儿家。
>
> 效颦莫笑东村女，头白溪边尚浣纱。

这里居然写出了对于效颦东施的理解与同情。西施又怎么样呢？只能逐浪花而湮没，留下空荡荡的吴宫。而效颦未果的东施呢，头发白了仍然在艰苦贫寒地劳动着。林是什么时候进步的呢？她早先对刘姥姥为代表的劳动者是何等蔑视呀。而现在，她干脆同情起弱势群体中人来了。

> 虞姬
>
> 肠断乌骓夜啸风，虞兮幽恨对重瞳。
>
> 黥彭甘受他年醢，饮剑何如楚帐中。

这一首的立意未必新奇，同情楚霸王而讽刺汉高祖的意思古已有之，于今尤烈。把虞姬与汉室被诛功臣的命运放在一起比较，不无牵强，倒是流露了一点历史虚无主义：胜败得失，谁说得清楚呢？败了自刎与胜了被诛，哪种命运更可羡慕呢？然而反过来说，在楚汉交兵那样的历史较量当中，谁不求胜？谁甘心败局？连战争中的胜败都不争了，还活个什么劲！

明妃

绝艳惊人出汉宫，红颜命薄古今同。

君王纵使轻颜色，予夺权何畀画工。

这首诗主观立意上一般，客观上倒是值得咀嚼一下。红颜命薄云云，虽然俗套，却是很精到的总结。不只是红颜，一切有特长有才具有优于人众之处的人每每不见容于世，甚至反而成为祸水，成为争夺直到动乱的根苗，下面一首《绿珠》也是这样的故事。君王固尊，未必是知己，未必有识人哪怕是识红颜的慧眼；他将予夺之权下放到画工，也许不一定比他本人的选择更差更不像样子。

绿珠

瓦砾明珠一例抛，何曾石尉重娇娆。

都缘顽福前生造，更有同归慰寂寥。

作为歌姬即文艺奴才的绿珠以身殉主，而她的主子石崇却埋怨是她给自己带来了杀身之祸，绿珠实是极其可怜。林总算说了一句"何曾石尉重娇娆"，够得上怨而不怒，哀而不伤，根本不像是《葬花辞》那样绝对，那样一味地颓废悲痛。两个可能：一个是曹公要在这里谈古论今作论人物诗，不管它是否适合由林来操刀；第二个可能，林写自己是悲情无限，不管诗教不诗教的，写古人毕竟隔着一层，可以含蓄收敛一些。

红拂

长揖雄谈态自殊，美人具眼识穷途。

尸居馀气杨公幕，岂得羁縻女丈夫。

这首诗更不像林作了。第一，它写的完全一个正面人物主旋律；第二，它符合过去或现今积极进取有所作为的"入世"与"自强不息"的主流意识形态；第三，它居然有造反精神，有女权主义，有抛弃老朽的狂气，它唱出了"尸居馀气杨公幕，岂得羁縻女丈夫"的英雄主义。林黛玉怎么了？《红楼梦》怎么了？曹雪芹怎么了？

一六八、青春的空洞

美丽的青春生活在丑恶的环境里，聪慧的青春和无所事事的寄生虫们为伍，男人们不是恶棍便是废物，女人们过几年就都变成了凶恶俗浊的婆子，物质的坐享其成无法掩盖精神与生活的空虚与钳制。这样的大观园里的青春，有什么事情好做呢？

一个是过生日。你过完了我过，要不几个人一起过，吃饭，喝酒，行酒令，说俏皮话，一男享受着众少女的青睐与欢笑，一群少女簇拥着一位美貌少年，本身也像少女一样纯洁而又无用、标致而又感伤的性别可疑的少年。

一个就是作诗。作诗不像做功课那样乏味，又能够联欢和智力竞赛。黛玉作起了桃花诗，并由众人议定将海棠诗社更名为桃花社。

> 黛玉便说："大家就要桃花诗一百韵。"宝钗道："使不得。从来桃花
> 诗最多，纵作了必落套……"

宝钗的思维特点是不仅考虑想做什么，而且考虑能不能做得到；不仅考虑有利条件、兴致与趣味，而且考虑困难，考虑其可操作性。

其实黛玉的这首五言古体虽然上口、通俗、顺畅，却仍然是乏善可陈：

> 桃花帘外东风软，桃花帘内晨妆懒。
> 帘外桃花帘内人，人与桃花隔不远。
> 东风有意揭帘栊，花欲窥人帘不卷。
> 桃花帘外开仍旧，帘中人比桃花瘦。
> 花解怜人花也愁，隔帘消息风吹透。
> …… ……

桃花桃叶乱纷纷，花绽新红叶凝碧。

……　……

在《葬花辞》以后，黛玉已经写不出咏花的新意趣来了。这首咏桃花的诗毫无新意，多半是铺染成篇，敷衍似诗，因文生文，从句得句，字字相因，词词相生，没有原生气息，不是生自肺腑，而是前文生后文、文句生自文句。

"人比桃花瘦"也很勉强，李清照的"帘卷西风，人比黄花瘦"则可，比桃花瘦则不可，盖桃花开得热热闹闹、咋咋唬唬，不瘦，而且桃花盛开的时候树叶未生，不会一面开花一面叶碧。

同作桃花诗的提议就这样无疾而终了，倒是咏柳絮还算有趣。黛玉的《唐多令》算是作得好的：

粉堕百花洲，香残燕子楼。一团团逐对成毬。飘泊亦如人命薄，空缱绻，说风流。　草木也知愁，韶华竟白头。叹今生谁舍谁收。嫁与东风春不管，凭尔去，忍淹留。

由于有葬花在先，此词给人的冲击亦有限。而宝钗的"好风频（有版本作"凭"）借力，送我上青云"，新中国以来一直被诟病为钻营投降。宝钗自己解释她是故意要翻出新意，带有艺术上的求新求变意图，是逆向思维的产物。逆向的结果变成了投合趋时，不知我们的朋友们在批判宝钗时是否奉送帽子奉送得过于慷慨了些，她的"白玉堂前春解舞，东风卷得均匀"本是写得不差的。

真正的青春并非在诗词里，而这一段写得最动人的不是诗，不是词，是放风筝。又是蝴蝶，又是软翅子的大凤凰，又是螃蟹，又是蝙蝠，还有美人风筝。大观园中不但有诗歌节，有雪花节、烧烤节，而且有风筝节，甚至让人想起潍坊的国际风筝节来。这些脱离生活脱离劳动脱离世事人情的青春少女们啊，你们的好景无多，你们的灾难将至，快快往上飞一飞，好风频借力，把风筝送到青云上去吧。

一六九、谁让你是出头的椽子

从家事兴衰的角度看《红楼梦》，王熙凤才是真正的主角。我们看到了她的巧言令色，无往而不利；我们看到了她的两面三刀，杀伐决断；我们看到了她的阴狠毒辣，手重心黑；我们看到了她的聪明过人，干净利落。她是难得的人才。

与一切心怀叵测的能人一样，她的做人行事关键方略在于依靠少数，压迫榨取多数。紧摽住贾母，靠拢着王夫人，保护着宝玉，敬礼着探春，拉拢住鸳鸯、袭人、平儿，压上贾琏一头，她以为她在贾府如入无人之境了。

然而不然。第一，她没有团结住一个关键人物，就是她的丈夫贾琏。这固然与贾琏偷鸡摸狗的腐烂行为有关，也与凤姐的争强好胜有关，例如在给贾蔷谋职方面，凤姐何苦非要明着压倒贾琏不可。第二，她强硬有余，宽厚不足；令下人畏惧有余，令下人拥戴乃至爱戴则全无。宽猛不能相济，服人不能服心，这样的管理迟早要垮台。第三，处在靠边位置的她的亲公婆一直对她虎视眈眈，潜在的威胁随时可能变成现实的威胁，潜在的对手转眼可能成为致你于死地的劲敌。她不懂，她一味自信自得自吹自逞，叫做骄纵有余，谨慎不足；逞威有余，施恩不足；争强有余，藏拙不足。第四，她太高明，太高明了就压了众庸人一头，就得罪了所有的一般般，就留下了后患，就早晚可能会走到众叛亲离、孤家寡人、民愤极大、国人皆曰可杀的地步。

为两个婆子口出狂言、不听尤氏指挥的事，凤姐惩治婆子为尤氏出气，却遭到了邢夫人与尤氏的双双讥讽。

邢夫人自为要鸳鸯之后讨了没意思，后来见……凤姐的体面反胜自己，……自己心内早已怨怨不乐，……又值这一干小人在侧，……先不过是告那边的奴才，后来渐次告到凤姐："只哄着老太太喜欢了，他好就中作威作福，辖治着琏二爷，调唆二太太，把这边的正经太太倒不放在心上。"后来又告到王夫人，说："老太太不喜欢太太，都是二太太和琏二奶奶调唆的。"

这几句话交代了荣国府的权力与宠幸格局及潜在的对手威胁，十分关键，可惜的是自鸣得意的王熙凤完全没有看出来。她管理的手腕虽然高超，仍是小聪明、小胆识，不是大智慧，看不到长远，看不到危险，看不到现实权力运作中匿藏着的悖谬。

表面上看，除身体健康方面的忧患外，凤姐仍处在顺我者昌、逆我者亡的有利态势下。然而，对她的不满正在堆积，正在发酵。其实在邢夫人与凤姐的矛盾中，道理并不在邢这边，曹雪芹的笔墨也从来没有向着过邢夫人。鸳鸯事件本是邢与其夫贾赦自取其辱，但是仇恨是不讲是非的，越是无赖越要记恨好人，他们对正确处理事务因而烘托出自己的无理取闹者反会恨得更加刻骨。任何一次成功都会让失败者记仇，任何一次正确都会让错误者咬牙，任何一个聪明的举动都会引起愚蠢者痛不欲生的伤害感与不共戴天的愤恨。被贾母特别宠爱的地位，有效有威地进行管理的地位，输出智力（协理宁国府）的地位，压倒一切（如尤二姐）的地位，是凤姐的骄傲与胜利，也是她走向失败与灭亡的根由。

不错，正如失败是成功之母一样，成功也是失败的嫡亲母亲。

一七〇、凤姐哭了

书已经写到七十一回，从来有胜无败的王熙凤竟受辱而泣了：

邢夫人直至晚间散时，当着许多人陪笑和凤姐求情说："我听见昨儿晚上二奶奶生气，……捆了两个老婆子，……论理我不该讨情，我想老太太好日子，……咱们家先倒折磨起人家来了。不看我的脸，权且看老太太，竟放了他们罢。"说毕，上车去了。

凤姐听了这话，又当着许多人，又羞又气，一时抓寻不着头脑，憋得脸紫涨，……尤氏也笑道："连我并不知道，你原也太多事了。"凤姐儿道："我为你脸上过不去，所以等你开发，不过是个礼……"王夫人道："你太太说的是。就是珍哥儿媳妇也不是外人，也不用这些虚礼。老太太的千秋要紧，放了他们为是。"说着，回头便命人去放了那两个婆子。

凤姐由不得越想越气越愧，不觉的灰心转悲，滚下泪来。因赌气回房哭泣……

邢夫人"嫌隙人有心生嫌隙"，书里已经明言不讳。

凤姐"越想越气越愧，不觉的灰心转悲，滚下泪来。因赌气回房哭泣"，则使读者一怔，女强人凤姐怎么这样娇弱起来？而尤氏，未见与凤姐有多少嫌隙，而且凤姐的处置是为她而行，怎么反说起凤姐多事来？王夫人怎么也是一面倒地跟随着左性子的邢夫人的调子？

我们可以设想，其实凤姐承担着这么重的任务，从来就应该是磕磕绊绊而不会是一帆风顺的。然而小说家是有自己的主体意识的，他对王熙凤命运的理解与表现却定要强调出盛极而衰、盈极而亏的过程。风起于青苹之末，恰恰是在这样的狗屁小事上，凤姐显出了她的不逮、她的被动、她的冤屈、她的无奈。

其次值得思考的是凤姐与尤氏的关系。前面几十回二人关系似还不坏，但这里也有两件事值得反思。一是秦可卿丧事中，尤"犯了胃疼旧疾"，结果贾珍把王熙凤引入宁府管事，凤姐这种"能不够"的角色，尤氏是完全不介意的吗？还是隐忍一时，埋在心中呢？二是毕竟二尤是尤家的亲眷，尤二姐被凤姐害成那样，尤氏一无所闻吗？没有反应吗？没有看法吗？还是暗中使劲，暗自发酵呢？

至于王夫人，她是一个喜欢表现自己的铁面无私的人，是一个基本上脱离生活的人，正因为凤姐是她的内侄女，更要从严要求，多加批评敲打。此后的搜检大观园事件上她更是如此。

读《红楼》，人们很容易习惯于贾府中人的优越生活、养尊处优，习惯于凤姐的处处占先，习惯于宝玉的永被宠爱，习惯于少女们的永远青春。而其实，世上没有永远不散的筵席，养尊处优将被树倒猢狲散所代替，处处占先将被力诎失人心所代替，永被宠爱将被看破红尘所代替，永远的青春将被时光所吞没。这样当我们读到《红楼》人物走下坡路的时候，我们会感到惊异：凤姐吃瘪是怎么发生的？搜检大观园是怎么发生的？贾府被抄家是怎么发生的？宝玉与他的众少女们穷途末路，下场悲惨，是怎么发生的？

其实作者早就告诉你了，《红楼》——甚至不仅是《红楼》——的下场是笃定了的：

> 为官的，家业凋零；富贵的，金银散尽；有恩的，死里逃生；无情的，分明报应。欠命的，命已还；欠泪的，泪已尽。冤冤相报实非轻，分离聚合皆前定。欲知命短问前生，老来富贵也真侥幸。看破的，遁入空门；痴迷的，枉送了性命。好一似食尽鸟投林，落了片白茫茫大地真干净！

抽象地讨论或宣示人生的空虚与悲惨还是容易的，具体的感受却令人凄惶。空虚之所以空虚是因为它充实过，悲惨之所以悲惨是因为它欢乐过，没落之所以可叹是因为它兴旺过。《红楼梦》里有多少青春、欢乐、幸福、聪明、亲情、牵挂，就有多少老病、悲伤、苦难、愚蠢、嫌隙、仇恨，还能说什么呢？

一七一、风暴是怎样酿成的

《红楼梦》中最为恶性的事件是搜检大观园，起因是傻大姐捡到了一件涉嫌淫秽的荷包。搜检的结果是逐晴雯，晴雯遂死；逐司棋，司棋自杀；宝钗迁出；芳官等文艺奴才也全部被逐。这是一次扑杀青春的歼灭战。

更凶险的是它说明了贾府权力格局的不稳定性。由于凤姐有嫌疑保有淫秽物品，从管理者变成了被审查者，查抄是由邢夫人的陪房王善保家的带队的。凤姐虽然不良不善，至少比王善保家的还是要强一些。而王善保家的除了挨探春一个嘴巴，再做不成任何事。

表面上看这是一个偶然事件，但实际上要深刻也麻烦得多。一是，老太太已经在宝玉佯装被吓时定了调子，她老人家忽露峥嵘，实行全面拧紧螺丝钉的方针。二是，宝玉已经开始了青春期，男女大防是王夫人的最大心病，袭人早就做了前期工作，王夫人早就想大动干戈，围剿和扑杀青春。三是，反对派、在野派贾赦夫妇早已蠢蠢欲动，等着机会反攻反扑，挫凤姐王夫人的锐气了。

更早的由头竟应该由晴雯自己负责，是她出主意把一个小丫头的打盹闹成了一个治安事件：

> 话犹未了，只听外间咕咚一声，急忙看时，原来是一个小丫头子坐着打盹，一头撞到壁上了……
>
> 话犹未了，只听金星玻璃从后房门跑进来，口内喊说："不好了，一个人从墙上跳下来了！"众人听说，忙问在那里，即喝起人来，各处寻找。晴雯因见宝玉读书苦恼，劳费一夜神思，明日也未必妥当，心下正要替宝玉想出一个主意来脱此难，正好忽逢此一惊，即便生计，向宝玉道："趁这个机会快装病，只说唬着了。"
>
> ……因而遂传起上夜人等来，打着灯笼，各处搜寻，……晴雯便道："……大家亲见的。如今宝玉唬的颜色都变了，满身发热，我如今还要上房里取安魂丸药去。太太问起来，是要回明白的……"
>
> 众人听了，吓的不敢则声，……晴雯和玻璃二人果出去要药，故意闹的众人皆知宝玉吓着了。王夫人听了，……命仔细查一查，拷问内外上夜男女等人。

看，正是晴雯还有金星玻璃即芳官制造了气氛，扼杀了真相，以极端的面貌挑起了事端，直到为自己与同伴们招致了大祸。真个是搬起石头砸自己的脚啊！

这是无法从逻辑上进行严格的论证的，国人将这种情况说成为气数将尽，恶贯将盈，事出有因，回天乏力，在劫难逃。

而在这个既可以说是自杀自灭才能一败涂地（探春语）又可以说是以封建礼教维护宝玉的健康成长所势在必行的抄检事件中，担当起这样一个魔头兼负责任的家长的历史角色的是王夫人。作者对她是极客气的，只说了一句"王夫人原是天真烂漫之人，喜怒出于心臆，……今既真怒攻心，又勾起往事"，就足以显出她的凶恶与无知、低智商与不讲道理、脱离实际与一意孤行了。这也是时势造英雄吧，混账的时势只能造出王夫人这样混账的角色来。

一七二、惜春的冷

惜春是宝玉的堂姐妹中最年轻的一个，也是宿命地不可理喻地疏离着他人、疏离着家族、疏离着主流意识形态与体制的一个。她喜欢画画，未见大才，她喜欢与妙玉来往，她喜欢佛教。她似乎是贾府的一个游离者、（暂时）寄居者、随时准备离去者，当然也是可有可无者。

《红楼梦》写人物极有章法，各有各的舞台，各有各的出场与重头戏时间、不到时候，就先在一边陪着跟着淌着。

想不到的是，搜检大观园后反应最强烈、行动最决绝、个性最诡异的不是搜检中反对态度最激烈、言论最惨痛的探春，倒是胆小的惜春。搜检完了，探春说了一点怪话，又陪着贾母过中秋享清福了，倒像嘛事也没发生一样。

而惜春对自己的贴身丫头入画藏有金银锞子与男人衣物一事，坚决处理，不由分说，逐入画而且得罪嫂嫂尤氏，趁机大大地——应该说是过分地——发挥了一通她的众人皆浊我独清论、与众人告别并决裂论、只能自顾自而别人就只好得罪了论：

> 忽见惜春遣人来请，尤氏遂到了他房中来。惜春便将昨晚之事细细告诉与尤氏，又命将入画的东西一概要来与尤氏过目。
>
> 尤氏道："实是你哥哥赏他哥哥的，只不该私自传送，如今官盐竟成了私盐了。"……惜春道："你们管教不严，反骂丫头。这些姊妹，独我的丫头这样没脸，我如何去见人。昨儿我立逼着凤姐姐带了他去，他只不肯。……我今日正要送过去，嫂子来的恰好，快带了他去。或打，或杀，或卖，我一概不管。"

真理多走一步就成了谬误。惜春这时的声口，与其说是撇清自己，严格要求自己这边的人，不如说是发作了偏执症。尤氏已经证明那是"官盐"（合法财物），不是"私盐"（非法获得），用现在的话说，是少量财物来源明白无误，不是巨额财产来源不明罪。而惜春却说出"快带了他去。或打，或杀，或卖，我一概不管"这样过度反应的话语。

而且其言语之无情冷酷令人吃惊：

> 入画听说，又跪下哭求，……尤氏和奶娘等人也都十分分解，说："……他从小儿伏侍你一场，到底留着他为是。"谁知惜春虽然年幼，却天生成一种百折不回的廉介孤独僻性，任人怎说，他只以为丢了他的体面，咬定牙断乎不肯。

这就很难说是清高了，真正的勘破红尘、蔑视俗人应该宠辱无惊，付诸一笑，何必如此看重自身的脸面而丝毫不考虑入画的命运与尤氏的感受呢？

清高是一种好品质，尤其是在世风堕落、人心腐烂的情势下。然而惜春的这种清高却显得那样自私自利，蛮不讲理，视他人如草芥如寇雠，为一己的情面与情绪不惜牺牲旁人的一切。惜春并说：

> 不但不要入画，……连我也不便往你们那边去了。况且近日我每每风闻得有人背地里议论什么多少不堪的闲话，我若再去，连我也编派上了。……我一个姑娘家，只有躲是非的，……古人说得好："善恶生死，父子不能有所勖助。"何况你我二人之间。我只知道保得住我就够了，……从此以后，你们有事别累我。……古人曾也说的："不作狠心人，难得自了汉。"我清清白白的一个人，为什么教你们带累坏了我！

以伤人求自爱，以辱人求自尊，以吃凉不管酸求高雅，以骂倒一切（同时享用一切）求道德的完成，这是站得住的吗？尽管尤氏来自那个脏烂宁府，尽管尤氏面对男盗女娼毫无作为，但《红楼梦》从头至尾，此尤氏似无大恶。你读到这里，是同情惜春更多呢，还是同情尤氏更多呢？

一七三、质疑青春

惜春的个性固属各色，也不能说完全是偶然，她挟带着青春的偏激与自傲。

绝对的清高必须脱离红尘，脱离生活。青春之所以可爱与较显清洁，恰在于它没有被生活的光怪陆离、被实利的盘算计较所污染。它重感情，轻实利；重诗文，轻生活；重才智，轻关系；重脸面，轻后果；重意气，轻计谋。

所以黛玉可爱，黛玉甚至被戴上反封建的桂冠。但是在全书最最关键的迫害青春的搜检大观园之役中，她与她志同道合的友人情人贾宝玉连一个屁都没有放。倒是入世的、通晓人情世故而且严守主奴界限的探春有所悲愤，有所上纲，有所批判。

对待大观园里的联产承包，青春们也是吃凉不管酸的空想家态度。他们作诗，他们编花篮，他们吃酒行令。他们从来不考虑实务财务，宝玉对黛玉说得好：不管少了谁的也少不了咱们俩的。完全是娇惯成性的寄生虫、活废物的语言。

为什么少女可爱婆子可恶？除了美貌有无的问题即作为女性的审美价值与性对象价值的考量以外，就是因为婆子投入了生活，有了生活所赋予的责任，有了生活所具有的琐碎、卑贱，东张西望，低声下气，辛苦忙乱，还有时间与卑微的活计带来的白发、皱纹、粗糙的皮肤、弯下的腰身与肿胀的手指。劳动的婆子、下人的婆子都那么可恶，而贾母绝对不是婆子，她拥有上层老太的放松、经验、成熟、更多的自由与表现自己的某些真性情——如宠爱凤姐与宝玉——的直率。自由是一种特权，自由使人美好可爱，而奴性使人丑陋不堪。刘姥姥也不算婆子，因为她是外来的西洋景，是吃惯了鸡鸭鱼肉的贾家人的一根山野菜。

而少女与唯一的少男美丽、浪漫、天真、热情、才华横溢的代价是脱离生活，脱离谋划，脱离责任，喜乐一时，任人宰割，自己做不了自己的主。

有趣的众少女都是可爱的，而少男差不多只有宝玉可爱。贾兰尚未成为角色，还只能算儿童；与宝玉最接近的贾环竟是那样可厌；茗烟之流除顽闹起来有点天真，别的方面一无可取，无法与女孩子相比。以上种种，与其说是事实如此，不如说是宝玉的弗洛伊德视角是如此地喜少女而厌少男所致。

婆子与少女的代沟在于好为人师，啰啰嗦嗦地教训青春，管制青春，压迫青春，污辱青春，像李嬷嬷那样摆老资格，吃老本，嫉妒年轻人尤其是貌美者。

而青春与成人的代沟呢，这可以惜春为例，嘛也不懂嘛也不干，享受着一切供应与服务却又否定一切、骂倒一切，而且还自鸣得意，飘飘然不知伊于胡底。

而这又是青春最迷人的地方，不被生活的重担所压倒，有可能思索、多情、吟诗、作画、评论、爱与被爱、掉眼泪，最后至少能够逃避与清高。我们知道劳动创造世界，但休息也创造世界。没有无所事事的金陵十二钗与无事忙的宝玉，哪里来的永远的《红楼梦》？

一七四、小说的高潮

《红楼梦》的题材有限，没有大决战，没有高潮，没有全景。到了搜检大观园，就算是铙钹齐鸣、鼓号皆响、天翻地覆、雷电交加了。

有趣的是，这一切发生在七十四回。一部一百二十回的长篇小说，到了这时候，如《沙家浜》里的阿庆嫂所说，应该"喝出点味儿"来了。

这是一个大转折，由吉而凶，由福而祸，由开端与发展而走向结束，由制高点而降落，由鲜花着锦烈火烹油而走向下世、没落、分崩离析。

从整体设计来说，这个点恰恰处在对全部一百二十回进行黄金分割的分界点上。

120－74＝46。就是说，搜检前与搜检后的篇幅比例是74:46，比值是1.608。

而全文与搜检前的一大部分相比是120:74，比值是1.611。

两个比值相差只有0.003。

或者用另一种计算方法：

我们知道，黄金分割的值是0.618。

120×0.618＝74.16。即一部一百二十回的小说，其黄金点在七十四回略略开始后。

74×0.618＝45.73。即此小说的黄金点后，应该还有四十五回又大半回，约为四十六回。

现在的《红楼梦》的搜检大观园就是在七十四回，七十五回还有点余波。此后，还有四十六回。

妙哉！我要说明的是，我是先认定了搜检是高潮才计算的，而不是先算好了再找高潮的。

这是因为，一部本身不具备戏剧化的矛盾冲突的长篇小说，即一部不大好抓住脉络的作品，到了全部篇幅完成了六成多的时候，各种纠葛已经蓄积得成了气候，人物性格已经成熟毕现，大趋势已经基本明确，最最震动人心的事件该出场了。此时不振一振、闹一闹，恐嫌瘟疲；此时不尽量集中表现一下，难以统领全局。到此黄金分割点，亦须考虑收场的事了。书越是写得好，越是弥漫开去，全景化全局化展演，越是难于结束，越是需要到此处给一个结束的方向。可卿丧葬，元妃省亲，宝玉挨打，这些大活动完结后，芦雪庵联诗、怡红公子贺寿虽有一定的规模气势，但毕竟是青春活动，未必撼动全局。只有此搜检一事，势头猛，态度凶，动作急，处理蛮横，直如疾风暴雨一般。

打击乐、吹奏乐乒嘟乓当地砸响了一顿，表现了大观园的龙卷风；然后是最最不堪的邢傻大舅在"东府"的赌博游戏，犹如一段滑稽的弹拨与管乐器的合奏谐谑曲；而后变成了大提琴的协奏曲，即贾母与儿孙们的中秋赏月。

事情就是这样怪。贾母等不会为搜检中的牺牲品晴雯、司棋、入画等人而悲伤挂牵，但是他们兴冲冲的赏月总是显得不太对劲，像是对不上螺纹；像是唱歌走了调，A调歌儿唱成了B调了；像是吃错了药，把脚气灵当藿香正气水喝到肚里了。老有点不对路。

贾政讲的怕老婆的人舔老婆脚丫子的故事实在不高明，也与贾政的形象不一致；贾赦讲的母亲偏心的故事更是哪壶不开提哪壶，等于向贾母猖狂进攻，于是受到了反击；尤氏讲的一家人养了四个残疾儿子——独眼、独耳朵、独鼻孔与哑巴的故事相当不吉利，烦人，老太太没听两句就闭目似睡了。

于是贾赦走了，下人来说是被石头绊了一下，崴了脚。很对，好像到这时大家都被石头绊了。窃以为，刚刚搜检过后的大观园尚存留着一股血腥之气、凶恶之气、晦暗之气，老太太马上就想歌舞升平，谈何容易！

一七五、诗歌属于悲哀

还能做什么呢？又写上诗了。

这场中秋联诗的活动已经没有雪花节诗会（芦雪庵联诗）的那种欢乐与规模了，主角先是两个人，是提琴的二重奏，是黛玉与湘云。因为宝钗宝琴为躲避大观园的凶险不测，已经藉故溜掉了。

后来又加了一个人是妙玉。在二重奏的背景下，出现了一声长笛。

二人联诗时还有点节气话儿，她们自称是铺陈些富丽：

> 三五中秋夕，清游拟上元。撒天箕斗灿，匝地管弦繁。几处狂飞盏，谁家不启轩。轻寒风剪剪，良夜景暄暄。

讲到中秋，讲到满天星斗，讲到"轻寒"与良夜，虽有管弦与飞盏，仍然不无悲凉。中国的节日，春节是过年；上元才过年不久，可以视为"年"的闭幕式；端午节在初夏，心情都不错；中秋，有点问题，气候呀月华呀岁月呀都带几分凉意。俗话中也有"年怕中秋月怕半"的说法，显示了人在时间面前的恐惧感与受压迫感。

中秋的感觉有点不同，原因之一是中秋差不多也是处于一年的黄金分割点上。时至中秋，过了 0.625 个年头了，而中秋后日子差不多是中秋前日子的 0.6。如果考虑到闰月的因素，以 365.25 日作为一年天数的标准，就更加符合黄金分割的比例值了。

> 争饼嘲黄发，分瓜笑绿媛。……分曹尊一令，射覆听三宣。散彩红成点，传花鼓滥喧。晴光摇院宇，素彩接乾坤。

仍然是富贵之家，仍然是一番排场，却如章回题目所说，品笛凄清，联诗寂寞，连"景点"的凸碧凹晶也不阳光。

构思时倚槛，拟景或依门。酒尽情犹在，更残乐已谖。渐闻语笑寂，……秋湍泻石髓，风叶聚云根。……晦朔魄空存。壶漏声将涸，窗灯焰已昏。寒塘渡鹤影，冷月葬诗魂。

而这时最动人的是妙玉的出场：

一语未了，只见栏外山石后转出一个人来，……二人不防，倒唬了一跳。细看时不是别人，却是妙玉。

……妙玉笑道："我听见你们大家赏月，又吹的好笛，我也出来玩赏这清池皓月。顺脚走到这里，忽听见你两个联诗，更觉清雅异常……"

月下池边，秋湍风叶，鹤影诗魂，更残焰昏，妙玉悄悄地出现了。她本身就如影如魂，如狐如鬼，如湍如叶，如鹤如诗。她与夜月、与秋风、与笛声、与池塘清水完全在一起，她生于秋风冷月与五言律句。《红楼梦》里人物的出场真令人难忘。

至于妙玉续上的诗：

香篆销金鼎，脂冰腻玉盆。箫增嫠妇泣，衾倩侍儿温。……露浓苔更滑，霜重竹难扪。犹步萦纡沼，还登寂历原。……振林千树鸟，啼谷一声猿。歧熟焉忘径，泉知不问源。钟鸣栊翠寺，鸡唱稻香村。有兴悲何继，无愁意岂烦。芳情只自遣，雅趣向谁言。彻旦休云倦，烹茶更细论。

这是妙玉的炫才之作，更是雪芹的炫才之诗。与内容相比，更重要的是搜检"十三元"所有的韵脚与对仗的工整；与妙玉其人相比，她的诗不算冷僻，算不上多么"槛外"，流露出来的仍是富贵人家的孤独与凄凉，夹带着少少的自恋与自傲。

小提琴仍然清丽，长笛仍然委婉，风景仍然冷媚，家运却已经一蹶不振了。

一七六、晴雯之情

晴雯病补孔雀裘，晴雯被逐，宝玉探晴雯，晴雯之死，宝玉为晴雯撰写芙蓉诔，这一系列文本已为历代读者耳熟能详。尤其是其中写到晴雯已经病危，犹自咬下指甲给宝玉作纪念，二人又交换了上衣叫做袄儿的，晴雯并两次说到自己"既担了虚名"与"也不枉担了虚名"。他们的感情甚至令我想起歌剧《茶花女》中薇奥列塔濒危时与阿尔弗雷德的会面来。一个是探晴雯，一个是探茶花女，果然有感天动地之情也。

爱情爱情，又曰谈情说爱，但是如《红楼梦》中宝玉与晴雯之情，与"爱"又不无区别。固然了，情与爱无法分割。

中国文学谈情谈得最重的是《牡丹亭》，汤显祖的题词中是这样说的：

> 死三年矣，复能冥漠中求得其所梦者而生。……乃可谓之有情人耳。情不知所起，一往而深。生者可以死，死可以生。生而不可与死，死而不可复生者，皆非情之至也。梦中之情，何必非真？……人世之事，非人世所可尽。自非通人，恒以理相格耳。第云理之所必无，安知情之所必有邪！

这里汤显祖讲的其实仍是柳梦梅与杜丽娘的男女之情，但他给了"情"以超生死、超人世、超逻辑（理）、梦幻化即精神化的至高无上、普泛与先验的意义，宣扬了一种唯情论：人最宝贵的是生命，但是情比生命更重要也更有力量！生命是宝贵的也是需要充实的，以什么来充实？修齐治平，建功立业，金钱美女，权势地位，是一种充实，情更是一种，它与西方喜欢讲的充满着生命的欲望与肉身的欢乐的爱或爱情有着走向上的区别。西方的爱通向的是快乐、满足、生命的淋漓

293

尽致，而牡丹亭边的情通向的是人生的至高、超越、坚贞与使命的完成。

这与中国的传统理念上贬低性、贬低欲望的价值取向有关。性受贬之后，爱情就往道德化、先验化乃至宗教化的方向升华与发展。

其实晴雯与宝玉之情比《牡丹亭》中的情更能说明汤氏的唯情论。很难说宝玉与晴雯没有少男少女的相互爱慕之情，但这种情并没有达到性吸引性亲近的程度，它最多属于前期，前爱情，所谓两小无猜，所谓打打闹闹、说说笑笑，所谓青春伴侣，足够了。

我们看到的是宝玉对于晴雯的看重、照顾与体贴，是晴雯对于宝玉的忠诚、奉献与纯洁。这里甚至还有主仆之情，不论在中国小说还是外国作品里，都描写过这种主仆之情。我们当然坚信主仆间会存在尖锐的阶级矛盾，同时也不能否认那种深挚的主仆之情的存在，它与你对主仆情的价值评估无关。

也许宝玉与晴雯二人更多的是朋友之情、伙伴之情，共度少年时光、共迎青春年华之情，想想他们的怄气与晴雯撕扇子作千金一笑吧，想想他们在一起有过多么美好的时光！

而到了晴雯命运逆转，被驱逐出境、生命濒危之后，宝玉探晴雯就变成了千古绝唱，令人感念，令人落泪。

一七七、芳官的天堂与地狱

搜检完了大观园搞清洗，王夫人对四儿、芳官等除"恶"即除"美"务尽。她的标准就是美即恶即狐狸精，这是一个看点，除了反映封建思想的混账外，还反映了王夫人的变态。

《红楼梦》里没完没了地出婆子们的洋相，但是集婆子的缺点之大成的是王夫人，书里却没敢怎么嘲讽她。这当然与雪芹此书的自传性质有关，他必须尊敬母亲。但是从另一方面来说，最最尊敬的揭露与最最体谅的暴行记载更有一种无需渲染的杀伤力。不管给王夫人戴上什么美容面罩，她是太狰狞了。

王夫人当面抖搂过硬材料，揭发了小女孩们与宝玉说过什么私密笑话，如四儿说她与宝玉生日相同，能作夫妻。为此宝玉怀疑到袭人在搞小汇报，袭人则觉委屈。其实读者读到此地也首先怀疑了袭人，这是自然的。此事没有再交代，很好，与其查清，不如存疑。谁知道呢？宝玉身边自然有王夫人的耳目，那时候虽没有窃听器，汇报制度比窃听器材厉害多了。

谁是小汇报者？这个问题一直问到了现在。亲爱的读者诸君，一，你受过小汇报的害吗？二，你小汇报过你不喜欢的人吗？请回答。

芳官本来极可爱，也难逃此劫。她拉上藕官蕊官一心铁定要出家，最后被骗子老尼带走，从此不知所终。

芳官为何出此下策？窃以为是由于她的心气太高了。心气为什么高？一是她才貌俱全；二是她虽在贾府作文艺奴才，却享受着第一等的物质生活；第三尤其是她得到了宝玉的庇护与青睐，使她对未来有了幻想，与《红楼》中的其他女儿一样，把自己的未来与多情俊俏体贴的怡红公子联系起来了。

这就是西哲所讲的，正是对于天堂的幻想、关于天堂的理论会把人送到地狱里去。贾宝玉的罪过不仅在于他过着以自己为中心的恣意任性的生活，享受着甚至是垄断着众女奴的侍奉与心仪，享受了服务也垄断了真情，而且在于他以他的青春派、疏离派、诗歌派、浪漫派乃至自由派的风格制造了众少女的人生幻想、人生迷梦，使她们不仅过不上天堂的生活，也无法忍受人间残缺斑斑的生活，而只有选择下地狱一条路了。

当然宝玉也有功，他在那个奴役和血腥的时代，在那个压迫和榨取的府第，为别人提供了梦幻的可能、痴迷的可能。就是说，人生本来可以有更多的美丽与善良、真情与自由、青春与才华，有了希望才有失望，有了梦想才有痛心，有了失望与痛心才有《红楼梦》，才有对于封建中国的批判与革命。

而王夫人同样也是追求天堂，追求贾宝玉环境的理想化、绝对健康与清洁化、道德化、高雅化从而保护宝玉的青春期卫生无懈可击的。她是一身正气，一脸严格，一腔责任，身体力行斯时主流价值观念的好家长。结果呢？她成了生活与青春、情感与欢乐的刽子手，她的面貌是真正的凶神恶煞。这说明，自以为是的道德家、斗士、一脑门官司的风化总监与一心扭转乾坤的旗手不但可能从天堂出发进入地狱，而且自身会变成地狱的代表、地狱的刑具，把一个一个的无辜者推到地狱里去。

一七八、再谈"不奴隶，毋宁死"

我们当然崇奉"不自由，毋宁死"的理念，崇奉哪里有压迫哪里就有斗争，哪里有剥削哪里就有反抗的革命道理。

但是至少在《红楼》中，我们看到了"不奴隶，毋宁死"的一个又一个事实。金钏之死是一个事实，你可以说是由于金钏不觉悟，思想精神受到王夫人的控制。可甚至连被说成富于造反精神的晴雯最后也走上了"不奴隶，毋宁死"的悲惨道路。

从作者也是从宝玉的眼睛里看，自由的平民—贫民生活比死都可怕，它比死更粗野，更低下，更丢人现眼，更无法忍受。请看晴雯获得自由后宝玉在晴雯的兄嫂家所看到的：

> 宝玉……独掀起布帘进来，一眼就看见晴雯睡在一领芦席上，……当下晴雯又因着了风，又受了哥嫂的歹话，病上加病，嗽了一日，……晴雯道："……且把那茶倒半碗我喝……"……宝玉看时，虽有个黑煤乌嘴的吊子，也不像个茶壶。只得桌上去拿一个碗，未到手内先闻得油膻之气。宝玉只得拿了来，先拿些水洗了两次，复用自己的绢子拭了，闻了闻，还有些气味，没奈何提起壶来斟了半碗。看时绛红的，也不大像茶。晴雯扶枕道："快给我喝一口罢，这就是茶了。那里比得咱们的茶呢！"宝玉听说，先自己尝了一尝，并无茶味，咸涩不堪……
>
> 宝玉看着，眼中泪直流下来，连自己的身子都不知为何物了。

有什么办法，自由的生活质量就是这样低，无法与贾府的生活相比。而自由民中的人，如晴雯的嫂子，其不堪，其如同野兽，其毫无人性，一见宝玉就要"强奸"，更是骇人听闻。

而至少是从曹氏与宝玉的眼光看来，这些"女儿"的亲属对待"女儿"的态度根本无法与贾府的宝二爷相比。他们的冷酷无情、野蛮粗暴使他们没有任何善意亲情可言，落入他们手中，还不如落入贾府。

当然，这样的描写说明了作者在这上头仍然是站在奴隶主的立场上写书的，他认为平民贫民就是魔鬼，平民贫民之家就是人间地狱。

然而这也并非完全的伪造。社会的结构是为老爷太太服务的，老爷太太有调动使用社会资源的完全权力，这个资源也包括文化与礼节、物质享受的条件与精神条件。你进入这个结构，你至少能分到一些残渣剩饭，甚至能仗势得意一回舒服一回；而你脱离了这个结构，你只能靠边苟活，你只能眼巴巴地看着结构中人吃香喝辣，颐指气使。而当时的晴雯，她的最大叛逆也不过是倚宠耍性，刺袭人两句，向宝玉撒两下娇，她哪里接触得到"不自由，毋宁死"的观念！她怎么会不认为被逐被开除出局是最大的耻辱？她怎么还有活下去的信心？

我当然希望国人清除"不奴隶，毋宁死"的残余心态，树立"不自由，毋宁死"的普世理念，但是我必须指出"红楼"内外盛行过"不奴隶，毋宁死"的观念的事实。只有糊涂得不可救药的人才会以为是王某人提倡"不奴隶，毋宁死"。

一七九、文学与真情

《红楼梦》里青春紧紧依傍着文学，文学活动与青春活动相依共生。但多数文学活动的核心是炫才炫艺，智力竞赛，联欢游戏：作诗限韵，联句比速度，切磋言词出处，探讨如何翻反古人之意，等等。就是大情种黛玉教香菱作诗，也是讲要多读，讲要学王摩诘（王维）杜甫李白，然后是陶渊明、应、谢、阮、庾、鲍。她（更准确地说恐是曹雪芹）显然追求的是境界的古远浑厚、格局的阔大深邃，因而贬低陆放翁的浅近精致。奇怪的是，善写抒情诗的黛玉谈诗时不涉一字于情。

《红楼梦》中有三人次真情为诗文，而与结社雅集、联句聚餐、饮酒行令无关。第一次是黛玉为宝玉赠帕而诗，"眼空蓄泪泪空垂"，"任他点点与斑斑"，

"彩线难收面上珠"，感人至深，但与王维老杜李白或陶渊明的风格或格局无干。

第二次是吟葬花诗，脍炙人口。

第三次真情流淌的文学创作则是宝玉为晴雯之死而书写《芙蓉女儿诔》。宝玉写道：

> 噫！女儿曩生之昔，其为质则金玉不足喻其贵，其为性则冰雪不足喻其洁，……孰料鸠鸩恶其高，……花原自怯，岂奈狂飙；柳本多愁，何禁骤雨。偶遭蛊虿之谗，遂抱膏肓之疚。……岂招尤则替，实攘诟而终……

宝玉用了最美好的词句来表达心爱与倾慕、歌颂与欣赏，同时他是多么痛恨那些美的毁灭者嫉妒者、那些凶恶与阴险、那些狂暴与蛮横呀！

> 况乃金天属节，白帝司时，孤衾有梦，空室无人。桐阶月暗，芳魂与倩影同销；蓉帐香残，娇喘共细言皆绝。连天衰草，岂独蒹葭；匝地悲声，无非蟋蟀。露苔晚砌，穿帘不度寒砧；雨荔秋垣，隔院希闻怨笛。芳名未泯，檐前鹦鹉犹呼；艳质将亡，槛外海棠预老……

写晴雯死后的寂寞与悲凉，感天动地。孤衾有梦，空室无人，蟋蟀悲声，蒹葭衰草，露苔寒砧，秋垣怨笛，从鹦鹉到海棠，伤悲至此文字少见。

> 尔乃西风古寺，淹滞青燐；落日荒丘，零星白骨。……汝南泪血，斑斑洒向西风；梓泽余衷，默默诉凭冷月。呜呼！固鬼蜮之为灾，岂神灵而亦妒……

西风落日，有血有泪；荒丘冷月，如泣如号。

> 乃歌而招之曰：天何如是之苍苍兮，……地何如是之茫茫兮，……期汗漫而无天阍兮，忍捐弃余于尘埃耶？……离合兮烟云，空蒙兮雾雨。尘霾敛兮星高，溪山丽兮月午。何心意之怦怦，若寤寐之栩栩……

《红楼》诸人的创作中少有如此悲伤如此情绪饱满者。

可以看出文学不但表达真情，而且依靠真情，激扬情感，甚至可以说是发展和加温情感。

然而同时，文学对情感还有一种转移与限制的作用。越是古雅的严格的精到的形式，越是容易把真情实感或多或少地变成作文章、变成遣词造句用典择韵排比构思推敲掂量，越是可能进入言志载道、怨而不怒、乐而不淫、哀而不伤的规格。

可不是，紧接着的是宝玉与黛玉就此文进行的文字切磋，而且宝玉说这诔是他"一时的顽意"。呜呼，越是文采斐然，越有可能成为"一时的顽意"。文学啊文学，能不为你一恸！

一八〇、后四十回的大结构

由于红学的主流观点是认为后四十回为高鹗续作，人们已习惯于区分前八十回与后四十回。其实从阅读的感受来说，我宁愿区分前七十八回与后四十二回。盖自七十四回抄检大观园之后，七十五回贾珍夜宴，异兆悲音（令人毛发悚然）；七十六回品笛凄清，联诗寂寞；七十七回晴雯死，芳官被逐被骗出家等于活着死掉；七十八回宝玉写下痛心疾首的《芙蓉女儿诔》，把抄检的余波、后遗症写好写够；底下七十九回与八十回夏金桂、宝蟾、薛蟠、香菱、迎春、孙绍祖的事已经另立门户，而且是越来越凸显出贾氏家族的没落衰败了。

前七十八回写贵族风光与秘闻，很容易吸引普通读者的眼球。一群美丽小儿女特别是小女儿，养尊处优，喜怒无常，吃香喝辣，颐指气使，诗词歌赋，春夏秋冬，怎能不引起遐思、羡慕、迷恋与慨然长叹！

后四十二回任务艰巨，主旋律是衰败没落。这个死，那个病，这个当姑子，那个当和尚，这儿打架，那儿争吵，这儿犯事，那儿被参，坏事成了堆，字里行间一股晦气、背运之气，一般读者能喜欢看这个吗？

第八十一回"占旺相四美钓游鱼　奉严词两番入家塾"时不动声色，第八十二回"老学究讲义警顽心　病潇湘痴魂惊恶梦"详写黛玉之梦：

> ……老太太总不言语。……黛玉情知不是路了，求去无用，不如寻个自尽，……深痛自己没有亲娘，便是外祖母与舅母姊妹们，平时何等待的好，可见都是假的。……便见宝玉站在面前，笑嘻嘻地说："妹妹大喜呀。"黛玉……把宝玉紧紧拉住，……宝玉道："我说叫你住下。你不信我的话，你就瞧瞧我的心。"说着，就拿着一把小刀子往胸口上一划，只见鲜血直流。黛玉吓得魂飞魄散，忙用手握着宝玉的心窝，哭道："你怎么做出这个事来，你先来杀了我罢！"宝玉道："不怕，我拿我的心给你瞧。"还把手在划开的地方儿乱抓。黛玉……抱住宝玉痛哭。宝玉道："不好了，我的心没有了，活不得了。"说着，眼睛往上一翻，咕咚就倒了。黛玉拚命放声大哭。

此梦写得很像，也很动人，是宝黛爱情交响乐最后一个乐章的引子。这部交响乐一共三个乐章，第一乐章是相会相知，第二乐章是以命相许，第三乐章则从这个梦开始，是地狱之旅、灭亡之歌。黛玉的梦里预演了老太太与众亲戚的绝情，宝玉的一则无情、一则剜心破肚的悲哀与决绝，恍恍惚惚，无依无靠，似梦似真。尤其是宝玉剜心一节，写得令人惊悚。

第八十三回"省宫闱贾元妃染恙　闹闺阃薛宝钗吞声"，悲声四起，噩运难逃，特别是从元妃与宝钗这边也传出来凶兆，太震动了。元妃与宝钗都是女中圣人，修养礼数、处世做人、道德行止完美无缺，她们的挫折完全不能由她们自身负责，只说明这一家或几家气数将尽了。

一八一、没落的气势与逻辑

第八十四回"试文字宝玉始提亲　探惊风贾环重结怨"，第八十五回"贾存周

报升郎中任　薛文起复惹放流刑"，四面楚歌之势已成，有心为之一恸，无力为之回天了，爱谁谁。

　　然后是第八十六回"受私贿老官翻案牍　寄闲情淑女解琴书"，第八十七回"感秋深抚琴悲往事　坐禅寂走火入邪魔"，第八十八回"博庭欢宝玉赞孤儿　正家法贾珍鞭悍仆"……

　　全面告急。原来就存在着的，被权势所遮蔽、被表面的红火所掩盖甚至是被青春的闹热与无心所暂时推迟的种种矛盾正在腐烂与浮出水面：

　　　第八十九回　人亡物在公子填词　蛇影杯弓颦卿绝粒
　　　第九　十　回　失绵衣贫女耐嗷嘈　送果品小郎惊巨测
　　　第九十一回　纵淫心宝蟾工设计　布疑阵宝玉妄谈禅
　　　第九十二回　评女传巧姐慕贤良　玩母珠贾政参聚散
　　　第九十三回　甄家仆投靠贾家门　水月庵掀翻风月案
　　　第九十四回　宴海棠贾母赏花妖　失宝玉通灵知奇祸
　　　第九十五回　因讹成实元妃薨逝　以假混真宝玉疯颠
　　　第九十六回　瞒消息凤姐设奇谋　泄机关颦儿迷本性
　　　第九十七回　林黛玉焚稿断痴情　薛宝钗出闺成大礼
　　　第九十八回　苦绛珠魂归离恨天　病神瑛泪洒相思地
　　　第九十九回　守官箴恶奴同破例　阅邸报老舅自担惊
　　　第一〇〇回　破好事香菱结深恨　悲远嫁宝玉感离情
　　　第一〇一回　大观园月夜感幽魂　散花寺神签惊异兆
　　　第一〇二回　宁国府骨肉病灾禄　大观园符水驱妖孽
　　　第一〇三回　施毒计金桂自焚身　昧真禅雨村空遇旧
　　　第一〇四回　醉金刚小鳅生大浪　痴公子馀痛触前情
　　　第一〇五回　锦衣军查抄宁国府　骢马使弹劾平安州
　　　第一〇六回　王熙凤致祸抱羞惭　贾太君祷天消祸患
　　　第一〇七回　散馀资贾母明大义　复世职政老沐天恩
　　　第一〇八回　强欢笑蘅芜庆生辰　死缠绵潇湘闻鬼哭
　　　第一〇九回　候芳魂五儿承错爱　还孽债迎女返真元
　　　第一一〇回　史太君寿终归地府　王凤姐力诎失人心

虽写没落，仍然气势宏大，四面八方，缓急轻重，大体属有条不紊，合乎人情世故，也符合总体布局。如真是高氏续作，好生了得！

一八二、礼与禅

第九十回是"失绵衣贫女耐嗷嘈　送果品小郎惊叵测"，贫女说的是邢岫烟，本书前面说到她的家贫，说到她的清雅、她与妙玉的友谊，别的无甚交代。这里能写一些岫烟的事，属面面俱到，难能可贵。

中国人讲礼节，礼节是一种重要的文化规范，有利于社会的和谐，但是礼貌的突出有时又掩盖了真情实感。岫烟的丫头与一个婆子拌嘴，被凤姐看到，凤姐以主人身份责备婆子，岫烟以客人身份责备自己的丫头，反替婆子说情，说完情再难过，觉得是自己受到了欺侮轻慢。如何区别礼节礼貌与虚伪应付？同样，如何区分野蛮与真诚，粗暴无礼与豪爽率性？这都是人生的悖论文化的悖论。无怪乎老子讲什么"失道而后德，失德而后仁，失仁而后义，失义而后礼。夫礼者，忠信之薄而乱之首"。

第九十一回叫做"纵淫心宝蟾工设计　布疑阵宝玉妄谈禅"。海纳百川，《红楼梦》并不拒绝俗事俗言俗趣，但宝蟾故事乏善可述，这样的故事你可以在一切二三流小说中找出来。

至于所谓谈禅，原是黛玉与宝玉再次用抽象的语言谈情说爱，虽然抽象，然而坚决：

> 黛玉乘此机会说道："我便问你一句话，……宝姐姐和你好，你怎么样？宝姐姐不和你好，你怎么样？宝姐姐前儿和你好，如今不和你好，你怎么样？今儿和你好，后来不和你好，你怎么样？你和他好，他偏不和你好，你怎么样？你不和他好，他偏要和你好，你怎么样？"宝玉呆了半晌，忽然大笑道："任凭弱水三千，我只取一瓢饮。"黛玉道："瓢之漂水，奈何？"宝玉道："非瓢漂水，水自流、瓢自漂耳。"黛玉道："水止珠沉，奈何？"宝玉道："禅心已作沾泥絮，莫向春风舞鹧鸪。"黛玉道："禅门第一戒是不打诳语的。"宝玉道："有如三宝。"黛玉低头不语。
>
> 只听见檐外老鸹呱呱的叫了几声，……宝玉道："不知主何吉凶。"黛玉道："人有吉凶事，不在鸟音中。"

这一段写得不错，宝黛爱情的悲剧并不是一个直线下落或脆性崩塌的突变，在出现了宝钗与宝玉婚姻的蛛丝马迹之后，黛玉已经绝望，已经坐以待毙，突然又有了某些希望。人常常会自己安慰自己，弄不好变成自己骗自己。而且还有各式哲学，能够把实际的焦虑观念化、语言化，能够多少起些减轻心理压力、变现实压力为抽象观念游戏的功用。林黛玉甚至可以以此法来做宝玉的"思想工作"：

> 原是有了我，便有了人，有了人，便有无数的烦恼生出来，恐怖颠倒梦想，更有许多缠碍。

限制、约束，从另一面来说，倒也增加了人的灵性的发挥和挣扎的必要与机会。禁忌的结果是使话题学术化，文本"春秋笔法"化，阅读索隐化，讲解猜谜化。这种做法有可能增加趣味与审美价值，却妨碍实际事务的明朗与确切。

九十一回的这一段"宝玉妄谈禅"——其实是黛玉先讲的禅——在结构上也起

着一个舒缓与调剂的作用，读来摇曳多姿。破灭前的一切噩兆与预警都使人震慄，而一切希望与幻梦都更加令人哀惋叹息。

一八三、《红楼梦》的收官阶段

第九十二回是"评女传巧姐慕贤良　玩母珠贾政参聚散"，把个凤姐的第二代巧姐推出来，恰恰是由宝玉给她讲《列女传》，或谓这是高鹗的冬烘所致。但也难说，宝玉有宝玉的两面性，一面是他从性情上讨厌孔夫子那一套，讨厌经世致用的种种训条；另一面是大面上，至少从礼貌上他必须维护这一套，遵从这一套。他的怪话是与姐妹们丫头们说的，见了父母奶奶，见了北静王哪怕是贾政的门客清客，他并没有也不敢造什么反。而当面对比他低一辈的侄女巧姐，他理当宣讲《列女传》而不是抨击礼教。

这里还有一个示意，更小的一辈人浮出水面了，"成长起来"了，这预告着宝玉一代人的即将过往。快散戏了，准备拉幕，唉。

倒是贾政从商人冯紫英的一颗大珍珠上参悟仕途与人生的沉浮荣辱，本来讲得俗而又俗，谁知倒也略有意味：

> 冯紫英……将包儿里的珠子都倒在盘里散着，把那颗母珠搁在中间，将盘置于桌上。看见那些小珠子儿滴溜滴溜滚到大珠身边来，一回儿把这颗大珠子抬高了，别处的小珠子一颗也不剩，都粘在大珠上……
>
> ……贾政道："天下事都是一个样的理哟。比如方才那珠子，那颗大的就像有福气的人似的，那些小的都托赖着他的灵气护庇着。要是那大的没有了，那些小的也就没有收揽了。就像人家儿，当头人有了事，骨肉也都分离了，亲戚也都零落了，就是好朋友也都散了。转瞬荣枯，真似春云秋叶一般。你想做官有什么趣儿呢……"

这里有一个非常中国式的思维方式，即认为大概念决定小概念，大原则决定小原则，大道理决定小道理，大气数决定具体的人的命运，大官的浮沉决定小官的升降，包括大珍珠也是小珍珠的主宰。最后最后是唯一的——从人来说就是皇上，从概念来说多半就是"道"——决定天下的一切。这是一种一元论、本质主义、唯上论、唯大论。这与西方的实证主义传统不太一样，实证主义只承认具有经验依据、经过实践检验特别是科学实验证实的东西。所以他们既重视大道理对小道理的作用，也重视小道理对于大道理的反作用。一次实验看到的可能是小东西，但东西再小并非大东西的从属，小结果可以有助于证实（不能完全证实）或干脆推翻某个大道理。

九十二回还写到了司棋与表兄（按前八十回提到时说是表弟）潘又安的殉情故事，虽是简单交代，竟然有《罗密欧与朱丽叶》的框架。司棋宁死也要坚持自己的爱情选择，自杀后她的情人表兄竟买来两口棺材，着实惊人，但也令人对国人重死人轻活人的观念大感不解乃至反感有加。表兄对活着的司棋的爱恋居然半信半疑，甚至不敢将自己已经发财的事吐露半点，却对司棋之死大为感动，直至以死报死。这些描写如全部出于高鹗之手，则显示了高氏对于非体制非礼教的爱情的讴歌，同时又暗示这样的爱情的最佳结局是二人同死，不免令人透心发凉。

第九十三回写到久违了的蒋玉菡，书渐渐走向收官，"用得着"的人都该露露脸了。一本书的结束与一个人的结束有共同之处，需要妥为料理后事，尽量不要有疏漏，不要有差失。后面"甄家仆投靠贾家门"铺衍了一个外来忠仆的故事，反衬本府的人已经彻底烂掉，可读。整部《红楼梦》，甄家并没有写活写好，但是从用意上看，甄家应该很重要，很衬托，很值得咂摸。"水月庵掀翻风月案"，顺手一带，贾府的千疮百孔，四面着火，八方冒烟，便全在眼底了。

一八四、崩溃的顺序

第九十四回"宴海棠贾母赏花妖　失宝玉通灵知奇祸"涉及到中国人的天人合

一观念，包括了"国之将亡，必有妖孽"的说法。而国就是家的放大，国家就是家国，像抗美援朝就是为了保家卫国。那么家之将衰也必有妖孽的了，当然。至于海棠十一月开花，本非奇事，谈不上妖孽。贾母认为十月小阳春，此花十一月开花不足为奇是对的。我在新疆就听到过此类故事，新疆还有一部电影名为《晚秋春花》，以花喻人。只有探春比较认真古板：

> 探春虽不言语，心内想：此花必非好兆。大凡顺者昌，逆者亡。草
> 木知运，不时而发，必是妖孽。

由探春的心思中先点出"必非好兆"的结论，也不是偶然。搜检大观园时，是探春看到了此府自杀自灭的前景。她的思想比较务实，介入家政比较深比较多，看得比别人透一点。

至于宝玉丢玉的情节，设计得应是不差。玉也是一条线索，青春期它受过考验，没落时它也不能闲着。那么这里就有一个问题，玉本来是一个形而上的、超现实的、象征性的道具，到了后四十二回怎么变成了形而下的胡扯了呢？丢玉，查玉，测字寻玉，假玉充真玉，审玉（怀疑贾环），砸玉，护玉……不无洒狗血的架势。本来也就是一块无材补天的石头，正像俄国当年有"多余人"似的，我们这里有多余的石、多造的玉，下凡红尘，经历了悲欢离合、喜怒哀乐，也贬低了身价，跌入了阴谋诡计、妇姑勃豀的旋涡。既然当初赵姨娘、马道婆的巫术能挂靠到玉头上，那么后面弄成通俗红尘故事，又有什么可遗憾的呢？

果然，接着是"因讹成实元妃薨逝 以假混真宝玉疯颠"。不管元妃之死是否有着刘心武氏分析猜测的背景，她的死是一件大事，从此贾府皇亲国戚的这个特殊身份宣告终止，贾府能够牢牢抱住的大腿从而失却了。而且应该说元妃的死未免冷落，至少不像是一个受宠的贵妃之死。前不久，不过死一个老太妃，都那样兴师动众。

各种矛盾和恶兆已经准备得差不多了，"红楼之梦"开始进入了噩梦的核心部分，还是由凤姐出演这个掌握命运、天怒人怨的青春刽子手角色。她设立奇谋，完成宝玉、宝钗的婚姻，竟然在婚姻大事上搞掉包计，最终屠杀了黛玉、宝玉、宝钗，扼杀了青春和大观园，直到毁灭了这个家族以及她自己。

玉的丢失，宝玉的半呆痴半催眠状态，是完成这个亘古未有的掉包婚事的前

提。宝玉清醒，就无法设想这样的婚事出现。而丢玉又是使宝玉痴呆的最佳途
径，既合情合理，能够为读者所接受，又有所比兴，喻示着贾府与宝玉的没落灭
亡。这样的设计很难替代。

这个婚事的时机也很要紧。早了，不免会使全书草草结束，说下大天来，读
者也耐不住性子读没了黛玉没了宝黛爱情的《红楼梦》；晚了，收不住尾，如何交
代余波，如何设想后事，如何有所感慨，如何略作抚慰，使悲伤更加刻骨铭心，
却又不至于咋唬煽情，令读者生厌？你很难作出更好的安排来。

这个结构可以与《三国演义》比较一下。写刘备之死，尤其是写诸葛亮之死，
对于《三国》来说，就犹如《红楼》上写到了黛玉之死与宝玉之出走。刘备死是《三
国》的八十五回，诸葛亮死是一百零四回；而黛玉死是从九十六回写到九十八回，
《红》的一百零五回则是"锦衣军查抄宁国府"。都是最最要命的地方，都是要害关
节呀。

一八五、黛玉之死

不论学者们分析出高鹗的多少差失，作为一个普通读者、《红》的爱好者，我
无法改变我在读到黛玉之死时的感动。能写出一个冰雪聪明的黛玉的痴呆状态、
失常状态，绝非等闲笔墨：

> 黛玉却也不理会，自己走进房来。看见宝玉在那里坐着，也不起来
> 让坐，只瞅着嘻嘻的傻笑。黛玉自己坐下，却也瞅着宝玉笑……

哀莫大于无泪，恨莫大于无怨，痛莫大于无言。两个最最聪明最最相爱的小
儿女剩下了互对着傻笑，这已经不是悲喜的问题而是恐怖与生死的问题了。

> 袭人看见这番光景，心里大不得主意……

已经不怕任何人看了，已经无所畏惧。保不住爱，保不住命，保不住青春的才具，还保不住呆傻吗？还不能让你们"不得"一下"主意"吗？于是，先请对宝玉的"成长"与"婚姻"最具责任心、最想操控于手的奴才袭人小姐欣赏包括她小人家在内逼出来的这番风景吧。此情景使得袭人"心里大不得主意"起来，这几个字是多么妙啊。

> 忽然听着黛玉说道："宝玉，你为什么病了？"宝玉笑道："我为林姑娘病了。"袭人、紫鹃两个吓得面目改色，连忙用言语来岔。两个却又不答言，仍旧傻笑起来。袭人见了这样，……因悄和紫鹃说道："……我叫秋纹妹妹同着你挽回姑娘歇歇去罢。"因回头向秋纹道："你和紫鹃姐姐送林姑娘去罢，你可别混说话。"秋纹笑着，也不言语……

怎么秋纹也笑着不言语起来？莫非笑而不语也是有传染性的？"吓得面目改色"，说得真好啊！这才是爱情啊！当当事人说起自己的爱情来面不改色的时候，别人就要面目改色了，这是什么样的浑蛋逻辑与浑蛋世道啊。

同时，这也是最有力的控诉，对于封建专制主义的非人道非人性性质，对于封建专制下人们的冷酷与专横——他们毫无恶意地，甚至以为是善意地制造着折磨、痛苦、悲剧与死亡。他们认定，违背旁人特别是年轻人的意愿，挫折他们的情感，扼杀他们的向往，踩躏他们的生机，是最最自然最最分内的事，他们以荼毒青年为自己的责任自己的能事。

> 紫鹃又催道："姑娘回家去歇歇罢。"黛玉道："可不是，我这就是回去的时候儿了。"……仍旧不用丫头们搀扶，自己却走得比往常飞快。

黛玉的反常已经是她能作出的最大抗议表示了，这就叫以命相搏，以命相争，以命相赠。

> 黛玉出了贾母院门，只管一直走去。紫鹃连忙搀住，叫道："姑娘往这么来。"黛玉仍是笑着，……离门口不远，紫鹃道："阿弥陀佛，可到了家了。"……只见黛玉身子往前一栽，"哇"的一声，一口血直吐

出来。

谁读到这里能不随黛玉而丧魂落魄、椎心喷血？古今中外有多少激动人心的描写能够与之比肩？为什么学者们对高鹗的评价就那么低？

还有"焚稿断痴情"，还有"出闺成大礼"，都是有血有泪，都是用生命和血泪方能写得出的。

"苦绛珠魂归离恨天　病神瑛泪洒相思地"，此回的标题也够得上惊天地而泣鬼神的了，它与书的开始有很好的呼应。每次一读到此回目，我已经为之心酸、为之落泪了。

一八六、小说学的浓淡弛张缓急

第九十九回"守官箴恶奴同破例　阅邸报老舅自担惊"。连续几回宝黛情深已经压得人喘不过气来了，自然需要舒缓一下，甚至让凤姐呀、薛姨妈呀、贾母呀说起宝玉"两口儿"的笑话，不应该笑时的笑话显得尴尬于是加倍痛苦。然后转移一下重点，说点贾政为官的事。贾政欲不腐败亦不可能，写得不俗，其见识高于中国以清官、赃官分类的唯道德评价视角来写贪腐的其他小说。至于薛蟠的事，积账积怨太多，是一个大病灶，从这里发展出各种病患，甚是可信。

再接着讲讲香菱成了夏金桂与宝蟾的眼中钉，讲讲探春的远嫁，增添了树倒猢狲散、家已非家园已不园的气氛。其实分离与相聚一样，本身未必就是灾难，更未必是责任事故，难以问责。它只不过是时间的必然作用，叫做"天地不仁，以万物为刍狗"。这种无法问责的分离、死亡、疾病、衰老、青春一去不复返等等，从某种意义上说更富有原生的悲剧性，与生命俱来，与宇宙同在，何况还要加上人类的愚蠢与邪恶！

文武之道一张一弛，小说之道当然亦如是。高鹗此处能将浓郁处化一化，紧张处松一松，重压处放一放，其小说技巧亦非一般。

一百零一回月夜幽魂，散花异兆，真真幻幻，虚虚实实，写被乖戾、悲哀、离别与死亡摧残了的大观园的败落景象，用笔不重亦令人心惊肉跳。散花寺求签一节用"衣锦返家园"照应王熙凤的判词，并多少展示了一下中国的占卜文化，笔触应属绵密。

第一百零二回"宁国府骨肉病灾禄　大观园符水驱妖孽"往闹剧上靠了，格调不算高，但在一部百科全书式的大书里，以俗衬雅，还过得去。

第一百零三回"施毒计金桂自焚身"，坏人害人不成反害了己的故事似曾相识，窦娥、苏三的故事里都有这个重要模式。"昧真禅雨村空遇旧"，呼应到甄士隐身上，写得有分寸——红楼之梦当真快梦到头了。

"醉金刚小鳅生大浪"能把文章带回到醉金刚倪二身上，所据不过是第二十四回"醉金刚轻财尚义侠"一节。此后倪二这个人物置放良久，到了一百零四回竟派上了用场，其结构小说、为长篇小说收官的技巧应属特级。为旁人著的特别优秀天才的小说收官，能做到这般地步，则简直不可思议。此事只能天成，不可人获。后面挖掘出来的醉金刚倪爷讲的世态人情是前面没有讲过的：

> 倪二道："掴了打便怕他不成，只怕拿不着由头。我在监里的时候，倒认得了好几个有义气的朋友。……前儿监里收下了好几个贾家的家人。……若说贾二这小子他忘恩负义，我便和几个朋友说他家怎样倚势欺人，怎样盘剥小民，怎样强娶有男妇女，叫他们吵嚷出来，有了风声到了都老爷耳朵里，这一闹起来，叫你们才认得倪二金刚呢！"他女人道："你喝了酒睡去罢……"倪二道："你们在家里那里知道外头的事。前年我在赌场里碰见了小张，说他女人被贾家占了。他还和我商量，我倒劝他才了事的。……若碰着了他，我倪二出个主意叫贾老二死……"

前七十八回讲够了豪门的荣华富贵，这里通过倪二之口与他的行动显示了一下小民尤其是被称为刁民的人的反制。舍得一身剐，敢把皇帝拉下马者，醉金刚之谓也。他讲得很清楚，第一要有由头，就是豪门有辫子被小民抓住；二是要吵嚷出来，把事情传到都老爷耳朵里。权贵们不要太过分了，狗急跳墙，把小民逼成了刁民，照样能威胁你的生存！

一八七、贾府末日

在某种意义上说，前面的一百零四回约八十万字都是通向第一百零五回"锦衣军查抄宁国府"的。这是一个乐极生悲、盛极而衰的过程，一个恶贯满盈、气数终尽的过程，也是一个福享够、财用完、消费尽、折腾到头的过程。从某种意义上来说，看到第一百零五回，你甚至会想起基督教的末日审判——申冤在我，我必报应。

同时你会感到悲哀，这是一种有趣的心理现象：书里给你讲了太多的贾家的事，你已经相当地谙熟了。不仅是宝玉黛玉宝钗，就是凤姐王夫人贾母鸳鸯乃至袭人或者李纨，除了太讨人嫌的赵姨娘贾环贾芸之流，你都已经太熟悉了。熟悉的结果是有一种超价值判断的熟人效应，似乎你有这么一批老熟人、一批老同学或老邻居，一批老相识，不管他们是好是赖，也不管他们说话行事有多少破绽，更不管他们之间有什么矛盾厮杀，不管他们的噩运是否罪有应得，你觉得他们挺活，像一批活人，挺引人注目，有哭有笑，有来道趣(去)，有情有义也有大大的弱点人性恶，你对他们产生了感情，你为他们的崩溃、毁灭、消失感到惋惜，感到悲凉，感到痛苦。

在我非常年轻的时候，我所在单位的一个厨师就对我说，他不敢读《红楼梦》，因为读到贾府被抄家一节，心里太难受。不能不说这是高鹗文学创作的胜利，到此为止，高鹗写什么是什么、像什么、令人信服什么，这是奇迹。批评他的人多半是说他的情节处理不对，即设计不对而不是描写书写不对。至于其他打算补写续写改写重写的版本，不及高氏续作之万一，只能反过来彰显高氏续作之成功。

抄家过程既写出了贾家的晴天霹雳、兵荒马乱、狼狈不堪，也写出了主抄官员的微妙区别，个别人的网开一面、暗中缓颊。而贾府诸人，有的是魂飞天外，凤姐则晕死了过去，令你感到了天威。但这一来更凸显了贾母的处变不惊、沉着应对稳定"军心"的作用，直到老太太死时，她都不愧是贾府创业时代的成员，不枉了曹高的一番笔墨。如果贾母写得太差，未免影响全局，丢人现眼。这里有曹氏心中贾家是自家影写的感情问题，也有意识形态问题：把豪门权贵写得太不堪，就太颠覆啦。

抄家后最惨的是凤姐。前边嫌隙人生嫌隙，王熙凤初受打击，然后又被逼跟随王善保家的去抄检大观园，她的吃瘪已经屡屡出现；贾府被抄暴露了王的责任与恶行记录，此时贾母并没有责备她，这是因为贾家更需要的是共体时艰，度过难关，不等于贾母对她没有看法没有意见。时势造英雄，英雄造时势，那么时势也造成英雄末路，造成虎头蛇尾，造成英雄不保。此一时也，彼一时也，强凌太过的王熙凤落得"力诎失人心"的下场，作家是心存善念、笔含劝善诫恶诫强的讽喻的。只是又有几个风光行时、强梁自傲的能人能受到一点触动呢？

一八八、死亡之歌

《红楼梦》的最后几回要集中写一批人的死亡。首先是贾母，贾母的死亡是贾家光荣传统的终结，是贾府当之无愧的老一代人物的随风飘散，是树倒猢狲散里的那棵最后倒下的大树老树。

在出事后，贾母的祷告有感人处：

> 皇天菩萨在上，我贾门史氏，虔诚祷告，求菩萨慈悲。我贾门数世以来，不敢行凶霸道。我帮夫助子，虽不能为善，亦不敢作恶。必是后辈儿孙骄侈暴佚，暴殄天物，以致合府抄检。现在儿孙监禁，自然凶多吉少，皆由我一人罪孽，……我今即求皇天保佑，在监逢凶化吉，有病的早早安身。总有合家罪孽，情愿一人承当，只求饶恕儿孙。若皇天见怜，念我虔诚，早早赐我一死，宽免儿孙之罪。

在这样的心情中，贾母死得郑重雍容，仍然有派，清清楚楚，该说的话全部说尽，该见的人全部见到，虽然对某些人如史湘云小有误会，仍然是死得明白、死得无憾。她说：

> 我到你们家已经六十多年了，……福也享尽了。自你们老爷起，儿子孙子也都算是好的了。就是宝玉呢，……我的儿，你要争气才好。……我的兰儿在那里呢？……你母亲是要孝顺的，将来你成了人，也叫你母亲风光风光。凤丫头呢？……你是太聪明了，将来修修福罢。

贾母死得不差，只是至死不悟，自以为儿孙都是好的，自己也是不敢为非作恶的，其实在她的主导下实行了多少灭绝人性、制造苦难的事！无心为恶尽是恶、不算坏人实坏人的荒谬性更是令人发指。

王熙凤毕竟是在自责与恐惧中死掉的，具体的死的过程则从简。

这是《红楼梦》的一个难题，死人太多，简直没有办法描写。还有论者责备死得不够一片白茫茫大地真干净，要想死干净了，恐怕只有使用现代化武器了。

贾母死前是迎春死，只能算是虚写。然后鸳鸯死，倒很详细，令人压抑。许多人热情歌颂鸳鸯的拒绝给贾赦作妾，甚至歌颂她的殉主。其实殉主而死是白白牺牲自己的生命，而作妾是牺牲自己的青春与身体，很难说一个选择就伟大成功，而另一个选择就奇耻大辱。在封建专制社会，作奴隶，作平民，作风光体面的奴才，作鼠窃狗偷的奴才，最后都不会有好下场的。

然后是赵姨娘的极丑恶之死。或谓赵之死写得太丑陋，但赵在书中本来就没有丝毫稍稍漂亮一点体面一点的记录。当然续作者没有摆脱也不敢摆脱善恶报应的观念。

妙玉没有说死，但比死好不到哪里去。《红楼梦》中，没有一个人达到自己的目的，实现自己的愿望。命运似乎是人的敌人，想东的只能让你西，想洁的最后下场更加污秽，求福的必然得到祸，求财的最后完全破产，包括宝黛钗袭晴湘……概莫能外。这不能不使人长太息以掩涕兮，哀人生之苦痛。

一八九、什么是白茫茫大地真干净

为官的，家业凋零；富贵的，金银散尽；有恩的，死里逃生；无情的，分明报应。欠命的，命已还；欠泪的，泪已尽。冤冤相报实非轻，分离聚合皆前定。欲知命短问前生，老来富贵也真侥幸。看破的，遁入空门；痴迷的，枉送了性命。好一似食尽鸟投林，落了片白茫茫大地真干净！

上面这一段著名的曲词是曹雪芹通过警幻仙曲对于全书所作的总结，尤其是其中"白茫茫大地真干净"一语，被许多学者奉为圭臬，以之来衡量续作的得失。

所谓"白茫茫"的概念用词，我相信是一个文学的说法，是一种感觉，最多是一种体悟，它不是一个物理学、生物学、生态学、宇宙学的概念。而且请设想一下，如果"白茫茫"意味着一切生命的灭绝、一切痕迹的消失、一切往事的清除，如果"白茫茫"彻底到了类似宇宙消亡的程度，悲固悲矣，然而，悲极则无悲，大悲正是大喜。你我他她您它，全部干净彻底地来了个"白茫茫"，还有什么可悲哀的呢？由谁来悲哀呢？为谁而悲哀呢？

就是此一仙曲的词，也并非彻底"白茫茫"，叫做"有恩的，死里逃生；……老来富贵也真侥幸"。至少还有两路人马，一曰有恩的，二曰老来富贵的，还要存活下去、见证下去，也会红火下去、悲哀下去。

全部死亡，或一半死亡另一半出家，这样的安排写起来还会有太多的技术问题。文似观山不喜平，总要有参差，有起伏，有悲中之喜、喜中之悲，有生中之死与死中之生或虽死犹生，您的小说最后总不能变成作鬼大观。

最最被诟病的是高鹗的"兰桂齐芳"，即是说宝玉的儿子与侄子前程光明，家道复苏。然而读者难道看不出这是敷衍笔墨，也不过如此这般地说一说罢了，免得太绝望、太压抑，闹不好会出政治问题政治麻烦。高氏闹出个第五代(?)来预告复苏，没有情节，没有形象，没有过程，没有活生生的人物的表演，没有可称为艺术感染力的任何元素，激不起欢乐，谈不上欣慰，"兰"与"桂"可能的光明前程只不过是反衬贾府的已经没落，见证始祖荣宁二公及贾母贾政贾宝玉四代人的家业已经完蛋，见证白茫茫大地也就算是差不多干净罢了。

宝玉出家，虽也有不同看法，但不出家似乎并非佳策。如果让他最后与史湘云结婚过起穷日子，"举家食粥酒常赊"，倒是像曹雪芹了，但未必像贾宝玉。出家前闹一个第七名的举人，成了乡魁，出家后又得到钦赐的"文妙真人"荣誉称号，在如今的社会主义中国的国民看来这样的故事是有点小儿科的把戏。小说最后对宝玉的处理并不差：

> 贾政……抬头忽见船头上微微的雪影里面一个人，光着头，赤着脚，身上披着一领大红猩猩毡的斗篷，向贾政倒身下拜。……不是别人，却是宝玉。贾政吃一大惊，……那人只不言语，似喜似悲。……只见舡头上来了两人，一僧一道，夹住宝玉，……三个人飘然登岸而去。……只听得他们三人口中不知是那个作歌曰："我所居兮，青埂之峰。我所游兮，鸿蒙太空。谁与我游兮，吾谁与从。渺渺茫茫兮，归彼大荒。"

有一点点小儿科也罢，这是悲剧，不是闹剧，换一个人写很容易变成闹剧。最后的"歌曰"照应了青埂峰，照应了渺渺茫茫，面向了太空与大荒，有几分飘逸，有几分孤独，更多的却仍是刻骨的悲哀。能写成这样子，容易吗！不信你试试！

白雪红斗篷，似喜似悲，都写得给人印象。

一九〇、我的一个死结

我不是红学家，对于曹氏家史、脂砚斋、版本、高鹗经历等都所知有限。

我相信大多数学者认同的一些观点是有根据的，《红》的前八十回为曹氏原作，后四十回由高氏续作，曹氏运用了自家盛极而衰、晚境凄凉的经验，书中内容在很大程度上属于自况。

然而，从理论上、从创作心理学与中外文学史的记载来看，真正的文学著作是不可能续的。有些情节性强的凑合着还能续一下，但也要另起炉灶，有时是从书中寻找一个原来不被注意或尚未长成的人物作续作的主角，名为续作，实乃新篇。例如《金瓶梅》就撷出《水浒传》中的西门庆、潘金莲故事发展成全书——另一本其实与《水浒传》没有多大关系的书。

至于像《红楼梦》这种头绪纷繁，人物众多，结构立体多面，内容生活化、日常化、真实化、全景化的小说，如何能续？不要说续旁人的著作，就是作者自己续自己的旧作，也是不可能的。

而高鹗续了，续得被广大读者接受了，要不是民国后几个大学问家特别是胡适的"考据"功夫，读者对全书一百二十回的完整性并无太大怀疑。

我们再仔细阅读一下后四十回，虽然缺少像前八十回的元妃省亲、黛玉葬花、宝玉挨打、赠帕题诗、芦雪庵联句、晴雯补裘、寿怡红夜宴、搜检大观园、红楼二尤那样气势磅礴栩栩如生的精彩段落，但其中黛玉情死、宝玉情痴、锦衣军查抄宁国府都写得真实感人，方方面面，千头万绪，好人坏人，重要人物与绝对非重要人物，福人祸人，雅人俗人，解铃端端，收官子子，大致不差。这只能证明高鹗是与曹雪芹一样的天才，而且是特殊的不计名利与知识产权的天才，不但能够钻入别人的生活、别人的肚子里，而且能够钻到别人的行文中、语言挥洒中、结构"棋盘"中。这样的天才前无古人后无来者，中乎外乎，均无其例。至于说到他帮助了《红楼梦》的流传，更是功莫大焉。

至于学者们对于从未发现过的"正版"后四十回的推断，多数来自脂砚斋的评语。这也是一绝，居然有一个这样绝对不把自己当外人的所谓"脂砚斋"在那里指手划脚、评头论足、说三道四，倒像脂先生是大清帝国文学部红楼梦处处长兼书记似的。就算他老对曹雪芹一切的一切门儿清，他确实掌握了曹氏写《红楼》的源起，他能洞悉和掌握曹的艺术想象、结构思忖、修辞手段、篇什推敲吗？他能洞悉和掌控曹氏的梦幻、荒唐言、假作真、真亦假、无为有、有还无吗？

当然学者的推断对于研究是有参考价值的，但依据这种推论与考证而抛开高续另写小说或新编电视连续剧则太可怕了。就算您的推断百分之百正确，没有细节，没有形象，没有情绪，没有曹高时代的行文习惯与文采，它或许能够算是科研或半科研（因为红学家的论断常常是猜测大于论证）的成果，可它们能够就地转化成艺术作品吗？再正确的推断猜测，比起高氏的早已生根、早已被基本接受的续作来，都是更仓促、更冒险、更生疏也更不靠谱的闹腾。我这样说会不会令一些学者发怒呢？

一九一、《红楼梦》到底是什么

重视分类分科，这是西洋思维习惯。中国不甚讲究，例如《史记》，名为史，写法则相当乃至过于文学，那么戏剧性故事性性格化，更像小说或传说故事。

《红楼梦》一般认为属于长篇小说，如此言无误，则应该可以按小说来研究，研究它的人物、结构、情节、细节、语言、感染力、想象等等。

但由于《红》的似乎未能终篇，由于它的真实性——我要说是逼真性、丰富性、某些私密性与书写的含蓄性，它又像一份特殊的历史档案、半密码档案。对于它，首要的不是阅读欣赏分析评论，而是破解追踪，查明真相。它要求的不是文学家而是历史的侦察家、寻踪家、破案家、考古家。

如果《红》属于小说这个判断不差，那么小说的本事如何只是一个素材问题取材问题，相对于文本本身，这并不是第一位的问题。古今中外的文学经典没有哪一部可以确切地判断哪一章取材于哪一段生活、哪一节取材于哪一地哪一年的经历，更无此书的本事如何、彼书的本事如何一说。小说有没有本事，这也还是一个问题。我个人的经验是，少数庶几可以说有个什么本事，多数则极其模糊、重叠、混杂。多数小说的来源绝非某人某地某时某事，而或者是由一点一滴铺演成篇，或者是生活的一点一斑一线一面"提纯"而成，或者是取生活中某事件之躯壳植入新的生命灵魂，或者是如鲁迅所说的集合集中了许多人生经验的结晶。研究家学问家多矣，谁说过《罗密欧与朱丽叶》的本事、《悲惨世界》的本事、《安娜·卡列尼娜》的本事？倒是有说是托翁从报纸上一个女人的自杀报道中得到了写作《安》的契机的。

解放后搞本事调查有两次给我留下了印象。一个是为了批判影片《武训传》，去山东作了挖掘调查，证明武训如何之糟糕，其方法手段与搞专案组无异。第二次是"文革"前夕为了批判影片《北国江南》去内蒙查本事，证明那里的农村如何光明灿烂，没有那么困难，也没有哪个先进人物一着急就会失明。

中国有重史的传统、考证的传统、训诂的传统，直到测字与算卦解卦的传统。不仅《红楼梦》，李商隐的诗也非要搞出本事来，例如"锦瑟"，是令狐家婢女的名字吗？是隐含"断弦"（故从二十五弦变成了五十弦）之意吗？是泛论诗学吗？也不还有什么，反正不考证出来不放心，也不算有了"解"。

你翻《辞源》与西洋的《百科全书》，就可以看出另一个观念的区别。中文的"小说"强调的是小，是稗官野史，引车卖浆者流热衷的东西，叫做琐屑之言。庄子的说法是："饰小说以干县令，其于大达亦远矣。"桓谭则在《新论》中说："小说家合丛残小语，近取譬论，以作短书。"而西洋的小说—— fiction ——则强调的是它的虚构性，强调它是虚构、捏造——虚构作品或捏造借口的行为，乃至干脆解释为"谎话"；作小说解时也强调其内容是想象出来的，而不一定以事实为基础。

我国当代作家如韦君宜自称多半以事实为据写作，李六如的《六十年的变迁》是以小说形式写的回忆录。但是无人去考证核查她或他的实际经历哪些与小说相符，哪些不符，而我相信绝对地相符是不可能的。

一九二、实录的限度

胡适在《〈红楼梦〉考证》一文中指出：

> 第一派说《红楼梦》"全为清世祖与董鄂妃而作，兼及当时的诸名王奇女"。……第二派说《红楼梦》是清康熙朝的政治小说。……第三派的《红楼梦》附会家，虽然略有小小的不同，大致都主张《红楼梦》记的是纳兰成德的事。

> 他们不去搜求那些可以考定《红楼梦》的著者、时代、版本等等的材料，却去收罗许多不相干的零碎史事来附会《红楼梦》里的情节。他们并不曾做《红楼梦》的考证，其实只做了许多《红楼梦》的附会！

那么胡适的考证结果呢，是书中甄贾两宝玉乃是著者曹雪芹之化身，甄贾两府是当日曹家的影子，还有就是后四十回（自八十一回至百二十回）为高鹗补作。

我设想他的考证是正确的，所以被多数红学家所认可。我相信这样的考证对于研究文学史与作为小说的《红楼梦》都是重要的，但这仍然只是史的研究，不是文学的研究。从文学上讲，胡适对于《红楼梦》的认识是有限的，如认为曹雪芹没有受过很好的教育，认为宝玉衔玉而生的写法不符合自然主义。

从胡适的考证中我们还不免感到中国小说的命运有些另类，不但清世祖与董鄂妃、诸名王奇女、清康熙朝的政治小说、纳兰成德本事诸说够另类的，化身说与影子说也太具中国特色。怎么那么多洋小说，就没有听说过这种说法？

再如考证大观园在哪里，一说是北京恭王府即和珅旧居，一说是在南京，最近一说是在杭州西（湖）湿地。把大观园看得这样实在，太顶真了。

考证也是很有趣的，材料越少就越金贵，推理猜测的空间与必要性就越大。

与考证比翼而飞的是破解，把文本当成谜语、当成射覆、当成密电码，得出全新的解读，确实也是饶有趣味的事。就像看 CCTV 的第十二套节目，华裔神探法医李昌钰博士能够从物证——血迹、指纹、灰烬、物件、各种痕迹与残渣上推想出杀人犯的归属与作案经过来。

也许这正是《红楼梦》的魅力所在，你可以分析它写的阶级斗争、政治斗争、统治者的血债；你可以分析它的两个阵营，封建与反封建的决战；你可以分析它体现的资本主义萌芽；你可以倡导它的超脱与放下，色即是空空即是色；你可以从中研究天体史宇宙史；你还可以说它并非曹氏所写而是某某所作。都不犯禁，都有人反对有人赞成，都能出版发行至少五百册多则上百万册。这是一个如今最最能发扬艺术学术民主的地方、最最体现"双百"的地方、最最能口无遮拦的地方。

而我与多数读者一样，拿它当小说看，当闲书看，当经典文学巨著看。就这样捧读仍然觉得时有新得心得，不妨与同好者交流一番。一时尚无可能去进行别出心裁的考据、考证、考古、破译并立新论，惊流俗，拍案惊奇，石破天惊，我是多么地惭愧呀！

附录：

放谈《红楼梦》诸公案

所谓放谈《红楼梦》诸公案，就是指和《红楼梦》有关的各种争论，现在已成为了一个公共的话题。我作为一个"红迷"，对这些争议有一些自己的看法，但这些看法基本属于业余爱好。称之为"放谈"，是因为我对这些问题没有作过科班式的研究。

我知道，关于《红楼梦》的争论有的也很有趣，清朝有"拥薛"和"拥林"的两位老头，一位说薛宝钗可爱，一位说林黛玉可爱，争论到最后演变成了肢体接触。所以，我今天的"放谈"万一不小心触到了某一学派的观点，或者触到了知识上的"地雷"，我事先告饶一下，我绝没有赞成哪一派或者反对哪一派，只是谈一下自己的看法。要是不小心冒犯了哪位学者，我愿意再去接受一次知识的启蒙；反过来，如果我无意中迎合了某个学派的观点，欢迎大家组织"专案调查"，我绝没有喝过那个人的酒，也没有收过红包，我可以用我的身家性命担保。

《红楼梦》争论最多的一个问题是，《红楼梦》的主题到底是什么？这个问题有各种各样的答案，在这里，我随便就我所知道的，引用一下。一是以王国维为代表的，运用叔本华的哲学，讲《红楼梦》的主题是一种欲望的悲剧，或者说是人生的悲剧。王国维讲："《红楼梦》一书与任何喜剧相反，彻头彻尾之悲剧也。"叔本华有"男女之爱之形而上学"的理论，王国维就介绍这个理论，用这个理论来解释《红楼梦》。叔本华认为，人生实际上就是一种欲望，而这个欲望永远没有满足的时候，人生的欲望就像一个乞丐在那里乞讨一样，你得到了一点，比如别人给了你两毛钱，或者给了你一块饼，只能引起你更大的欲望。你不会说是因为有这两毛钱或者一块饼，你就不乞讨了。他就是这么一个意思。

有人分析，不仅叔本华有这种思想，老庄也有这种思想。因为老子讲："五色令人目盲，五音令人耳聋，五味令人口爽。"老子讲："天下皆知美之为美，斯恶已；皆知善之为善，斯不善已。"就是你越得到东西，你就越是产生这种争夺的愿望，你就越不满足。你得到的东西越多，你的不满足反而会越多。你看佛家其实更讲这个道理，佛家连爱都不允许，因为这个爱恋生贪欲，贪欲生烦恼，烦恼生嗔怨。

这样一种解说和书本身的内容——就是所谓《好了歌》——是一致的，《好了歌》讲的就是这样："世人都晓神仙好，惟有功名忘不了。古今将相在何方，荒冢一堆草没了……"这个《好了歌》它讲解脱，王国维也讲，说《红楼梦》给人最大的教育或者说它最大的追求就是思想的精神的一种解脱。但是你看完了《红楼梦》，你是不是能够得到解脱呢？我个人觉得，《红楼梦》既使你得到了解脱，又使你变得更加执着。什么意思呢？《红楼梦》说"好"便是"了"，但是它本身还有另一面，"好"便是"好"，"了"便是"了"。"好"有时候就不是"了"，没到那个"了"的时候它就没有"了"，是不是？到了"了"的时候，"好"已经就不是"好"，是不是？当然了，曹雪芹作为没落贵族的一个成员或者一个后代，他描写吃螃蟹也好，过生日也好，作诗也好，元妃省亲也好，多高兴啊！那不是"了"啊，那怎么是"了"啊？何等的富贵荣华啊！所以这个《好了歌》它从逻辑上来说，并不能够让你真正地"了"。看到"了"的时候未必"了"，看到"好"的时候你还真放弃不了这个"好"。

然后我们讲一下，就是有人把主体思想解释成这个阶级斗争。这方面呢，最突出的、最光辉的、影响最大的是毛泽东主席。毛泽东主席说，《红楼梦》我看了五遍，也没有受影响。——他是指没有受不好的影响。——我把它当历史读，《红楼梦》里头阶级斗争很激烈，有好几十条人命！它是历史，是封建社会的百科全书，里边充满了阶级斗争。毛泽东还有一句名言，说《红楼梦》是王、薛、贾、史四大家族的兴衰史。这个见解呢也很有它的独到性、启发性，说明《红楼梦》里头确实写到了许许多多的阶级斗争。当然，这个是不是曹雪芹的原意呢，我就很感怀疑。

第三种看法呢，跟阶级斗争说接近，但是稍微概括一点，不像毛主席说得那么尖锐，就是说《红楼梦》的主题思想是反封建。这个话当然对，它是反封建啊。你看看这么一个封建家族，尤其是对少女有什么样的迫害，是不是？看看晴雯的命运、金钏的命运、司棋的命运，看看贾府对青年人的婚姻问题抱的是怎样封建的一种态度。哪有自由恋爱可言？哪有爱情可言？哪有人权可言？哪有民主可言？所以《红楼梦》在客观上对封建社会确实有很深刻的控诉，这是完全对的。可以说这种"反封建说"在今天是占有主导地位的，从李希凡、蓝翎那个时候起，到现在的冯其庸先生等等，他们都是强调《红楼梦》的反封建，而且把这种反封建和明末清初的时候中国的经济里头出现了资本主义的萌芽联系起来。

大致上，我个人认为反封建的思想主题在《红楼梦》中确实存在，无论曹雪芹自觉不自觉它都存在，因为他写出了那种礼法、那种意识形态、那种家族对青年人的戕害，这确实存在。但是不是每个东西都和资本主义萌芽有关系呢？有时候我也犯糊涂，自己跟自己过不去，钻牛角尖。比如贾宝玉说，女孩子可爱，女孩子是水做的；男人讨厌，男人是泥做的。由此证明贾宝玉有妇女解放的思想，我不同意，就看着不像，这个和女权主义实在是不沾边。相反的，有的研究者讲，类似的话《红楼梦》以前呢在一些小说里早就有过，也是喜欢女孩。喜欢女孩和男青年、男作者的弗洛伊德心理有关。我回想我在 14 岁到 22 岁期间，我怎么看总是看着女孩比男孩可爱。我觉得真是，女孩又聪明又热情；而且我还有一个理论，我认为女孩容易革命，女孩容易接受革命。为什么呢？因为女性在旧社会受的压迫更深，她除了受那些个什么皇权、封建意识形态的压迫，她还受男权的压迫。就是类似这样的一些说法吧。我个人觉得，说《红楼梦》反封建，大致是不差的。这是不是就是它的主题思想呢？又没有那么简单。

另外呢，也有人把《红楼梦》说成主要是一个爱情悲剧。你说下大天来，不管它放开来写得多么的广泛、多么的周到、多么的细致，实际上它是一个爱情悲剧，大致上就是写人的，叫做有情人难成眷属。这个很好玩，在"文革"当中，曾经反复地批判所谓资产阶级的红学观点。什么观点呢？叫做"爱情主线说"。因为《红楼梦》写得相当芜杂，它是一个很立体的作品，但是这里有一条主线呢，是宝黛的爱情悲剧，就是宝玉和黛玉相爱，相爱不能表达，爱得不痛快，而且最后不能成功。原来曾经把这个东西大骂大批判过一回，说这是资产阶级观点，因为它没有把注意力集中在阶级斗争上。但是说《红楼梦》是爱情悲剧，我觉得这是符合事实的；说宝黛的爱情是《红楼梦》中的主线，也是符合事实的。读《红楼梦》的人，他绝对是沿着这个主线往下发展的。其他的你可以很有兴趣，而且那个写得都非常精彩，但是没有这个抓人。

这是第一个公案吧，对这第一个公案我作一个简单的评论，就是我觉得《红楼梦》这样一部书，它的主题思想不要企图用一个简单的命题，用一个主语、一个谓语和一个宾语来把它说清楚。《红楼梦》本身是一个立体的作品，它和我们的人生一样，它和我们的世界一样，《红楼梦》里边就包含着金、木、水、火、土，就包含着喜怒哀乐、生老病死、悲欢离合。因此对《红楼梦》的主题呢，也应该进行立体的研究和阐释，而不能够只用一句话来概括。

第二个公案就是宝钗和黛玉。宝钗和黛玉在《红楼梦》著作中的处理非常奇怪，就是写别人都是一个一个地写，但是在太虚幻境当中，贾宝玉看到的有关宝钗和黛玉的判词和他在梦中听到的歌曲，都是把这两人合在一块儿写。判词是："可叹停机德，堪怜咏絮才。玉带林中挂，金簪雪里埋。""雪"就是"薛"了，"停机德"说的是薛宝钗，她很有德行，她很符合封建道德的要求。"堪怜咏絮才"是林黛玉，她诗作得非常的好。"玉带林中挂"，这说的是林黛玉；"金簪雪里埋"，"金簪"就是宝钗，"雪里埋"。唱曲的时候呢，说是："都道是金玉良姻，俺只念木石前盟。空对着，山中高士晶莹雪；终不忘，世外仙姝寂寞林。叹人间，美中不足今方信。""金玉良姻"讲的是贾宝玉和薛宝钗，"木石前盟"呢，又讲的是贾宝玉和林黛玉。"空对着，山中高士晶莹雪"，就是薛宝钗。"终不忘，世外仙姝寂寞林。叹人间，美中不足今方信。纵然是齐眉举案，到底意难平。"仍然是把薛宝钗和林黛玉一起写。那么到了那个歌了，那个歌后来变成《红楼梦》的主题歌了，这个确实是非常悲哀的。就是说从作者来说，他并没有特别地讲这个薛宝钗如何的不好，但是贾宝玉真正爱的是林黛玉，这点毫不含糊。但是薛宝钗她无懈可击，我这底下还要说。这个始终是《红楼梦》一个最尖锐的问题，说起来很好笑，看完了《红楼梦》大伙儿就会争论起来，从清朝起就是这样，大体上是四种态度。

第一种态度就是"拥黛抑钗"，认为林黛玉这个人真诚、重感情、单纯，而薛宝钗是阴谋家，是不可靠的人。尤其是有一次小红和别人在那儿说一些体己话，被薛宝钗偷听到了，薛宝钗为了怕小红她们怀疑她，就假装说是："颦儿，我看你往哪里藏！"假装是她在追林黛玉。所以有人认为薛宝钗是在嫁祸于林黛玉，认为薛宝钗从进入荣国府开始，她的每一项行动都是为了争取当贾宝玉的夫人，她的所有行为都是有计划、有预谋、有目的，而且是表里不一的。那么林黛玉之可爱那就不用说了。

第二种态度呢就是认为薛宝钗好，宝钗宽厚，黛玉促狭；宝钗身心健康，而黛玉颇多病态；宝钗令人愉快，而黛玉平添烦恼；宝钗能作贤妻良母，而黛玉不能。在重庆，有人问我对薛宝钗和林黛玉的看法，我就说，你要是能够被林黛玉爱上，那真是非常值得的一件事情，但是很可能你在婚后被林黛玉逼得跳了井。

但是就是跳了井也值得，你能够被林黛玉这样的人爱上一次，跳井，死而无憾。

还有第三种呢是"钗黛二元论"，读小说喜欢林黛玉，实际生活中宁喜薛宝钗；搞恋爱自盼林黛玉，讨老婆必须薛宝钗；掉眼泪自然是为了林黛玉，鼓掌喝彩还得向薛宝钗。二元论。

最后第四种，就是"钗黛一元论"，以俞平伯先生为代表。他以书上前边说的这些东西为依据，说明薛宝钗和林黛玉是"双峰并峙"，两个山峰都很高；"二水分流"，这两条河都很漂亮，它各代表着人生的或者个性的某一个方面。林黛玉是性情的，薛宝钗是理智的；林黛玉是瘦弱的，薛宝钗是比较健康的；林黛玉不善于社会生活，而薛宝钗比较善于社会生活。就是薛宝钗她代表的是一种文化，而这种文化在别人看来是假的，但实际上你又看不出来曹雪芹把薛宝钗当作一个伪善者来看。薛宝钗和林黛玉确实是两种性格，这是人类面临的一个两难选择。说这个人真诚，真诚她有点犯傻，有点不识大体，有点缺少对自己的控制。尤其是，周瑞家的——周瑞家的是王熙凤的亲信——把宫花送到林黛玉那儿，林黛玉就问，是光给我一个人送啊，还是给别人都送啊？这话问得就不好。给你一个人送，为什么就不能再给别人送呢？说都送的。噢，都送的，最后别人挑剩下的你就给我拿来了。这个林黛玉是这样说话的，这样说话无论如何不妥，是不是？你真诚也不能这么真诚啊！什么叫真诚啊，是不是？她是有这个问题。但是薛宝钗呢又太冷了，她连吃的药都叫冷香丸，是不是？因为她不表达感情，这个也要命啊！如果你有一位爱人，情人或者配偶，一切永远都做得是百分之百的正确，把自己控制得是风雨不透、纹丝不露、滴水不漏，这也很要命。

所以这是人生性格上的两面，这种两面不但在中国的书里有，在外国的书里也有。安娜·卡列尼娜偏重于感情，她的丈夫亚历山大就偏重于理智。现在你看来看去，看安娜·卡列尼娜的丈夫，表面上看不出什么缺点，他有什么缺点？他知道了安娜有了外遇，他没有急躁，也没有生气，他各个方面还替安娜想，想了一些办法。所有的这些人物都是作家写的呀，请你记住，这不是照片啊，这不是纪录片，这是作家写的呀，它都代表着作家的观念。所以从作家的观念上来说呢，起码曹雪芹他认为，人性的这样一种两难的选择，在文化与性情之间，在理智与感情之间，在真诚与礼貌之间，是不是？你讲礼貌不讲礼貌？说我真诚，我就是不讲礼貌，我看到你身上穿的那件衣服很好，我就扒下来我穿了。这么真诚谁受得了啊，是不是？所以在这个意义上来说呢，我觉得《红楼梦》也提出了极为

325

有趣的问题。

第三个公案，就是《红楼梦》里人物阵营的划分与价值判断。我们现在的新红学，就是 1949 年以后的红学，都习惯于把《红楼梦》里边的人物分成两大阵营，一大阵营就是封建主义、封建体制、封建意识形态的维护者，其中包括贾母、贾政、王熙凤、袭人、探春等等，这些人。

尤其是对袭人，我们的新红学家都是深恶痛绝。王昆仑先生很早就提出来，说袭人是贾母和王夫人派到贾宝玉身边的一个特务，讲得倒是也很有吸引力。比如探春，探春呢她也是维护正统的。王朝闻先生也是非常有名的前辈了，美学家，他写过一本三十多万字的书叫《论凤姐》，它里边就专门有一个专章批判探春，说是我们一定要看清探春的真面目，要看清探春是站在哪一边的，她是站在封建统治者这一边，她维护的是封建统治的利益，因此她再聪明再智慧，也都只能说明她的可恶，说明她的狰狞面目，我们绝对不要上她的当。类似这样一个意思。

另外的一面呢就是反叛者贾宝玉、林黛玉、晴雯，尤其是晴雯是反叛者，因为晴雯受迫害最深哪，受误会最深哪。晴雯她对王夫人这些人，她都不去套瓷，她都不去拍马，她也不去打小报告，——袭人确实是打了小报告的。——所以认为晴雯是这一面的。甚至于认为鸳鸯也是反叛者，为什么呢？因为鸳鸯呢，贾赦要讨她作小老婆，她坚决拒绝。就把它划成这么两大阵营，这两大阵营的划分呢是有道理的，我认为这也是对我们理解《红楼梦》的人事格局很有帮助的一个划分。但是这种划分呢往往又是不那么严格的，我又觉得这样一种划分会把一些事物弄得简单化。因为晴雯有另一面哪，而我们始终是为贤者讳，我们不说晴雯的那一面。晴雯的哪一面呢？就是她在维护当丫鬟的人的这个操守、职业道德方面，她比别人还厉害。那个坠儿偷了东西，晴雯就拿出自己的簪子来去扎她的手，采取的这种手段和《白毛女》里头描写的黄世仁他妈是一样的，黄世仁的妈对喜儿采取过这种手段。她还有个行为呢，就是有一次几个大丫头都有事，都出去了，贾宝玉要喝茶，他喝茶是不能自己倒水的——我要喝茶，茶来！他这么一说呢，小红在外边，小红就跑进来了，就给他倒了水。这样的话呢，几个大丫头进来以后一看，尤其是晴雯对小红这个讽刺打击呀！就说你级别够吗，是不是？你到这儿来给贾宝玉倒水，你够格吗？以后宝玉的事我们不管了，你管！啊呀，好厉害呀！所以你简单地说，这话是说不清楚的。

我尤其是不赞成把这个探春否定得那么厉害，为什么呢？因为探春她很聪明，而且探春她很懂实际的事务。她是在大观园里头搞这个"包产到户"的，是不是啊？她把树啊这些东西都包给各个婆子，就是那些劳动的人。包了以后，那些人就马上维护得很厉害，为这事还发生了一些跟他人的矛盾，这里我不细讲了。这个探春最可贵的地方，就是在搜检大观园的时候，探春从一上来，她和贾母意见就不一致。当时因为夜里头听到了声音，说是贾宝玉吓病了，实际是假病。因为他老子回来，怕检查他的作业，他又没有做作业，临时大家帮着他一块儿赶，连林黛玉都帮着他写小楷。可是都已经来不及了，所以就假托，说是夜里听到了异常的声音，吓病了，这样来讲这个。为这个事呢就下令搜查，搜查的结果，——那个时候是王熙凤因为有点病，所以很多事是由探春来管的。——探春就说，就是有斗骨牌的，——就是跟现在的麻将牌差不太多吧，大观园内部也是禁赌的了。——有赢输。贾母立刻就指出，你年轻，你懂什么，你哪知道这种厉害！既然夜里头斗牌，他自己就会开门，开门就会内外勾结，内外勾结就会进来坏人，进来坏人就什么事都会发生。探春一上来就和贾母意见不同，于是她一句话都不说了，因为她怎么可以和贾母争论呢？她的地位是什么呢？贾母是太上皇啊，是不是？她是贾政的女儿，而且是庶出，她不是大老婆生的，她是赵姨娘生的，——赵姨娘是很讨厌的，很没有身份的，没有一个人喜欢，除了贾政还喜欢赵姨娘以外，因为这个书里头经常描写到是赵姨娘伺候贾政睡觉，大家想想，王夫人从来不伺候贾政睡觉的，所以贾政还是喜欢赵姨娘的。——所以她不能说。然后在搜检大观园的时候，伟大而反封建如贾宝玉、林黛玉者，一声儿没吭，没有任何反应，一句话都没有，对搜检大观园进行了义正辞严的批判的只有探春。所以简单地用两个阵营的一分为二的方法来进行划分的话，一分为二的这种方法非常的简明，有时候帮助你提纲挈领，它的缺点就是照顾具体情况可能有问题。

第四个问题呢就是关于《红楼梦》是不是自传，特别是它是不是"另有本事"。《红楼梦》"另有本事"是什么意思呢？就是除了我们现在看到的这个文本以外，是否还有它所本的这样一个实际的经历，就是贾宝玉的经历，就是曹雪芹的经历，就是曹家的经历。因为他是江宁织造府嘛，是不是？他是南京的，他的家里就经历了许多曲折的事情，所以这个是"另有本事"。这是第一个"另有本事"的含义。

第二个"另有本事"的含义呢，就是说他在写作的过程中，由于种种世俗的原因，很多内容运用了曲笔的写法，除了表面上的故事外，里面还有一个作者没有写出来的故事。好多话他用了曲笔，好多话被删掉了。尤其是脂砚斋，他在评《红楼梦》中就说到，此处"命芹溪删去"，就是我让这个曹雪芹把它删掉。所以除了它这个表面上写的故事以外呢，实际上还有一个没有写出来的故事，还有一个原本，还有一个没有经过删削没有经过编辑的、原生的、真实的、如实地记载的这样一部《红楼梦》。有这样一种看法。胡适就说嘛，《红楼梦》的作者是曹雪芹，《红楼梦》是一部隐去真事的曹家的自叙。

说到这个《红楼梦》是不是另有本事呢，当然还有更进一步的，就是索隐派。就是认为《红楼梦》不但是另有本事，而且《红楼梦》实际是一部密码，它这个里面呢包含着许许多多当时不允许说的话，《红楼梦》的中心思想是"反清复明"，认为贾宝玉影射的是顺治皇帝，这以蔡元培为代表。贾宝玉爱吃别人的胭脂，因为顺治皇帝他有一个玉玺，宝玉者是玉玺，皇帝的那个印章，胭脂呢就是蘸印油；而袭人呢指的是崇祯，为什么是崇祯呢？因为你们看那个"袭人"，是"龙衣人"，是穿着龙衣的这样一个人。这个龙衣谁敢穿呢？既然他不是顺治皇帝，那他是崇祯，失败了的那个皇帝，等等。这是更进一步的说法了，这个说法呢，上边儿说的，毛主席说，哎，那个说得不对。我也觉得那个说得不对，但是他说了，怎么办呢？蔡元培也是大家。

那么后边儿呢就又出来一个，就是最近闹得比较热闹的，就是"猜谜说"。说《红楼梦》是一部谜语，要解密，要猜谜。特别是刘心武，他在中央电视台讲了许多次，又出了书，又引起了争议。我的看法是这样，刘心武的那七讲我没有听，他的书我也没有看，我只看过一篇，就是关于秦可卿的。关于秦可卿的问题，他一开始跟我也说过，我觉得他讲得呢，也自成一家，是自有道理。这几点我现在认为他说得也是有道理的：他说这个秦可卿为什么她地位那么高，是不是？说她是从这个养生堂，就等于是从现在的孤儿院里头出来的。说贾家从孤儿院里头找一个孩子，那还是很讲门第的一个地方，这个可能性不大。巴尔扎克有一句名言，说培养一个贵族要三代。一个孤儿院的孩子出来以后，竟能如《红楼梦》所描写的，模样儿又标致，行事又大方，她的风度举止，完美无缺的外表，这个可能性不太大。那么我还补充了一个，我说这个秦可卿跟她那个弟弟秦钟俩人反差太大。秦可卿至少表面上又温柔又贤惠，举止得当，风度翩翩，大大方方，深受各方面的宠爱，是王熙凤的知音，这是秦可卿。可是她那弟弟，那个秦钟，你们看看他这个描写，跟一个猴子一样，完全还没有进化成人呢，是不是啊？所以他说这里头另有隐情，我觉得这个说法啊，是自成一家的。世界上有很多事情，因为现在你没有证据，有时候我就陷入一种听这个说我也佩服，听那个说我也佩服的这种境地。

这个俞平伯就先分析，其实胡适也是这样分析的，就是说这个秦可卿和她公公贾珍有染，有乱伦的关系。何以证明呢？一个是焦大已经说过，说现在这个家，扒灰的扒灰，养小叔子的养小叔子。养小叔子的据有人考证，是指王熙凤和贾蓉有不正当的关系，这个就更找不出蛛丝马迹来了。还有就是说秦可卿死的时候，说这个贾珍哭得像一个泪人儿，人家问他，说是怎么办这个后事，他拍着手就说，如何料理，不过尽我所有罢了！还说，我这媳妇比儿子强十倍呀！

可是后来呢，近两年呢我又看到，大概是周汝昌先生，他分析，更证明贾珍没有问题。说如果有问题，这个公公如果和你那个儿媳妇有点不好说的这种事情的话，你要躲避才对呀，他会非常警惕啊！尤其是因为跟你有乱来的事情，被发现了，然后死了，那么你在那儿又哭又闹，这不是不打自招吗？哎，这么一说我也糊涂了，这个我想想也对啊。

那么我说这个话是什么意思呢？就是说你对他这个本事的猜测呀，猜测多，证据少，证物少，是不是啊？就是真正能定案的、能够作出结论来的这些证据几乎没有，是不是？你上哪儿找这个证据去？别说曹雪芹早已经死了这么多年了，就是曹雪芹活着，他也说不清楚了。你知道他说的是真的是假的？他们家如果有这个什么，他的哪位亲属和儿媳妇有不正当的关系的事，他敢说吗，这个东西？他说出来的话，会不会人家反过来会说他不好呢？所以这是一个很大的矛盾的事情。这个本事啊，它又很吸引你，因为确实《红楼梦》中它写到的事情太多，头绪太多，人物太多，不可能一一交代清楚，它留下了大量的空白。填补空白是阅读的一个极大的乐趣，是一本小说对人的极大的诱惑，就是在想它那个没说出来的东西。

海明威就说过嘛，说作品就好像是冰山，露出来八分之一，那八分之七在水里头呢。海明威都说过它有八分之七在水里头，可是我辈呀，在我们阅读一本书的时候呢，我们就忍不住要去想，这八分之一我不管了，我专管这八分之七，这八分之七是什么样的？所以对本事的讨论是一个诱惑，是难以避免的，但是呢，又是不可能完全证明或者证伪的。

我个人觉得，刘心武的贡献在于呢，他原来开始说过，他写的这些文章叫做

"红楼边角"，这都是些边边角角。他找出了一些空白，找出了一些疑点，譬如说关于秦可卿的出身，譬如说关于元妃的病，因为元妃的病呢是写到了，写得也很简略，然后元妃的死又相当突然，等等，他找到、发现了这些问题。对这些问题作出解释呢，对于一个写小说的人如刘心武来说，是一个很难克制下去的诱惑。但是他解释得过于凿实了，就使自己陷入一种被攻击的境地。因为你写得太实了，是不是？如果它过于凿实了，这就容易引起非议，容易引起攻击，容易被嘲笑，容易被排斥。猜谜要适可而止，如果不是适可而止的话呢，那么刘心武也好，别人也好，就会引起许多的非议，这是我的见解。

比猜谜更厉害的是索隐，索隐这是一种什么问题呢？我觉得这又是对人类的一个诱惑。就是人类认为世界上的许多东西它带有一种符码的性质，他觉得在这个符码后边呢，还有没有说出来的话，电报的密码就是这样。

我看过台湾的一本名为《圣经密码》的书，那就更离奇了，说他们请了美国中央情报局破译密码的专家来破译《圣经》，结果甚至可以从《圣经》中看出美国的历任总统。这些都是包含着迷信的诱惑，但迷信也不是很容易就克服的。最近被评为第一的畅销书《达·芬奇密码》，它把达·芬奇的画说成是密码，来讲这个西洋基督教派各派之间的残酷斗争。金庸的书里头也有《连城诀》，其中用唐诗作密码，来讲练功、练剑术。

所以蔡元培这些人哪他把这个《红楼梦》当密码，他要破译出一些只有他自己能解释出来的东西。这也是一种诱惑，这种诱惑在学理上是不能成立的，但是它是一种智力的游戏。我觉得你可以不相信他的，但是一边看的时候我也拍案叫绝，我拍案叫绝就是说，这个蔡元培他怎么能够这么想入非非呢，是不是？怎么别人想不到的东西他能够想到呢？你作为智力游戏呀，脑筋急转弯儿啊，比那个一般的脑筋急转弯水平还是高一些，而不是更低一些。所以你想禁绝猜谜，禁绝索隐，这都是不可能的。

这里头呢又牵扯到一个很大的问题，就是所谓对红学的研究啊，它实际上是非常芜杂的。《红楼梦》的研究，里边儿有关于史的研究，譬如说考证这个曹雪芹的家史。有的呢是属于图书学的研究，特别是研究《红楼梦》的各种版本。这些研究呢比较学术化。有民俗学的研究，譬如说《红楼梦》里边儿所提到的某种纺织品，这个纺织品是怎么回事；《红楼梦》里边儿提到的某种建筑，这个建筑是怎么回事。这是民俗学、文化学的研究。除了这些以外呢，还有些属于文学的欣赏，文学的欣赏呢它就有很多这种个人性的感受、感悟、联想，或者审美。这个审美的东西呢，有时候你就比较难用实证的方法，用逻辑和计算的方法来加以讨论。人们为什么喜欢《红楼梦》啊？因为《红楼梦》呢符合某个数学公式，符合黄金分割的原理——你用这种方法就很难讲。然后无可否认的是，对《红楼梦》还有一种趣味的研究。当然对《红楼梦》还有意识形态的研究，主要是从意识形态的观点出发讲封建主义和反封建主义，是不是？地主阶级的压迫和奴隶们的反抗，从这个角度来进行研究。

所以《红楼梦》的研究它分很多方面，有很多东西它是不符合学术规范的。即使是那个最最史学的东西，我们在《红楼梦》的研究上也面临着一个窘境。窘境是什么呢？就是说我们的材料少，课题多，空白多。

第五，非常大的问题，就是后四十回是续作还是原作，尤其是高鹗的功过。胡适他们有一大贡献，胡适、俞平伯他们就是考查出来，后四十回是高鹗的续作，这个大致上应该说是已经成了定论。

所以呢现在红学家里有很大一部分，比如说像周汝昌先生，就对这个后四十回呀抱一个非常愤怒的谴责的态度。从意识形态的角度呢，也有人认为后四十回很不好，歪曲了曹雪芹的原意。因为很简单，曹雪芹说是"好一似食尽鸟投林，落了片白茫茫大地真干净"，所以最后这个贾家呀，荣国府啊，宁国府啊，财产被抄，人死的死，跑的跑，被流放的流放，也不存在了，所以剩下是两间空房子，这个故事再没有了，应该是这样。可是这个高鹗呢由于封建思想严重，所以最后写还有什么"兰桂齐芳"，而且贾宝玉都已经当了和尚了嘛，还由皇帝给贾宝玉封了一个"文妙真人"，给了贾宝玉一个封号。然后贾宝玉临当和尚以前呢，在薛宝钗的肚子里还怀了贾宝玉的后代，就是"桂"吧，"兰"是李纨的儿子。后来贾宝玉这些人虽然是当和尚的当和尚，死的死，伤的伤，完蛋的完蛋，但是最后呢还剩下了一个"兰"和"桂"，他们呢都考了第多少多少名。有红学家认为这个简直是胡闹，简直是糟糕极了！另外里边儿的描写这个不好，那个不好……有这样一种观点，这种观点呢几乎也是被广泛接受的。

但是在这个问题上，我有时候也是常常自己跟自己过不去，我非常地难受，我有很多想不通的地方。因为第一个想不通的地方呢，就是从理论上说，续书是根本不可能的。古今中外谁给谁续过书啊？不但给别人续书是不可能的，自己给自己续也是不可能的。写第二遍都是不可能的，你把稿子丢了你试试，你再写一遍，跟第一遍绝对不一样。写作的时候，他都受写作那一天的具体情绪的影响，写一个长的东西的话。

第二点呢，你不管怎么批判高鹗，基本上没有哪家出版社敢只出前八十回，就是说一百二十回已经被大多数的读者、被世世代代的读者当作一个整体所接受。

第三个问题，就是现在有了电脑了，有很多学者，海外的学者用电脑来检索，来 search 这个《红楼梦》，最后他们 search 的结果说是前八十回和后四十回起码在语言上没有区别。这个语言的区别太大了呀！即使你分析了半天，后四十回是这样的故事、那样的故事，但是你不可能再写了，你写出来，你语言跟那个时代是不一样的呀！语气词是不一样的，助词是不一样的，语式是不一样的，句式是不一样的，口气是不一样的，长短是不一样的，哪个人和哪个人之间的区别都是非常之大的。这是第三个问题。

第四个问题呢，就是你讲的那些道理呀，我作为一个写小说的人，我起码不能完全被说服。怎么不能完全被说服呢？说"白茫茫大地真干净"，这《红楼梦》里有多少人哪，《红楼梦》的人物描写极多，重要的人物都是上百以上。你到了后四十回，每章你得死几个呀？平均每章死三至五个人，必须。我说过，要是这么干的话，要"白茫茫大地真干净"，只有一个办法，就是写到第八十二回，架起一挺重机枪，向着荣国府和宁国府扫射，不采取扫射的办法死不了啊，我说。哎呀，你把一个人物写活是很难的，把一个活的人物写死啊非常难哪！是不是？写一个林黛玉的死，如果是高鹗续作的话，那费了多大的劲哪。能那么随随便便就死了吗，是不是啊？一个贾母的死，写得多好啊。林黛玉死写得也非常好，而且林黛玉知道了贾宝玉和这个薛宝钗结婚的那个情况的时候，她表现出来那种呆傻的状态，贾宝玉也陷入了呆傻的状态，两人看着你对着我笑，我对着你笑，这个写得是非常好的呀。

第五呢，什么叫悲剧？贾宝玉出了家了；探春远嫁了；史湘云的丈夫死了，她守寡了；迎春呢被她的先生给折磨死了；尤其是林黛玉死了；薛宝钗即使有一个宝玉夫人贾太太的名义，她也实际上过着最寂寞、最无聊的生活，而且她的家庭已经败落，被抄了家。这难道不是悲剧吗？所以这些都不能够完全地说服我。

而且我觉得在客观上，这四十回的扑朔迷离呀，它的命运和前边儿有些不完全接茬的地方，增加了《红楼梦》的魅力。我甚至于设想，曹雪芹写到第八十回、八十一二回、八十四五回，他自己也写不下去了。长篇小说写好是非常不容易的，写到结尾尤其是不容易。你怎么办？你不可能完全按照你预先计划好了的那样去写。当然，这后四十回也有很多让人看了不满足的地方，那种精彩的描写是不如前八十回密集，有些描写的格调也比较低，或者有些用语呀比较俗，有这样的一些地方。就是说它的灵气、它的才气是不如前八十回，这个是确实的。

尤其是我要讲我的一个观点，据说现在又要拍新的《红楼梦》电视剧，然后请了一批红学专家在那儿研究，按照红学专家的这种主导的意见来设计后四十回。我觉得很可怕，因为你红学专家的意见，在学理上即使你是一百二十分的正确，你没有细节，没有语言，你没有这些形象的描写，你没有道具。即使高鹗的续作有一百个五百个缺点，那么您今天续一下，绝对赶不上高鹗，绝对比高鹗的那个续可怕得多。即使你的那些理念、你那些大的情节的安排都是正确的，也是无法续的。

第六呢，关于《红楼梦》的创作方法。这个也是一个争论，过去不讲这个，现在讲这个，最早还是胡适提出来，说《红楼梦》是自然主义的，说《红楼梦》呢它是写得平平淡淡，自然主义；但是胡适又提出来，说《红楼梦》的自然主义搞得不好，不彻底。为什么呢？因为贾宝玉含着玉就出来了，这算什么自然主义啊！这个胡适的学问当然也是很大，但是他对《红楼梦》的这样一个批评啊，我实在是不能接受，我认为他是从产科学、妇产科的角度来考证这小孩出生的时候嘴里能含什么。如果他嘴里不含这个玉的话，许多故事都没有了，是不是？女娲补天的故事也没有了。尤其是最美的那个故事，是这个绛珠仙子还泪的故事，她原来是绛珠仙草，天宫里的一棵草，旱了，这个神瑛侍者呢来给她浇水，每天浇水。后来两个人都托生为人，神瑛侍者呢就是宝玉，这个绛珠仙草呢就是黛玉。绛珠仙草呢就说我承受你的雨露之恩哪，灌溉之恩，我欠你的情太多了，所以我要还你眼泪。哎呀，这真是一个非常优美又非常悲伤的故事。那么我们后来就讲现实主义，但是我觉得呢我们对于曹雪芹那个时候要认识清楚，曹雪芹，这也是他的优点，他不知道什么叫现实主义，也不知道什么叫自然主义，也不知道什么叫浪漫主义，他什么主义都没有，他想写幻想就幻想，想带点迷信就带点迷信，想如实地描写就如实地描写。

当然，《红楼梦》里的绝大多数的篇章是现实主义的，这个我觉得这样说并不错。但说每一个描写都是现实主义的，不见得。

还有许多其他的公案。第一个公案，什么叫"红学"？第二呢，就是曹雪芹的身世以及《红楼梦》的作者。第三呢，是关于史湘云的故事。第四呢，尤其是脂砚斋，因为凡是研究"红学"的人都特别重视脂砚斋。这个脂砚斋到底是什么？是化名？是斋名？是笔名？是绰号？是道号？也闹不清。

这些东西呢我在这儿作一些介绍，其实这些东西呢都不是我有能力作出答案来的，我只能说一点儿我感到的困惑和我心里边儿的一些倾向，供大家参考。欢迎大家多看《红楼梦》本身，你可以立你自己的论。好，我今天暂时讲到这里。

（2005 年 11 月 20 日上海图书馆演讲记录整理稿）

《红楼梦》与现代文论

上海大学的老师们、同学们，你们好。

《红楼梦》本来不是我的专业，我的专业大致是把小说写好。可是到大学讲演，一是需要一个方便的话题，另外还要假装读过点书，有点学问。要是老讲自己的小说创作，恐怕未必好，所以我今天想讲的是《红楼梦》与现代文论。

第一，我想讲讲《红楼梦》所表现的时间多重性。

现代小说，尤其是晚近的小说，特别喜欢对其所表现的时间作多重的处理，在时间上可以不断地飞跃，闪回，跳过，再闪回。这是因为时间本身就有一个很有意思的特性，即所有的时间都具有多重性，至少有三重性。佛家已经注意到这个问题，所以在佛寺的正殿里有佛的三个化身，就是过去、现在和未来三世佛，释迦牟尼如来佛是现在佛。所有的现在对于过去都是未来，对于未来都是过去；所有的过去对于更远的过去都曾是未来，对于当时，它又是现在，对于现在它又是过去；所有的未来对于过去和现在，它是很远的未来，对于更远的未来，它又是过去。这一点我们古人早有察觉，比如王羲之就在《兰亭集序》里说到"俯仰之间，已为陈迹"，还有"后之视今，亦犹今之视昔"，他已经意识到这一点。顺带一提，此种手法在中国文学中继响不绝，如李商隐的"何当共剪西窗烛，却话巴山夜雨时"，吕本中的《减字木兰花》"来岁花前，又是今年忆昔年"，这样的例子很多，而以李诗最为典型和隽永。

20世纪80年代初期，拉美魔幻现实主义涌入中国，特别是诺贝尔文学奖得主加西亚·马尔克斯的《百年孤独》的译介，极大地影响了众多中国作家。《百年孤独》一开篇就在时间的处理上玩了一个花头，令人赞叹不止。《百年孤独》开头第一句话："许多年之后，面对行刑队，奥雷良诺·布恩地亚上校将会回想起他父亲带他去见识冰块的那个遥远的下午。那时的马贡多是一个有二十户人家的村落，用泥巴和芦苇盖的房屋就排列在一条河边。"小说从未来开始，讲到多年以后，奥雷良诺·布恩地亚上校站在行刑队面前，即将被处决，开始就给人一个很惊心动魄的预告。按传统小说路数，处决会留到最后再写，这个包袱要留到最后才抖开，那时候上校会回忆起多年前的那个二十户人家的村庄。作家所写的其实是现在，但他把现在放到假想的未来，写那个被放在假想未来中怀念的现在。这样做不是为了玩绕口令，而是为了说明时间的多重性。而从形式上说，与上述李商隐诗与吕本中词一样，确有绕口令之感。

正是在这一点上《红楼梦》与其他小说有所不同。按一般小说的写法，故事大概应该从林黛玉进贾府开始，但它开篇是从女娲补天写起，竟然与宇宙的发生同时。书中说到女娲补天之时炼成顽石三万六千五百零一块，只用上了三万六千五百块，独有一块未能入选，"因见众石俱得补天，独自己无材不堪入选，遂自怨自叹，日夜悲号惭愧"。这样，这块石头就变成大荒山无稽崖青埂峰下的一块石头。如此，作者已经向读者提供了两个时间标准，也可以说是两个纪元。第一个纪元是宇宙纪元，即女娲纪元，从女娲补天开始，亿万斯年，缥缈无可考，不可想象，然后再写下面的故事。第二个纪元是石头纪元，即石头到大荒山无稽崖之后，被一僧一道携带到人间，置于贾家荣国府，变成宝玉，让他经历人间花花世界悲欢离合，最后再回到大荒山无稽崖，所以就有了第二个纪元，即石头纪元，或者称之为大荒山无稽崖纪元。理论上说，这个纪元是女娲补天亿万斯年以后的事，但它同样也是不可考的，书中也未提到这块石头是何年何月、何朝何代出现的。在从宇宙纪元到石头纪元这一点上，《红楼梦》与《百年孤独》是相似的，开篇即明言结局。作者并未将结局视为秘密，奇货可居。结局就是这块石头到了人间，到了贾府，富贵之乡，繁华之所，经历不长的几十年后，其最后的结局仍不过是一块石头，仍是在大荒山无稽崖之下，孤独寂寞一无所有。只有中间一小段是热热闹闹的，所谓"鲜花着锦，烈火烹油"，而一头一尾是一片荒凉、一片虚无。所以《红楼梦》里具体给我们展现的是另一个时间纪元，即贾府纪元，从贾府的轰轰烈烈热热闹闹到它的一败涂地一落千丈一无所有。在这点上，《红楼梦》已经超越了传统小说的古典主义。一般小说特点是要制造悬念，主人公总是千辛万苦而后苦尽甘来。如狄更斯的小说就喜欢大团圆，他笔下的人物经历千辛万苦，最终是好人好报，恶人恶报，好人终成正果。《西游记》也是如此，经过大闹天宫和取经路上的九九八十一难，最后修成正果，孙悟空成了斗战胜佛。但《红楼梦》却并非如此，在整个故事的叙述过程中，不断地出现一僧一道，不断地出现对贾宝玉来历的发掘与探悉。那一僧一道经常会说石头误入了红尘，光泽已经被污染。谈这一点，是为了说明被小说家们所盛赞的加西亚·马尔克斯对时间的多重性的处理，在《红楼梦》里早已有之。

第二，用弗洛伊德理论来探讨《红楼梦》的一些情节，也是很有趣的。

19世纪到20世纪，据说有三个最伟大的思想家：马克思、弗洛伊德和经济学家凯恩斯。在清朝时，弗洛伊德自然还没有出现也不可能被介绍进中国。但是，且容我举几个例子，来看《红楼梦》对性心理的描写。

比如书中写贾宝玉和林黛玉青春期的苦闷，写得非常精彩。写他们在一起忽然就不自在起来，当时他们也就是十三四岁，许多表现其实就是青春期的苦闷。贾宝玉是一个任性的小少爷，有很好的条件表达自己青春期的性心理。他表现得很露骨，见到女孩子脸上的胭脂也要用舌头去舔一舔，可算是不良少年的举动。但这其实很好理解，实际就是青春期的性心理。林黛玉也是，她自己心里别扭，不自在，她就找些书看，在贾宝玉那里找到了《西厢记》，在书中的文字间找到了某种共鸣，得到了某种排遣，使她的情感与书能有交流，这一点描写得非常生动。贾宝玉则不仅对女孩子有兴趣，对长得标致的、奶油味的男孩也有兴趣，这是类似同性恋的心理倾向。如贾宝玉在见到秦钟以后，就变得非常自卑，甚至觉得相比之下自己和“泥猪癞狗”一般。其实贾宝玉自己也很漂亮，也是奶油小生。一个奶油小生见了另一个奶油小生之后如此激动与不安，《红楼梦》这种心理描写够绝的。——对不起，在这里，我希望不会造成对同学们的精神污染。同性恋有一个特点，当见到美貌的同性时，会非常之慌，会激动、晕眩乃至精神崩溃，贾宝玉就是这样的。除了秦钟，还有个蒋玉菡，贾宝玉与他一见就交换礼物，这礼物是贴身用的汗巾，以至于为此挨打，几乎被打死。可他却说，为了这些人，死了也是情愿的，看来还挺讲义气。贾宝玉对薛宝钗也很感兴趣，看着她的胳膊发呆，以至于林黛玉用手绢打他，称之为“呆雁”。可见《红楼梦》对青年的性心理描写得多么透彻、多么生动。

类似的例子俯拾皆是。就说贾母吧，当年她也曾是少女，自然也就免不了弗洛伊德情结。贾母弗洛伊德情结的对象从纯哲学的意义上而言似乎是张道士。书中写到贾母一帮人去清虚观打醮，遇到张道士，他的表现与任何其他男人都不一样。先是以“只因天气炎热，众位千金都出来了”为由，表示不敢擅入。后贾珍说：“咱们自己，你又说起这话来。再多说，我把你这胡子还挦了呢！”张道士才随贾珍进去。进去后，能与贾母对话的男人却只有张道士一人。他们那一问一答给人的感觉是他们关系很久很深，感情也不简单。"贾珍到贾母跟前，躬身陪笑说道：'这张爷爷进来请安。'贾母听了，忙道：'搀他来。'……谁知宝玉解手去了才来，忙上前问：'张爷爷好？'张道士忙抱住问了好，又向贾母笑道：'哥儿越发发福了。'……又叹道：'我看见哥儿的这个形容身段，言谈举动，怎么就同当日国公爷一个稿子！'说着两眼流下泪来。"这里所谓的"国公爷"就是贾母已故的先生，能够和贾母一块回忆贾母的先生的，如今只剩下张道士一人而已。别人没见过，也没这个资格。（"弗洛伊德"也要有点资格才能"弗洛伊德"呢。）"贾母听说，也由不得满脸泪痕，说道：'正是呢！我养这些儿子孙子，也没一个像他爷爷的，就只这玉儿像他爷爷。'"那张道士又向贾珍道："当日国公爷的模样儿，爷们一辈的不用说，自然没赶上；大约连大老爷、二老爷也记不清楚了！"那么，谁记得？谁清楚？只有他。他和贾母是同辈人，由这段描写看，关系是很深很微妙的。尤其是张道士知道宝玉有块与生俱来的玉，想要讨来看看。要知道这玉是贾宝玉的命根子，哪能随便叫人看？但张道士一要求，贾母便让宝玉摘下来给他看。张道士自己看过不算，还要托在盘子上让观中所有在编的道士们都传看一遍，这是何等大的面子！可见他和贾母关系之不一般。接下来张道士要给宝玉说亲，贾母说只要是模样好，心地好，家业大小、地位高低都在其次。宝玉的婚姻本来就够麻烦的，又杀出个张道士要干涉，可贾母却很爱听。这个奇怪的事可以这样解释：通过宝玉的婚事，贾母发表自己的情爱观——只要模样好，心地好，家业大小没有关系。（本老太岂是那嫌贫爱富之人啊。）重要的是人，不是家业。借这个机会，贾母来表现自己，也许含有表现自己永久的遗憾之意。贾母与张道士到底还有没有更深更具体的关系？可能性很小。但是，她喜欢这样的交流，而且在这个交流中谈到人的情感，谈到婚姻，谈到当年的国公爷，谈到她自己，又谈到宝玉长得多像当年的国公爷，再谈到诸位都没有见过国公爷，两个人有一些共同的潜台词：我们都老了，许多事情只有我们了解，许多情感只有我们相通呵。这是非常动人的。《诗经》中写得最动人的句子是"执子之手，与子偕老"，而贾母与张道士做到了"未执子手，与子亦偕老矣"。这里面是有感情的，很让人感动，这是老人之间的交流。《红楼梦》中有很多这种关系，如贾宝玉与秦可卿的关系、贾蓉与王熙凤的关系，等等。

讲到弗洛伊德，《红楼梦》中还有一个极重要的人物——妙玉。她显得乖僻、矫情，她是有洁癖的。刘姥姥喝了她的一杯茶，她就要把那杯子扔掉。宝玉劝她不如把杯子送给刘姥姥，她表示，好在她自己没有用过这杯子，如果是自己用过的，她宁愿砸碎也不送给刘姥姥这种愚蠢的、口气并不清新的乡下人。她有一种对老妇人尤其是对乡下人的侮辱和蔑视的心态，——连林黛玉也有这种心态。——其实这很符合她的心境。但她却用自己的杯子斟茶给宝玉喝。妙玉这个青年尼姑类似《简·爱》中寄宿学校的修女们，她们精神上受压抑，所以变得不近人情，乖张悖谬。从妙玉身上可以看出作者是多么精细地感到了人与人之间尤其是异性之间种种心理的微妙之处。

第三，谈谈《红楼梦》对人生提出来的种种怀疑。

现代西方哲学提出了许多对人生的怀疑。以萨特为代表，认为人生是荒谬的、孤独的，充满了内心的忧患、焦虑乃至于恐惧。现在精神病院、心理医生在描述病人时常用一系列词语，如抑郁、焦虑、狂躁、分裂、绝望等等，他们认为人生就具有这些特质。《红楼梦》中类似的描写也很多，如描写贾宝玉在树下听鸟鸣，突然悲哀起来：现在这鸟在这里鸣叫，明年呢，花开的时候这鸟还能不能记得飞到这里来跟杏花相会呢？照此推想，今天的这只鸟随时随地都可能死去，来年的鸟已不是今天的鸟。花儿明年也会长叶再开，可是那花与叶也不再是今年的花与叶了。人世无常，这种感觉在林黛玉那儿就更强烈，她的《葬花辞》，"花谢花飞飞满天"紧接着就是"红消香断有谁怜"，从花谢花飞中她已经意识到自己的命运将是红消香断。"闺中女儿惜春暮，愁绪满怀无释处"，她于是哭成一团。"一朝春尽红颜老，花落人亡两不知"，人难逃一死，这本来是人生的悲剧，谁也无法避免。但是毕竟林黛玉在写《葬花辞》时才十几岁，一个不超过十五岁的女孩满脑子都是老和死，她写"一朝春尽红颜老"是很离奇、很夸张的。同样的前提可以得出不同结论，如曹操，他也唱过"对酒当歌，人生几何？譬如朝露，去日苦多"，但他的结论是，正因为人生短促，所以才要抓紧时间建功立业；他没有因此而悲哀以致否定生命，反而是要使短暂的生命更有价值，要立功、立德、立言。贾宝玉面对人生产生的荒谬感、孤独感、抑郁感、焦虑感使他有了这样的想法：希望自己速死，姐妹们哭泣出的眼泪汇集成河，让自己的身躯随水漂流到一个无何有之乡，从此化为灰烬，永世不再为人。人世太痛苦，不愿再度光顾人间。在贾宝玉对生命价值的怀疑中，颓废已见端倪。

《红楼梦》有一个深刻之处在于，书中已由人对"我是谁"的问题发问，这也就是现在很流行的说法"身份危机"（identity crisis）：人自己弄不清自己是谁。贾宝玉究竟是谁？书中本来有一个贾宝玉，又出来个甄宝玉，这两者一而二，二而一。从小说角色的描写来说，书中写甄宝玉有个家是甄家，与贾家差不多，但是甄家好好的突然被抄了家。从姓名上看，甄宝玉无非是贾宝玉的一个映像、虚像。书中写到贾宝玉与甄宝玉会面是在梦中，贾宝玉睡觉的床边是镜子，镜子里看到的不就是自己的虚像吗？这就像是水中的倒影。于是便可以提问：贾宝玉是真，甄宝玉是假呢，还是贾宝玉是假，甄宝玉是真？甄宝玉能帮助我们了解贾宝玉的身份吗？此外，贾宝玉还有自己的对应物，就是石头和玉。他衔玉而生，玉晶莹美丽。玉挂在贾宝玉的脖子上，一旦丢失，贾宝玉就会头晕犯病，精神错乱乃至失去自我意识。这揭示出一个人的处境，人初到人世并无意识，后来有了意识就非常希望世界上能有一件东西与自己是对应的。就贾宝玉而言就是自己是玉还是石呢？究竟是玉、石变成贾宝玉，还是贾宝玉带来玉和石呢？一僧一道带来了玉和石，可是贾宝玉自己到底存在还是不存在呢？这是一个非常微妙非常可爱也是一个非常悲哀的问题。比如我叫王蒙，如果我不叫王蒙，叫李三，我不还是我吗？我是1934年10月15日生的，在这之前呢，我在哪里？没有我。我是从哪里来的？这些都是不敢往深处想的问题。《红楼梦》提出了这个问题。人与物的对应，用玉、石的很少，人希望和一颗星星对应则是中西皆然，所以西方有占星术，中国有夜观天象占吉凶的办法。

《红楼梦》中有一个相对比较可爱、我个人比较喜欢的人物，就是芳官。她很活泼，"寿怡红群芳开夜宴"一回中她表现最精彩。她有很多特点，如她女扮男装，有时她像男孩，有时她像女孩。另外她有很多名字，还有一个法文名字，很时尚。从中我们可以思考一个问题：一个人的人格是固定的还是可变的，是统一的还是分裂的，是有选择余地的还是无从选择的？这都是20世纪很多人讨论、研究的问题，但在《红楼梦》中，已经有所讨论。晋代的大将军桓温问他的一个朋友兼同僚，说你跟我比如何？言下似乎有这样的意思，就是如果你能到我的地位，是不是会感觉很好？那人认真思索后回答，我跟自己打了很长时间的交道，还是做我自己吧。类似的问题在《红楼梦》中都有精彩的描写。

第四，讲一讲《红楼梦》中的文化符号。

文化符号也是文论中备受关注的，《红楼梦》中的文化符号俯拾即是。《红楼梦》又名《石头记》，石头本身就是一个文化符号。《红楼梦》的另一个名称叫《金玉缘》，金、玉也是文化符号。中国士大夫喜欢玉，因为金代表的是财富，玉则不仅代表财富，还代表美德。玉很温润，不冷酷，也不枯干，而且很纯洁。"守身如执玉"，即追求自己道德的纯洁就像保护一块玉石，不能让它受到任何污染。《红楼梦》又名《风月宝鉴》，鉴，即镜子，也是一个文化符号，有"以人为鉴"、"以史为鉴"的说法。而"红楼"也是一个文化符号，表现了更多的女性和爱情，甚至悲剧。这是中国特有的文化符号。

《红楼梦》描写了金陵十二钗和这些主要女性角色的居住环境以及住所周围的植物。比如说起林黛玉，马上就会想到潇湘馆和里面的竹子，这是一种文化符号，竹子隐喻的是高洁和幽深，不象征红火旺盛，但代表高洁自爱；而李纨的住处稻香村则带了一些农家的乐趣。《红楼梦》中的年轻女孩常常有联欢活动，一起吃螃蟹、赏菊、吃鹿肉、赏雪、看梅花。吃鹿肉作诗一节就是一个青春的盛典，可说是《红楼梦》中的青年联欢节、美食节、雪节，还是诗歌节。作者写到不同的人写菊花，写到不同的人写柳絮。薛宝钗写柳絮与林黛玉写柳絮就不同，薛宝钗写柳絮"好风凭借力，送我上青云"，现代评论家多有诘责。其实她也是有自己独特构思的，无非是说柳絮也有柳絮的机会。还有制谜、猜谜，贾政说的是"身自端方，体自坚硬。虽不能言，有言必应"，谜底是砚台，这便成为象征贾政其人的文化符号，从中可见贾政的文化追求：端方，坚硬，不随便说话。而元妃制的谜语谜底是爆竹，爆竹一声响后，就粉身碎骨。薛宝钗制的谜语谜底是竹夫人，"梧桐叶落分离别，恩爱夫妻不到冬"，显然也具有象征性和谶言的意味。这些都使贾政看了心里悲戚，因为这些文化符号所象征的，后来在《红楼梦》中都变成了真的，中国古人很相信那就是命运所预示、所透露出来的某种信息。

第五，谈谈《红楼梦》中文化符号重组的可能性。

《红楼梦》提供很多符号与信息，而人类总是喜欢重组和重释现存符号，从现存的符号中解释出与字面上完全不一样的内涵来。民国时期，以蔡元培为代表的索隐派从《红楼梦》里解释出反清复明的主题，说贾宝玉是顺治皇帝，原因之一是贾宝玉作为男儿之身被众多美女包围，只有皇帝才有这样的可能；又说袭人是崇祯皇帝，因为"袭人"二字可以拆为"龙衣人"，穿龙衣的人就是崇祯皇帝；说贾宝玉爱舔胭脂也证明他是皇帝，皇帝都有玉玺，玉玺经常要盖印，也就要蘸印油，印油是红色，所以舔胭脂实际上便是为了盖章，履行皇帝的职能云云。这种索隐很像猜谜。去年，刘心武先生把《红楼梦》重新当作谜语来猜，给出了各种谜底。

对符号进行重组以构成种种新的谜语，实在是一种很难逃避的诱惑，所以国外有《达·芬奇密码》，而《红楼梦》同样给人提供了极大的解读空间。很多问题书中没有讲透，所以遗留问题很多。就像唐诗研究中，研究李商隐诗歌的人特别多，甚至比研究李白、杜甫的人还多，因为李商隐的诗歌中符号众多，意象密集，朦胧，含蓄，多义，解读空间大。新的解读其实也是一种再创造。刘心武先生提出的那些疑问，很难确证真伪，因为那些问题确实存在。如秦可卿是养生堂抱来的孩子，贾家为什么娶一个孤儿院的孩子呢？这如何解释？秦可卿在贾府中的表现太完美了，她死后获得哀荣，有个如此隆重的葬礼，这又如何解释？这里不妨有一种趣味性的再创造。但是现在这种解读也有走向荒谬化的趋势，比如有人说据考证林黛玉的形象取材于当年刺杀雍正皇帝的一个刺客；也有人论证《红楼梦》写的是宇宙发生学，等等。但《红楼梦》确实将汉语、汉字的可能性发挥到了极致，如甄士隐其实是"真事隐"，贾雨村是"假语存"、"假语村言"；如"千红一窟（哭），万艳同杯（悲）"利用谐音寄寓深意，当然不能草草看过。《红楼梦》在汉语言文字的运用上给我们很大启发。

近百年来有种讨厌的趋势，就是国外有什么，马上就有人出来说我们古已有之。今天我讲《红楼梦》与现代文论，似乎是要用洋帽子，用现代、后现代的帽子打扮曹雪芹，实际上这并不是我的用意。我想讨论的是，从《红楼梦》中可以看出西方现代文论的影子，但不是为了证明曹雪芹是现代派，也不是想说明现代文论、西方文论中国古已有之。我想说明的是，文学作品在反映这个世界的时候，本体是大于方法的。许多文论提供的是解读作品的方法，而本体谈的是宇宙、世界、人生、历史。《红楼梦》与那些偏重故事性、戏剧性、传奇性的小说的不同之处就在于它写到了生活本身、人生本身，写到了人的吃喝拉撒睡，写到了人的喜怒哀乐，写到了一个家族的亲密无间、勾心斗角、分崩离析，从兴旺直到没落，这些都是耐得住各种思潮与方法的分析检验的。如弗洛伊德心理学，是人先有性心理然后才有弗洛伊德的性心理学和精神分析理论呢，还是先有弗氏的理论然后有人的性心理呢？自然是先有人的性心理。有没有弗洛伊德及其理论，人的这种心理都是存在的，所以曹雪芹无须研读弗洛伊德就能生动地刻画出贾宝玉、林黛玉、妙玉、贾母等人的微妙心理。同样，对人生的悲哀和荒谬感也是先于存在主义哲学的。《红楼梦》与现代文论的种种说法能够发生联系和对应，《红楼梦》能够用现代文论来解读和鉴衡，这是因为一部杰出的文学作品能使世世代代的读者感受到宇宙本体，感受到世界本体，感受到人生，感受到历史。而这四者优于一切理论，囊括了一切理论，而且是一切理论产生的根本契机。

（2006 年 11 月 29 日上海大学演讲整理稿）

《红楼梦》与中国文化

我为什么要选"《红楼梦》与中国文化"这个题目呢？《红楼梦》是一个很好的话题，我们既可以用自己的观点、经验解释《红楼梦》，也可以用《红楼梦》的故事、见解来解读自己的经验、观点。我们如果只是谈自己的创作，显得狭窄了一点。

其实《红楼梦》就是中国文化，谈《红楼梦》就是谈中国文化，《红楼梦》就是中国文化的一个代表，是中国文化的一个窗口。毛泽东主席曾经有一句名言：中国有什么呢？中国有悠久的历史、九百六十万平方公里的土地和众多的人口，另外还有一部《红楼梦》。我今天着重谈的是《红楼梦》里面所表达出来的中国人的文化心理，以及中国人的思维方式、心理方式和一些中国人的人生命题。

家国之思，兴亡之叹

第一个问题，我想谈一下《红楼梦》的家国之思与兴亡之叹。"家国之思，兴亡之叹"，这是中国特色。中国人谈到国的时候，都是联想到家。我们现在讲国家，既指国也指家，所以儒家的士人追求"修身、齐家、治国、平天下"。这是中国的观念，跟外国不一样。外国"家"就是"家"，"国"就是"国"，"家"是 family，英语里有三个词都可以翻译成国家，state 主要指的是政体和政权，country 指的是领土，nation 指的是民族、人群，但是都和 family 没有关系。中国不管什么时候"家"与"国"都有关系。

《红楼梦》所描写的"家"里除了有长幼有序、尊卑有别的秩序，还有几层关系。主奴关系有两面，一面可以说是阶级斗争关系，主人对奴才进行控制、压迫、主宰，甚至于要奴才的命。但是它也有另一面，就是奴才由于思想受到控制，也由于主人家实际的生活水准较高，不想回自己的家，不想得到自由，想得到的是在贾府内部相对好一点的生活。这个家里还有一些特殊人物，我指的是半奴半主的人物——姨娘、妾，用现在的话说就是二奶。有些对中国传统文化采取比较激烈批判态度的人认为姨娘文化是中国几千年形成的一种特殊的文化，是一种奴才文化，卑下，没有尊严，没有原则，往往又是一种争风吃醋、加害于同类的文化。除了姨娘外，还有另外一种完全不同的人，那就是寡妇。旧中国讲究三从四德，从一而终，因而守寡在《红楼梦》里要算是相当受赞扬受尊敬的了。当然，它的另一面是极端的痛苦。

那"家国之思"，思什么呢？就是思这个家已经没有前途，正在酝酿着衰亡和没落，充满着悲凉，就如鲁迅所说的，是"悲凉之雾，遍被华林"。《红楼梦》从一上来就不断地讲，外面看着还可以，里面已经渐渐地空了，已经寅吃卯粮了，花的钱像流水一样，进项越来越少，而且长期寄生的生活使贾府的主子们像一群废物、一群寄生虫那样地活着。他们只知道穷奢极欲、吃喝玩乐、养尊处优，没有任何人在那里考虑生计，他们只考虑自己的利欲，考虑如何支出祖上的积蓄，而没有考虑要有自己的积累、自己的贡献，没有这样的人。

所以通过写一个家庭，也看出来中国文化中一个很重要的概念——兴亡，也可以叫盛衰，这既是政治概念，也是社会概念，也是历史概念，甚至于它也是文学概念。因为中国几千年的历史当中有过那么多的改朝换代，有过那么多的战乱，有过那么多的天灾人祸，人们在历史上已经看惯了一个朝代兴起、一个朝代灭亡的景象；一个家族兴旺起来了，兴旺时如日中天、炙手可热、红红火火、赫赫扬扬，非常地辉煌，而一旦衰败起来，稀里哗啦地就完蛋了。

《红楼梦》里虽然写的是一个家庭，但是让你感觉到那些表面上非常辉煌的东西可能包含着某种整个国家衰落的危险，这是非常令人深思的。还有许多这样的话，比如说"大有大的难处"，"百足之虫死而不僵"，比如说"外面的架子虽未甚倒，内囊却也尽上来了"，这些都给人以可叹的感觉。你看着《红楼梦》，就好像听到作者一声又一声深长的叹息。

富贵之花，享乐之福

第二，我要讲的是富贵之花，享乐之福。《红楼梦》非常集中地描写了荣华富贵，比如说吃东西、过节、过生日。都吃哪些东西呢？吃的东西有些我们看了以后觉得匪夷所思，看了以后甚至发晕。比如说刘姥姥吃了一块东西感觉可口，凤姐说这是茄子，刘姥姥说不要骗我了，我乡下人没见过茄子吗？茄子是什么味儿我还不知道吗？王熙凤告诉她这个茄子是怎么烹制的，刘姥姥一边听一边念着佛：哟，我的佛祖！做一个茄子光作配料用的鸡就得十多只，这叫什么茄子？但是我要告诉你们，这个茄子要是按照《红楼梦》里那个做法做出来，据说是很难吃的。因为它毕竟是小说，不是可以操作的，但它表现的就是奢华、讲究、奢侈。

《红楼梦》里头有两个大事件极尽荣华富贵。一个事件本来还是丧事，就是秦可卿之死。但是你们看秦可卿死的那个排场啊！一个丧事就这么豪华，让你感觉简直不是在办丧事，和搞大游行差不多，像搞庆典，那是在炫耀，炫耀自己的地位、财富、周全、体面。另一件事就更大了，元妃省亲。光那满街的太监，你就觉得那谱、那场面那个威风啊！黄土垫道，净水泼街，采取临时管制，其他车马人一律不得通行。贵妃快来了，大家声音都小小的，不敢大声说话。

写的那个荣华，那个富贵，一方面要有一些荣华富贵的条件，另一方面这些人也还有一种享乐的欲望，无限地享乐的欲望。其中尤以贾母为代表，贾母是一个最会享乐的人。你看当刘姥姥恭维贾母，说她老寿星啊、有福啊等等这些的时候，贾母说：我有什么福啊，我不过是个老废物罢了。请大家注意，一个像贾母这样的人，在她说她自己是老废物的时候，也是自我感觉最良好的时候，是最舒服的时候、最得意的时候。"老废物"什么意思？就是什么事情都不需要她操心，不需要她劳动，不需要她生气，不需要她计划。到了一个老人说自己是个老废物的时候，他是在一个相当自信的时候。

他们的享乐还有一个特点，就是"不动弹"，坐享其成，占据别人的劳动成果，而自己连举手之劳的事情都不做。这种特点反映我们传统文化的落后性。你看外国的贵族，还骑骑马、做做木匠（《战争与和平》里有这样的描写）。他们做木匠的目的只是为了玩，不是为了打个家具什么的到市场上去卖。《红楼梦》里的这些人就是什么也不动，有时候我看这种人都有点发指。贾宝玉去解手，结果来了四五个女性伺候，这个站在旁边守着，那个提醒他解衣服小心，怕风吹到他。在这种情况下，如果你是贾宝玉，你还能尿得出来吗？但是他们就把这个当成了享受，当成了一种幸福。

《红楼梦》里也有一些相对比较健康的东西，就是青春的欢乐、青春的享受。譬如说"芦雪庵联诗"，简直就是一次青年联欢节、诗歌节、初雪节。《红楼梦》本来是写贾府衰落的，但是写到贾府尚未衰落时的种种荣华富贵、吃喝玩乐的时候，你会感觉到不管是曹雪芹还是读者，都被它带到"鲜花着锦，烈火烹油"这样一种荣华富贵的享乐的场面中，这时《红楼梦》表达的仍然是对荣华富贵的一种向往。

人生之悲，情爱之苦

第三，《红楼梦》还写了人生之悲，情爱之苦。那么贾府或者说大观园里的人是不是每天享乐、吃喝玩乐呢？不是的，《红楼梦》还有恰恰相反的另一面的表现，尤其是它写了两个最动人、也给人印象最深的主要人物——贾宝玉、林黛玉，他们对人生之悲、情爱之苦的体会让人们看到另一面，让人感觉受不了。贾宝玉和林黛玉在《红楼梦》里面都很年轻，但是他们面对生命都生出一种短促感、一种荒谬感、一种空虚感。

其中有一段非常精彩的描写。树上的鸟在叫，贾宝玉就想：这只鸟现在在这棵杏树上叫，转眼间这些杏花就会脱落，落了后就结上了杏子，然后第二年再开出了杏花，但已经不是今年的这个花了，今年的花已经灭亡了。第二年这只鸟还会再来与这棵树相会吗？顺着他惯常的思路往下想，即使第二年再有鸟飞到树上来，你也弄不清楚还是不是今年的这只鸟。如果是今年的这只鸟，那它已经老了；如果不是，那今年的这只鸟很可能已经死了。就是万事无常、生命无常啊！贾宝玉见到杏树上的鸟儿感到非常的悲哀，他甚至掉眼泪了，自己傻乎乎地在那儿自悲自叹。

而林黛玉对生命的悲观感受大大超过了贾宝玉，而且超过了一切。林黛玉那首著名的《葬花辞》表达的就是这个心情：生命是短促的，青春是短促的，时光是不再的，一切都会灭亡，一切都会离开我们。这里相当的奇特，如果她年龄再大一点，或者在医院里检查出得了个白血病，产生这么一种悲观的想法那还是可以理解的。要是十二三岁或十三四岁就老琢磨我也快老了，也快要死了，我将来死了骨灰也就只有那么大一瓶，就不十分正常了。对生命有所感触、有所感慨，这本身并不奇怪。"子在川上曰：逝者如斯夫，不舍昼夜"也是一种感慨，但孔子并没有说，既然这样，那就算了，愿活两天就活两天，不愿意就吃点氰化钾。孔子并没有这个意思，他还说"朝闻道，夕死可矣"，认为在这个短暂的生命中，你要追求真理，追求和维护最根本的核心价值。即使早上闻知大道，晚上就死了，但能得到真理，心里也就踏实了。曹操的诗也是这样，"对酒当歌，人生几何？譬如朝露，去日苦多"写得是何等的悲哀，但是曹操并没有灰心失望，相反到最后是以"周公吐哺，天下归心"来自我勉励，时间短促，生命短促，所以要抓紧时间建功立业，好男儿要有所作为，不能让一生白白地过去。

但是贾宝玉和林黛玉的痛苦就在于他们对人生悲哀的这种蚀骨的体验。贾宝玉本来就不相信修齐治平那一套，也不相信仁义道德、礼义廉耻那一套。唯一能给他们孤独、短促的生命以温暖和慰藉的，只有爱情。尤其是林黛玉，对爱情的想法就是以身相许，没有爱情还不如去死。她的一生也是这么度过的。而在那种社会情况下，爱情带来的只有痛苦，很少有快乐。贾和林有几次在一起快乐地唱卡拉OK？或在跳探戈、华尔兹？或在一起骂骂领导？没有。他们只有痛苦，只有悲凉，只有怀疑，也不知道他们的家长最后会做怎样的主，有情人能不能终成眷属。其他那些人的情爱，更多的是一种欲望，这些欲望带来的也都是痛苦。只有断了情爱之念的人才能不受情爱之苦，比如说李纨，但她等于在精神上、在情感上、在欲望上先实行自杀，基本上自杀得差不多了，变成行尸走肉。

这方面，《红楼梦》写得太惊人。当然有这种思想、这种问题的人自古以来就有，古今中外不在少数。王国维用叔本华的欲望说解释《红楼梦》，他说《红楼梦》表达的是种欲望的痛苦，因为人活着就有欲望，有欲望就希望得到满足，而很多欲望得不到满足；得到了满足又会有新的欲望，新的欲望又要求新的满足，因此人生只剩下了痛苦。这也是一种解释的方法。应当看到，其实《红楼梦》里不仅有欲望的痛苦，而且有生命本身的痛苦。

好了之辩，色空之悟

第四，我想谈一下《红楼梦》里所表达的好了之辩，色空之悟。《红楼梦》里面有一段很著名的《好了歌》，中心意思是说世界上你看所有的好的东西都是靠不住的，你把所有的好全都结束，所有的好全都看穿，不追求，你就了了。了了，你的灾难、你的痛苦就可以结束。而你把所有的情爱、所有的欲望、所有的梦想全都了掉，你也就好了，所以好便是了，了便是好。和好变成了、了变成好同样的，就是色即是空，空即是色。

《红楼梦》里有一个故事，不高明，但是它表达了那种思想。贾瑞对王熙凤有非分之想，结果王熙凤毒设相思局，想办法害他。这也是种变态心理，因为一个人对你有所兴趣，你躲开他也就算了，闹得厉害点最多把他作为性骚扰起诉也就行了，而王熙凤非要人家的命不可。跛足道人送贾瑞一面镜子——风月宝鉴，正面看是美人，背面看是骷髅。跛足道人告诉贾瑞，只看背面不看正面，你的病就好了。贾瑞很好奇，反过来看正面，正面是王熙凤，结果他就死掉了。

中国文化为什么虽然屡屡亮起红灯，亮起黄灯，但是至今长盛不衰？因为中国的文化不是一条道，不是一条直线，而往往是一种多元的并存。比如修齐治平，要对国家对社会有所贡献，要治国安邦，要辅佐明主，要建功立业；但是它另外还有一部分，想解脱，啸傲江湖，与世无争，老死于山林之中，退而归隐，不为五斗米折腰。这也是一种境界，尤其是当你修齐治平、治国安邦、建功立业的梦想不能实现的时候，那么你作为一个人，尤其是一个读书人，一个士人，知识分子，你怎么办呢？是不是自杀？或者发神经病，闹成一个精神分裂？这都是不可取的，可取的是你要看开一切。《儒林外史》最后把价值归结到琴棋书画，一个读书人最高的价值是琴棋书画。佛学本来是一种很坚定的信仰，但是传到中国以后淡化了信仰主义的强度。佛经中讲到太子以身饲虎，但到了中国，尤其到了禅宗那里，很少有这种教导，包括我们中国那些著名的高僧，也不曾把自己喂给虎狼吃，切成块当饲料。中国文化要求的是解脱，解脱的目的就是好变成了，了变成好，色即是空，空即是色。但这个解脱有很大的限制性，这个色即是空，是在什么时间、什么条件下它是空？空即是色，是在什么条件下它是色？好和了也都是这样。比如说这个风月宝鉴，正面看是个美人，背面是一个骷髅，告诉你美人都是骷髅。如果说在一百年以后，不用说鄙人了，在座的各位都变成骷髅了。但现在咱们不是骷髅，绝对不是骷髅，现在也绝不是个骷髅在这里给大家讲。如果你们思想很超前，认识很透，说王蒙这不就是一个骷髅吗？那怎么行呢？你怀抱着一个美人和怀抱着一个骷髅，这感觉是绝对不相同的。

《红楼梦》里不断地告诉你色即是空，空即是色，好便是了，了便是好，但是它写一些具体的场合，荣华富贵，吃喝玩乐，爱爱仇仇，还是觉得它是很有吸引力的。你甚至觉得不管曹雪芹在他晚年是如何衣食无着，达不到温饱的程度，但是他回想起当年快乐的生活，仍然有着一种压抑不住的得意和炫耀。

吉凶之异，宿命之威

第五，吉凶之异，宿命之威。《红楼梦》给人一种感觉，也是我们中国人常说的一句话："天有不测风云，人有旦夕祸福。"就是你掌握不了自己的命运，说变就变。比如说金钏，王夫人面前的丫鬟，伺候王夫人睡觉，给王夫人敲腿。贾宝玉跑到那里捣乱，金钏说了一句话：你不要到我这儿来捣乱，你去看彩云和环哥儿他们在干什么。王夫人没睡着，听到金钏说这话，噌地起身就是一个嘴巴，就认为金钏对贾宝玉进行了精神污染，立即宣布将金钏开除宅籍，轰出去，叫其家人领走，结果是金钏跳井而亡。一个人由活到死就这么方便？就像不值得一提一样，跟打死一只苍蝇差不多。本来什么事情也没有，只是个笑话，就把一个人给整死了。

贾政在外面做官，做得也不好，回家以后，要查问宝玉的功课。他一回家贾宝玉就非常紧张，因为他天天在家吃喝玩乐，给他留的家庭作业一件也没有做，赶紧就开始写小楷，而且林黛玉也帮着他写，帮着他造假。贾宝玉每天晚上在那儿恶补，那些服务员没有一个敢睡觉的，大丫头在旁边伺候着，小丫头在外边。有一个丫头坐在那里打盹，"嘭"一下脑袋就磕在了墙上。晴雯给出主意，贾宝玉借着机会就折腾，说有人从墙上跳下来了，丫头于是说宝玉受惊了，小楷写不下去了。结果晴雯编的这段瞎话成为引起最后搜检大观园的前因，而搜检大观园的结果，第一个被驱逐的就是晴雯，真是搬起石头砸自己的脚。读了这些就会觉得人的命运完全不可以掌握，谁也不知道早晨你还是好好的，晚上还能不能保持完整。人家对你早上还肝儿肉儿的，晚上就翻脸不认人了。《红楼梦》里写到很多这样的事情，表达了中国人对命运的无奈，以及对命运戏剧性变化的恐惧。

用藏之惑，邪正之分

第六，说一下《红楼梦》里的用藏之惑，邪正之分。一个人，特别是一个男人应不应该为社会所用，为朝廷所用？《红楼梦》里面分两大派，一派包括贾政，包括薛宝钗，他们都劝贾宝玉要好好读书，要经世致用，将来要谋得一官半职，光宗耀祖，为家里争得荣誉、争得财富。另外一派就是贾宝玉和林黛玉，管他呢，反正再没有吃的、穿的也少不了咱们的；相反地，你们那些蝇营狗苟、谋取功名的作为才是最下贱、最虚伪、最肮脏的。凡是劝贾宝玉上进的，贾宝玉都称之为"禄蠹"，就是专等着吃国家俸禄的蛀虫。这个用藏之辩也是中国自古以来许许多多的读书人、文人在那儿说个不停的话题，李白、陶渊明也面临这个问题，诗里也有这样自相矛盾的地方。

贾雨村有一个分析，说世界上有正气，也有邪气，还有一种人，亦正亦邪，比如像贾宝玉这种人就是。"正"是指他聪明、智慧，也没有什么大恶；"邪"是指他处处另类，处处不入主流。亦正亦邪也和中国自古以来的阴阳五行、阴阳八卦相一致，但是我总觉得用邪恶之邪与正配合来形容贾宝玉有点过了，还不如用"正奇"来形容他更好一些。

词字之谜，诗文之美

第七，我想谈一下《红楼梦》里的词字之谜，诗文之美。《红楼梦》在应用汉字进行文学创作上达到了极致，它把汉字的表音、表形、表意功能都用到了极致。《红楼梦》提供的信息丰富，除了表面上叙述的故事以外，文章的每一个字、每一个词都好像还含着谜语，包含着一个没有完全告诉你的东西。比如说，甄士隐，表示把真事隐去；贾雨村，就是假语村言；元春、迎春、探春、惜春，放在一起就是"原应叹息"。蔡元培有一种论点，说袭人写的就是崇祯皇帝，"袭"是"龙衣"，"龙衣人"指的就是皇帝。所以甚至有些人光去研究《红楼梦》的这些字，研究得简直发了疯，睡不着觉也要研究，越研究越觉得里面有学问。这就有点过分了，现在有个词叫"过度解释"，我不知道这个词是应该用在文学理论上，还是应该用在法律上。但《红楼梦》词字之谜确实带给读者极大的欢乐，谁叫我们是中国人呢？

再一个就是诗文之美。中国自古以来，小说戏曲属于俗文学，诗歌散文属于纯文学。我觉得曹雪芹生怕别人以为他是个俗人，所以本来是写小说，却又在小说中不断地写诗、写文章。而诗文中显示了人的风格，显示了人的才智，也显示了人的情调。如果说到任性和个人的欲望，贾宝玉和薛蟠没有特别大的区别，贾宝玉对所有漂亮的女孩一概感兴趣，薛蟠也一样。但是他们的一大不同就是诗文不同，贾宝玉的诗文写出来，在语言文字上大大美化了自己的生活，而薛蟠的诗属于恶搞的性质，这证明诗文的修养是非常重要的。我们是理工科的大学，现在也有文科了，希望所有的理工科同学也多学学诗文，至少可以美化自己的形象，使我们的境界、我们的生活变得更高一点。

和学生的自由交流

学生提问：人们认为您命运坎坷，地位沉浮，您觉得在七十多年的经历中最难过的是哪一道坎？

答：讲老实话我经历过各种顺逆、胜负、挫折、坎坷，另一方面，北京人有个说法，叫"到哪儿说哪儿的话"。比如说你现在碰到非常严重的威胁，你应该从容应对，使在威胁当中做错事情的几率降到最小，而不是怨天尤人或完全丧失希望。

我觉得少年、青年时期所受到的教育、所读的书、所接触的事情对人的一生所起的作用非常大。建国时我 15 岁，受到非常阳光的教育，对新的生活、新的社会充满信心，这使我在碰到挫折时从没有绝望或怨天尤人。我总是相信，事情总会往好的方面发展，即使有很多事情我已经不抱希望，但起码还可以过日子，可以唱歌，可以养猫，可以玩。当然这也说明我没有遇到那种大得连饭也吃不上、生命都不能保障的危机和痛苦，所以在这层意义上我是幸运的。七十年来我受到的帮助大大多于我受到的不公正，我得到的机会也大大多于我碰到的陷阱，我仍然觉得我是个幸运的人，对待生活，对待人群，我仍然抱着良善和感激的态度，这是事实。

问：《红楼梦》里说女孩子是水做的，书中的女孩子个个了得，所以有人说：看《红楼梦》，学做女人。我们女大学生该如何学习她们？还有我觉得贾宝玉和薛蟠有着质的不同，薛蟠对女孩子是从性的角度喜爱，贾宝玉则是从精神上来认识、支持女孩子的。

答：《红楼梦》里说女孩子是水做的，类似的观点在明清小说中已经出现过很多次。现在有人是这样解释的，——我觉得这些解释也是有道理的。——就是反映了《红楼梦》中的某些反封建思想，因为封建社会是男尊女卑，而这里面都是女清男浊。但也可以从另外一个角度看，它写的是贾宝玉的观点，贾宝玉也就十三四岁、十五六岁的样子，那时候对于异性有种向往，有种崇拜，有种亲和，这是非常合乎人情、合乎青春期心理的。我们还可以这样说，世界上很多把女性写得特别美、写得特别好的作家，都是爱情不太成功的男人（众笑）。因为美好的女性对他们来说永远是一个梦，比如托尔斯泰。

至于你的那个说法也是完全对的，我想刚刚我有点过甚其词了。但是说贾宝玉和薛蟠在任性上是一样的，和你的说法也不矛盾。我们为什么要学习诗文，学习文学？因为学习文学有个好处，可以使你的情感、你的各种反应和欲望从生理层面提升到一个精神层面，提高到一个对别人尊重、尊敬、体贴的层面，我想这和多读诗文是一致的。

问：有人说，您是网络文学的始创者，但您又坚持不开博客，是不是对网络文学有所排斥？

答：不是，那是因为我确实岁数大了，每天办的事情非常多，视力也下降得厉害。如果每天再开博客，那恐怕视力就更加差了，到时候就不是要开博客，而是要参加残疾人协会了（众笑）。

问：爱情在我们心目中应该占多大分量？为了爱情是否能放弃一切？

答：提这个问题的同学如果有这么一份爱情，有这么一个具体的目标，你为了这个目标愿意放弃一切，我认为你的这份爱情很了不起，你不妨好好地去爱一下（众笑）。当然绝对放弃一切也有一定的难度，比如说放弃生命，那就变成一个无生命的爱情；放弃吃饭，就变成一种处于长期饥饿中的爱情（众笑）。所以放弃一切是一种煽情的说法，是一种文学的说法。真正相爱了，你可以放弃必须放弃的东西，也要保住你应该保住的东西。祝你爱情、人生双成功。

（2006 年 12 月 1 日南京邮电大学"金陵名人堂"演讲整理稿）

后　记

最初是应报纸的约稿，钻到《红楼梦》的文本中，谈一点有关《红楼梦》的具体的人生与文学写作诸问题。谈人生为主，谈文学与写作为辅，因为《红楼梦》属于人生小说，人生性是它的特长，是它的魅力所在，是它成为经久不衰的话题的根本原因。

我是拿《红楼梦》当小说读的，我的评论限于文学—人生评论。这当然不是解读《红楼梦》的唯一方法，因为还可以将之作为文献资料乃至秘密档案，作为历史公案或推理起点，进行考据的或推理的探究。那不是我的长项，我只能敬谢不敏。但是我相信绝大多数的读者也是拿《红楼梦》当小说读的。当小说谈，谈对谈错谈浅谈深都要有个依据。

《红楼梦》里的许多奴隶，尤其是、特别是有头有脸的女奴，都视不再当得成贾府奴隶为奇耻大辱，都有一种"不奴隶，毋宁死"的刚烈，这是人性的奇观，是王某人读《红》的一个发现。以此为书名，着实可叹可悲可恸，笔者愿与读者为之哭一鼻子。我们怎么能无视《红楼梦》这方面的大量描写与叙述，而以为这是王某的杜撰或者干脆是王某的口号呢？

文中其他许多见解也都有自己的特点，用《红楼梦》的说法，讨论这些见解或可破闷解颐去惑。

由于文字是分了三年多写就的，有许多错讹疏漏之处，感谢郑雷先生为之细细作了校勘改订。此书大部分篇章曾在天津《今晚报》与南通《江海晚报》上连载。

全书引文多取自庚辰本，也有些出于程甲程乙本，按需征引，不计其余，也许这是有必要顺便在此交代一下的。